大宋渣男才子

柳永的風流詞情

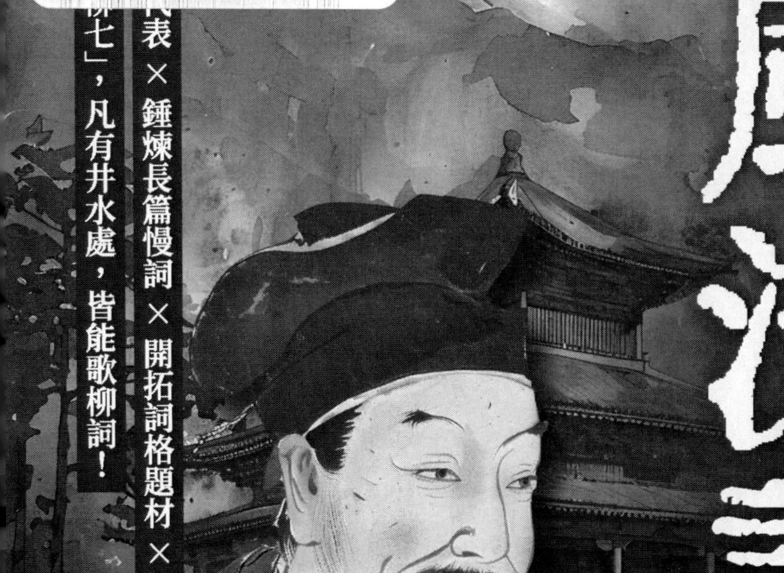

代表×鍾煉長篇慢詞×開拓詞格題材×抒寫羈旅志意……

柳七」，凡有井水處，皆能歌柳詞！

馮敏飛 著

離騷寂寞千年後，戚氏淒涼一曲終。

奉旨填詞的白衣卿相、井水處傳唱的柳詞才子、受歌伎們無限緬懷的情聖柳七……

關於青樓、科舉，還有那不羈的靈魂，

情與詞之間——柳永風流瀟脫的一生！

目錄

上部　詩人

中部 仙人

下部 官人

後話

上部　詩人

謝謝你遠道而來「柳永紀念館」看我！我這館雖然也地處武夷仙山景區中心，但與毗鄰其他景點相比冷清多了，難得你有心繞到這僻靜處來。

謝謝你給我的雕像澆上啤酒！我們那時候的酒夠多了，我可以一口氣給你報上幾十種，可偏偏沒這種。喝這酒，打個嗝……好爽啊！

謝謝你再三叩問我那遙遠的人生！千百年來，國內國外研究我生平與《樂章集》的專家學者多如牛毛，可我一個也懶得理睬。只有你逮住我的命門——寧願將浮名換了淺斟低唱。是的，我生來就有些貪杯，死而未改，迄今無悔！謝了！我破天荒將一切如實告訴你罷——用你們現在網上流行的話來說：晒晒我那些風流債。

1、何謂「三變」

唉，你可能有所不知！其實，我前大半輩子壓根兒不叫柳永。當然，柳是老祖宗傳下來的姓不能輕易改。父母給我起的名叫「三變」，字「景莊」，小名「索利克」。後來，我自己還改了幾個。改名更姓，自然是很無奈的事。

我們那時候取名取字比你們現在講究多了。那時候時興說：「不怕生錯兒子，就怕取錯名字。」名字的含義要吉祥如意，要與生辰八字相符，要音韻流暢和諧，還要字型疏密勻稱等等。所以，目不識丁的鄉巴佬也要虔虔誠誠請個秀才翻書翻半天，何況我們儒學世家。

看到我的姓，你很容易聯想比孔夫子還大幾歲的「和聖」——坐懷不亂的柳下惠，肅然起敬……你對了！據考證，我是柳下惠第三十三代孫，任重道遠。我祖父柳崇生不逢時。那時候，天下無道，狼煙四起，但他富有真才實學，德高望重，享有盛譽，隱居閩北大山還被授為沙縣縣丞。可他堅持不為官，布衣終身。父輩變了，幾兄弟個個為官。我父親原是南唐監察御史，入宋又登進士，官至工部侍郎——這官不算小，相當於你們現在的副部長呢！父輩講究寶蓋，我父親叫柳宜，叔叔們叫柳宣、柳宏、柳宲、柳密、柳察。我叫三變並非因為我在三兄弟當中排行末尾，而因為講究個「三」字，大哥叫三復，二哥叫三接。我下輩則重水，比如我兒子叫柳涚，姪子叫柳淇等等。不僅如此，每個文字都有特別含意，父輩無非是期望我輩多多復興先輩榮光，多多承接祖上輝耀。

我這「變」與兄長的「復」「接」有所不同。稍長大稍讀些書就讀到「不肖子三變」之說，說世上不孝不才之人有三變：第一變像噬莊稼的蝗蟲，賣家園吃喝玩樂；第二變像啃書的蛀蟲，賣家裡古董書籍；第三變則像吃人的老虎，賣家中男女僕人。憑什麼說我會變成不肖之子呢？我好鬱悶。記得稍懂事的時候，我詢問父親。父親邊乾咳邊笑道：「希望你變好啊！」我大吃一驚：「難道我生來就不好嗎？」父親沉了臉嗤了聲，走開不理我。我更納悶，轉而問母親問兄長，他們只是安慰，沒一個給我答案。

差不多那時候，我還讀到《論語》中一句話：「君子有三變，望之儼然，即之也溫，聽其言也厲。」君子三變與不肖子三變完全不同，君子風範給人第一印象很嚴謹，接觸後才感到溫和，聽言語則又變得嚴厲。出於同樣希冀，給我取字為景莊——景仰端莊。這樣一想，我又感到欣慰。

然而，不肖子三變之說像一片陰霾籠罩在我心上，總也揮之不去。想到君子三變我會努力讀書，想到不肖子三變又沒心思讀書。一陣子豪情滿懷，一陣子垂頭喪氣。就是在這樣悠悠恍恍中，我不知怎麼會覺得有兩個我。奇怪，不知道你們會不會。我經常會覺得，還有另一個我在冥冥之中跟我說話，比手畫腳……有時覺得是腳在跟我說，有時覺得是手在跟我說，好像我肉身每一個部位都會說話，有時候又分不清楚哪個具體部位，反正是肉體跟我說，或者是靈魂跟我說。我就是在這樣悠悠恍恍中長大。等我終於發現父親的真心，不知不覺中，我已經變得……唉，叫我怎麼說呢？

我們那時候……史稱北宋，算是初期吧，那是個多麼令人心旌蕩漾的時代啊！特別是京城。那時候京城汴梁，也叫汴京、東京，就是現在的河南開封，一望無際，路衢縱橫交錯，四通八達，到處是風光亮麗的街市。大宋實行仁政，改變歷朝不許居民向街道開門的規矩，允許沿街買賣，包括莊嚴的御街。

太祖一開國就鼓勵文武大臣「多置歌兒舞女，日夕飲酒相歡，以終天年」，並詔示「朝廷無事，區宇咸寧，況年穀屢豐，士民宜縱樂」。天下祥和大治，朝野多歡。瞻前顧後幾千年，你見過幾個王朝鼓勵百姓享樂？好像唯有我們大宋。大宋，真是大氣！大方！大雅！可遇不可求。天與不取，反受其咎。我可不能浪費這麼大好機遇！

最美妙是夜晚，家家戶戶張燈結綵，到處燦爛輝煌，瀰漫著撩人的歌樂、酒氣與粉脂香。人們及時行樂，盡情遊宴，千金買笑，晝夜狂歡，醉享太平。京城裡歌舞酒樓無數，以樊樓、楊樓和八仙樓為最。這些樓實際上是樓群，三層相高，五樓相向，各有飛橋欄檻，明暗相通，珠簾繡額，燈燭晃耀。

當然，那不是尋常人去的地方。我斗膽去過一回樊樓，門口就望見一條筆直的長廊，南北天井，兩旁小閣，燭光裡外輝映，尋歡作樂的達官貴人上千。廊邊美人靠上坐著濃妝豔裹的美人，多達數百，等著召喚。她們有的簪白花紫衣，紫花則衣黃，黃花則衣紅，活如百花爭豔，更像一大群剛剛下凡的仙女。只有見過這種情形，你才可以理解我們那時候為什麼稱歌妓舞妓為「神仙」。相比之下，她們身邊金蒼蠅一樣圍著的那些高官大臣，雖然服紫花袍，葛巾鶴氅，蔚為大觀，反倒成了低三下四的陪襯，或者說可有可無的道具……對不起，請別笑我。坦白說，我確實很迷戀城裡的美女和美酒。記得有人笑我：「你老祖宗可是『坐懷不亂』的聖人啊，你怎麼變這麼花心……情聖一樣的。」

「正要怪我那老祖宗……祖宗們哩！」我笑道，「他們欠女人太多了，要我一個人還債。」

可惜我沒資格享受。且說那天晚上我斗膽闖樊樓，決意狠心玩樂一回，門衛卻要我交一種館券。那券是官府專門發給高官的，我一個白衣舉子哪會有那玩意？我只能在門外遠遠地望望，嘸嘸口水，狼狽走人。我想父親肯定會有，可他藏哪兒呢？我悄悄找了好些天，沒發現半點蹤影。我只能在心裡想：很快……等我及第為官，我也會有一沓沓館券。

京城是人慾橫流之地，可又是舉子鱗化的必由之道。所以，父親要我們兄弟盡可能在留在閩北老家，為了科舉——相當於你們現在的公務員考試，才讓我們到京城。可城裡哪是讀書之地！我怕父親那張凶神惡煞的臉，又割捨不下燈紅酒綠。女人還好說，只要沒被抓到，誰也不能說我怎麼了。酒可不好辦，擦不乾洗不淨，偷偷溜回自己房間了還會讓父親嗅到。父親其實很能喝酒，但一般不喝，所以特別敏感，可我……可我偏偏像貓一樣禁不了偷腥。

父親生氣了，肯定大生氣。我埋著頭，偷偷抬起眼窺見他那張白淨的臉變黑，伸了巴掌隨時要摑我的樣子。可他沒打我，他從來沒有像打母親和兄長那樣打過我。他長嘆一口氣，惡狠狠吼道：「明天滾回去，別在這裡給我丟臉。」

晚上，全家男女老少端坐大廳，聽父親講《論語》之類。這是幾十年的老規矩了，其實我們不愛聽，敢怒不敢言。我縮成一團，覺得特別冷，但不敢打顫。第二天一早，母親照例早起，親手鑿破堅冰，做粥給奴婢吃，熱身後才讓她們下床做事。父親看不過去，勸道：「北方不比我們南方，這麼冷，何苦呢？」母親說：「讓她們先暖暖身子，好做事。」父親發脾氣：「她們什麼人，你什麼人？你怎麼不識抬舉！」母親幽然說：「我習慣了，不覺得冷，自有其樂。」母親太善良了！也許正是這善良打動了父親，所以他對她不至於更糟，不再反對她為奴婢做粥，只顧履行自己的家規。每天一早，他率兒子孫子在大廳揖拜祖宗，由我們兄弟輪流領誦「廉孝輝先烈，詩書啟後賢」之類祖訓。儀式完畢，各自回房讀書。

這天早上拜完祖，我沒心思看書，等著父親把我趕回老家。兄長來叫吃早飯，我裝著沒聽到。等家裡完全安靜，母親來叫我才出門。她坐在飯桌邊，邊看我吃飯邊抹眼淚，邊數佛珠邊數落我。她輕聲但顯然生氣地說：「索利克，你還從外面帶回來什麼氣味，我也是女人，你別以為我不知道！」

沒什麼好爭辯，我什麼也沒說。最後，她說父親改變了主意，要我到嵩陽書院好好苦讀一段時間。下次再考不上，就真不管我了。我不能不依，一賭氣馬上走。

嵩陽書院聞名天下，京城的書院無一能比。更重要的，這書院院長鄧文敦是我祖父的學生，青出於藍勝於藍。當他從福建北歸時，我祖父欣慰感嘆道：「吾道北矣！」他很快名滿天下。我們那時候儒學又開始興旺，也就是你們現在所稱的理學這時候開始萌芽，幾十年後在程頤手上成長，百年後在朱熹手上開花，結果折在兩百年後蒙古人手上。為了適應儒學發展，書院在全國各地雨後春筍般冒出。書院與學校不一樣。我們當時學校變為以科舉貢士為主，儒學研究為輔。書院則由儒者們創辦，有的叫精舍，專供講學與研究。父親要我到這來，不為什麼深奧學問，只是藉助這種清幽的環境多讀點應付科舉考試的書。當然，院長也可以替我解疑答惑，並用書院的規矩約束我。

這書院規矩甚嚴，不許喧譁、不許私自外出之類規定將近百條，只差不許放屁。同時，樹有幾十位楷模，令人吃喝拉撒都有榜樣可學。書院將這些楷模畫在牆上，要求大家見賢思齊。

我們幾位寄居的舉子比較自由，不必集中到堂聽講，可以整天關閉在自己房間溫習功課，只是不許擅自步出院門。然而，調皮搗蛋的小老弟都難管，心是更難以束縛。何況我的心生來放蕩不羈，就像天上那紛亂的雲。再說，書院管理也不是沒有漏洞……對了，我跟你講件事，說來好笑。有天傍晚，我們幾個同學出去散步，跑進不遠的登封城裡喝酒，喝到半夜，突然下雨。我們沒請假，不敢在外住宿，冒雨回書院。雨太大了，我出個主意，敲開店門買一張床單，用四根小竹棍撐住四個角，像一把大傘，幾個人躲在當中。走到書院門口時，巡夜的兵卒發現，舉著火把追來。我們嚇得要命，慌忙丟了床單翻牆入內。沒想到，那些巡卒更怕，不敢上前。第二天，巡卒向官府報告：昨夜二更有怪物從南往北而行，其上四平如席，其下謖謖如人行，大約有十幾二十只腳，模糊不可辨，行至書院牆邊突然不見。官府也弄不清楚究竟何物，便要求各街坊建一個禳災道場，做法三天三夜。我們書院也做了。我們幾個不敢吭聲，只能偷偷笑，肚子都笑痛了。這是真的，絕不騙你！書院所謂嚴格真的就這麼回事，實際上根本約束不了我。我經常悄悄跑登封城裡去透透氣，甚至溜回三百來里外的京城去散散心。以前我只是偶然利用父親到工部值班的空子溜到青樓妓館玩樂一夜，現在好了，我一溜可以連續三五天甚至更多。

2、「我是什麼花」

噢——，只要稍稍閉上眼，我就可以見到迎面而來一群天仙般的美人。蟲蟲雖然不是走在最前，但是最耀眼，就像萬綠叢中一點紅。

蟲蟲非常特別，我從來沒見過那麼可愛的女人。欣樂樓我去過多次，可遲遲沒發現她。那天晚上聽紫兒在大廳唱歌，六個伴舞，個個如仙飄然下凡，令人眼花撩亂。

紫兒打扮很漂亮。高聳的髮髻插滿玉簪，綠眉紅唇，面色如花。她的歌像串串玉珠流轉圓潤。有時哀婉而清越，如泣如訴。嘹亮時，聲遏白雲，梁塵暗落，將管絃淹沒。她不時回眸斂黛，讓聽眾個個變戚然。我是她的知音，聽得懂她每一個音符。一曲陽春詞，何啻值千金。

伴舞則有另一番風韻。她們一個個步履輕盈，羅襪生塵，讓我很自然聯想到洛神「凌波微步」。她們邊舞邊脫落那薄如蟬翼、豔如霞光的紗衣，肩若削成，腰若約素，婀娜多姿。她們眉心點紅，滿面含笑。特別是回眸之時，眼波顧盼流轉，令人神魂顛倒。有兩三個紮著髽髻，特別惹人注目，因為這代表她們沒「梳櫳」，還是玉女。

表演當中，觀眾可以給自己喜歡的歌妓或者舞妓送花。只要肯出銀子，侍者會當即上前將花環套在她的脖頸上。俟曲終了，鴇母當眾宣布某公子或者某客官送過花環。送最多的，理當最受歌妓或者舞妓歡喜，享受陪坐敬酒。這裡全是私妓，只要她們高興還可以侍寢。扎髽髻的舞妓，肯定快要選擇梳櫳的男人，因此花環特別多。其中一個鵝蛋臉下特別長，簡直有點像天鵝，可還是不夠，花環套得她快要舞不動。再說天氣一天比一天熱，人們領子都扣不住，哪經得起套啊！於是，她將花環取下，套在雪白的手臂上，舞了幾圈，然後擱置檯面，算是領情。然而，那些近乎瘋狂的男人又較勁著新一輪獻殷勤，惹得我也蠢蠢欲動。

我可以讓歌妓唱我的詞，但不敢拋頭露面。我要藏頭藏尾，總是撿角落位置。如果有樂工身子不適或是內急，他們請求幫忙，我才會坐到舞池左側那一角，但仍然不會驚動外人。這天晚上，我幫忙彈了一曲。如廁的回來，我坐回原位邊小飲邊欣賞歌舞，隨時準備幫另一位樂工。這時進來一群客，大搖大擺，一點也不收斂。好在人們習慣了，舞照跳酒照喝。那為首新客，有好些年紀了，非富即貴，一身綢緞，一臉堆笑，邊走邊向舞女拱手作揖。那些舞女沒一個理睬他，也許根本沒看他一眼，純粹是他自作多情。不過，這讓我有個意外的發現：那個花環最多的舞妓怎麼注意到角落裡的我？每當她舞到我面前，裙裡的木屐特別響些，好像刻意踏著節拍。難道她對我暗示什麼？要我也送一個花環？我給歌妓送過好多詞，可從來沒送過一個花環。

我盯著這女子的舞姿，心隨之起舞。她在樂聲中盡情地甩起紅袖，妖妖嬈嬈的身姿如同輕盈的柳枝在風中搖曳。一曲終時，收住腳步，亭亭玉立，舞步惹起的香塵頓時全都凝結。自古說趙飛燕善舞，我想也不過這般吧，她就是趙飛燕。她肌膚白嫩細膩，溫潤如玉，千嬌百媚。如此佳人，不要說千金買一笑，即便散盡萬斛北珠我也在所不惜。當然，我只是幻想。實際上，我半顆北珠也拿不出。不過，我有的是才華，那麼多人都稱我大才子。郎才女貌，才子佳人，天地絕配。我相信，我能贏取她的芳心！

果然，謝幕時那女子又明顯朝我一笑，而且調皮地吐了吐蛇信子，好像抗議我總盯她卻又不肯送花。這一剎那間，我徹底喜歡上她，不可救藥！

紫兒下來，徑直到左側角落桌臺。我敬紫兒酒，誇她歌藝高超，眼前卻不停地晃著那女子調皮地吐著信子的樣子。我想跟紫兒打探那女子，覺得不妥。不問吧，憋著難受。我藉口如廁，步出大廳，然後繞到那女子退場那邊。

長廊的燈籠不太亮，但見一個女子迎面走來。她似乎感到羞澀，燦爛一笑，避在一旁，讓我走過。說實話，如果她沒笑，我根本認不出。她一笑，兩邊嘴角泛起淺顯的酒窩。有酒窩的女子不少，可她那酒窩像兩粒正熟的烏珠子掛在嘴角邊，我好像從沒見過。我在她面前止步，由衷地說：「你舞跳得真好！」

「謝謝才子誇獎！」那女子抬起頭，顧盼生輝，「如蒙不棄，請為我填首詞吧！」

「姑娘認識我？」

「這欣樂樓，哪個不識柳大才子？」

這倒是真的！我心頭熱血一湧，激動地說：「只要姑娘再對我吐吐你那可愛的小舌，我馬上為姑娘填詞！」隨即，我看到一個更為可愛的蛇信子。

這少女就是後來贏得我一生淒涼的蟲蟲。清晰地記得，將她帶回前側角落的小桌，我當即為她填過一首〈木蘭花〉。我是詞人，本當向你好好炫耀一下我的詞。可是，儘管當時主流文人都嫌我的詞太俗，用市民口語太多，但千年過去，隨著白話文推廣，你們現在對我的詞卻大都變得難以看懂。所以，我就盡量不具體介紹我的詞了。簡單說吧，我這首〈木蘭花〉誇蟲蟲每個舞姿都漂亮，每當她跳到精彩動作時還要高傲一笑，似乎故弄風姿。臺下的男子無不消魂，紛紛想搏取她歡心。

筆還沒擱下，紫兒就叫了起來：「哧——才剛認識，你就消魂了！」

呵呵，我笑而不答。蟲蟲美滋滋的也不插話，忙著給我和紫兒添酒。紫兒只顧數落我：「哎，這樣可不像柳大才子了！怎麼，你不喜歡她？」

「當然……當然喜歡，我沒說不喜歡啊！這麼漂亮又可愛的姑娘，誰不喜歡？」

「更喜歡我還是更喜歡她？」

「喜歡……都喜歡。來，敬你們兩大美人！」

紫兒本來叫師師。她這人什麼都好，就是醋勁太大。我柳七、柳永之名，就是她給鬧的。為著哄她們開心，我常給她們填詞。她們喜歡唱我的詞，爭著向我示好。我最不忍心看美人的眼皮耷拉下來，誰也不得罪。那天，我身邊圍了七個美人，師師、秀香、英英、安安、酥娘、翠翠、萍萍，一個不少，說是七仙女，叫我七郎。我答應給她們每人填一首新詞，但總得有先後，她們爭個不休。師師說她是玉皇大帝第七個女兒紫兒，心靈手巧，最後還嫁給了人間的董永，得最先給她填。她還說從此改名叫紫兒，並給我改名叫董永。到這種地方來，本來就隱名埋姓，她們頂多只知道我叫柳大才子。再改個名，沒啥大不了的事，但姓不能改。紫兒說，那就叫柳永。我同意。可其他美人又起鬨，說我不能讓紫兒包攬，要屬於她們七姐妹。這樣，她們叫我柳七。柳七就柳七唄，只要她們高興，柳八柳九也行。現在，紫兒又跟蟲蟲較勁，攤牌說：「我要回房了，七郎請便。」

我這晚約了紫兒，只得跟她回「傾城閣」，跟蟲蟲作別。我在這連住三天了，說好明日回嵩陽書院，已訂好騾車一早到這來接，今晚得早點歇息。

蟲蟲與我們一起回房。她的房叫「韶陽閣」，剛好在傾城閣對面，我看著她撩開門簾進房。紫兒忽然說給我備了明日路上吃的水果，洗了沒送來，她去取。

我獨自待在傾城閣，很自然想到蟲蟲。這麼可愛的美人兒住對面，我怎麼沒注意到？想想我平時多跟歌妓打交道，沒注意到她也正常。問題是她現在做什麼？是不是也在想我？我能過去看她嗎？找個什麼藉口？我想不出去看她的藉口，只能乾著急。我立在門口，略俯身子，透過那長垂的門簾底部空隙，看著她一雙繡花鞋不停地走動，心中湧起某種興奮。我們那時候流行一句話，說古不及今者三事：洛花、建茶、婦人腳。洛花是指洛陽的花，建茶是指我老家建州——就是現在閩北一帶的茶，婦人腳是指我們那時候的女人在穿鞋方面極為講究，但不是後人所說的「三寸金蓮」。我們那時候的女人只是時尚把腳收窄些，讓身子顯得更婀娜；在鞋的花樣上下功夫，用綾羅製，再繡上花。那天，蟲蟲鞋上繡的是鸞鳳，來回踢踏著。那麼，她焦灼地想什麼呢？是真的想我嗎？我胡思亂想著，更急促地尋找去看她的藉口。藉口沒找到，紫兒回來，問我怎麼不坐。我掩飾說：「等你回來啊！」

我這天有些反常，跟紫兒親熱之後還遲遲沒睡意。我說想到明天要離開，睡不著，請她再取些酒來。可是，喝完酒，紫兒睡很酣了，我還睡不著。我仍然想蟲蟲，甚至想明天不走，留下來看她。我又覺得這樣不好，對不住紫兒。我逃避蟲蟲，緊抱了紫兒，還刻意一把握住她豐碩的乳房，命令自己：「快睡吧！」

一枕萬回千轉。我雖然閉著雙眼，可還是看著蟲蟲和紫兒兩人在我眼前晃來晃去。我忽然想，如果說紫兒是濃豔的玫瑰，那麼蟲蟲就是冰清玉潔的凌波仙子——水仙，花色不一樣，姿態不一樣，芬芳不一樣……那麼，我是什麼花？我是向日葵，燦爛的美人在哪我的心就向哪。

3、代才子許願

窗外那新來的雙燕，一定數過我輾轉反側多少回。我聽著雞鳴了一遍又一遍，才迷迷糊糊入睡，夢到蟲蟲。在夢裡，我擁抱她了，她卻不讓我親吻。我強行要吻，她拚命掙扎。等到她終於肯讓我吻的時候，紫兒卻拍打我的屁股：「天大亮啦！」

我一陣難堪，更多惋惜。我邊穿衣起床邊想：蟲蟲啊蟲蟲，我的凌波仙子，你如果不愛我，為什麼跑我夢中來？你知道我生性風流，我受不了你的折磨，真要柔腸寸斷了。你醒了嗎？我要走了，你快到門口來吧，讓我再看你一眼！

穿好靴子伸起腰的時候，我閃出一計，隨即對紫兒說：「我昨晚忽然記起今天開金明池，想了一夜，想去看看。剛好，瓊林苑也在那，我想去拜拜，你陪我去吧！」

「你不回書院啦？」

「再遲幾天沒關係。拜拜孔夫子，勝讀十年書啊！」

「那好，我奉陪。」紫兒驀然紅起臉來，「既然要去拜神，你昨晚就不該……」

「沒關係，你我不潔，那就帶上蟲蟲……她可是聖潔吧？」

紫兒立即嚷起來：「哼——，我知道你那幾根花花腸子！」

「就算是吧。我不跟你爭了，快走吧！蟲蟲，你叫還是我叫？」

「我叫吧！」

沒想到，紫兒大嚷大叫，把蟲蟲叫醒了，也讓鴇母芹娘聽到，她還要親自作陪。女人出門本來就麻煩，臨時決定更是拖拉。我先下樓，跟騾車說妥，在大門口等，把太陽都等出來了。

欣樂樓比不上樊樓，但足以令人留戀忘返。欣樂樓不會做沒品味的事。樓前花圃，芍藥百株齊腰，綠茵一片。葉子面上的露水已乾，只剩一滴滴小露珠垂懸在葉尖下方。《詩經》就寫男女，贈之以芍藥。很遺憾，眼前芍藥尚未開花。要不然，摘一枝給凌波仙子再好不過。

金明池在城西順天門外的汴河畔，欣樂樓在城東，得橫跨京城。而我家也在西城，弄不好可能經過，或者碰上家裡人。再說，皇上要在那裡賜宴百官，我父親很可能參加。他以前有時參加，有時沒參加。我很擔心碰上，覺得太冒失了。萬一碰上……簡直不堪設想！現在懸崖勒馬來得及，可我想不出什麼突然變卦的理由。偏偏這時，她們倒是出門來。

與蟲蟲一起出來的，除了紫兒和芹娘，還有我們南方人所稱「龜公」阮哥。阮哥為何跟著，我不說你也能猜到。傳說他曾甩過開封知府一巴掌，是不是真的？我問過他，他咧嘴一笑，不置是否。我親眼見過，有兩條漢子在欣樂樓玩了半夜，走時說忘了帶錢，當眾逞凶。阮哥趕出，立到他們面前，雙手抱胸，兩眼旁視，一言不發。那兩個男子怕了，馬上便哆嗦起來，說真的忘了帶錢，馬上去取。阮哥這才發話：「那好，一個去。一個時辰後，要麼來還錢，要麼來收屍！」兩條漢子嚇壞了，推諉好一陣才讓一個出門去。不多時，果真來還錢，阮哥還要他們像狗一樣四肢落地爬出去。更常見的是，敬他酒，他雙手捧杯一笑，斯斯文文。欣樂樓可以少個把紫兒等等當紅歌妓舞妓，不能少一個像阮哥這樣的角色。他跟我也挺熟了，主動跟我點頭打招呼。

我們那時候皇上喜歡與民同樂，皇家園林向民間開放。每年元宵一過便開始籌辦金明開池，唯恐有負春色。早早掛出黃榜說：「奉聖旨開金明池，官民同遊一月。凡是不妨公事的官員，都可以參加宴遊。御史不得彈劾。」幾乎滿城官民都要去。

等我們趕到時，那裡早已人山人海，水洩不通。我和芹娘、紫兒都看過，不去擠了，就在外面看熱鬧。那時候的京城，本來就熱鬧，日本、朝鮮等外國的貨不少，我們趁機買點吃的用的玩的，不枉此行。紫兒特別喜歡那些泥孩兒——我們南方叫「巧兒」，大大小小，男女服飾各異，神態妙趣橫生。沒事的時候，她喜歡獨自在床上擺弄那些玩藝。現在泥孩兒貨鋪，眼花撩亂，她一心撲了上前，沒完沒了。

雖然不見千帆競渡浩浩蕩蕩的場景，但那上千面大鼓宛若雷鳴，聲聲敲在蟲蟲的心上。她沒看過金明池，心在裡頭出不來，不時念叨這裡能不能擠進去那裡能不能擠進去。我勸道：「別做夢啦，明年早點來！我那年是天矇矇亮趕到。我填過一首詞，寫官民同遊金明池。第一句『露花倒影』寫岸邊，含露的花兒倒映在水中，煙霧籠罩的叢草透出油油綠意。要是這麼遲，花上露水早沒了。」

瓊林苑與金明池隔河相對，大門牙道古松怪柏林立。兩傍有石榴園、櫻桃園之類，間或亭榭，多為酒店茶館。東南有個孔廟，香火頗旺。我們到門口止步，委託蟲蟲替我進去拜。蟲蟲不解，問：「為何不請媽媽替、紫兒姐替，偏要我替？」

我們笑而不答。她愈發困惑，疑心我們有什麼陰謀，更不想去。她背倚木欄柵，雙手撐起身子坐到上面，胸脯高聳，小巧、渾圓而堅挺。她一臉天真無邪，我則看得發愣，兩眼不能眨。她像頑童一樣不肯乖乖坐，剛坐上又下，剛下又坐上，讓我貪婪地看了一遍又一遍。畢竟心虛，我斜睨一眼芹娘，她正側目我。她隨即惱怒蟲蟲：「叫你去就去，小小姑娘不聽話！」

蟲蟲只得聽芹娘的，噘著嘴去。

等了好久蟲蟲才出來，我們以為她不高興。紫兒打趣說：「你是不是塞了私房錢，讓孔夫子幫你嫁個狀元郎啊！」

蟲蟲說她拜了又拜都是為了我考個狀元，讓我好感動。芹娘和紫兒鼓譟我怎麼感謝她。我想了想，瞥見路邊海棠怒放，嬌豔無比。欲開未開的花蕾色澤深紅，已經綻放的粉紅，深淺相間，濃淡有致，讓我聯想到少女，紅日已高，她卻慵懶梳洗，臉上的胭脂尚未抹勻，嫵媚可愛。我心頭一動，摘一朵插到蟲蟲的髮髻上，說：「我填首〈木蘭花〉吧！」

我這〈木蘭花〉寫美人與海棠，最後唱道：

美人纖手摘芳枝，插在釵頭和鳳顫。

她們聽了叫好，芹娘和紫兒都說我愛上蟲蟲了，笑得她臉面緋紅，轉過身去。我呵呵笑著，未置可否。

我在欣樂樓又住下，人在紫兒這，心在蟲蟲那。我自己也覺得有點兒過意不去，但無奈。

我跟昨晚一樣坐在樂工的櫃檯角落，專注蟲蟲。沒想到，同樣的舞，她卻不再踏響木屐，兩眼只望別處。難道她不知道我坐這？不可能！我跟她打過招呼。她是故意不理我。那麼，真不想理我，還是故作姿態？我一會兒覺得好像是，一會兒又覺得好像不是，心慌意亂……我在過道在門前等著搭訕，她只是不冷不熱地笑笑，躲閃而去，像躲街頭流氓地痞一樣。我掃興極了，決心不再自做多情，堅定地回去。

次日一早我便起床。紫兒醒來，幫我忙乎，像老嫗一樣邊忙乎邊嘮叨我回去要專心讀書。我們依依不捨，長擁久吻。她要送我下樓到大門，我勸阻說：「你還沒梳洗，留步吧！」

「那你等等，我先擦把臉。」紫兒說著轉身。

我邊走邊說：「不用了，你繼續睡吧！」

萬萬沒想到，蟲蟲和阮哥等在大門口。我不敢設想她來送我，但又猜不透她為何一大早在這，一時訥言，只是訕笑。

「聽聞才子要遠行，特來一送。」蟲蟲燦爛一吐信子。

「謝謝蟲蟲姑娘！」我與蟲蟲執手作別。蟲蟲一身素衣，一臉素面，但是神情清爽，我覺得將她比為凌波仙子十分貼切。青樓女子一般晝夜顛倒，臨午才起。她如此早，情深意重啊！我領受了，卻一時不知如何表達我由衷的感激。「請回吧，有些涼，請多保重！下次來，我一定先看你！」

我叫車伕起駕，蟲蟲忽然說：「等等！承蒙大才子相贈〈木蘭花〉，小女子三生有幸。學填一首〈迷仙引〉，向大才子討教！」

「不敢不敢，讓我一睹為快！」我連忙下車，蟲蟲卻說我趕路要緊，慌忙塞給我一個小布包，轉身進樓，一眸也不回顧。

我隨手開啟小布包。包裡裝著一個桃形香囊和一隻用羅帕折成的小鳥。香囊用五色絲線纏成，精緻得很，濃香鬱郁。讓我怦然心跳的是，香囊最上處綠荷託紅蓮，下方是色彩斑爛、搖頭擺尾、歡快愉悅的魚。魚喻男，蓮喻女。我馬上想起《樂府民歌》：「江南可採蓮，蓮葉何田田。魚戲蓮葉東，魚戲蓮葉西……」

香囊寓意再明顯不過。我馬上追進院子，攔住她追問：「昨天……為何不理我？」

「我不希望你在這樣的地方留戀忘返。」說著，她繞過我上樓。

我望著她上樓的背影，真想追上前。可我怕觸怒阮哥，只好離開。

我回到騾車，貪婪地嗅了嗅香囊，又吻了吻，收入衣袖，轉而看小鳥。這小鳥翩翩欲飛的樣子，也很精緻，簡直讓我不忍心拆開，但我急於讀她的詞——她的心聲。我們那時候，詩詞是一個男人有才的代表，也是一個女人最美的飾品。

展開才發現，有一角溼了，雖然已乾，還是有若干文字不可辨認。這〈迷仙引〉說：雖然她的舞能令那些達官貴人一擲千金，但她既不獻媚，也不冷若冰霜，只不過認命罷了。她內心深深地恐懼容顏易老，年華易逝，等閒度歲，找不到理想的歸宿。現在，她寄希望於我。這詞後部寫道：

已受君恩顧，好與花為主。
萬里丹霄，何妨攜手同歸去。
永棄卻，煙花伴侶。
免教人見妾，朝雲暮雨。

挺像我的風格，可見她對我的詞挺用心。這詞坦露她的心跡，溫情脈脈，如怨，如慕，如泣，如訴……我躊躇一會兒，還是驅車前行。可是，我的心再也平靜不了。我眼前不停地幻現的不僅是她那嬌小玲瓏的倩影，那迷人的笑靨，那調皮的信子，還是在火坑掙扎的女子。那火炙痛著我的心……京城到登封，馬車總共不過半日多路程。可現在北方形勢吃緊，雖沒戰事也得加強軍需，幾乎所有馬匹都給徵用了，高官出行都難得有馬車。騾子跑很慢，得整整一天。中午，在路邊小店吃便飯，車伕不肯喝酒，我自酌自飲，喝得飄飄然。我無法忘卻我的凌波仙子，一直在繼續前行還是回頭兩者間徘徊。路程已經過半，不能再猶豫，可我實在拿不定主意，真希望有個旁人能幫我。

路邊有幾個孩童在鬥草，很自然讓我想起遠在老家的兒子。當然，更急於想的是我的凌波仙子。

鬥草是女人與孩童的拿手好戲。有多種鬥法，比如鬥草的韌性，我的草與你的草交叉用力拉，誰的斷了誰就輸；又比如鬥花草名稱，你摘到觀音柳，我就得有羅漢松之類。我小時候最常玩的是對撕莎草。拔一根莎草，兩人從兩頭同時撕，結果有兩種可能，呈「之」型或「口」型。「之」表示我們男人那調皮搗蛋的小老弟，「口」表示女人那歡樂之泉，一般當然是男勝女。小時候，我們還會邊撕莎草邊學著大人說粗話，想來挺有趣。現在，我拔一根莎草請個男孩幫忙撕，約定「之」表示回嵩陽書院，「口」表示回欣樂樓。結果撕出「之」，天意不可違，看來我與蟲蟲有緣無份。

4、羨豔鳥兒蝶兒

那天，我專心讀書。不知什麼時候，有個小東西飛進來，落到書上。略為一驚，發現一隻鮮黃的小蝴蝶。沒容我多想，它翩然飛走。我目光沒追逐，回到《文選》。我在讀宋玉的〈登徒子好色賦〉。然而，剛才讀到哪一句？回想一下，一無所記，真是該死！我打個呵欠，長長吁一口氣，發現那小蝴蝶又飛回書上，不停地搧動著雙翼，好像吃力地啃書……你當我是死人？我有點惱，想用手趕它。它雖然只有書上大字那麼大，但在窗邊陽光的映衫下，黃得晶瑩，靈巧可愛——讓它一起讀吧！

可那隻可愛的小蝴蝶並不愛讀書，又飛去。我目光追隨而出。它飛遠了，我站起來把頭伸出窗。蝴蝶不見了，新發現兩隻黃鸝在槐樹間飛來飛去。那槐樹高大葉茂，黃鸝忽兒飛出翩翩起舞，忽兒飛入枝葉不見影蹤，但我聽它們嘰嘰啾啾唱得正歡，似把芳心深意低訴，羞於見我……我偏要等它們再次飛出，有一度還快飛到我窗前。我發現那金黃羽毛上晶瑩的露珠尚未乾，比那隻小蝴蝶可愛多了。可嘆我形單影隻，還不如它們。

這幾日，我的心像天上的雲忽聚忽散。散時一碧如洗，萬里晴朗，更多是雲塊飛奔，如脫韁野馬，非要飆起一股狂風不可，非要炸響一串霹靂不可，非要傾下一陣暴雨不可……一連幾天，這種狂風常常不邀而至，肆虐著我的心。我心裡磚瓦橫飛，大樹連根給拔，一片狼籍，卻沒有雷電接踵而至，更沒有暴雨滌蕩。我的心就這樣悶著，什麼字也入不了眼。我的心根本不在自己心裡，而飛到三百里之遙那京城——欣樂樓——凌波仙子身邊……打雜的老伯進來，貓樣輕巧，輕輕開門，輕輕邁步。可是周圍太靜，再說這樓年久失修，像老人牙一樣不經動，所以他一進門我就知道。他快到我身邊才開口：「柳公子，我來收碗筷。」

我腦袋一偏，瞥一眼桌邊原封不動的豆漿和大餅，略為一笑，沒有吭聲。

「還沒吃呀？」老伯道，「我拿去熱一下。」

「端走吧，不用熱！」

「多少總得吃點，一點不吃怎麼行！」

「不瞞你老伯，我這肚裡啊，昨晚的酒還多著呢，水兌一下又飽了——你再拿點水給我吧！」我肚子真的不餓，但覺得很睏很難受。

昨晚又喝多了些，沒睡好，想打個盹。喝了水，解下香囊嗅了嗅，又吻了吻，到床上躺著看書。一近床，看到皺成一團的小箋，那是我昨晚新寫的詞。寫完，興猶未盡，在床上一遍遍思索，睏了隨手一扔。孤館寒窗，酒醒夢斷，夜長無味，萬恨千愁牽繫我的心。凌波仙子遠在幾百里之外，我卻獨自在這裡讀什麼狗豬牛鴨雞……屁書，唉！有什麼辦法呢？蟲蟲啊蟲蟲，你說我該怎麼辦？

我將詞箋小心展平收妥，心思卻收不回來。我已過而立之年，已經不年少了，卻怎麼還像年少……不可，不可，不可啊！我的凌波仙子也不喜歡我這樣的，快專心讀書吧！

可是不行。睜眼閉眼，眼前總是她那明眸，那笑靨，那調皮地學蛇吐著信子……我解下香囊，嗅了嗅，又吻了吻，將它放在枕邊。隨即起床，帶了書出門——我要躲開蟲蟲的影子。

隔壁是徐靈遷。我駐足敲門。沒有腳步聲，只傳出他的話：「誰？」

「還用問嗎？」我又敲一下。

「三變兄啊！什麼事？」仍然沒動腳。

我沒推門而入，只是大點聲說：「裡頭太悶了，都想打磕睡，到外邊看書吧！」

「我……我，我有點不舒服，你去吧！」

我知道他騙我。他也是來借居迎考的，但跟我不一樣，十足的書呆子，給他美女都怕浪費時間。他比我大十來歲，落第像習慣性流產，這次好像做最後打拚。偏偏碰上我，算他倒楣。喝酒還好說，他其實也好酒，經不住幾句誘惑，叫老伯偷偷買。填詞談女人他就真不喜歡了，可我沒伴，總不能找院長找老伯吧，還得騷擾他。他不解風情沒關係，當當聽眾也好。有時，我心血來潮，深更半夜新填了詞也要吵醒他品評一番。他脾氣倒好，發發牢騷並不發怒。我擂壁板，他雙手捂緊耳朵不開門。我從縫隙裡吹水過去，他煩了，只好開門讓我進，無奈地說：「你唱你的詞，我讀我的書。」我不在乎，只要別讓我對著牆壁唱就行。唱著唱著發現不滿意之處，當即修改，直到他叫好我也滿意為止。昨夜又鬧了一通，現在想來有點內疚，該讓讓他了，我自己一人走。

5、「春天不是讀書天」

嵩陽書院是個五進院落，由南向北依次為大門、先聖殿、講堂、道統祠和藏書樓，兩側配房相連。我住東邊配房三益齋樓上，通過道統祠與講堂之間的泮池往西望去，見儒者們在碩大的古柏樹下聽講。書院很大，有上百人，但此時此刻都在聽講或者默讀，很靜很靜。本來就沒有女人，恐怕連母蚊子母螞蟻都沒一隻，簡直死寂。

我避開當中的泮池、講堂和先聖殿，沿著邊上碑庫小廊，直接出小門。

這有一大怪，因為鄧文敦父親的名字有個「石」字，需要避諱而不得踩踏，偌大書院地面小石子也給撿光了，只能仰望不遠處的大石山。

恕我直言，對北方的山水怎麼也恭維不起。北方的山跟北方的人一樣，塊頭是大，可惜難得靈氣。更要命的是，一到秋天，開始滿山變蕭瑟，變死寂。而我家鄉碧水丹山，千奇百怪，絢麗多彩。即使數九寒冬，冰封大地，依然滿目青翠，時不時還可以看到一些小朵兒但是鮮鮮豔豔的小紅花，生機盎然。

當然，到了春天，北方的山甦醒而來，也不乏詩情畫意。這時候，書院大門外就有另一番風光。山巒環拱，除了白石便是青綠。書院背依峻極峰，東傍虎頭峰，西依象鼻山，南望大、小熊山東西綿延，宛如翠屏。書院東有逍遙谷的溪水緩緩南下，西有嵩嶽寺的溪水汩汩而來。兩道清澈的溪水在書院前匯合，名曰「雙溪河」，蜿蜒東南注入穎河。站在書院邊的高臺，南可俯瞰登封城全景，北可仰望嵩嶽太室山諸峰。附近不乏清幽靜謐的讀書勝地，如東北逍遙谷疊石溪中的天光雲影亭、觀瀾亭、川上亭和位於太室山虎頭峰西麓的君子亭，西北玉柱峰下七星嶺三公石南的仁智亭等等。我選擇逍遙谷，往東北行。

春來陽氣融融，暗催草木萌發，處處變和暖。一出門，我就感到心曠神怡。我伸了伸懶腰，打了打呵欠，忽聞琴聲歌聲，鶯嬌燕奼。我不由興奮起來，登上高臺遠眺，發現樂聲來自不遠的雙溪河邊。

溪畔紅桃白李競相怒放，有一群美女在林間，花光相妒。她們有的漫步賞花，有的歌樂，有的則鬥草，拔下金釵，笑賭輸贏。她們天真無邪、無憂無慮，活潑歡快，生命活力與自然景色相契如一。當中有幾個男人，幕天席地，與美女巧笑嬉戲。我真希望是其一，或是凌波仙子也在其中。可是，我們遠隔了千山萬水。她怎麼忍心讓我如此孤獨？當然，也是我太狠心，為個什麼狗豬牛鴨雞……屁官，居然把她一片春心給辜負，真是罪過！

我嘆了嘆，踱步而去。到處是春，滿眼是春。麥苗已過膝，綠油油一大片又一大片，間或一小片一小片金燦燦的油菜花。高高的辛夷——也即迎春花，顧不上長葉兒，就開出一朵朵花來，紫紅紫紅，大開大笑著。下個小坡，到池塘邊。池中魚兒游上水面，是為著晒太陽，還是為著欣賞過往的美女？不得而知。還有幾隻大雁停在池邊，發現我了才驚飛而去。

春天確確實實來了，紅了櫻桃，綠了芭蕉。冬去春來，光陰如梭。人生一世，草木一秋。人這一春該怎麼過才好呢？官位顯赫，黃金滿屋，是世人普遍追求。在我看來，芳心比高官比黃金更珍貴。我讀書，似乎只是為著能娶凌波仙子那樣一個美人。為了她，我讀！為了她，我暫且孤寂！

繞過小山頭，樹樹綠柳瀰漫如煙，又一群男女在柳樹下飲酒嬉笑。首先闖入我眼簾是那片柳，滿枝冒出一粒粒金黃色的嫩葉，遠望而去如黃金萬縷。鮮嫩欲滴的柳枝在輕風中飄拂搖曳，像是與野花爭功，看誰為新春添色更多。難怪人們說，草木中最能感人的當數柳。更近看柳葉，像人剛睜開惺忪的睡眼，難怪人們稱睡眼為「柳眼」。想當年，隋煬帝開運河，兩岸種柳，裝點一路春。可笑的是戰國楚王，偏好柳腰，害很多美女餓死。那麼，眼前這些人附庸風雅如何？

他們縱情嬉鬧，旁若無人。三乘車停在路上，幾頭騾在田邊吃草，悠然自得。我忽然想起今天是上巳節，也就是女兒節，愛情跟春筍賽著瘋長，恐怕全城都出來踏青了。

那些女子青春美貌，衣著豔麗，巧笑含羞，男子則開懷暢飲，笑聲迴盪山谷，讓我羨豔不已。臨近，我不時瞥一眼，稍多看幾眼就明瞭，他們在玩「飛英會」——金黃的柳花飛落誰的酒杯誰得喝一杯酒。如果微風襲來，大家杯子裡都落花就大家共飲一杯，挺讓人開心。三個女子顯然是官妓，儘管男人或因天氣暖和或因高興將冠巾和外衣寬了，她們的領口還嚴整。如果是私妓，平常也露胸溝。即使良家女子，也不必如此拘束。官妓有清規戒律，能陪官人娛樂，但不能侍寢，得拿捏分寸，否則治罪。儘管如此，有了她們還是喝更開心。現在野外，圍著小幾，邊上架一張箏，另有小幾擺著筆墨。看來，他們準備挺充分，恐怕要玩到天黑呢！

路經時，我低頭而過。有個男子突然喚我：「這位公子何處去？」

我晃了晃手中的書。那人又說：「嗳——你讀書……該讀不少了，難道沒讀那句嗎：春天不是讀書天。」

這時，附和一片，包括那幾位女子，個個邀我入夥。認真一看，喝酒的兩男三女，另有幾個玩鬥草的男女雖也穿著光鮮但顯然是僕人，難怪這麼熱情邀我。

成人之美吧！我被擁在一位叫燕燕的美女身邊，地上鋪有蓋著紅色錦緞的團墊。我將手裡的書也墊上，這才坐下。他們說，跟燕燕配對的男人臨時有事剛走，現在她歸我。我笑道：「這等美事，小弟笑納了！」

「承蒙不棄，多謝了！」燕燕舉杯敬我，「他們欺負我孤身寡人，你要替我報仇！」

問及姓名，我說我叫柳三變，立即有人追問：「不會是柳七的兄弟吧！」

「什麼柳七？」我反問。

燕燕嘟囔：「剛剛說了柳七，不提也罷，免得又吵。」

兩個男人，一個年約半百的自我介紹說：「我姓蔣，你叫我蔣翁好了。」我們那時候，五十來歲就喜歡稱「衰翁」，警醒自己。他一身年輕人時髦的道家打扮，頂金蓮花冠，衣畫雲霧，望之如仙。

燕燕緊接補充說：「蔣大人是吏部侍郎。」

「我已經準備辭官。現在四處逍遙，只喝酒陪美人，天蹋下來都不管！」

我敬蔣大人酒。另一個額頭特別大的男人說是叫張先，我一聽不由睜大兩眼：「你就是那個寫詞的張先？」

看上去張先比我略小幾歲，精神得很。見我久仰的樣子，他反倒顯露一臉傲氣。他端起酒，想敬我卻又停在手中，兩眼睜更大：「怎麼，不像？」

蔣官人故意說不像，三個妓女也跟著起鬨說他是假張先。我給弄糊塗了。世上兩個模樣很像或者同名同姓的並不難找，但那個詞人張先顯然不可能會有第二。我將信將疑，端了酒先敬他，投石問路：「來，我敬『張三中』一杯！」

「看來，老兄真知道我啊！」張先一飲而盡。

我緊接敬第二杯：「再敬『張三影』！」

張先又一口氣喝了，馬上反敬我：「承蒙老兄記我張某六句，我也得敬你了。」

張先一連敬我六杯。第一杯謝我記得他「心中事」，二杯為「眼中淚」，三杯為「意中人」，四杯為「雲破月來花弄影」，五杯為「嬌柔懶起，簾幕卷花影」，六杯為「柔柳搖搖，墜輕絮無影」。一連六杯，壇中酒空。張先嘟噥「幾壇啦」，一妓說好像是第六壇還是第七罈。張先擱下手上的小壇，大呼僕人快到車上取酒。

這當兒，我們邊吃驢肉乾邊說笑。張先等不及，將原先的空壇拎起來，倒壇底的殘酒。連倒三四壇也沒倒出半杯，有人笑他白忙乎，他堅持說這種壇有時會藏酒。

酒一來，蔣三悲搶先抓過酒罈說：「你敬了『張三中』、『張三影』，也該獎獎我『蔣三悲』了！」

「獎三杯？」我怎麼沒聽說過？我搜腸刮肚。文人墨客名堂多，我雖然跟他們沒什麼交往，道聽塗說也知道不少，卻怎麼也想不起什麼「獎三杯」的逸聞趣事。

「來，邊喝邊告訴你。」蔣三悲邊添酒邊說，「第一杯，悲天下大事不可為也！」

真是該悲，且須大悲。開國六十年來，雖然天下太平，鶯歌燕舞，燦爛逾漢唐，可是……可大宋命不逢時，北方遼國早已強盛，且占據「燕雲十六州」，那都在長城以南，也就是說遼距汴梁千里變成一馬平川，敵騎很容易直抵大宋京城。遼患未除，西夏又在那裡蠢蠢欲動。曾有使者歸來說：「敵方人如虎，馬如龍，上山如猿，入水如獺，其勢如泰山，我大宋如累卵。」內則……好像也不是高枕無憂吧？就前幾日，我還聽人議論，當今內政問題「三冗」：一是有定官而無限員，二是廂軍不任戰而耗衣食，三是僧道日益多而不定數。內憂外患，許多士人學子都看在眼裡，急在心裡。可我——我能何為？我柳某迄今白衣，連一州一縣一裡之小事也不可為，難道不可悲？真該悲啊！我心一沉，一口飲盡一杯。

「第二杯，悲文章不遇知音。」

也真是該悲！想我柳三變，迄今無一文被主考官看中。柳七之詞在青樓在水井邊廣為傳唱，卻遭主流文人白眼，豈不悲乎？

「第三杯，悲美人之不遇。」

這下引起抗議，連我身邊看似溫柔的燕燕也站了起來，大聲嚷道：「我們芳芳小妹還不夠美嗎？罰酒罰酒！」

「算了吧，我哪比得上他夫人啊！」芳芳怏怏冷笑，頭偏一邊去。

蔣三悲雙手將芳芳的臉端過來，打真問道：「你是比我夫人美，可你敢陪我上床嗎？」

「你敢娶我嗎？」芳芳甩開蔣三悲的手。

「好了好了，換個題目。」張先叫道，「柳兄，今天這麼巧，該你三變了！」

眾人一看不對頭，連忙叫喝酒，大家共飲。喝完，蔣三悲嘆道：「不敢……不敢還是不遇……」

「我？」跟他們比，我覺得自己名字太平淡，「我這三變是家父取的名，沒什麼特殊由來，不足掛齒。」

「不管怎麼說，我們『三中』、『三影』、『三悲』、『三變』相聚是三生有幸，三人共飲一杯……等等，瞧——每個杯裡都有花了，六個一起喝。」

接下來以春為題填詞唱詞，不會填也不會唱的喝三杯，填不好唱不好喝一杯，填得好唱得好其他人喝三杯。

張先帶頭，起身揮毫，一口氣填一首〈菩薩蠻〉。寫完，他首先給蓮蓮看，指指點點，說說笑笑，把我們晾在一邊。我心裡有些不快。再怎麼說，論詞我要比她更在行啊，可他根本不把我放眼裡。這色鬼！

接下來，蓮蓮弄箏，張先自己唱剛寫的〈菩薩蠻〉。我故意不聽，可還是感覺到「纖指十三絃，細將幽恨傳」，又有小溪流水的響聲，幽幽地伴著箏音。末了，箏音雖停，水流不止，人們心頭的陰霾更是久久不散。這是一首好詞，以湘靈鼓瑟的典故寫幽恨，哀豔動人，迴盪飄忽。蔣三悲怨道：「這麼好的春日，卻讓你弄得悲悲戚戚，罰酒罰酒！」

張先突然冒出個餿主意，要蓮蓮背一遍他剛寫的〈菩薩蠻〉，背不來罰她酒。我們都替蓮蓮說話，說世上沒幾人能真正「過目不忘」，不要為難人家。張先說前面已經給她看過一遍，實際是兩遍。她只好依從，好像也有點信心，但是強調剛在彈箏沒法聽詞，只能算一遍。張先讓一步，再給她看一遍。收回時，她還攥著他的手搶看最後幾眼。可是，那幾十個字還是漏了小半，她很不甘願認罰一杯。

接下來是蔣官人的芳芳。她不會填詞，只能唱一首別人的〈減字木蘭花〉。這詞是怨婦自訴：

花心柳眼。
郎似遊絲常惹絆。
慵困誰憐。
繡線金針不喜穿。
深房密宴。
爭向好天多聚散。

綠鎖窗前。

幾日春愁廢管絃。

張先尋思道：「『好天多聚散』？人間偏就是沒完沒了的遺憾，這可是人生普遍而永恆的悲哀啊……這詞敘事鋪陳得很，恐是柳七所作吧？」

我想了想，覺得真有可能是自己所作。不想，蔣三悲憤然罵道：「那個柳七——你那個本家能填什麼好詞啊？人家叫他『野狐禪』，狗嘴裡吐不出象牙！」

這傢伙好可惡，素昧平生，憑什麼如此咒我？但我不便辯解——不值得辯解，也不需要我辯解，因為燕燕站出來了：「你這人怎麼這樣啊，你嘴裡能吐出什麼牙來？」

「柳七是你什麼人？」蔣三悲追問。

燕燕不甘示弱：「是我什麼人怎麼樣？不是我什麼人又怎麼樣？」

如此一來，我挺尷尬。我想轉移話題，問燕燕：「你這荷包怎麼特別香？」

燕燕沒理會我，正要繼續抨擊蔣三悲，被芳芳搶了先：「不管怎麼說，你不應該這麼貶損人家柳七。」

張先大笑，說：「老兄啊，快自個罰一杯吧！難道你沒聽說嗎？沒幾個青樓妓館的女子沒唱過：『不願穿綾羅，願依柳七哥；不願君王召，願得柳七叫；不願千黃金，願中柳七心；不願神仙見，願識柳七面。』你要是再敢罵一句柳七，恐怕全天下的女子都要聯合起來對付你，連老婆都不饒你。」

燕燕、蓮蓮、芳芳一個接一個將自己的酒杯哐地一聲擲到蔣三悲面前，一人一聲嚴令：「喝！」

蔣三悲嘆了嘆，將三杯喝了，掉頭對我：「老兄，該你出手啦！」

我正想說點什麼，不為自己辯護，也該感激三位紅顏，又想既然蔣三悲已息事寧人，何必計較？我笑道：「那……我就獻醜了！來點歡快、熱烈的調吧，〈剔銀燈〉知道嗎？」

我問燕燕。她點完頭仍然盯著我，似乎問我有沒有把握。我對她笑了笑，起身落筆。這詞雖然不是我最好的詞，但很能代表我那個時候的心境：

何事春工用意。
繡畫出、萬紅千翠。
豔杏夭桃，垂楊芳草，各鬥雨膏煙膩。
如斯佳致。
早晚是、讀書天氣。

漸漸園林明媚。
便好安排歡計。
論檻買花，盈車載酒，百琲千金邀妓。
何妨沉醉。
有人伴、日高春睡。

無疑是對我期望值不高，他們續繼喝酒，只有燕燕一人隨我起身，幫我鎮紙。待我擱筆，她笑道：「早晚才是讀書天氣，難怪你白天出來風流！」

「豈止早晚，整個春天都不是讀書天！」我說。「這裡『早晚』不是指旦夕，而是『何曾』的意思。我想說：有什麼比大好春光裡把一個人埋在書堆更殘酷呢？如此良辰美景，只消陪你。」

「哎喲——哪輩子積德，碰上這麼多情的好公子！」燕燕響亮地吻了我一下，連忙去調琴。

他們很快被我描繪的春色吸引了，杯停在手中。唱畢，張先高叫道：「好個論檻買花，盈車載酒，百琲千金邀妓。來——，沉它一醉！」他率先一飲而盡，卻又尋思：「盈車載酒，百琲千金邀妓……怎麼是柳七的味道？」

「老弟……莫非你就是柳七？」蔣三悲追問，逼我作答。

「什麼柳三柳七，三七二一。你看我這書不離手，會像青樓浪子嗎？大白天在這裡沉緬酒色，你們才柳七呢！恕不奉陪，我讀聖賢書去也。」我順手從屁股底下抓起書，起身就走。言多必失，還得收斂點。

燕燕抓起我的詞稿叫道：「等等，你的大作忘啦！」

「送給你吧！」我回頭一笑。一張小箋，幾句即興話語，那算什麼？

我們那時候，詞叫「詩餘」「長短句」之類，沒個像樣的名稱。對我來說，只是順嘴說說心理話，或是博青樓女子一笑，或是博官人一歡，並不像詩啊或者文章那樣講究，文以載道。

填詞對我來說，像說話一樣出口成章的事。實際上，詞很像你們現在的「自由詩」，比傳統律詩好多了。但它還有一些讓人不自由的地方。對你們現在來說，填詞難於登天。在我們那時候，也不是一般讀書人都會。填詞非常講究調。每首詞都有固定的調，調有定句，句有定字，字有定聲，讓人聽著都頭疼。而我們那時候的中原，經過五代十國戰亂，腔調跟那塊大地一樣被攪得亂七八糟。真正字正腔圓，倒是殘存於逃難到南方的後裔之口。好比一潭清水，我舀了幾瓣，緊接一場山洪襲來，那潭水渾濁了，清水只留於我的瓣中。可是北方人不講理，反而老怪我們南方人講話難聽。我父親本來要升尚書，就因為有人說「柳宜閩人，說話難懂」，迄今才侍郎。可是寫出來，我們就占便宜啦！再說，詞跟詩不同還在於，一陰柔一陽剛。南方四時青山綠水，女人水靈男人水性，又特別適合令人柔腸寸斷的詞。你看有名的詞人，李煜和馮延巳都是南唐，晏殊和歐陽修是江西，好像只有溫庭筠是北方人，但他幼年就隨家人客遊江淮，否則也可能寫不好詞。詞為我們南人爭了光。但我不太在意自己寫的詞。你平時的說笑會記錄珍藏嗎？還不都隨風而去？

6、「定然魁甲登高第」

回到書房，心還在逍遙谷。糟糕的是，書院座落山坡，居高臨下，從窗向北望去，可以看到河邊。雖然聽不到他們唱詞彈曲說笑，可我能想像他們多快樂。我後悔早早逃回來，要不然此時此刻也在享受美人美酒……直到日暮天暗，他們的牛車騾車才從我窗外牆外回城。

這一夜，我又無法安下心來讀書，無法入睡。我無法不想凌波仙子。她那調皮的信子像蟲豸一樣，不停地在我眼前飛來飛去，還好像在我身上在我骨子裡頭不停地爬來爬去，攪得我無法入睡。我經歷的女人不少了，從來沒這般耿耿於懷。我思念她，簡直是渴望，希望她就是我的書，可以讓我日夜捧著、讀著、品著。想起她，還有種強烈的不安，那就是想及她身邊的男人……簡直要瘋！可她是私妓啊，她怎麼可能不跟別的男人親熱？可我有本事把她贖出來嗎？沒那本事就得忍！只能相信她不會跟別的男人過分親熱。可是，我也是男人，面對如此尤物，誰能把持得了？我應當立即回她身邊去，把她緊攬在我的懷裡……我一再克制，強迫自已快快入睡。然而，心是別人不能約束的，自己就能約束麼？小時候病了，大人說我丟了魂，幾個老婦人到我白天去玩過的地方招魂：用我一件衣服掃著，一路齊喊：「索利克，歸來喲！東方玩了東方歸，西方玩了西方歸，北方玩了北方歸，南方丟了南方歸……」一直招到我家裡，在水缸裡舀了舀，最後到床上，將那件衣服給我穿上，我的病就會好。好像有好幾次。但究竟怎麼丟魂，魂又怎麼回到我的肉身，沒印象，記不起。只是近些年，在孤孤獨獨的夜裡，愈來愈強烈地感到美人就是我的靈魂。如今，我的魂顯然丟在京城丟在欣樂樓！肉身怎能沒有靈魂？靈魂丟了怎能不去找回來？

這麼想著，天矇矇亮我起身便走。像出門散步，行囊也沒帶。離開幾十里地，才想起忘了跟徐靈遷或者老伯打個招呼。不過，這不是頭一回，他們知道我做什麼去了，也知道怎麼在課長院長面前替我遮掩。

我直奔京城，直奔欣樂樓，直奔我的凌波仙子。記得我那天趕到的時候，六個仙女正在舞〈霓裳羽衣曲〉，凌波仙子仍然綦著兩個髽髻。我長長地喘一口氣，緩緩地輕步上前，生怕驚動她。前排桌席已滿，後排空個位子，我悄然坐下。旁人說這有人，剛如廁去，馬上次來。我說就坐一會兒，馬上走。我兩眼直盯著蟲蟲，急於看她這些天有沒有變化，好像沒有！她好端端的，一切如故。我特別細心觀察她有沒有給別的男人暗送秋波，細心聽她有沒有給別的男人踏響木屐，好像也沒有，一切擔心都是多餘的。這些日子就像一個夢，我離去時她安然睡著，現在仍然睡那麼安祥，不曾醒過。

〈霓裳羽衣曲〉是唐朝歌舞集大成之作，唐玄宗親自編曲，安史之亂後失傳。南唐時，李煜和大周后將其大部分補齊，但在金陵城破時，李煜又下令燒毀。前些時候，說是有人發現這樂譜殘段，再作修補，沒想她們這麼快就演出。這曲描述唐玄宗去月宮會仙女，其舞、其樂及其服飾都著力描繪那虛無縹緲的仙境和舞姿婆娑的仙女，讓人身臨其境。白居易曾說：「千歌萬舞不可數，就中最愛霓裳舞。」真不知道他最愛此樂之舞，還是舞此樂之女。老實說，我最愛是舞此樂之女——我的凌波仙子。你看她，回首香階，美目流轉，顧盼生輝，佩環微顫。轉而節奏急促，她急趨蓮步，豔麗如霞的水袖則忽兒飛起，忽兒垂下，奇容千變，令滿座驚嘆。至於那曲，我覺得有好幾處不協，顯然沒補好。等科舉考試完，我要抽空好好補補，要補得比唐玄宗原作還好，讓我凌波仙子的舞姿勝似章臺之柳、昭陽飛燕。

客人回桌，我只得離開。我不願退後，再往前兩步，站立樂工身旁，兩眼緊隨蟲蟲的舞步，如痴如醉。她終於發現我，不免一驚，舞著的綢花掉地。她慌忙撿起花，跟上舞步……「對不起！」我輕輕說。我退到最後，在一個空位坐下。

侍者立即過來，問：「要點什麼？」

我說：「請鴇母來！」

芹娘四十來歲，臉上抹了好幾層，老遠就笑得誇張，驚叫道：「哎呀——柳大才子大駕光臨啦，怎不早說！」

我要一席酒，要蟲蟲作陪，她隨口應承。沒想到，侍者竟然回話說她沒空。芹娘也覺得意外，唸叨說這小女子就是倔強，要求侍者再去叫，強調說：「你說是我叫的，叫她就來。」

結果仍然沒來，說是她突然感到身子不適。芹娘有些生氣了：「請柳大才子到韶光閣稍候，我去看看就來！」

韶光閣外面酒席小飲，裡面臥室，令我想入非非。不多時，蟲蟲果然到來，倚在門口，噘著嘴不大肯進來。我上前將她攬進懷裡，她掙脫，在小桌邊坐下，怨道：「不是說好你要用功讀書嗎？」

「唉，這……這這這並不矛盾啊！倒是你不在……見不到你，我喪魂落魄，沒心思讀。所以，我只好來，請你不要生氣，我保證好好讀！」

還跟進個小丫頭。她忙著添杯，添完卻不肯離去，陪坐一邊。我明白，蟲蟲還沒梳櫳，芹娘不會讓她單獨會客。她們從小被管很嚴，生怕偷香竊玉。蟲蟲跟這小丫頭顯然情同手足，當著她的面與我傾訴衷腸。

蟲蟲本姓戚，來自湖州武康前溪。那是天下聞名的歌舞之鄉，許多人爭著讓自己的女兒習歌練舞。蟲蟲本來沒想走這條路，可是父親重男輕女。她父親好酒，喝醉了要她打水洗腳。她家雖然也算南方，可那冬天也冷。她不愛幫他打，母親心疼，叫她躲鄰居家去。父親硬要她回來，硬要她打。還要她挑水，弟弟掃地。弟弟過意不去，與她調換，她掃地弟弟挑水，父親偏不肯，要他們重做。父親生氣了打她。她很倔強，不哭，也不跑。鄰居出面干預，將她拉到他們家。她卻衝回自己家，衝著父親吼：「你今天打死我吧！你打死我吧！」那時候，宮中、教坊及知名青樓常到前溪選徵女子。十歲那年，母親和親戚一起出面，說服父親，讓她習舞，自己謀一條生路。因為青樓出的價更高，所以將她送青樓了。

開始那段時間，她見欣樂樓燈紅酒綠，歌舞昇平，又有那麼多富貴的男人捧場，還以為到了天堂。稍微一久，她便覺得不安。有天，一個老婦人蓬頭垢面到欣樂樓，泣訴道：「你們肯定聽過秦妙觀這名字吧，我就是啊！」一聽秦妙觀的名字，好幾個人都想起來，因為常有人說起二三十年前那個名動京城的美妓，很多畫工畫她的像去賣，不敢相信會是眼前這人。芹娘怔了怔，給一把碎銀，命人將她領出去。秦妙觀三番五次來，芹娘只好門都不讓她進，但她留在了蟲蟲心裡頭。

蟲蟲讀書讀到漢成帝寵妃班婕妤的故事，恐懼極了。班婕妤美豔風韻，多才多藝，賢德也有口皆碑，受皇上寵幸。可惜好景不長，來了更能歌善舞而又善於邀寵的趙飛燕，班婕妤便受冷落，只好激流勇退，在寂寥中了度殘生。班婕妤寫〈怨歌行〉，以扇自喻，炎夏時扇不離手，入秋入箱。蟲蟲聯想到秦妙觀，覺得青樓女子以色事人，色衰是遲早的事，如扇的命運也就難逃。她恐懼不已，決意趁早出逃，開始留意可靠的男子。就是在這種時候，被我遇上……蟲蟲訴說的時候，忽然感到左手癢，抓了抓，撩起袖子伸到燈前檢視，發現一隻螞蟻。她輕輕將牠吹了，怨道：「都怪我，糖沒放好，到處螞蟻。」

小丫頭連忙說：「我今天到處都擦過一遍了。」

我笑道：「誰讓你叫蟲蟲呢！」

「本來，我藝名叫『豔豔』。是秋扇提醒，我才改名蟲蟲。覺得我就像蟲子那樣渺小，那樣尋常，那樣脆弱，但我又想畢竟是人，有情有義，多少有一些掌握自己命運的能力，我不能像小蟲子那樣無奈，那樣無助，那樣無望。」

我嘆道：「想不到，一個小女子，對自己的命運有著如此清醒的認知。」

「一命二運，命好不如運好。」她直言不諱說，「現在，我只希望能幸逢一位貴人。」

我嘆道：「可是……這種地方……這種地方哪來什麼貴人啊！來這種地方的人……不瞞你說，我也是隱名埋姓，自己都覺得不可見人，逢場作戲……」

「不，你不一樣！姐妹們都說，你是個很死氣的人……書呆子……凡事較真……」

「其實……唉——我也只不過喜歡尋花問柳，依紅偎翠……」

「她們說，你像天上的雲，放蕩不羈，飄忽無定，但總是在天上，不墮落地上……」

蟲蟲一番肺腑之言，讓我感動不已。我直言相告：妻子死於難產，自己目前忙於迎考，尚未續娶。我熱吻著她說：「金榜題名之時，便是我迎娶你之日。」

興猶未盡，索來筆墨，我即興創調填首新詞〈長壽樂〉。這詞回憶我和她相識相愛經過，接著抒發我對科舉的熱望：

情漸美。
算好把、夕雨朝雲相繼。
便是仙禁春深，御爐香裊，臨軒親試。
對天顏咫尺，定然魁甲登高第。
等恁時、等著回來賀喜。
好生地。
剩與我兒利市。

筆未擱，她即給我遞上一杯酒：「好個『對天顏咫尺，定然魁甲登高第』，我等著為你賀喜！」

「那也是你的喜啊，我現在就要預賀。」說著，我熱吻她一陣，然後才將酒一口飲盡。

一壺酒盡，蟲蟲叫小丫再去溫一壺。不想，等來的不是酒而是芹娘。芹娘說：「時辰不早，該歇息了！」她是笑著說的，口氣卻不容商量。

7、芹娘開恩

既然跟蟲蟲訂了終身，我不宜再跟紫兒等人過夜，可又不敢回家，只好在欣樂樓附近的榕風客棧安頓。

在榕風客棧熬了一天，好不容易天黑，迫不及待去看我的凌波仙子。時候尚早，客人大都在酒桌，歌舞沒開始。找蟲蟲，說是在著妝，現在不見客。我在空蕩蕩的大廳獨坐，要一壺酒獨飲。

一壺酒下肚，客人仍不多，表演還沒開始，只好再要一壺。侍者沒送上酒，卻請我到迴雪閣。我想肯定是蟲蟲或者紫兒請，猜不準哪位，問侍者。他賣關子，說到了便知。哪知等在那的竟然是芹娘，她正在研讀我昨晚填的〈長壽樂〉。我在門口止步，進也不是退也不是。芹娘感到有動靜，抬頭看到我，連忙起身，堆出一臉笑：「喲——柳大才子來啦，快請坐！」

鴇母請我喝酒沒什麼稀罕。她們的算盤吊在褲襠裡，每走一步都會算一算。她們和那些歌妓一樣，看中的是我的詞。我的詞能讓一個歌妓聲譽鶴起，車馬繼來，身價倍添，也能讓她們身敗名裂，杯盤失措。所以，憑著「柳七」的名號，我身無分文也敢進青樓。酒茶美色，不僅可以白受，走時還可以帶上一些銀子。現在芹娘請我，不就是想要我填首新詞麼？小菜一碟！這麼一想，我心鎮意定，大步邁入，大方落坐。當然，嘴上還得客氣：「怎敢讓芹娘破費！」

三杯酒下肚，芹娘點題。她雙手捧起我的〈長壽樂〉，兩眼直盯著我：「柳大才子真是性情中人啊！既要沉醉『夕雨朝雲相繼』的溫柔之鄉，又熱望『御爐香裊，臨軒親試』，功名與美色兩不誤，難得如此情懷，難得如此好詞！」

「還請多多指教！」我謙遜地笑笑，端杯敬她。

「這詞今晚就唱，明天就傳遍京城！蟲蟲要謝你，我也要謝你啊！」

「謝不敢當，我只要……」

「我知道，你只要——」芹娘故作戲腔，臉色陡然一變。「可你想過沒有：你怎樣才能得到我蟲蟲？」

我倒是真沒認真想過，以為只要我金榜題名她就可以像良家女子一樣嫁我，水到渠成。她緊接追問：「你是想得她一夜幾夜之歡呢，還是一生一世之情？」我一時應答不上。她開導說：「蟲蟲十歲到我家，今年十五，我養了五年。這五年，除一般人家那樣吃喝拉撒，還要學藝，你算算我花費多少，你準備好這筆錢了嗎？」我從沒往這方面想，只覺得頭腦發脹。她進而說：「你還沒得功名，一時半會兒拿不出這麼大筆錢吧？」

我連忙說：「等我……」

「等你高中狀元？」她冷笑一聲打斷我的話，「一年，兩年？還是十年八年？」

我說：「明年春闈……」

她又打斷我的話：「明年春闈你能確保『定然魁甲登高第』？」

給這麼一問，我心虛了。她替我另尋他路：「找你家裡要，如何？找你親朋好友借，如何？」稍微想了想，我不敢作答。她替我作答：「像你這樣沒個正經，想必家裡不肯給，親友不肯借！」

讓她點破，我羞愧難當，埋頭連飲幾杯。酒一喝膽又壯，我拉起芹娘的手臂直晃：「求求你，等我……等我……」等我什麼呢？等我籌到錢，還是等我及第為官，我自己也說不清楚。

「我可以等你，蟲蟲也可以等你，可是那些男人可以等你嗎？」她冷冷笑道，側身一手指窗外。窗外是大廳，這時滿座，演藝開始。誰都知道，蟲蟲在等著梳櫳，那些男人早開始競價。當時，才開始流行銀子，只有少數達官富豪人家才有，鄉下窮人見都沒見過。時尚的銀子集中在青樓妓館出現，爭著梳櫳蟲蟲，簡直揮金如土。十萬十一萬十二萬一路飆升，昨日已經漲到十五萬。但不可能一直漲下去，得見好就收。男人禁不住美色的誘惑，芹娘禁不住銀子的誘惑。

「我為你填詞！」我忽然想到。

芹娘聽了大笑：「京城行價，每首小詞五十兩左右。柳七嘛，自然價高一籌，我給你一百兩。可這一百兩一首，要湊十幾二十萬兩，你要寫到哪輩子？」

真叫我絕望！我呷一口酒，嘆道：「看來，我跟她前輩子無緣……」

「哎喲——柳大才子何出此言？天無絕人之路嘛！」芹娘幫我添酒。「看在你對蟲蟲姑娘一片真心實意的份上，老娘我願意讓步。」

我立即雙膝跪到她面前：「謝恩人！」

「這可不敢當，快快請起！」她雙手扶起我，對飲一杯。「我不要你半兩銀子，但要你為蟲蟲填詞。我不要你百首千首，但要你一個月每天一首。滿月之日，我讓你為蟲蟲梳櫳。及第之日，讓你與她成百年之好。但這一個月裡，只能在舞池你唱詞她伴舞，不得單獨幽會。」

「這……」太讓我為難了，「實不相瞞，我在青樓妓館都是隱名埋姓。恩人知道，我只填詞不登場，不張揚。要是那樣，讓家父知道，多有不便。再說，我還得求功名，也得有所忌諱。」

「那……那好吧，那就延期一個月，總共兩個月六十天，六十首詞。」

我一口應諾，千恩萬謝。

8、老鼠何不把日子啃少

每天為蟲蟲填一首新詞不難，難的是我不能與她盡歡，難煎難熬。她真是個蟲蟲，在我心裡不停地爬來爬去，癢癢的，難忍難受。

由於每天要送一首新詞，我得在京城作長住打算。榕風客棧不僅價廉，林姓老闆剛好也來自閩中，算是老鄉。我們那時候，南方菜在北方不流行，京城無人能切細魚片，想喝湯更不容易，難得林老闆做一手家鄉好菜。再說這離汴河東城碼頭很近，挺多過往的福建商販、學子落腳。這客棧臨街，但是庭院深深，花木扶疏，鬧中有靜。我租了不臨街一間，安靜讀書。

林老闆整日裡彌勒佛樣的呵呵笑著。客人在飲酒，他總要自己端一壺來敬幾杯。沒幾天，我跟他稱兄道弟。我新編個名字叫柳杉，說是進京趕考，想在此長住，他歡喜得很。

我寫信給徐靈遷，實言相告，請他把我的書和香囊寄到榕風客棧來，並請他屆時前來喝喜酒。

在接下來的日子裡，我加倍努力苦讀。這麼多年，我的靈魂總是在四處遊蕩，飄忽無定。只有現在，疲憊不堪的靈魂終於找到一張床，可以歇息，可以安然入夢。可我好像還有一種病，好像小時候就患上，我把它叫「厭書症」。這病的藥方是我自己慢慢摸索出來的，就是美人。想想美人也能減輕病情。我畫一張蟲蟲的畫像，貼在書桌邊的牆上。每當我讀書讀得發睏，幾乎需要拿筆撐開眼皮的時候，望望她的畫像，兩眼立即明亮起來。再從邊上的小窗望去，彷彿看到她像一隻美麗的彩蝶翩翩飛來。我把雙唇迎上，響亮地飛吻一個。我時不時告誡自己：「快讀吧，她快要來了！」

我在一個小碟裡盛六十粒花生，每天吃一粒，感覺著與凌波仙子日近。沒想到，有天夜裡，趁我睡太死，那該死的老鼠將花生全啃光，讓我好氣又好笑。好笑的是第六十個日子提前到啦，好氣是芹娘不會認帳，我還得每天十二時辰一刻不能少地等待。我在小碟裡換了石子，每天扔一粒，扔完靜心讀書。

在苦苦地等待的日子裡，趁著送新詞，我常常悄然坐在一個角落裡靜靜地欣賞蟲蟲唱我的新詞。原以為她只是舞跳得好，沒想歌也不錯。也許是對我的詞領悟特別好的緣故吧，她唱得那麼自然，全然發自肺腑。她的嗓音本身圓潤清越，如鸞鳳風嘯，足以讓管絃失色。

我在意偷聽人們對我新詞的評價。芹娘算盤好精啊！她說不收我一兩銀子，可她因此百倍千倍賺到了別人的銀子。她在臨街大門口懸掛新的旗子，上面寫著：「柳七將為本樓蟲蟲姑娘梳攏，六十日天天唱新詞。」這話很快傳遍京城，滿城的男人爭著往欣樂樓擠。他們為著聽我的新詞，也為一睹凌波仙子非凡的美貌。男人說女人，狗嘴吐不出象牙，讓我聽著難受，我就懶得跟你複述了。但不管怎麼說，無一不是讚美，又讓我感到榮幸，受寵若驚。那些大商賈爭著給蟲蟲送花環，你一百我一千他一萬，都想用金錢打動她的芳心，橫刀奪愛。有個人冷笑道：「別傻啦！自古以來，你看哪個名妓愛過有錢人？哪個不是愛那些酸臭的文人？」聽著這話，我感到自豪。才子佳人，天經地義。

可望而不可及，最是折磨。坦白說吧，我們男人那小老弟可調皮搗蛋，會哭會鬧，會時不時吵著：「我要歡樂！我要歡樂！我不要讀書！」不滿足他，他吵鬧得你沒法安生。白日還好說，房裡靜靜的，讀書讀累了，或是思念了，望望她的畫像解渴。晚上送詞回來，想得特別強烈。可是，路過小妓院，一個個濃豔的女人在那裡拉客，真讓我打熬不住。

更糟是有天晚上，隔壁入住一對新婚夫婦，或是召妓，早早上床，淫聲浪語特別刺耳，根本沒顧及鄰人。壁板那麼薄，且有很多很大的縫隙，他們會不知道我嗎？好像故意引誘我，好像芹娘或者蟲蟲派來考驗我。想到這，我忍了。我可不能經不起考驗。可是，我讀不了書，讀了半天不知所云。

我總覺得慾火像爐火。你見過打鐵店那爐火嗎？它能把鐵塊燒紅燒軟，如果不及時撤出還要被熔化。而鐵具要打造好，得趁熱伸到水裡去淬火，嗞嗞嗞地響著，婀娜飄起美麗的輕霧。人的慾火也這樣，它能把我熔化……也得淬火。迅速地淬，淬起美麗的輕霧……我以從未有過的毅力頑強地抵抗著從全身上下每一根骨頭裡衝騰出來的慾火，抵抗了一個又一個時辰，一天又一天。

我常常步出房間，佇立樓邊，高眺遠望，似乎想透過那層層疊疊的房頂與樹木望見我的凌波仙子，或者說她會到樓下來望我，一次次失望。她明知我寄居於此，為何一次也不來？當然，我知道，芹娘不讓她來，不是她不肯來。她也無奈，我不該計較……那麼，她真會思念我嗎？芹娘是不是只想詐我的詞？我有些疑心，想不想她了。我把目光從街道抬起，越過房頂樹梢，更高更遠望見什麼呢？天邊日落，昏暗漸漸籠罩繁盛的京城，更籠罩我的心……忽然，我發現燈火越來越多，才想起今天的詞還沒送，立即回房，一揮而就〈鳳棲梧〉。這詞是我的愛情誓言，讓我把全詞唱給你聽：

佇倚危樓風細細。
望極春愁，黯黯生天際。
草色煙光殘照裡。
無言誰會憑闌意。

擬把疏狂圖一醉。
對酒當歌，強樂還無味。
衣帶漸寬終不悔。
為伊消得人憔悴。

芹娘和她的歌妓、樂工們一見，驚呼叫好。蟲蟲說：「『衣帶漸寬終不悔，為伊消得人憔悴』，此句最好。至真之情，由性靈肺腑流出，不妨說盡，而愈無盡。只可惜，此『伊』非我吧？」

紫兒帶著醋意說：「那就把『伊』改成『蟲蟲』好了！」

我說：「好啊，別說改一字，十字八字也可以。」

但旁人反對，說那樣一改，詞調變了不好唱。

回來路上，我還一直思索這兩句，覺得確實不改為好，一字也不可改。為我凌波仙子消得人憔悴，衣帶漸寬也不悔，堅決不悔。我日日唱誦此句，鼓勵自己等下去，堅持等下去……

9、「我柳某會來還帳的」

在我渴望梳櫳凌波仙子的日子裡，終於發生了意外。那天晚上，我又獨自飲了些酒。當隔壁又一對男女翻雲覆雨驚天動地的時候，我再也管不住那調皮搗蛋的小老弟，把書隨手一推，起身就往外跑。往哪去根本不用考慮。我們那時候的青樓妓館分三類，像樊樓那樣的地方頂級，專供官員享樂，只用官府發的館券而不用現錢，不是我這樣的白衣能去的地方。不過，說句實話，那樣的地方其實不好玩。一個個裝模作樣，就是喝喝酒，吟的詩填的詞也多半虛情假意，言不由衷。朝中規定：官員可與妓女娛樂但不得上床。實際上，嚴格來說應當稱她們為「藝伎」。不管怎麼說，那無異於玩火，自討苦吃。當然，我也不敢去。那種官員出入之地，不說碰上父親，碰上叔叔或者父親的同僚好友非常可能，我沒那膽。第二類欣樂樓那樣的地方，算中檔吧，一般文人雅士和大富商都可以去，歌妓舞妓色藝兼備，能陪酒也能上床。但她們不會隨便跟人上床，生怕降低自己的身價。我大都去那種地方。還有一種是小酒館或者小茶館，那種地方不談歌舞詩詞，純粹是淬火生意，工匠腳伕都可以去。那種地方是「嫖妓」，而不是「狎妓」，沒什麼意思。我極少到那類地方，可我今天直奔那類地方。

這條街小酒館一店緊挨一店，幾乎家家門口高懸著紅梔子燈，並不論晴雨罩著箬葉。男人幾乎都知道，這是有妓女侑酒的標誌。我還知道，這習俗是從後周太祖郭威遊幸汴京潘樓流傳下的。我連門牌也沒看清楚，就鑽進一家。

我找個角落坐下，很快有侍者過來，問有幾位要什麼酒要不要姑娘。我沒好氣說：「還用問嗎？」酒還沒上，一個姑娘——不，簡直是大嫂，儘管她臉上抹了幾層，我還是一眼識破。她的腰跟臉一樣渾圓，最糟糕是上嘴唇誇張地突出，沒點兒我們南方姑娘那種靈氣，實屬人見人嫌的「鼓子花」。要是往常，我看也懶得多看一眼。可今天，我立刻寬容了。然而，你知道……像我家鄉俚語說的「男人三分鐘熱風，女人想到冬」，男人之慾就是那麼三分鐘熱風。從旅舍奔到這，早已是強弩之末，只是潛意識中尚有些衝動罷了。我決定恢復意志，跟這女人喝喝酒就算了。沒想這女人直截了當說：「喝酒我是不會哦！」

「那你會什麼？」我感到意外。

更意外的是她回答：「我只會你們男人最喜歡的。」

我自然明白她說什麼，但我要抵抗：「我可不喜歡。」

「哼——哄鬼！」她睥睨我一眼，「一臉菜色，起碼一個月不知肉味吧？」

我給她這話一槍擊中，好不狼狽，但還是說：「我……我陽痿……」

「我專治陽痿。」她放聲浪笑，「要不要試試？」

我堅持說不，但沒有起身離開。於是，她改口說開玩笑，說願意陪我喝酒，只是不想在這大庭廣眾，怕喝多了出洋相。這顯然是謊言，我卻再也無力抵抗，順水推舟，跟她進小閣，並且很快上了小床。這種妓女也不一般，而今天這鼓子花特別有能耐，讓我飆起從未有過的瘋狂。淬完火，美麗的輕霧還沒散盡，從巔峰一跌落，我就清醒，就後悔：怎麼對得起我的凌波仙子？

見我一臉沮喪，她大大咧咧罵道：「你們男人都一副德性，沒上床的時候腦袋都捨得割，一撒完那泡禍水，一根手指都心疼。」

我隨口說我不是心疼錢，說到錢才想到錢，突然又想到什麼，慌忙下床去摸衣裳，兩手十指一點兒硬物也沒觸到，整個腦袋立時空白。她追問：「怎麼啦？」

我只好試著問：「你喜歡填詞嗎？」

「我只喜歡填洞。」

怎麼碰上這樣的女人！我只好直言相告：「出來太匆忙，忘了帶錢。但我會填詞，可以馬上給你填首詞，你可以拿到上等一些的青樓妓館去唱，保證能換到銀子！」

她不相信：「文人學子都是小白臉，可你……鄉巴佬樣的，能把筆拿直就算不錯了！」

我又惱又羞，急忙說：「我不僅會填詞，而且是滿城青樓妓館女子都說『不願神仙見，願識柳七面』的柳七。」

她聽了大笑，顯然更不信。但她說：「我信，我信——就算你是柳七柳八，算我受寵若驚吧！實話告訴你，我根本不在乎錢。你如果真忘了，不是耍我，我一點也不為難你——你走吧！」

如同案犯在刑場聽聞大赦，我激動得語不成聲，好不容易才支吾說：「那……那我下次一定還你。」

她赤裸躺在那一動不動，兩眼直瞪著我，嘴兒微笑著，那歡樂之泉也好像還笑著。我慌了，連忙外逃，撞上小桌，膝蓋骨撞得椎心般疼，逗得她開心大笑……大門口立著一個男人，一臉陰黑。他雖然沒阮哥強壯，但足以令我生畏。出門後我還提心吊膽回望一眼，不見追出，瞥見那燈籠上「香茵酒肆」四個大字。我心裡說：「香茵酒肆，我柳某會來還帳的。」說完，小跑著回榕風客棧。

10、鼓子花相助

在苦苦渴盼六十天期滿梳攏我淩波仙子的日子裡，在慾火又一次快要將我熔化之時，我第二次找了那個淫婦。

本來我不想去。坦白說，事後我想過鼓子花，但是沒好感。長得不漂亮不是她的錯，化那麼濃的妝就不該了。用濃重的妝讓豐腴圓潤的面龐更顯雍容華貴，那是唐代時髦，如今時興淡雅。更討厭的是她那紅豔的厚唇，道地是「破唇」，她還以為是張先欣賞的「朱唇淺破桃花萼」，早早把紫紅的舌頭伸到我嘴邊說：「我這幾天吃熱了，嘴唇長泡，你要吻就吻我的舌。」我可不愛吻妓女，那沾過多少男人的口水。

可我欠她的錢。不管怎麼說，她心地好，不然那天我肯定要被打斷一條腿。對這樣的好人，不能虧心。如果不主動送還，那就是耍賴。我可以不再跟她上床，但不能不還錢。再說，我想通了一個大道理。那天，她罵你們男人都一副德性，沒上床的時候腦袋都捨得割，一撒完那泡禍水，一根手指都心疼。她是隨口說的，害我思索好些天。那調皮搗蛋的小老弟老是跟我說：不就是撒泡尿麼？活人怎麼能憋住尿？肉體就是肉體，心靈就是心靈。如此，既能解除肉慾的折磨，又能恢復心靈的平靜——治好「厭書症」，何妨？我經不住她磨，只好答應：如果真能夠讓我恢復安寧，那就再遷就一次吧！

路上我一再忠告自己：我是來還債的。到了那，當著眾人面，我把銀子擱桌上，心平氣和說：「那天借了你錢喝酒，還給你。」說話時，並沒有坐下。

她扮個鬼臉，笑問：「今天不喝兩杯麼？」

我說：「還有事，要趕回去。」可是一腳也沒動。

她說：「那我請你陪我喝兩杯，行麼？」

我忍了一口氣，只好說：「不方便……還是我請你吧！」我承認，我的意志到底不太堅強。

鼓子花真不會喝酒，但她會躺在我懷裡為我添杯並把酒添入我口中，真的挺好。真不知前輩子積了什麼德，雖然難得碰上好男人——連父親兄長都不大善待我，卻常碰上好女人。感動之時，我跟她交心，如實訴說我的苦惱，連對蟲蟲不敢說的都對她說了。

鼓子花床上功夫好極了，從這方面說以前那麼多女子都白愛了。很少妓女叫床是真的，而鼓子花每次都發自心底。看著吻著美人如痴如醉，飄然欲仙的樣子，在銷魂快感的同時，還有一種無比輝煌的成就感，因為我為心愛的美人創造了無與倫比的奇妙的享樂。否則，那只不過是撒一泡尿的快感。如果她是佯裝，那我會有一種被愚弄的感覺。所以，我也打心底有些喜歡鼓子花了。

第三次找鼓子花的時候，我狂吻她，吻破了她的口紅。不料她上唇原來貼一層膜，再厚厚地抹。這一吻，那膜掉下，她驚慌地捂嘴，說她的唇還沒好。她要我背過去，讓她重新黏好。可能因為沒有膠之類無法重新黏緊，她一指護著，要求我別再吻。她忽然追問：「你到底是不是柳七？」

我說：「是，絕不騙你！但那不是我的真名。」

「我打聽了，柳七在歌樓妓館吃香喝辣大紅大紫，用不著上這種地方。再說，你如果真有那麼好的文采，為什麼老考不中呢？」

這話戳到我的痛處。我說科舉跟填詞不一樣。詞是填給歌妓唱的，她們覺得是她們的心裡話唱得舒暢，酒客嫖客聽得開心就好。科場作文要看的是那幫老朽，需要假正經，大話空話。更糟的是，那幫老朽喜歡拉幫結派，拜他為師，給他送禮，才肯說你文章好。當然，這種情形現在好多了。入宋以來改良科舉考試方式，比如「糊名法」，讓別人重抄一遍你的文章，讓判卷的考官認不出姓甚名誰。可還是常有人作弊——聽說，有的人事先約好頭尾寫什麼句子，還是很容易讓判卷考官認出來，給予照顧。這些事，想來讓人氣憤。我猛喝一口酒。她陪我一口，說：「既是這樣，你何不也攀個考官？」

「我有真才實學，用得著弄虛作假嗎？」

「哎喲——好清高啊！」

「我真是這麼想，不過又想即使攀個什麼主考官也不一定包中。因為殿試的時候，皇上還要親自過目，高興讓誰當狀元就讓誰當狀元，高興叫誰黜落就叫誰黜落，考官說再好也沒用。」

她大吃一驚：「這麼說，還得高攀皇上？」

「是啊！」我坦言也填過一些頌聖的詞，特別是出現「天書」以來。那年正月初三大清早，衛兵報告有條黃帛懸掛在左承天門之南角鴟尾上，皇上親自前往，命人取下。帛上寫著「趙受命，興於宋」之類，皇上大喜，拜受下來，大赦天下，年號改為「大中祥符」，上泰山封禪。過後，還時不時紀念這非凡大事，科舉增加名額，專門錄取向皇上奏祥瑞、獻讚頌的舉子。我也寫了一些，實指望好風憑藉力，高飛入宮，讓禮部那些高官青睞，轉呈皇上，可惜啊——可惜我柳三變之詞不如柳七之詞……沒想到，在我長嘆之餘，鼓子花居然說：「我幫你呈皇上。」

「你能夠幫我把詞呈送皇上？」我自然不相信。能夠接近皇上的女人，怎麼可能這樣醜？又怎麼可能在這種地方？

她神祕一笑：「不信算了！」

我只得將信將疑：「我信，但你說說……」

「明日你送一首最好的詞來。」

「不用等明日，早就在我心裡。叫老闆拿筆墨來，我馬上寫。」

「這地方哪來好筆墨，還是明日吧！寫好來，紙墨也用好些，莫讓皇上小視。」

臨別時問她叫什麼名字。她說這裡的人都叫她媚娘，讓我也叫她媚娘。我覺得好笑，嘴上叫她媚娘，心裡還是叫她鼓子花。

回榕風客棧，我在房間發呆。我不敢相信鼓子花真有某種神祕的身分。回想跟她交往幾次的細節，覺得她雖然身材不好，臉面塗抹過度，那厚唇則很可能掩飾什麼，但她肌膚特別白嫩，這就意味著她從小長在富貴人家。也許是宮女，人老色衰，被驅出來……可是，既然被逐，就不可能再回去……哦——對了，也許是那種再醜也逐不出宮的女人，碰上不好的駙馬，這就有可能了！鼓子花不敢公然要面首，又耐不住寂寥，只好微服上妓院。不是聽說皇上也常微服逛妓院嗎？她不敢到樊樓、欣樂樓那樣的地方，只能到香茵酒肆。

再想想鼓子花說話時的神態，幾曾兩眼直愣愣對著兩眼，我覺得可信。我覺得這是可遇不可求的好機會，不可錯過。於是，我立即著手準備呈獻皇上的詞稿。精挑細選，決定首呈前些年寫的〈傾杯樂〉。這調也是我自創，寫元宵。元宵節最讓人喜歡。它跟上巳節、清明節、七巧節一樣，都是有情人翹首以盼的時光。這天晚上有燈會，那些幽鎖深閨的少女，平時足不出戶，這天晚上破例出門，名為賞燈，實為看人。看中一位男子，她們「連手縈繞，投之以果」也是常有的事。然而，這等好事跟我無緣。雖然……坦白說，在人流中擠來擠去，不時地碰著女人那溫柔的胴體，有時明顯感覺是乳房，立時有種快感，但她們不會青睞我。她們只看外貌，看不出我的才華，沒半個美女肯把果投向我。所以，我更迷戀青樓。只有青樓的女子不嫌我沒有宋玉那樣的外貌，又沒權沒錢。我滿腹詩書要為她們洋溢，為她們噴發。可是，為了討皇上歡心，儘管我不喜歡元宵的美女，也要填歡天喜地的詞：

禁漏花深，繡工日永，蕙風布暖。

變韶景、都門十二，元宵三五，銀蟾光滿。

連雲複道凌飛觀。

聳皇居麗，嘉氣瑞煙葱蒨。

翠華宵幸，是處層城閬苑。

龍鳳燭、交光星漢。

對咫尺鰲山開羽扇。

會樂府兩籍神仙，梨園四部絃管。

向曉色、都人未散。

盈萬井、山呼鰲抃。

願歲歲，天仗裡、常瞻鳳輦。

這是一幅濃墨重彩的盛世畫卷，想必皇上會喜歡。

果不其然！鼓子花說：「皇上看了好高興，還拿給大臣看。我特地打聽了，一個叫晏殊的，知道嗎？」

「知道，那真是大才子……神童。」

「他說你這詞承平氣象，形容曲盡，用賦體鋪敘宮室都城，很不簡單！」

「多謝誇獎！」

「還有個楊億，知道嗎？」

「更知道。也是神童，還是我閩北老鄉，常到我家喝酒，早知道。」我告訴她一件趣事：小時候，楊大人到我家吃飯，我給他夾菜，他樂呵呵表揚我很懂禮貌之類，還夾一塊肉給我吃。我不愛吃肉，夾還給他，一本正經說：「子曰『割不正不食』。」大人聽了大笑，說我聰明。可我聰明過頭了些，竟然接著說：「只吃方塊肉，那誰吃剩下的零零碎碎邊邊角角呢？」父親聽了很生氣，罵我對聖人不恭，當場要打我。楊大人連忙勸阻，表揚我思維靈活，說說無妨。

「楊億說，你這詞充滿盛世情調，逼真地再現了元宵之夜的熱鬧景象，堪稱史詩。」

「多謝過獎！」

「你一直謝我幹嘛？」

「我不能謝他們，只好謝你啊！」

鼓子花叫我趁熱打鐵再送點。

我又挑了兩首，一首是賀皇上生日的〈中呂宮〉，另一首是寫中秋佳節皇上出巡的〈醉蓬萊〉。鼓子花說：「這回我要先睹為快。」

她看不懂，要我說給她聽。我解釋：皇上生日四月十四，這時已初夏，因此首句寫「過韶陽」。「璿樞」指北斗第二星，黃帝就是在電光環繞北斗時誕生的，祥瑞之兆。「彌月」指足月，稱頌吾皇生來圓滿。

「頌率土稱觴」指四海之內普天同慶……不等我解釋完，鼓子花嘆道：「看一首詞這麼累，皇上會喜歡嗎？」

我說：「會的，這麼祥瑞的詞，皇上一定喜歡！」

她仍然憂慮：「那我怎麼聽著很累。」

「唉，這不一樣——跟青樓唱不一樣。青樓唱的，要歌妓和酒客嫖客喜歡，要一聽就懂，所以通俗。給皇上看的要皇上喜歡，而且不是聽，慢慢品味，細細思索，所以我引經據典多，要高雅。」

「會讓皇上說好就好，別讓皇上說不好，我也難堪……對了，皇上問我怎麼認識這個柳三變。我說微服逛街，偶然撞上，見到詞好就要來。」說著，她瞪我一眼，自己也笑了。她沒主動告訴身分，我不便盤問。

鼓子花帶去我兩首新詞，臨別還甜滋滋說過兩天給我好消息。

11、詞乃「詩餘」

不知什麼原因，鼓子花好幾天沒再到香茵酒肆。我擔心她出什麼事，天天去問，並問她家在哪？老闆說她是逃荒的，具體不知道。我明白她對老闆說了謊，她一定來自皇城，但不敢上那兒去問，只能交待老闆，她再來時告知我。我不敢再想我的詞讓皇上看了如何受寵，越來越擔心的是她喬裝打扮到這來的事被發現，那將……那顯然讓我不敢想像。

在替鼓子花擔驚受怕的時候，我繼續等我的凌波仙子。我仍然一天送一首新詞，一天扔一粒小石子，熱切地盼著梳櫳她那個大喜日子快些到來。還剩十幾天的時候，沒剩幾個錢了，只好回家一趟。

我家在內城西，隔著好幾條街。我說剛從嵩陽書院回來，讓老娘心疼了一把。老娘親自給我打水洗塵，讓我既感動又內疚。洗面時，她就立一旁，問走了幾時，今日幾時起程，僱騾還是僱驢，我對答如流。忽然，她又問：「怎麼不跟鄧老一道來？」

我問：「哪個鄧老？」

「嵩陽書院那個院長啊！」

我嚇了一跳：「他來啦？」

「來啦，在書房跟你爸談論哩！」

我隨即魂飛魄散。他怎麼到我家來?是不是狀告我「失蹤」一月有餘?我心裡急速盤算:快找個什麼藉口溜出去。偏偏這時,父親提壺出來添酒,他驚問:「索利克,你怎麼回來了?」

我戰戰兢兢回答:「剛回來。沒錢了,向課長請假……」

父親哦一聲,說:「鄧院長也來了,剛還說到你呢!」

他說話時,我不敢抬頭。聽口氣覺得和顏悅色,因此斷定那老朽沒說我壞話,放下心來,強調說:「我向課長請假,院長不知道。」

父親叫我去書房見見院長。過二廳的時候,又要求說:「鄧院長現在調任崇政殿說書之職,給太子講課。才到幾天,今日就到咱家看望,你要多點禮貌。」

不容我多想,書房到了。父親與鄧文敦邊玄談邊小飲,兩個人面紅耳赤,可見這酒不止第二壺。我特別恭敬地向鄧老問好,照樣說向課長請假剛回來取錢。鄧老爽朗笑道:「向課長請了假就行。那日辭行我還想到你,要課長叫你來見見,他說你剛到外邊去讀書了。其實啊,不為盤纏也該常回家看看,古人就說『父母在,不遠遊』嘛,好樣的!哪天回書院,我要把你這孝子畫上牆。」

真嚇一跳。把我畫上牆?別把那幫同學肚皮笑破了。讓我開心的是,好歹得表揚。我高興坐下,替他添杯又替他夾小菜,站立起來雙手舉杯畢恭畢敬他酒。他更高興,一口乾了杯,又表揚我很有禮貌,很有教養。我聽了忍不住發笑。

鄧文敦說,孫何之子前幾日專程拜訪他,還談到我的〈望海潮〉。原來,孫何與鄧文敦同學於我爺爺,所不同一人做學問,一人做官。孫何曾任杭州知府,我前幾年拜訪過他,就那時填了〈望海潮〉。他對我非常賞識,可惜英年早逝。他篤古好學,著有不少詩文。現在,他兒子將他遺稿編成《尊儒教儀》、

《讀杜子美集》、《詩十二篇》等集子，特請鄧文敦作序。在《詩十二篇》當中，想附錄我寫給他的〈望海潮〉，說這詞現在杭州婦孺皆知，能讓集子增輝添彩。鄧文敦不贊同，說詩歸詩，詞歸詞，詞乃「詩餘」，屬豔科，怎能與詩相提並論？現在，鄧文敦略帶歉意對我說：「其實啊，後生可畏！你這詞在京城也有不少人傳誦，我本人也是十分喜歡的。」為了證明他的確喜歡，隨即唱起我這〈望海潮〉：

東南形勝，三吳都會，錢塘自古繁華。
煙柳畫橋，風簾翠幕，參差十萬人家。
雲樹繞堤沙。
怒濤卷霜雪，天塹無涯。
市列珠璣，戶盈羅綺競豪奢。
重湖疊巘清嘉。
羌管弄晴，菱歌泛夜，嬉嬉釣叟蓮娃。
千騎擁高牙。
乘醉聽簫鼓，吟賞煙霞。
異日圖將好景，歸去鳳池誇。

我驚訝極了。怎麼也不敢相信他老人家竟然能把我一首舊作唱得一字不差。沒等我恭維，他緊接誇讚：「好詞啊，真是好詞！極富雄渾博大氣勢，豪放中極富情韻，令人胸襟為之一開，俊賞無窮。長於鋪敘，密中有疏，錯落有致，極富節奏。老朽冒昧揣測：此必成傳世佳作！」

聽著這番話，我的心情不用說，父親笑得合不上嘴。我從來沒見他這般開心愉悅過。他平時不喜歡我迷詞，現在口口聲聲「過獎」，卻一杯杯敬酒，甚至拿起小巾親自為鄧文敦擦拭長鬚上的殘酒。

似乎父親的謙虛提醒了鄧文敦，他話鋒一轉，又說：「不過，你還年輕，路子還長，步伐要正。說白了……古人就說嘛，詩賦不過是雕蟲小技，閒言碎語，杜詩也沒實用，壯夫不為。何況詞乃『詩餘』，偶爾為之尚可，如果深陷可不好。詩言志，詞抒情。人之為不善，情之誘也。誘之而不知，則天理滅而不知返。所以說，情之溺人甚於水。你看現在那些填詞浪子，整日混跡勾欄瓦肆，沉緬歌舞聲妓，幾個有出息？昨日還曾談論，有個叫柳七的……你們柳氏同姓……」

父親連忙插話：「肯定不是我們柳家！我們柳家絕不會出那樣的不肖子！肯定是假冒姓名，自己也羞於見人……肯定姓劉，我們福建『柳』『劉』不分。」

悄然將兩位長輩掃一眼，沒發現盯我，安下心來繼續受訓。鄧文敦很能說，大廳一坐，閉上兩眼，一開口能說半天，讓儒者們餓得咕咕叫。那天，他把我父親的書房當作他的講堂了。他唾沫四濺說：「聽說，那個柳七甚至寫什麼『衣帶漸寬終不悔，為伊消得人憔悴』。你看看，為著那些低賤的女子墮落到何等地步！這樣的人，會有什麼出息？」

聽著這話，我再也坐不住了。我想生氣，但不敢，只能強忍著，佯裝捂肚子，悄然向父親暗示。他明白了，抓住鄧文敦停頓的隙間，急切說：「鄧老，犬子內急，失敬了！」

呸！一出書房，我便嘲天井狠狠啐一口，像是終於釋放一個憋了很久的屁。

我順水推舟跟母親說上街買藥，出大門僱騾車直奔欣樂樓，揮筆填新詞。蟲蟲留我吃晚飯，我仍藉口肚子不舒服，迅速返家。出遠門回來，不在家中停留幾日說不過去。

12、受訓

晚上宴請鄧文敦，父親還請了楊億等幾位至友，滿滿一大桌。只遺憾沒有歌舞相佐。宋承唐制，三品以上可備歌妓五人，五品以上三人，實際上大都超標。我父親身為工部侍郎，高居三品，可他一個歌妓也不配。記得有人問這事，那人笑道：子曰「素富貴，行乎富貴」。你有資格享受姬妾歌舞而不享受，不是跟富貴人而行貧賤事一樣嗎？有負老夫子教誨。父親則說要嚴守爺爺遺囑：「家有書聲窮不久，家有琴聲富不長。」但他對客人熱情，要我們兄弟三人一起坐陪。我們兄弟均未入仕，還得仰仗這些德高望眾的長輩提攜。我們越虔誠，貴賓越感覺良好，酒也喝得越熱烈。

楊億是閩北浦城人，離我家鄉僅百來里。他是名滿天下的大才子，讓鄧文敦與我父親之輩也敬重三分，我們兄弟更不在話下。他奉命編纂《冊府元龜》時，與同仁在修書之餘寫詩唱和，編輯成冊，名為《西崑酬唱集》，他們的詩因此被稱為「西崑體」。老實說，我覺得他們的詩多為酬唱，此於應酬，缺乏真情實感，老是刻板搬用李商隱的詩題、典故、詞藻，大掉書袋，不敢恭維。然而，我不能不欽佩他的才學。他七歲能文，十一歲時太宗聞其名，特地派高官到他家中面試，帶到京城複試，隨即留在朝中。他還是個人人羨豔的美男子。當然，他跟我想像中的宋玉不一樣。他除了身材魁梧，主要是一把長鬚。傳說，皇上曾問他：「你鬍鬚真漂亮啊！睡覺的時候，這把鬍鬚是放在被子外面還是被子裡面？」他怎麼也想不起來，無言以對。可這是皇上的問題啊，不能不弄明白。晚上睡覺，一會兒把鬍鬚放被子外面，一會兒放裡面，折騰一夜睡不好，還是弄不清楚。他只好回稟皇上：「世上之事，恐怕都在無心與有意之間吧！」然而，這天到我家來，那把受皇上讚過的鬍鬚居然一根不見。一見面，大家自然笑他怎麼變「光板」了。

「唉——說來丟臉！」楊億只好說原委。「昨天晚上，寫幾句小詩，命妾持燭。我叫她拿近點，再拿近點，不想她眼睛不看，把我鬍鬚燒著，燒得亂七八糟，只好都剃了。」

眾人大笑。我感到更好笑，因為我想起自己從欣樂樓回榕風客棧，無聊之時我也想過究竟多少步，一次次數，每一次都不一樣。這與楊大人鬍鬚的故事一樣可笑，但我不敢大笑。

楊大人趣事挺多。我還聽說，他作詩的時候，即使與門人賓客飲酒賭博、下棋遊戲、笑語喧譁，也不妨構思。有次遼國送來哀悼皇后的祭文，他在皇上面前展卷捧讀的時候才發現紙上空無一字，嚇了一跳。總不能說自己拿錯一張白紙吧？機靈一動，他邊杜撰邊念道：「唯靈山一朵雲，閬苑一團雪，桃源一枝花，秋空一輪月。豈期雲散雪消，花殘月缺！」皇上聽了頗滿意。有這等本事，能不嘆服嗎？趁著他到我家來，趁著敬酒之時，我很想問這傳說是不是真的，但不敢問。我怕是人家瞎編，讓他下不來臺。

長輩們忙於你來我往敬酒，我們兄弟除了偶然敬敬酒、添添杯或者夾夾菜，大多時候只能乾巴巴陪坐，挺無聊，好在楊大人有不少傳聞讓我回味。他吃菜斯斯文文，豆芽幾乎一根一根夾，嚼咽則抿著嘴，讓我看著都累。

可惜座中沒有女人。父親跟我爺爺跟鄧文敦一樣正統得很，很難想像地方官府宴有妓女時，父親怎麼應酬。是狡辯「座中有妓，心中無妓」，還是回家將穿過的衣裳脫下來燒掉以示清白？反正我沒聽什麼緋聞，家中沒蓄妓也從不用歌舞助酒。

這些人湊一塊，話比酒多。主角是鄧文敦，他當仁不讓，滿面春風。但他矜持得很，喝到飄飄然的時候，還不忘每每以袖掩口。他持杯的手不停地顫抖，一杯至少蕩了三分之一，我斷定他是個老酒鬼。他口才很好，將宴席也變成講堂。他說聖學不傳久矣！堯舜文武之道傳之仲尼，仲尼傳之孟軻，孟軻傳之於我，我真怕百年之後失傳啊，所以恨不能一天有二十四時辰一年有二十四個月。

稍多喝些，楊億發牢騷，說他昨日向皇上啟稟，皇上要他將奏書呈上，他遵命起坐步上前。沒想到，呈完回坐的時候，發現凳子給撤掉了。他不好意思問怎麼回事，只好一直站著。我父親等人聽了也納悶，猜測肯定是可惡的太監搞錯了，或者是不小心得罪了他們。

鄧文敦則忽然大笑。在眾人追問下，他才得意說這是他進諫的。前日第一次見皇上，皇上按常例請他坐。他卻不坐，說為臣的不敢與皇上平起平坐，而應當有尊卑之分，凡下官在上級面前都應當站立以示恭敬。皇上聽了，思索著說：「唔……有道理，有道理！」

楊億說：「幾千年來，君臣不都是『坐而論道』麼？孔子講課，也是坐而論道吧！」

「哎——要與時俱進嘛！」鄧文敦說。

從幾千年談來，海闊天空。談完別人的著述，談自己新作。楊億當席朗誦他昨晚燒鬍鬚寫那首新詩，題為〈南朝〉。這詩寫南朝君主日夜淫樂，最終誤國。他明白說這是借古諷今，希望當今天子牢記南朝教訓，以免重蹈覆轍。這詩引起大家共鳴，一個個抱怨當今天子太軟弱，朝野不振，人慾橫流，天理難存，長此以往國將不國。大家怒斥著，唏噓著，搖頭晃腦之際忽然注意到默無聲息的我們三兄弟，於是轉移話題。焦點自然是我，又將我的〈望海潮〉〈傾杯樂〉等詞稱道一番，然後恢復沉重，一個個居高臨下教導我們兄弟要如何如何奮發有為，如何如何擔當大任。

內憂外患我不是不關心，借古諷今的事我也不是沒做過。說實話，有時我也覺得「天書」並不令人信服，還要一而再再而三搞什麼紀念，就更荒唐了。那年十月，皇上稱夢見聖祖要再賜天書，在延恩殿大設道場祭祀聖祖，我心裡變得有些兒反感。可惜我不是大臣不能進諫，只能填一首〈玉樓春〉。這詞寫漢武帝設壇祈禱神仙降臨，屏息靜氣地聆聽神向他傳授密訓，藉以委婉地奉勸皇上多接觸群臣士庶，採納諫言，比占卜之類更靈驗，更有助於王朝與天地共存。也許主考官或是皇上不喜歡我暗諷吧，科舉考試不取我，但我不後悔！等哪天像楊大人常在皇上左右，我還會直接進諫，絕不藏頭藏尾。當朝開國六十來年，不曾殺過一個文人士大夫，千古未有。哪還用像他那樣當面不敢說，背地裡還只是借陳年舊事指桑罵槐。再說，我也不贊同他們的主張，以為革盡人欲就能復盡天理。天子與臣與民同樂，千古未有！都市繁華，百姓安祥，也是千古未有！他們怎能熟視無睹？

看他們沒完沒了的樣子，我只好故技重演，捂著肚子離席。一出家門，飛奔香茵酒肆，看看有沒有鼓子花的消息。

現在想來後悔得很，真是醉昏了頭。要給皇上獻詞，託楊大人不好嗎？託什麼鼓子花！如今，她那裡不明不白，想託楊大人也不敢了。

13、「山長水闊知何處」

第二天，鄧文敦說晏殊約了午宴，請我父親同往，父親託故推辭。晏殊略小我幾歲，更是個大才子。他十四歲以神童入試，賜進士出身，即留在朝中為官。他是江西人，算是南方老鄉。可我父親古板得很，也可能計較他沒有直接邀請。我一聽晏殊大名，兩眼發亮，覺得良機不可失。我冒昧插嘴：「晏大人才學高深，名滿天下，小生久仰，希望能拜師討教。」

鄧文敦立即樂呵呵說願意牽線，父親只好同意。

晏殊的私宅叫「緣園」，座落在西門城郊，與瓊林苑毗鄰。一片十幾幢，間隔著湖泊、虹橋、亭臺、水榭、太湖石假山之類，像南方園林但沒有圍牆，更像一個村落但比好些村子更大。最多是北方少見的香樟，因為這樹既好看，象徵文章華美，又防蚊實用吧！這些樹只有人高，可見這園新建不久。

早有所聞，晏殊出身貧寒。初為官時，別的官員到處吃喝玩樂，只有他獨自在家深研學問。皇上獲悉，高看一眼，提拔重用。他如實回稟：「臣不是不喜歡吃喝玩樂，只因為太窮。臣如果有錢了，也會出去玩，只不過現在沒錢而已。」看來，這個忠厚的才子兌現他對皇上說的話了！他為官並不久啊，哪來這麼多錢？真讓人眩目。據說，他曾動用官兵建這私邸，不知是否屬實。不過，如今世道假公濟私多得是，沒幾個像我父親那樣榆木腦袋。等我入仕有錢了，一定要建個比緣園更漂亮的園子。

主房叫「燕歸堂」，飛簷斗栱，雕梁畫棟，一連三進。一進茶會，二進書畫，三進歌舞。兩旁走廊，家中男左女右，中間貴賓，富麗堂皇。我忽然記起，很小時候，曾經幻想要蓋一幢大房子，畫了圖，還給一起讀書的劉禹龍看過。劉禹龍又給他妹妹英仔看。英仔常跟我們一起玩。她看了我畫的房子，喜歡得不行，說：「你要是真能蓋那麼漂亮的房子，我就嫁給你做老婆！」那圖後來弄哪去了，我想不起來。難道被晏大人拾了？笑話！

燕歸堂第三進廳很大，品字型擺三桌還留有寬大的舞池。我們一到，鄧文敦、楊億等幾位有頭有臉的直接被擁入主桌，我們次賓或隨從之類入邊桌。

晏大人隨即入席。他比我想像中更年輕，一臉微笑，滿面春風，但稍加注意便可發現他左腳有一點瘸，一腳重一腳輕。鄧文敦和楊億等人跟他交往已久，沒有驚訝，這麼說是老毛病。

介紹初到乍來的賓客。楊億說我是工部柳侍郎的三公子，晏殊連連領首致意。楊億進而介紹，說京城近來所傳〈望海潮〉，還有前些天皇上稱道的〈傾杯樂〉，就是我填的。晏殊一聽，朝我一抿嘴，說：「那的確是好詞，以後可以多切磋。」

他說這話時，特地起身隔席向我拱手，讓我受寵若驚。這時，坐我左邊一位也主動向我拱手，並發問：「記得我嗎？」

我略加回憶，立即叫了出來：「張三中——張三影！」

坐我右邊是個小年輕，叫歐陽修。別看他其貌不揚，長著一對特別白皙的招風耳，笑起來露牙齦，偏又喜歡哈哈大笑，讓人以為沒修養，其實他絕非平庸之輩，早有所聞，他文章寫挺好。自然，他也聞知我的〈望海潮〉，只是沒見過面而已。

晏大人擺的是流水席，開宴後還陸續有客到，並不時有陌生人，主人不時接見一陣，我們也不時中斷片刻。他不停地敬酒或者被客人敬，無法專心於任何一人。菜不時地上，但桌面始終保持三菜一湯。菜餚不同凡俗，每一片冬瓜都雕琢精緻。鴿子不是大塊肉，而只是小巧的舌，配些許紅蘿蔔丁生炒，美其名曰「西施舌」。還有什麼「貴妃雞」、「昭君鴨」、「貂蟬豆腐」之類，讓人邊品嘗這些從未吃過的美味邊聯想古代美女的綽約風姿，風韻倍增。

張先說他雖然一介書生，父親只是經營江淮一帶的鹽商，可是跟朝中及各地達官貴人多有交結。那天在登封與我邂逅，就是當地太守——相當於你們現在的市長請蔣三悲遊玩，蔣三悲又邀上他。他也是緣園的常客。他告訴我：「晏大人風骨清羸，不喜食肉，尤嫌肥羶，非常講究。緣園的廚師就有好幾十，切蔥切蒜都有專門的人，沒有一天不擺酒宴。」

我說：「天天請客……應酬，累不累啊？」

「累得快活啊！人生苦短，他一天也不肯虧待自己。」

歐陽修則跟我們悄然評論楊億。他說西崑體詩賦雖然風靡，但是浮華空洞，了無意義。為了矯正西崑體的流弊，應當大力提倡古文，師承韓愈，主張明道致用。

忽然樂起，一群美女翩翩入池，蹁躚起舞。只舞不歌，稱「啞樂」。上啞樂是為了讓客人喝酒聊天。我和張先轉而觀舞，也即看美女。不一會兒，張先自語道：「哎——大眼睛怎麼不見？」

我不知所云。他兩眼仍然在舞女中搜尋大眼睛，告訴我：「這都是晏大人的家妓。有個叫娜娜，眼睛特別大，特別漂亮，晏大人特別喜歡，每次都是她領舞，還由她唱新詞，今天怎麼不見……」

那五六個美女的眼睛都比較大，又化了妝，外人難以辨認。他自言自語：「等會兒肯定會出來！」

大概等失望了，他忽然又說：「其實，晏大人眼光不錯，豔福不淺，個個不俗，你說是麼？」

「那當然！」我附和說，兩眼沒離開美女。

張先眼閒不住嘴也閒不住，跟我講件事：前天，他被幾個朋友邀到一個歌樓，那沒幾個漂亮的，也一個個拉著向他要詞。沒辦法，只好應付，亂哄哄中忘了一位叫靚靚的女子。那靚靚雖然心懷不滿，卻不厚顏強索，反倒提起他剛擱下的筆寫一首詩給他：「牡丹芍藥人題遍，自知深如鼓子花。」他嚇一跳，這麼有才的女子怎麼敢委屈她呢？馬上填一首〈望江南〉給她：「醺醺酒，拂拂上雙腮，媚臉已非朱淡粉，香紅全勝雪籠梅，標特別塵埃」云云。

我聽了大笑，想起我的鼓子花，想說點趣事回饋又覺得不便，只是回敬他酒。

大家酒喝差不多，話聊差不多，美女舞姿也欣賞差不多了，主人高聲宣布：「該我晏某獻醜啦！」在一片歡呼聲中，送上文案。晏殊舉目逡巡，略作沉思，揮筆填一首新詞〈蝶戀花〉。這曲調挺時尚，又叫〈鳳棲梧〉，還叫〈鵲踏枝〉，我也用過。晏殊寫完擱筆，還沉浸在詞的意境當中，默無言語。眾人也不作聲，只是在心裡猜測他寫了什麼。

有人上前將寫著新詞的大紙高掛屏風，又出來一美女撫琴彈唱。一些人在欣賞新詞，一些人在欣賞歌女。

張先自語道：「也不是那個大眼睛！」但他沒多說，專心用眼用耳欣賞主人的新詞：

檻菊愁煙蘭泣露，羅幕輕寒，燕子雙飛去。
明月不諳離恨苦，斜光到曉穿朱戶。

昨夜西風凋碧樹，獨上高樓，望盡天涯路。
欲寄彩箋兼尺素，山長水闊知何處。

這詞抒寫人生離別相思之苦，感慨對人生短促、聚散無常以及盛筵之後落寞的心情，感情真摯，情調悽切，爽快決絕。唱畢，眾人由衷稱道。

張先是個心直口快的人，高聲說：「這詞要是讓娜娜來唱，定然更高一籌。娜娜呢，她為何不見？」

晏殊一怔，嘆道：「別提了！」

這樣一來，更多人關注，他只好說她因衝撞夫人被逐。眾人為之惋惜，但又不便多言。

張先忽然說：「我也獻一詞吧！」他隨即揮筆填一首〈碧牡丹〉：

步帳搖紅綺。
曉月墮，沉煙徹。
緩板香檀，唱徹伊家新制。
怨入眉頭，斂黛峰橫翠。
芭蕉寒，雨聲碎。
鏡華翳，閒照孤鸞戲，思量去時容易。
鈿盒瑤釵，至今冷落輕棄。
望極藍橋，但暮雲千里。
幾重山？幾重水？

這詞看似和晏殊「山長水闊知何處」，但一聯想娜娜，顯然就是責問：你現在和娜娜隔了幾重山，幾重水？

晏殊讀後，不禁潸然流淚。他沉吟著「望極藍橋，但暮雲千里。幾重山？幾重水」，喟然嘆道：「唉——人生在世，貴在適意，何苦如此……何苦如此啊！」他隨即大呼僕人，命他快取錢去將娜娜贖回來。

僕人問：「她在哪？」

晏殊極不情願說：「秦時樓。」

僕人又問：「秦時樓在哪？」

晏殊怒道：「我怎麼知道那種地方！」

這時，我脫口而出：「我知道。」

在眾人驚訝的目光中，我領著僕人步出大廳。我知道他們在非議我，但我不反悔。既成全晏大人的美事，又可以趕去向自己的美人交差，何悔之有？

當然，酒消後我還是有些後悔，怕傳入父親耳中，但我又僥倖地想也許不至於。父親早知我會在外喝酒，知道個青樓並不能說明什麼。

14、馬屁拍到馬腿上

那天晚上在秦時樓找到新鑲兩顆金牙的娜娜，僕人說明來意，她卻不肯回。我說明經過，詳說張先那幾重山幾重水，希望她能感動得落淚。這目的達到，但沒想她悲中有憤。原來，她被逐並非因為衝撞夫人，而是皇上突然召見晏殊，他匆匆更衣，叫她幫忙取笏板。她一不小心讓板掉地，缺損一角。他大怒，一掌摑去，她應聲倒地，門牙磕掉兩粒，又被趕出大門。她哭訴：「橫豎伺候男人，幹嘛非要跟他！沒跟官人的女人活不下去嗎？我不去，再也不去了。你要我回，我撞死給你看！」

晏大人也真是，脾氣怎麼跟我老爹一樣！我對他僕人說：「路我幫你帶到了。要請人，恐怕還得晏大人自己來！我有事先走了！」

從秦時樓出來，我趕去欣樂樓送新詞。這點小事，不難對付。我現在越來越擔心的是鼓子花，她怎麼忽然消失得無影無蹤？

鼓子花是不是病了？如果是，很可能不是小病，那自然出不來。那麼，她也在急呢，肯定不會忘記我在等她尋她，不方便託人送信，只能在病床乾著急，弄不好加重病情。而我，更不敢去打探。唉，菩薩保佑吧！我專程到大相國寺，為她燒一大把香，許諾如果她三天病癒我供奉一斤燈油，兩天兩斤，一天三斤。結果四五天還沒見。

是不是行蹤敗露？那就更糟！她肯定有著某種尊貴的身分，不然不可能通天。但是，尊貴的身分不等於事事稱心樣樣如意。如果敗露，肯定還會連累我。這種情形，想像一下都讓人發抖。不過，我又想這種可能性很小。楊大人提到皇上喜歡我的〈傾杯樂〉，說明她的話不假。而楊大人心平氣和提這事，說明一切正常，不必多慮。

回榕風客棧，我專心讀書。上床後，專心想我的凌波仙子。然而，我輾轉反側。胡思亂想中，一再想起鼓子花和我託付她的詞，忽然想到一種新的可能：會不會皇上嫌我後面送的詞不好，鼓子花覺得我是騙子，因而再也不理我了？

不至於吧！這詞不是即興填，我不可能應付了事，抄寫的時候還字字句句推敲過一番，可以說相當完美。那麼，還可能會有疏忽之處嗎？多想想，又覺得並不能說完全沒有這種可能。於是，我披衣而起，燃燭取稿，再逐字逐句查閱一遍〈醉蓬萊〉。我覺得這詞確實完美得很：

漸亭皋葉下，隴首雲飛，素秋新霽。
華闕中天，鎖蔥蔥佳氣。
嫩菊黃深，拒霜紅淺，近寶階香砌。
玉宇無塵，金莖有露，碧天如水。

正值昇平，萬幾多暇，夜色澄鮮，漏聲迢遞。
南極星中，有老人呈瑞。
此際宸遊，鳳輦何處，度管絃清脆。
太液波翻，披香簾卷，月明風細。

首韻三句寫自然秋光，葉落雲飛，天高地闊，淡遠而明快。其中頭兩句化用梁時我本家詩人柳惲句「亭皋木葉下，隴首秋雲飛」，有典有源，錯不了。次韻二句寫宮廷氣象，宮殿聳立，佳氣繚繞，高貴而吉祥。第三韻三句寫宮中花卉，深黃淺紅，香氣氤氳，靜植於殿宇階下，美豔而芬芳。第四韻三句以玉宇、仙露、碧天將天意與人事相結合，安和而祥瑞。上片呈現宮中秋景，為太平盛世、皇上出遊鋪下華美祥和的背景。下片直接頌揚皇上出遊。首韻四句先點明「昇平」時代，再說皇上日理萬機，從側面歌頌皇上的政績，並以「澄鮮」的夜色、迢遞的漏聲烘托和平安謐的氣氛。次韻二句以祥瑞的天象兆示天下安康。第三韻三句寫皇上的鳳輦，伴以清脆悅耳的管絃聲，以車駕和音樂側寫皇上雍容華貴，至高無上。最後一韻三句，以宮廷中「波翻」「簾卷」「月明風細」的適意景象來總括此次「宸遊」，暗喻國泰民安。其中出自大唐上官儀「步輦出披香，清歌臨太液」一句，借用漢唐之宮來指當今之宮，錯不了。這詞中沒有俚俗之語，而多用前人的詩文、典故、傳說，顯得古雅。再是多用對偶句，顯得繁富工整。同時我還對《醉蓬萊》的曲調進行了完善，本來它以四字為主，其中五個五字句我都化為上一下四的領字句式，韻律變得更為和諧勻齊，莊重端嚴。這樣一首詞，不論從哪方面看，都相當華美，料他楊某、晏某之輩也寫不出，皇上還有什麼可挑剔？

興猶未盡，我倒出酒，冷冷地灌下兩大碗，立時清醒許多。我又挑剔著看兩遍，實在找不出什麼欠缺，才滿意地上床。我敢肯定，皇上對我這詞滿意。只是……只是鼓子花病了，或者說皇上出巡了，得多等兩天三天。到時候，皇上一高興，說不準會像楊億、晏殊那樣，也派官員上門面試，賜我進士，而我不是少年得志所謂「神童」，有著豐富的生活歷練，可以直接擔當大任……屆時，皇上如果問我，我該說什麼呢？我說我要統兵，橫掃北疆，大洗澶淵之恥。或者，我要主持禮部，革故鼎新，杜絕遺賢，讓普天下有志之士都能盡其才……不過，我也要坦誠說我喜歡美酒和美女……對了，首先要懇請皇上賜我千萬兩銀子，贖出凌波仙子！讓我和她明媒正娶，在家辦婚典，一拜天地二拜父母……不，要一拜天地二拜皇上，因為是皇上出的銀子……就這麼幻想著入夢。

我堅信我的詞能夠打動皇上，像給蟲蟲送新詞一樣堅持每天到香茵酒肆打聽鼓子花的消息。這裡的客人比欣樂樓的客人更低賤，連喪魂落魄的學子都不屑一顧，清一色的車伕、馬伕、肩夫之類，一張張臉又油又粗，衣著襤褸，大聲猜拳，大碗喝酒，腳架到凳上，手抓菜餚，與這簡陋的店及醜陋的妓女非常協調。然而，除了衣著稍好些，我這張連自己也討厭的臉與這一切也協凋，還覺得比樊樓之類更自在。我不能只是來探問鼓子花，也不想再找妓女鬼混，但不想喝也得喝碗酒，給老闆做點生意。這樣，老闆視我為老顧客，總是笑容可掬。

有天，老闆終於遞上一封信，說是媚娘要求轉交給我的。這信非同尋常。我們當時的箋紙有好多種，如果詳細道來，你肯定會嫌我囉嗦。單說一類金銀箋吧，就是在箋紙上加金銀裝飾，也分好多種，比如灑金、印金、縷金等等。灑金箋是在紙面上用膠粉施以細金銀粉或金銀箔，使之在彩碳粉蠟箋上放出光彩，富麗堂皇。媚娘——鼓子花這信就是用灑金箋寫的，令我兩眼一亮，心花怒放。鼓子花……不，應當稱媚娘，她尊貴的身分不容再疑。我迫不及待看文字。這信沒頭沒尾，只是簡單寫著：

讓你久等了，請諒。你也太大意了，怎麼開頭就用「漸」字呢？更糟的是，「宸遊鳳輦何處」乃先皇輓詞，你居然不知道！再說「太液波翻」也不好，你為何不寫「波澄」呢？皇上看了挺不高興，你還得靠自己多努力。我不會再來了，請不用再等我。

我看了直冒虛汗，恨不能……恨不能……這這怎麼可能呢？「宸遊」指帝王巡遊，「鳳輦」指帝王所乘之車，千百年來多少人用過，憑什麼他輓詞可用我頌詞不可用？首用「漸」字起調，是為了與下句「亭皋落葉，隴首雲飛」協調，字字響亮。不信你換個其他字，都不可能這樣好。至於為什麼用「太液波翻」不用「波澄」，那因為「澄」字前已用過，不宜重複。再說「太」是徵音，「液」是宮音，「波」是羽音，如果用「澄」字商音，就不協調，所以要用羽音「翻」字。兩羽相屬，這樣宮下於徵，羽承於商，而徵下於羽，音律非常協調。「太液」二字由出而入，「波」字由入而出。如果用「澄」字而入，那麼一出一入，又一出一入，就沒節奏可言。再說，由「波」字接「澄」字，不能相生，所以一定得用「翻」字。「波翻」二字同是羽音，一軒一輊，音律才能俯仰起來。不信你去問樂工，詞本來就叫「樂章」。你會當皇上，不一定懂詞懂樂理……突然發現滿屋子的人都在看我乾吼，我肯定像瘋子一樣！我失態了，連忙落荒而逃。

15、頌聖之詞不是人寫的

我的心情糟透了。你可以不理會一個女人，因為還有千千萬萬的女人可以理會。甚至可以不理會一個家，因為還有千千萬萬的地方可以成家。而皇上，普天之下莫非王土，率土之濱莫非王臣，被皇上嫌棄了，還有什麼出路？我從來沒像今天這樣絕望。

我真後悔。送什麼狗豬牛鴨雞……屁詞啊！皇上瞧不上，真是狗豬牛鴨雞……屁詞！都怪鼓子花——那個醜八怪女人，渾身上下沒一處漂亮，我怎麼會聽她的？簡直是鬼使神差，純粹是鬼迷心竅！鬼……鬼……不，不能怪她慫恿！我不是去年前年前幾年就一次又一次寫過頌聖詞麼？早就在骨子裡盼著皇上，盼皇上特別恩寵。好比一個美夢，是我自己夢的，恨只恨太早醒來。如果沒被皇上看破，我還會靜心讀書。可現在，還讀什麼狗屁呢？我一把將書扔到角落，出門，上街。

滿街是人，開店開舖的，買東買西的，看熱鬧的，數不勝數。那些來來往往的牛車、驢車、騾車，在主人的驅使下都有自己的去處，可我沒有。我不知道要去哪，也不知道要做什麼，不知道被什麼驅使著遊蕩。甚至我什麼也不想，東張張西望望，還是兩眼空空，心煩意亂，不知道想什麼。

注意到一些人帶著掃墓用具和祭品來往，才意識到今天是清明。清明有時在上巳節前，有時在後。跟上巳節一樣，男男女女又找到一個踏青遊樂的理由。杜牧詩「清明時節雨紛紛，路上行人欲斷魂」，只是清明小景。即使掃墓，如果不是新喪，人們也不一定傷心悲哀，而帶著一簇簇火紅的杜鵑花回家。再者也不一定都雨紛紛，今天就豔陽高照。大街小巷，城裡城外，男人有的戲綵球，有的鬥雞，有的弄管絃，還有少女盪鞦韆之類，妓女則到大門外攬客，老頭老太在庭院練歌練花鼓……難怪人們說「人間佳節唯清明」。

一到城外，特別清爽，立即有種沁人心脾的感覺。不像城裡，到處瀰漫著酒氣與粉脂香，或者充斥著霉味和煤炭味。

京城四周無山，頂多是些大大小小的土墩，但樹木不少，高高地怒放的桐花或白或紫，間或紅豔的杏花和嫩黃的緗桃花，萬花錦簇。可我發現有些花已凋零，有些掃墓歸來的人一臉悽然，還發現路邊泥草中不時有些美女遺落的彩裙和釵珠之類。我們那時候的女人玩得可瘋。外出踏青遇上名花，她們會解下裙子，將花四周圍繞起來，稱之「裙幄」。她們頭上戴的釵珠之類，多的二三十個，嬉鬧之時弄丟了懶得撿。我心煩意亂，什麼都視而不見……城郊漫步中，心情開始平靜。尋一塊小草地坐下，只是看風景。北方的春畢竟遲些，有些樹還赤條條。我專注最遠處一棵樹，那樹上的枝，那枝上的新葉——那葉看不清，兩眼怎麼瞪也辨不清，不知道那是什麼樹。要不要前去看個究竟？太遠了，懶得。

看魚吧，也看不清。起身走十幾步，在溪岸席地而坐，大魚小魚全收眼裡。我看著牠們游來又游去，但不知道從哪游來也不知遊哪去，不知道現在游來這隻是不是剛游去那一隻。好悠哉啊！牠們顯然是在玩耍，甚至平著身子游，讓白白的鱗片朝上，與明媚的陽光相映成趣，那光芒直刺我的眼。這傢伙，欺負老子呢！我抓起一塊小石子扔去，牠們跑得無影無蹤。

我等著魚兒重新游來，卻又往溪裡撒尿。撒尿的時候，突然想起小時候聽的一種說法：男人撒尿，年輕時不用手也射得又高又遠，中年得一手扶，老年兩手扶還會淋溼鞋子。當時不信，笑了笑也就忘了，這天想起，驚訝自己什麼時候真的變成一手扶了。那麼，將來真要兩手扶還溼鞋嗎？我不願去想像。

我轉而望天上的鳥，還有些小鳥在溪岸灌木叢中跳來跳去，唧唧啾啾，說些什麼也不知道……說什麼為什麼一定要讓人知道呢？為什麼你皇上愛聽什麼我就得說什麼，你士大夫愛聽什麼我就得說什麼，你酒客嫖客愛聽什麼我就得說什麼，為什麼不能我愛說什麼就說什麼，愛怎麼說就怎麼說呢？

唉，人——就是累。都是給自己累的。像鳥兒多好啊！下輩子，我要做一隻鳥，哪怕是小小鳥，哪怕讓人叫不出名稱，像蟲蟲一樣，不，也就叫蟲蟲……太陽下山時，我想到這天的任務，起身直奔欣樂樓。我像往常一樣對誰都努力笑笑，生怕無意中得罪了誰，進而影響我和蟲蟲的美事。

三杯酒下肚，趁興創調填一首〈歸去來〉。這詞寫一夜狂風暴雨過後，落紅狼籍。垂楊雖然飄舞已結黃金縷，蝶兒蜂兒不知溜何處，筆鋒一轉，嘆自身：

殢尊酒、轉添愁緒。

多情不慣相思苦。

休惆悵、好歸去。

蟲蟲驚叫：「你怎麼這樣消沉啊？」

我說：「不知道。心裡怎麼感覺就怎麼寫，非要我一五一十說個明道個清，真說不清楚。」

我迴避去喝酒。她們唱歌跳舞陪酒去了，我獨自喝。蟲蟲不時來看我，追問我今天怎麼了，好像有心事。我說沒事她不信。我不耐煩了，說我今晚想見紫兒。蟲蟲說她今晚有人。我說我今晚真想見她。蟲蟲便轉告她，她推了別人改見我。

有的人音律好，有的人舞姿好，要論詩詞還是紫兒最好。想當初，我遍遊京城歌樓酒肆，隨興所至，無所固定。漸漸地，欣樂樓簡直快變成我的家。他們也需要我，把我當成食衣父母，良師益友。有一陣子，我空了好些時日沒來，一日再去，居然在樓下聽聞宣告：「師師給各位唱首柳七才子的新詞。」我哪給她什麼新詞啦？一聽，果然不是我填的，但有幾分像。我斥責：「你怎敢冒我名作假？」她反倒責怪我：「你多少天沒來了？你都忘了，我們供你吃供你住還供你銀子花，你作了新詞卻往別人那去，你有沒有良心啊！我冒你名填個詞怎麼樣，損你什麼啦？」我被罵得挺狼狽，從此基本固定在欣樂樓，對她總要高看一眼。有了新詞還會主動向她或者樂工徵詢意見，與他們一道商量修改。要不是蟲蟲出現，我想娶的肯定是她。這天我找她，潛意識中也是為這。然而，事關皇上，我怎麼說？

晚上，我在傾城閣過夜，兩人對飲許久，有話難言。她說：「你肯定有什麼心事。」

我說：「不關你的事。」

「那好吧，你自己管去，我先睡了。」

我想著想著那件倒楣透頂的事，鼻子一酸，突然撲到她懷裡嚎啕大哭。好舒心啊！好解氣啊！原來，女人的胸懷可以讓我們男人返老還童——像在媽媽懷裡一樣。我好多年沒哭了，喪子喪妻也只流淚而不哭。我知道不應當哭，尤其不應當這樣哭，但自控不住。我只能更緊地往她懷裡鑽，努力讓哭聲全都傾訴到她心裡。

好多人被驚動，紛紛前來看究竟。她一手抹自己的淚，一手把我往懷裡更緊地摟，對眾人說：「你們回去吧，沒事！」

哭也是一種激情，像洪流一洩而已。可是，我的悲轉而為怒。我憤然提筆寫出〈醉蓬萊〉，直問她：

「你說，這麼好的詞還有什麼可挑剔？」

她拿起紙，看了許久，淡然說：「依我看，也不是無可挑剔……」

「難道你也認為『漸』字開篇不好？『波翻』不如『波澄』？」

「我倒沒注意那。我是說……這『嫩菊黃深，拒霜紅淺』太一般。竹籬茅舍間，何處無此物？」

「這……這我倒沒注意……」

「還有，你這『夜色澄鮮』『漏聲迢迢』『月明風細』，也是尋常景物，與『華闕』『玉宇』『宸遊』不配，不大協調……」

「你不用說了！」我猛然將她摟進懷裡。我明白……終於明白：只會一路鋪敘，堆砌華麗辭藻，生怕皇上嫌沒文采，一葉障目，弄巧成拙，反而惹嫌。這頌聖之詞，融入不了自己的真情實感，真不是人寫……不，真不該我寫！我還是給你紫兒給我的凌波仙子多寫點吧！

16、「今生斷不孤鴛被」

現在，我比什麼時候都清醒。以前，要麼不切實際地幻想，要麼怨天尤人。我幻想皇上特別賜恩，不光託媚娘呈詞，早在幾年前就開始了，只不過沒機會而已。我還為其他官員寫過不少頌詞，只不過沒像〈望海潮〉那麼出眾而已。同時，我抱怨主考官不公，當然這不是空穴來風。比如前相寇準就偏心得很，常叫囂說：「南方人不宜做狀元！」還經常公開吹噓：「我又為中原奪得一個狀元！」他曾經壓制我們南方晏殊這樣的天才，只因為皇上堅持反對才未得逞。我還抱怨考試制度不合理，忌諱太甚，考生稍不小心就可能犯忌。皇上的正名曾用名，皇上生父和太祖太宗幾代先皇之名，皇太子、親王及皇后之父之名等等敏感詞，都得避諱，加以改字、改音、缺筆、空字或者用黃紙覆蓋等方式處理。雖然每次考試前貢院擬出《曉示試人宗廟名諱久例全書》，掛在牆上，但因為敏感詞太多，空前之多，光廟諱就有五十字，很難不犯忌。每次都有人不小心觸犯，我很可能也因此名落孫山，冤枉得很。總之，我從沒懷疑自己的才學。隨著填詞越來越受人們喜愛，我越來越自負。皇上的不滿還讓我負氣，唯有紫兒一番挑剔讓我清醒而來。

我不怨皇上了。雖然他的挑剔沒紫兒那般讓我口服心服，但足以說明我那首精雕細琢的詞也不完美。大宋皇上的氣度，比有史以來所有帝王都大。他們不僅從不殺文人，也不會跟臣民計較。聽說有位大將出征前夕，皇上送行，親切地詢問他凱旋之日最希望得什麼獎賞。那位將軍居然說希望得到婉婉和婧婧——兩大寵妃。皇上聽了並不生氣，還稱讚他爽快有大將風度。我那幾句詞雖然不合他意，可也算不上冒犯吧，難道他會耿耿於懷跟我過意不去？我不信。

我安心讀書與等待我的凌波仙子。說實話，我有些兒擔心芹娘說話不算數，想騙我點詞罷了。可是，不就是些詞麼？就是些話而已，你會心疼你多說了幾句話嗎？當然，這不是一般的話，大都是我對蟲蟲的思念。世上萬事萬物，唯有情難訴。寫這些話，我大都費了一番心思，可謂嘔心瀝血。然而，我已經換得她的歡顏，換得她的情意，夠了！到時，芹娘要找個什麼藉口悔言，不讓我梳櫳蟲蟲，我也沒什麼好抱怨，誰叫我沒那麼多錢呢？

出乎意外，芹娘提前十天主動說：「我原以為，井水也有乾涸之時，江郎更有才盡之日，沒想你文如海潮，真情如火無衰。好罷，我說話算數。你準備準備吧，我也要發帖請客了！」

妓女梳櫳關乎她今後的聲譽，因此跟尋常人新婚一樣，得隆重行儀。我得為她置備若干新衣、頭飾等等，並將她原來住的房間布置一新。芹娘則要大擺喜宴，將貴尊常客及蟲蟲的姊妹全都請來，大放爆竹，龍鳳花燭，廣列笙歌，熱熱鬧鬧一番。

本來芹娘已擺十席，將整個大廳擠得滿滿，不想因為掛出「柳七才子梳櫳蟲蟲」的新旗，很多人不請自來，在廊中小幾自飲。人們只聞柳七之名未見柳七之面，今天要來看看我和蟲蟲如何跟新郎新娘拜父母一樣拜芹娘。有些人為了看清楚些，還擠上前來敬我酒。記得有人當場發問：「你不是柳侍郎的三公子嗎？」

「是啊！有點像，好些人都這麼說！」我輕易應付過去。

可是，我很快醉了。我不知道今天這酒怎麼特別醉人，更沒想到會有那麼多人爭著敬我酒。這麼好的日子，這麼美的事，喝就喝吧！結果，我連怎麼入洞房都不知道，睜開眼只見太陽已經晒到床頂，蟲蟲端坐在桌前看書。我立即明白怎麼回事，將我的凌波仙子攬上床，親熱好一番。我急忙寬衣解帶，她卻阻止我，說要等天黑。

按規矩，我得連住三天，每宿支付雙倍花資。蟲蟲在這幾年了，男女之事早見慣司空，但臨了自己，與良家姑娘一樣嬌羞萬狀。好不容易盼到晚上，我不敢再多喝，早早趕走鬧洞房眾人。她掩面不看我寬衣解帶，嗅到我腳臭，掩鼻而叫：「你的腳好臭啊！」

「不會吧……我昨晚洗過……這就對了！」

「對什麼？」

「等會再說。現在，要緊的……你快些吧！」我將脫下的臭鞋襪擱到角落裡，順手將她抱上床……

「哎喲——我髮髻還沒解吶！」

「對不起，對不起！弄疼了沒有？」我連忙幫她解金釵之類，沒想到又弄痛她的頭髮。那些中看不中用的金釵之類真是麻煩，害我焦躁地等了好一會兒。可是，當我第二次抱起時，她又要我先將燈熄了……燈剛熄，隨即響起敲門聲，敲個不停。我問是誰，回答是紫兒。我說：「什麼事，明天再說吧！」

「再喝杯酒也不行嗎？」

再喝半杯也不願意！可我知道這女人的脾氣，只好穿衣開門。哪想到，她帶的不是一杯而是一罈，跟我喝了一杯還要跟凌波仙子喝一杯，然後又跟我喝跟她喝，沒完沒了。春宵一刻值千金，怎麼連這點小道理都不懂？我越來越受不了，可又覺得內疚，不得不強忍。實在忍不下了，我暗示蟲蟲，想叫她先躲開，可是遲了，她已經醉了。她們越喝越起勁。我奪了她們的杯子，可她們抱成一團說胡話，然後又滾成一團睡……第二天一早，我醒了，看她們還睡得酣，自己先起床到外面散步。回來時，紫兒一邊逃著走一邊向我道歉，說不小心醉了。我覺得她是成心的，哼一聲沒理她，只覺得我這輩子欠她的都用這一夜還清了，只想絕不浪費後一夜。

凌波仙子在鏡前著妝。花窗開著，幾縷燦爛的陽光斜斜地照到她婀娜的身上。我立即翻身下床，從背上將她攬住。她驚叫道：「別弄亂我的頭髮！」

我小心地吻她：「什麼時候醒來？」

她繼續忙她的，「讓我梳完好不？」

我只好鬆手。抬眼時，從銅鏡中瞥見我和她的頭像，覺得太不相稱。她是那樣漂亮，一臉嫩稚，而我一臉憔悴，鬚髮已有些發白。我真替她感到委屈，替自己難過。好在這不是一天兩天的事，我早已接受，她肯定也接受。郎才女貌，才子佳人，天經地義，絕妙無比。

我踱了幾步，到窗前，本想遠眺，卻被下方的芍藥吸引。那花開了，一樣芍藥開出或純紅、純黃、純白，或金盞玉盤，或金盞紅盤，或紅白相兼，或金白相兼，絢麗繽紛。有的像荷花，有的像菊花，有的像薔薇，有的像繡球，有的像皇冠，有的千層閣，形態各異。難怪人們說「俯看牡丹坐看芍藥」，芍藥要連片。芍藥不多不能盡得其妙。我突然想，一樣的女人，不也多姿多彩麼？看來，這麼大花圃只種一片芍藥是有用意的。遙想當年，李白寫芍藥與楊貴妃「名花傾國兩相歡」，樂得唐玄宗合不攏嘴。唐玄宗一樂，說芍藥花香能醒酒。何況芍藥還是婦科良藥，再沒有比芍藥更適合了。美人是花的真身，花是美人的影子。

我忽然又想一個問題：究竟是花更香還是我的凌波仙子更香？我嗅嗅窗外，又嗅嗅窗內，鼻子告訴我：兩香有異，我的凌波仙子香更濃，且多一種直暖人心的體溫……我隨即奔過去，又將她擁到懷裡，稟報說：「夫人……」

「夫人？」

「人家稱我才子詞人，那麼雖未及第，也是白衣卿相，你自然就是白衣夫人。」

「盡耍貧嘴！」

一陣熱吻之餘，我說：「白衣夫人啊，我又想填詞了。」

「半夜不是寫過嗎？」

「昨晚是昨晚的你，今天是今天的你，你每天都讓我思緒飛揚。」

她回吻我一個，牽攜到書桌。我退兩步，再細細看看她，緊擁著吻了幾吻，一揮而就〈玉女搖仙佩〉。

在這詞裡，我將她比為西王母的侍女，不是奇葩豔卉所能比。她無疑是從仙宮來，否則不可能占得人間千嬌百媚。既是如此，切不可將光陰輕棄。這詞後部寫道：

自古及今，佳人才子，少得當年雙美。
且恁相偎倚。
未消得、憐我多才多藝。
願奶奶、蘭心蕙性，枕前言下，表餘深意。

為盟誓。

今生斷不孤鴛被。

蟲蟲讀了，潸然淚下，偎依在我懷裡抽泣不止……

我吻乾她的淚，誓言說：「今生斷不孤鴛被。」

快到午時，欣樂樓才全醒而來，樓上樓下忙乎，準備吃午餐也即早飯。芹娘命人備了酒餚送入房來，並叫她幾個姐妹相陪，又熱鬧一番。她們大都比蟲蟲大，叫我妹夫，而且要我跟蟲蟲同輩稱她們姐姐，占我便宜。

即使尋常人家，這時候說笑的主題也是男女之事，雅俗均可。有個說自己昨夜遇個怪客，有潔癖，摸了她嗅一嗅，覺得有異味，再洗個操，再摸再嗅再洗，沒完沒了，折騰到天亮。然而，這畢竟是青樓妓館，男女之事沒剩多少新奇，很快轉移話題。無所顧忌，開心得很。不知怎麼說到我家鄉，個個抱有偏見，好像我是鄉巴佬進城撿了大便宜。她們說福建人說話難聽得要死，連皇上都抱怨，我沒話可說。可也流傳很多誤解，比如說「閩人衣紙」，實際上福建也很多紡織，紡織品還進貢……對了，有次皇宮造柱衣，想織錦作升龍圖附在柱子上，很多能工巧匠都沒辦法把那龍紋合好。聽說閩北絲織不錯，叫我老家人試試。結果，那龍紋天衣無縫，皇上大加獎賞。綾羅綢緞都很多，哪用得著穿紙衣呢？一個最新來的姑娘又說福建人用尿洗臉，引起哄堂大笑。

「這怎麼可能！」我鳴冤叫屈，「那是我們福建的泉州，海外番客多，帶來一些外國宗教。那是摩尼教，他們在沙漠習慣了，沙漠難得水，所以用牲畜的尿洗浴。實際上福建青山綠水，隆冬季節也沒多少枯枝敗葉，還有好些鮮花，不信我帶你們去瞧。」

邊喝邊吃邊說笑，大家很開心。

下午各自做晚上接客準備。今天，蟲蟲不用考慮那些，只管和我話衷腸。奇怪，相愛的人在一起，總有說不完的話。我感到內急，又不忍中斷話語，一忍再忍。實在不能忍了，還不好意思直說，只說出門片刻。

廁所在屋之側。欣樂樓廁所有二，近屋的主要供賓客用，不僅撒甲煎粉、沉香汁，還日夜不停地焚著香，足以讓你忘卻置身何處。稍遠的主要供雜工用，就遜色了。可是近處滿員，只好求其次。

你知道，我這人總像丟了魂似的，心思一刻也閒不住。這天，我忽然想到歐陽修說：「坐則讀經史，臥則讀小說，上廁則讀小詞。」我對這話挺反感。詞是寫情的，放在廁所，豈不色情？實在是褻瀆！所幸他說的是「小詞」——小令，我寫的是「大詞」——長調，你躲你的廁所去吧，我可要居花間……胡思亂想著，不知蹲了多久。等發覺太久，慌忙起身，忙亂中擦得屁股生疼。

回韶陽閣，還是坐也痛站也痛，又想可能沒擦好，便說想洗一下臭腳。澡堂一樣分主賓。賓客堂在一樓，分男堂、女堂和鴛鴦堂，堂堂如天堂，四時如春。萬里冰封的冬末春初，他們會將尚未開花的梅技放在浴室，讓熱氣催促那些花蕾提早盛開。欣樂樓澡堂不用一般的澡豆，而依據孫思邈《千金翼方》自己配一種香料，包括丁香、沉香、青木香與蜀水花、桃花、木瓜花、柰花、梨花、紅蓮花、李花、櫻桃花，將花與香分別搗碎，再將真珠、玉屑研成粉，合和大豆末，研之千遍，又密貯一年。用這種香沐浴，不僅去汙，膚如凝脂，光淨潤澤，還能防疫健體。每次用這種香沐浴，我簡直有點貪婪！一遍又一遍抹香洗搓之時，同樣免不了胡思亂想。可能因為思慮過度，我的面容憔悴，但我身上的肌膚也有幾分健美，光光亮亮，沒上澡豆也滑溜。我感到還年輕。但不由想到老，一陣恐懼襲上心來。我這一身好肉也將鬆弛老皺，還將死去，化為泥塵……人生好殘酷啊！這麼一想，有的肉體馬上叫道：我可不是祭案上的供品！有的肉體又說：我得好好享受自己。

17、祭祀牌位暫留

絞盡腦汁想了一天，我決定跟芹娘實說。芹娘笑了好一陣，然後慍怒：「胡鬧！」芹娘下令：今晚誰也不許再鬧洞房！她還命蟲蟲的小丫頭守在韶陽閣門外，誰再胡鬧稟報她。

洗完澡，很想跟我的凌波仙子再親熱一番。可是，我屁股又刺又痛，不禁哎喲呻吟。她追問怎麼了，我只好如實說。她說幫我看看，我十分為難，但經不住她熱情，果然拔出三根刺。她怨道：「你怎麼用篾片啊，那是下人用的。」

我尷尬說：「鄉下人……習慣了。」

「現在是白衣卿相啊，這點陋習都不能改嗎？你不是說你們那邊很多紙嗎？」

「不是改不改問題。父親要我們……讀書人不能用紙擦屁股，那會褻瀆……」我將她重新擁進懷裡，感激不盡。我心裡想，難怪人們說觀音菩薩也曾棲身青樓，我的凌波仙子就是觀音菩薩。這樣的女人不僅可愛，還可以同甘共苦，值得託付終身，我一定要娶她為妻！

好事終於如願！兩個月六十個日夜的思念，化作億萬年的地火，衝騰而出。只有跟心愛的美人，我才能夠感到身心，包括眼舌手足等等每一寸肌膚都與她融為一體……漸漸地，她睡了，我還久久無睡意。披衣而起，揮毫新填一首〈鳳棲梧〉，寫她玉樹瓊枝剛被風流沾惹，怯雨羞雲，無限嬌媚，對我多憐愛，但遲遲不肯快解羅裳入鴛被，竟然要我先睡。而我，酒力漸濃春思蕩……我的凌波仙子醒了，起身來看，雙手捶打我：「怎不把你的臭腳寫進去？」

「那怎麼能入詞呢？只有美才能入詞，只有美才能傳揚。」她要求不得將這詞示人。我說好，拿起就要撕。她卻奪了去，小心摺疊，收藏入箱，說要留待自己看。

一夜難眠。我想起當年新婚之夜，新娘比蟲蟲還小，男女方面一無所知，不停地哭鬧，只好連夜送回娘家，現在想來還有一種負罪感。凌波仙子懂事多了，更重要的是我們相愛，傾心相向已久，終於相擁，倍覺甜蜜。她累了睏了睡了，我還在胡思亂想。有時出於某種珍愛，有時出於某種逃避，我一次次一遍遍吻她，把她折騰醒來……按規矩，三天之後我如果不續住，第四天她要像死去親夫一樣。得重新布置房間，撤去喜慶色彩，改做靈堂。將寫有我姓名的祭祀牌位供在桌上，燃點素燭，焚香化紙。她還要身著孝衣，披頭散髮，拜伏舉哀，以示原配丈夫業已亡故。第五天才能脫去孝服，開始尋常接客。

那天上午就有人將布置靈堂的東西搬到韶陽閣，開始忙乎。我的凌波仙子親手做祭祀牌位，用一根細小的竹片彎成拱型門，插在一塊小木板上，然後貼紅紙，淚汪汪問我：「怎麼寫？」

我一聽這怪怪的習俗就窩火：怎麼能讓我活活地死一回？可人家規矩如此，無奈。又想這是為了我的凌波仙子，死就死一回唄！但要動手做自己的喪事，我可不做。我只是在旁看著，一臉戚然，一腔惆悵。蟲蟲忽然發問，我一時沒明白：「寫什麼？」

「寫你的靈位啊！」

「這……這我怎麼管呢？我說不要寫，最好永遠不要寫！」

蟲蟲破涕為笑：「那你永遠不要走啊！」

我當然希望永遠不要走，永遠永遠與我的凌波仙子在一起。可是……我一時不知怎麼說好。

「就寫柳七吧！」

我嗯一聲，嗯在肚子裡頭，連我自己都沒聽到。她倒是聽到，隨即執筆在那紅紙上寫下：

柳七之靈位

蟲蟲泣拜

蟲蟲的字很秀氣，我真喜歡，可她活活寫我的靈位實在受不了，恨不能一手撕它個稀爛。

我真不願意離開我的凌波仙子，真希望能與她白頭偕老，真不忍心將她讓給別的男人。然而，我沒那麼多錢贖她。家裡不用說，就是借人家一看我不用心功名而急於迎娶一個妓女，也沒人會肯。我只能灰溜溜離去，將她拱手讓給別人，也許今生今世再不相逢。什麼叫「生離死別」？就是這樣活生生地作死的離別。這樣想著，悲傷不已。

我們在這活人的靈堂裡緊擁著，感受著彼此的心跳，卻毫無歡悅，唯有時不時一聲嘆息……「別亂想了！能與大才子同床共枕這三天三夜，三生有幸，我知足。」

「不！再與你同床共枕三生三世，我也不嫌足。我說……我想，蟲蟲啊，你看能不能這樣？明天開始，繼續用我的詞作花資，直到我及第為官，正式贖娶你……」

「芹娘會肯嗎？」

「她說過……不過她說的是及第之日。那麼，明天到及第之日這一段時間呢？我想……她反正只要賺錢就行了……起來，我們這就找她去。」

芹娘心地真的挺好，願意成全我們，但她說：「先小人後君子，醜話說在前：如果你連續三天不能送新詞，或是客人不喜歡你的新詞了，或是你還不能及第，我可不再等。」

蟲蟲淚盈盈望著我。我淚如雨下，不住地點頭。

於是，我的祭祀牌位暫留在韶陽閣。

18、逐出家門

沒多久一天，雖然天早亮但我和蟲蟲還在鴛鴦被裡的時候，芹娘突然親自來敲門：「柳大才子，快！有人找你，說是你哥。」

怎麼會有這種事？我慌忙披衣而起，開條門縫問：「那人怎麼說？」

「那人說找柳七，也就是柳三變……不過……不過好像跟你不大像……」

「不大像倒是錯不了！」我叫蟲蟲快起來，說可能有麻煩事了，我得去應付。

來人果然是我大哥三復，在廳上等候。一見我，一臉驚訝，轉而變怒，但很克制：「索利克，真會是你？」

「請喝茶！」我埋下頭，等著怒罵。

「我不是來喝茶的，爸要你回去！」

「我……我馬上就去。你先走吧，我還有點事。」

「車在門口等！」

我沒話說了，只得回房吻別我的凌波仙子。我說：「不管發生了什麼事，你等我回來！」我跟芹娘也這樣說，要她明白我不會拉下我的凌波仙子不管。

騾車跑特別快，顯然是大哥交待好。他一臉肅穆，兩眼直視前方，但目中無人。我感到眼前無光，黑雲壓頂，大難臨頭。事已至此，沒什麼好怕。大不了一死，何況再怎麼也不至於送到宗祠處死。再說，某種擔心不是一天兩天了，早已做好承擔風險的準備——無非一頓痛打，反正不可能把我打死。現在，好比炸了老半天的雷終於要下雨，反倒讓我懸著的心放下。我微笑著問：「大哥，父親怎麼啦？」

「你自己明白！」他頭也沒轉。

我當然明白，不難為他。我轉而看街景，看街邊的女人，專挑年輕美貌的看，好的還要回首再望。結果，沒發現一個比我的凌波仙子更可愛。眼睛一連幾遍鼓勵我：別後悔，值得！

父親等在家中大廳，和母親在八仙桌一左一右端坐，二哥坐在旁邊的太師椅，好似堂審。我明白該扮演案犯的角色，走到堂中，垂頭默立。父親喝令我跪下。我自然得聽從，並準備受刑。父親厲聲責問：「那個叫柳七的浪子，是不是你？」

「是……是小兒一時糊塗……」

「我柳宜絕不會生柳七那樣的浪子，你給我出去！從今天開始，不許你再進我的家門！不許你再稱我柳宜的兒子！」說著，擂一拳桌子。

我不便說什麼，木然跪著。廳上靜極了，連趕來看熱鬧的小孩都不敢吭聲。忽然，他又擂一拳，咆哮道：「快滾——別髒了我柳家門！」

這時，母親忽然掩面大哭。我抬頭望母親，想撲過去安慰她，二哥卻過來拉起我，挾著我的手臂往外拽。我明白，他們早商定這麼處理了，只是大哥路上不說，而母親雖然同意現在又心軟。我掙扎著回首，喊道：「媽——你保重！」

出了柳家，我還能去哪？怎麼也沒想到會是這樣的後果。二哥跟大哥不太一樣，一路送我，車上還一直挽著我，生怕我想不開跳車什麼的。他勸我暫且迴避一段時間，等父親息怒。欣樂樓那類地方別去了，以免再傷父母的心，連兄弟子女家裡人臉上都無光。這樣，我決定回榕風客棧。

臨別時，二哥將身上的錢全掏給我，說：「以後……隔三差五，我會來看你。家裡，你就不要掛念了，專心讀書。等高中及第，自然洗刷恥辱。」

我應承二哥，專心讀書。然而，我無法放棄我的凌波仙子。誰都知道，只要我一鬆手，她馬上就會落別人懷裡去，沒有等待可言。

有一次，二哥來給我送錢，問：「怎麼還聽說欣樂樓有柳七的新詞？」

我搪塞說：「生意人麼，吃柳七的招牌，名堂多，我也無奈。」

可是，不久一天，二哥有十萬火急的事來找。榕風客棧找不到，卻在欣樂樓找到，他隨手將一旁的桌子掀了，怒道：「真是朽木不可雕也！」

罵完，他揚長而去。我追上前，怎麼也拖他不住，只聽他最後一句：「你再也不要回柳家了！」

當時，我以為二哥只是為我和蟲蟲藕斷絲連大生氣。儘管歇斯底里，也不過一時之氣，過一陣子就雲消霧散。沒想到，他再沒來看我。我仍沒太在意，以為父親從中作梗，不來也罷。

過了好久，才偶然聽人議論，說柳七將母親活活氣得上吊。不可能吧，真是人言可畏！但我心裡總泛著某種不安。我本來有好幾個姐妹，一個個夭折。好不容易有個姐姐長大成人，嫁到建州，不知怎麼給休回來，讓爸罵了幾句，氣得自縊。怎麼又發生這種事呢？我慌忙租了車往家裡奔，遠遠望見家院大門上的白紙對聯，被風吹雨打已有些時日。我馬上明白了一切，淚如雨下，叫車轉頭。這天夜裡，我抱著蟲蟲痛哭了半宿，我說：「現在除了老家一個兒子只有你了，你可別把我拋棄啊！」

我承認，我對母親之死負有責任，但這是與生俱來的。首先是我在母親肚子裡就不安分，玩臍帶把自己脖子纏了七圈，害她差點死於難產。長大些又發現，我與兩個哥與父親長相不大一樣。他們一個個方面大耳，只有我尖嘴猴腮，因此父親懷疑母親的清白，經常讓她以淚洗面。偏偏我品行也叛逆，公然與妓女梳攏，辱沒家風，父親忍無可忍，將我掃出家門不解恨，肯定還辱罵毒打了母親，要不然她不會尋死。她是名門閨秀，知書達禮，可殺不可辱。這罪，首先得問父親。當然，也怪我。長不像不是我的責任，可我不該做輕薄之事。尤其是，已經惹父親大怒了，該聽二哥的，老老實實待榕風客棧，避避風頭，等父親息怒，金榜題名，雲開霧朗，雨過天晴。可我……二哥也可恨，怎不替我遮掩點？明知道父親死要面子，在外溫文爾雅，在家暴君一個，二哥卻不知道應變。不為我，為了母親，為了這個家……我還有什麼資格談這個家呢？妻離子散，都是我造的孽！我是孽種……我真想不回柳家了，不再連累你們，但願母親在天之靈能寬恕我！

19、青樓不是讀書地

既然沒有家的後顧之憂，索性以欣樂樓為家。

柳七長駐欣樂樓的消息，給芹娘招來更多客人。芹娘可開心了，對我和蟲蟲特別熱情。不僅管飯，餐餐有酒，她還常常親自作陪，只差陪上床。衣服換下，她叫傭人幫著洗。我偶感風寒，她請郎中上門，連藥資也搶著付。我真過意不去，說：「芹娘，我要下輩子做牛做馬報答你！」

芹娘笑盈盈道：「下輩子做牛做馬不要，只要你這輩子做我乾兒子。」

「不怕我辱沒你門楣嗎？」

「你不是咒我嗎？」

言重了，連忙賠不是。我對芹娘由衷感激，她真像我親娘一樣。要不是在這種地方，將來還得堂堂正正做人，真想拜她為乾娘。

紫兒就不一樣了。她開玩笑也從不叫我妹夫，照常稱我七郎。有天中午，蟲蟲口渴，我倒茶給她喝，順便餵她幾口，讓對門的紫兒看到。當天晚上，紫兒譏笑我的凌波仙子：「你灌了什麼迷魂湯，迷得我們大才子不肯走啦？」

「我才沒灌什麼迷魂湯哩！是你不要的……」

「唏——得了便宜還賣乖！分明是你搶，還說我不要！」

我的凌波仙子委屈得哭了。我連忙到傾城閣坐坐，請紫兒多多攜導蟲蟲。她滿臉陰鬱責我有了新人忘舊人，好沒良心。我迭聲賠不是，填首新詞，把她誇讚一番，她才眉開眼笑。

慕名到欣樂樓來看柳七的，絕大多數出於好奇。自古以來，文人墨客多得是，但是靠賣文為生，我恐怕算是第一了。可是，男人看了多半失望。修養差的，沒下樓就嚷開：「原來這麼個猴樣，我還以為宋玉潘安哩！」女人要麼不來，要麼來者不善。有的當眾向我索詞，有的鴇母則明邀我到她那裡待遇更好。我可不願賣一輩子詞，不願被當成勾欄瓦肆讓人看熱鬧的猴子，得顧忌讓人將柳七與柳三變合而為一，還得靜心讀書，因此請求芹娘設法別讓客人打擾我。芹娘意識到某種威脅，欣然同意。

然而，這不夠。青樓妓館根本不是讀書之地。白天閉門歇息，可以讀書，可是晚上根本讀不了。這不是大街上那種雖不可名狀但可以忽略的喧囂，而是引人入勝的琴樂歌聲，更有令人心旌蕩漾的浪聲淫語，讓我時不時走神。那麼，白天讀書夜晚睡覺？那也不成。一則太吵鬧睡不著，二則蟲蟲夜晚還得表演歌舞為芹娘賺銀子，並不是光憑詞就讓她專職陪我。

我搬回榕風客棧，夜晚在這通宵達旦讀書，天快亮過去與蟲蟲同夢。這得增加房租，還得增加夜點花費，都用蟲蟲的錢。我於心不安，可是無奈。我只能一遍遍吻著她說：「再克服一些日子，等我及第入官就好了。」

「到時，把我忘哪去了都不知道！」

「天地可鑑：到時我一定贖你為妻，隨官四方！」

一日近午，芹娘又親自把我從被窩裡叫醒，說是我弟弟來找。笑話，我什麼時候有過弟弟？不理他。可她很快再來通報，說來人叫張先，非見我不可。原來是這位小弟，只得起身出門。

張先見我睡眼惺忪打著哈欠，老遠就嚷開：「呵——看來，那位美人果然迷人啊，迷得你……」

「你就別往我傷口撒鹽了好不，什麼風把你吹來？」

「香風！美人窟嘛，自然是香風。」

他說沒什麼事由，只是慕名而來看看我的蟲蟲。他也是湖州人，對這美人老鄉特別興趣，還要我稱他大舅。我請他到榕風客棧喝點小酒，他要求帶上蟲蟲。我說：「這種地方的規矩你不知道嗎？」

他當然知道，只好就我們兩個喝，邊喝邊談詩論詞。

他坦言說雖然與晏大人的交往越來越多，但不大喜歡他的詞，因為他的詞都是些小令，太小家子氣。詞應當變革，應當有所鋪陳，更豐滿些。再說晏大人題材太狹隘，大都無病呻吟，閒人閒事，沒什麼生氣。他在外面聽了我的詞，覺得挺不錯。他也寫小令，現在想跟我一樣多寫慢詞，生活化些。不過，他覺得我有些過，不可太遷就那些歌妓。

我嘆道：「沒辦法啊！我不光要與她們尋歡作樂，還得與她們一起謀生。可以說，我們同病相憐，我未成名她未嫁，是她們的心理話也是我的心理話。」

「唉，我聽說了！你那個老爹真是的，還不如我那做生意的老爹！我爹可不像你爹。我爹要是像你爹，那就慘嘍！」他說最近喜歡上一個小尼姑，老尼把她關在池中一個小島閣樓上，不准她見男人。可是刀山火海也難不倒有情人。他教小尼在牆頭放張梯子，夜深人靜之時偷偷划船過去，登上梯子，翻過牆頭，天亮前悄悄離開。這樣幽會了好多日子，老尼一點也沒發覺。說起這事，他得意極了，聲情並茂唱起〈一叢花令〉，詳盡地描述這樁豔事。這詞後部寫道：

雙鴛池沼水溶溶。
南北小橈通。
梯橫畫閣黃昏後，又還是、斜月簾櫳。
沉恨細思，不如桃杏，猶解嫁東風。

末了，炫耀地問我：「怎麼樣？」

我譏諷道：「活脫脫案犯在堂上的供詞，不打自招！」

他辯護道：「詩詞麼，就應當是生活的自供狀，真情實意的自供狀，而不是自欺欺人的大話空話。」

「我也這樣想。我總覺得，詩文都應當如實寫自己的人生體驗。不然，像溫庭筠，六十六首詞中六十一首『男子而作閨聲』，隔靴搔癢，那有多大意思？當然，我也常作閨聲，但我那純粹是應付。我真正喜歡寫的，也是生活的自供狀，真情實意的自供狀！」

「難怪……我說我們兩個怎麼一見如故，原來臭味相投！」

見了我的凌波仙子，他連聲稱道：「值得！為這麼個大大的小美人，老兄你值啊！」他直言不諱說，女人就是要剛出道的，稍多些年齡就精於世故，就少真情而不可愛。

晚上，找一個剛梳櫳不久的姑娘陪他過夜。第二天一早，他便要走。我覺得不可思議：「怎麼，那姑娘不好？」

「不……怎麼說呢？是我不適應這種女人……其實啊，床上那玩意大同小異，一個女人不夠的話，三個四個足夠……夠膩了！其實，女人更美妙還在於其他難以言表的東西！由於每個人的秉性不一樣，也就千滋百味，所以才要了四五個還想要第六個第七個，而她們……青樓妓館，純粹就是……」

「你更可以跟她們玩玩別的啊！琴棋書畫，她們個個都有兩手三手。」

「那又怎麼樣？還不是明擺著……」

「那你要怎麼樣？」

「我要那種女人……欲說還休，欲迎還拒，每得一個女子就像征服一個敵國……」

他沒體會到，要征服一個妓女的心更難，因為她們閱人無數，過盡千帆，絕不像那些幽鎖深閨的女子，稍看幾眼俊俏的小白臉、稍聽幾句甜言蜜語就會動心。我跟他關於女人的看法分歧挺大，不是三言兩語所能溝通。現在送行，我不想多說了。他急於走，走了幾步忽然回頭：「聽說快要開考了，到時候考場見吧！」

20、終於闖到最後一關

入宋以來，科舉多有改進，更多面向平民，錄取更多名額，且不拘年限，也許四五年一次，也許年年一次。這一次，只隔兩年。明年初開考，不用等後年大後年，可以早入仕早結束這種寄人籬下尷尷尬尬的日子，我欣喜萬分。

我的凌波仙子自然也高興，但有些擔心。我說我已經考過多回，用老家俚語說「鵝卵石也浸得苔蘚出」。她要我準備更扎實些，要十個指頭撿田螺——十拿九穩。想想也是，給家裡趕出來，芹娘又給了期限，我輸不起，得背水一戰，孤注一擲。

說實話，我這人的確不夠扎實，讀書有偏好，僥倖心理，枯燥乏味的討厭讀，想矇混過關。現在，我重點補這方面缺漏。我一篇篇硬背，絕不含糊。蟲蟲幫我，像老師一樣查驗，錯一句就不讓我上床……噢，這可是我們的隱私！記得小時候常聽笑話，說老公如果得罪老婆，得罰跪床沿。如今，我真遇上啦！不過，為了對付那些該死的經典，我願意接受這樣的懲罰。除此，還得進一步訓練那種該死的應付考試的策論。古人以刻燭限詩成，我以燭限文就，燭盡而文不成，也願接受跪床沿的處罰。

從夏到秋，從秋到冬，不論酷暑寒冬，勤學苦練。連我的凌波仙子都感動得很，說如果還考不上，那是老天爺不公。

十二月中旬，我選吉日去城西瓊林苑報到。前三天，我的凌波仙子就不讓我有肌膚之親，更不讓客人碰一指頭，說拜佛要心誠。

那天一早，天還沒大亮，她剛陪完客，我們就趕往內城大相國寺。那是京城最大的寺院，皇上也常到那燒香拜佛。我們早早到，虔誠地磕拜，向菩薩許願。我許的願自不必說，蟲蟲居然說：「只要佛祖能保佑我柳七……哦，不，保佑我柳三變及第，我蟲蟲下輩子做牛做馬也甘願！」

「怎麼能這樣說呢！下輩子，要我做女人你做男人，我們再做夫妻！」

「我可不奢望那麼多，只奢望這輩子……」

我想，我怎麼也不能負她這番心願。

從全國各地來應試的舉子近萬。開封府每日宴請新到的，連續設宴十餘日。我到那天，有十餘桌，碰上不少熟人，多是上次或者再上次同考過的。寒暄幾句，笑道：「但願下回你我不在這相見！」

沒想到，這麼黑壓壓的人群當中，我居然會望到大哥和二哥，他們肯定也看到我。幸好隔著幾桌，有藉口視而不見。

張先則是尋了好久才尋到。我們坐一桌，自然又談起他新的豔遇。他輕唱一首新詞，什麼「鬥色鮮衣薄，碾玉雙蟬小」之類，又一個香豔的偷情故事，真叫我嫉妒。我可沒他那樣的豔福。除了妓女，沒一個女人愛過我，想想都傷心。我好像命中注定只跟妓女有緣，其他女子……唉，怎麼回事呢？文才，我不比他差。比他差的只是一張臉。那些女人……哼！或許是老天爺早知我心，讓我留點缺陷讀書，好做番事業，也罷！他追問：「怎麼樣？」

我笑道：「好詞啊！老弟桃花運長盛不衰，可喜可賀！」

「你呢？又遇上什麼美女啦，快說來聽聽！」

「這幾個月，別的女人頭髮都沒碰一根。」

他不信，要我說實話。正爭執著，考官們開始逐席給舉子敬酒，其中有楊億大人。我兩眼一亮，覺得福星高照，時來運轉。楊大人也認出我，特地讓我回敬一杯。他要忙於其餘各桌，沒時間跟我單獨聊。接著，知府官員來敬酒，一個接一個，賓主忙於應付。

散宴時，張先說剛才碰到個什麼官，送他兩張八仙樓的館券，邀我一同去放鬆放鬆。說著，掏出兩張小小的水紅紙到我眼前晃了晃。我奪過一看，果真看到蓋著禮部的大印……真是我夢寐以求之物。可我只是長嘆一聲，將館券還他：「現在什麼時候啊，還有心思尋歡作樂！」

「不尋歡作樂，今天不白過？」

「等考完啊……來日方長啊！」

「那不一定！要是今天夜裡死了呢？明天是靠不住的。」

這老弟啊，我自愧不如。但我今天怎麼也不能遷就他，絕不能讓我的凌波仙子失望。對不起了，恕不奉陪！

正月十五一過，連考幾日。天還沒亮開始進場，荊棘密圍，兵卒把門搜身。天大亮時分發試卷，傍晚收卷。我們那時候，考試的場數也常變更，有時考三十場，有時考十五場，有時考七場，這幾次只考三場，算是最少。第一天考策，連夜閱卷，隔天張榜公布。第三日又是天沒亮進場，已淘汰三分一。這一日考論，又淘汰三分一。第五日考詩賦，最後一考。

我連闖三關，最後這關結果要等十日之後揭曉。這期間，如蒙皇上親自面試，欽定狀元榜眼探花，其餘為進士。第三場尚有三千餘人，最終取仕數量不一定。前幾次，加上特奏名之類，每次錄取總數多達上千，也就是說大約三取一。我及第的可能非常大了！

我曾經在二場遠遠碰到大哥二哥，互瞪了一眼，像是問候。三場時大哥就坐我前三排，他似乎特地回頭望了我，目光顯然溫和，好像還有點微笑。我彷彿聽到他說：「老弟加把勁啊，為我們柳家榮宗耀祖！」我當時就想，等我高中狀元，喜報送上門，父親肯定會叫大哥或者二哥來尋我回家。

張先時運欠佳，第二場就被刷。但他蠻不在乎，說反正有狀元帽在等著他，早些晚些無所謂。他要我請客，說：「我把狀元先讓你了，你得連敬我三杯！」最後說：「不論你到哪為官，我都找得到，再會吧！」

以前，我頂多闖到第二關。這次，蒼天有眼，終於成全我啦！或許，是母親在天之靈保佑吧，謝了！或許，是蟲蟲祈禱虔誠不折不扣感動了神靈吧，至少是她幾個月來像爹像娘又像師長一樣陪著我幫著我實實在在多讀了好些書，謝了！

我連夜趕回欣樂樓報喜，芹娘為我高興，設宴道賀。她也祝賀我的凌波仙子，說：「這十天，你也該準備準備。我說話是算數的，一天都不會多留你。只希望，到時你要請我喝喜酒！」

21、柳七死了

轉眼到放榜的日子，我沒等到進殿通知，說明狀元榜眼探花沒份。沒關係，有進士夠了。可以入仕，可以榮宗耀祖，可以贖娶我心愛的凌波仙子，足夠了！

我頭一天就到瓊林苑附近的旅店住宿，第二天天未亮趕到大門口，等著官員出來放榜。那裡早已萬頭鑽動，爭著往高牆邊擠，好像榜上的名字可以搶到似的，真是可笑。我覺得沒那必要，省點精力喝慶功酒吧！剛才忘了喝幾口熱熱身子，沒人的地方風大，我冷得縮成一團，只好在那裡來回小跑。

在鞭炮鼓樂聲中，考官們雙手持著金榜出來。前後左右都有兵卒護著，有些人想擠上前一睹為快又不敢，被別人拱上前了還得退縮。原先圍得水洩不通的人群避出一條道，讓掛榜隊伍上前。

主考官宣布狀元榜眼探花，立刻有人狂奔出人群，歡天喜地，謝天謝地。進士名單很長，只好由考官輪著宣讀。越來越多人隨即狂歡起來，秩序越來越亂，以致兵卒不斷地喝令肅靜。但是沒用，很多人聽不清楚到底有沒有自己的名字，只能等宣布完懸掛後自己去尋去找。

考官宣讀完畢即離開，可是好些新進士激情萬分，要馬上道謝，圍得他們寸步難行。而另一些，有的人本來就聽得仔細，眼又尖，確認沒自己的名字後，當即責問有沒有錯漏。主考官老頭涵養極好，笑笑答道：「應該沒錯吧！」

有些落第舉子憤怒了，破口大罵判卷不公，或者是腦子塞女人褲襠裡了根本沒看清卷子，有的甚至要揪打主考官。兵卒連忙以槍械開道，護送他們撤離。

我在一旁看熱鬧，雙腳跳動著取暖，自語說：「是我的你們又搶不去，急啥？」

榜前的人終於散差不多了，我才上前，從頭至尾檢視。逐個盯過去，很快發現徐靈遷的名字。我差點把他忘了，那幾天考試也沒碰到，現在突然冒出在金榜。我想老天終於長眼，真替他高興。我馬上在周圍找了找，沒找到他人，還想要他請客呢！

接著找自己的名字，居然沒找著。緊接從尾查到頭，發現大哥的名字，我高興得高高地跳了幾跳。我覺得這是好兆頭，怨自己剛才怎麼不看仔細，勒令現在要一個名字分兩個、三個字看。結果還沒發現自己的名字，我晃了晃腦袋，自忖說：「不可能吧？」

再看一遍，仍然一無所獲。我終於明白，終於承認，只覺得兩眼發黑，心裡一片空白……我懵懵的不知怎麼走進一家酒店。那裡已客滿，但他們爭著跟我打招呼：「兄弟，也是孫山小弟吧！」

「又不是死了爹娘，哭喪著幹嘛？」

「來——快來啊，與爾同銷萬古愁！」

瀰漫的酒氣伴著狂笑，似乎要將屋頂掀了。有幾個面熟，只是叫不出姓名，但無所謂，同是天涯淪落人。我就近在一個擠出的位子上坐下。此時此刻，什麼也不說，只聽一片「喝」字與哐哐噹噹的碰碗聲此起彼伏。我腦子裡也只有一個喝字，沒人找我喝的時候便自己喝……等我清醒些，店裡已安靜，一些人在嘔吐，一些人在平和地喝酒聊天。一個女子邊整理桌上桌下邊抱怨，老漢勸道：「人家十幾年、幾十年的心血都丟了，你掃點地吵什麼啊！」

我想這老頭心地好，可是頭很沉，抬不起來，繼續扒在桌上。這時，隔一桌或兩桌有人說：「那個柳三變才叫冤吶！本來考好好的，不說狀元榜眼探花，進士穩穩當當，哪知道皇上發現他是那個大浪子柳七……」

「你說什麼？」我立刻來了精神，馬上追過去。

「你認識柳三變……認識柳七？」那兩個人顯然也是舉子。

「好像見過……有印象……」我說，「你剛才說是真的？」

那人說絕對不假，是他一個親戚從禮部傳出來的，絕對錯不了。那人繪聲繪色說：「皇上知道柳三變就是柳七時，頓了頓，然後發話：『像這樣的浪子，求什麼功名，讓他繼續填詞去好了！』就這樣，皇上一句話，將柳三變幾十年的心血一筆勾銷！」

似乎在意料之中，聽到這話我居然不感到驚訝。又好像是聽別人的故事，我木然坐著，一言不發。那兩人嘆息著，繼續喝酒，繼續發牢騷。

此時此刻，我沒怨恨皇上，真的！我怨恨的是自己：怎麼把幾十年大好時光浪費在那些狗豬牛鴨雞……屁書上？我好悔啊！好恨啊！三變啊三變，你真該變變了！我忽然叫道：「老闆，給我酒！」

那怒氣未消的女子隨即說沒酒了，老漢則呵呵笑道：「有哩——酒店怎麼可能沒酒，這就給你上！」女子又嚷我醉了，老漢則說今天到這的舉子想醉都讓他們醉。這時，兩位舉子倒好了酒，請我坐下一起喝，說：「反正今天是老闆請客。」

「我不喝！」我突然又叫道，「老闆，快給我筆墨！」

刷著白石灰的竹泥牆壁上，早被人塗滿了，所幸字都比較小。我大筆一揮，鋪天蓋地狂草寫上一首

〈鶴沖天〉。人家填詞，平平仄仄，斟字酌句，搗鼓老半天才擠出幾句。我這詞根本不費思索，像喝醉了嘔吐一樣，一腔悲憤噴湧而出。這是我的人生宣言，公開向皇上向滿天下宣告：

黃金榜上。
偶失龍頭望。
明代暫遺賢，如何向。
未遂風雲便，爭不恣狂蕩。
何須論得喪。
才子詞人，自是白衣卿相。

煙花巷陌，依約丹青屏障。
幸有意中人，堪尋訪。
且恁偎紅翠，風流事、平生暢。
青春都一餉。
忍把浮名，換了淺斟低唱。

末了，用正楷端端正正署上我的大名「柳三變」三個字。

那兩個舉子看得目瞪口呆：「你就是柳三變？」

「正是。」我笑道，眼瞪著他們，「像嗎？」

「也是柳七？」他們又問。

「柳七死了！」我正色說，「我是柳三變，奉旨填詞的白衣卿相。」

中部　仙人

再給我些酒吧……謝謝！不過，恕我直言：你跟常人掃墓一樣澆我雕像底部，我喝起來很不方便。最好能……哎，對啦！這樣就好啦，直接到我嘴裡……噢——夠啦！讓我打一下嗝，接著給你講我生前的往事。

22、京城無可留戀了

自從被皇上黜落那天起，我再不叫柳七了，要堂堂正正做我柳三變。

那天，我在那個迄今想不起名字的小酒店喝醉，醒來在蟲蟲的床上。她坐在床沿抹淚。我笑道：「我不是好好活著麼？」

我的凌波仙子不語，只是流淚。我將她攬進懷裡，卻激動不起來。到底我還被某種惡夢般的情愫糾纏著，揮之不去，食不甘味，美人失色。我是清醒的，想起了忘不了的一切。讓我感到特別刺眼的是我那個靈位。我說：「現在，該把它燒了！」

「什麼？」

「我的靈位啊！」

她嘟囔說：「你說燒就燒吧！」

我坐起來，邊下床邊說：「我去跟芹娘說。」

「她知道了。看你一直沒回來，我想情況不妙，去尋你，她陪著……」

「那也得去跟她說啊！」

「說什麼？」

「難道要等她來趕我？」

她明白了，撲在我懷裡哭不停。我心裡酸甜苦辣，啼笑皆非。欣喜的是她真心愛我，痛心的是跟她有緣無份。想想要跟她分別，而她將投身他人之懷，我都受不了。那麼，帶她逃出去？那是不可能的。同她死在這，不求同床求同穴？我現在對死也無所謂了，問題是她這麼年輕，如此美貌，豈不太可惜太殘忍？左右思量，絞盡腦汁，想不出一條良策。忽然，她追問：「你要去哪？」

還有哪可去呢？京城如此之大，唯有青樓妓館肯收容，難道真要我掛牌「奉旨填詞柳三變」不成？不！沒了那份興致。蟲蟲你讓我絕望，也讓我對所有女人絕望，我害怕再愛上你這樣一個銘心刻骨的女子，再經歷一次生不如死的傷害。那麼，京城也無我立錐之地了。

我要回老家！那有我的兒子，有家產，是安身立命之地。我說：「我會來贖你！只是……那窮鄉僻壤，得自食其力，你怕麼？」

「我等你！」

「哦——我的凌波仙子！」我將她緊緊摟在懷裡，恨不能將她整個身子摟進我心窩裡。我感到她堅實的乳房在跳動，感到她長長的眉毛在輕掃我的脖頸，而淚水則從我的肩上流下。我真怕她變成「望夫石」！我哽咽著說：「等……就不必了！」

這哪是我願說的？我隨即跟她哭在一塊，分不清是我的淚還是她的淚。其實，我心裡是有籌劃的。我老家有百畝良田，預收些租應該夠贖她的錢。如果不夠，再向親友借……我老家是個山村，跟京城不一樣，什麼叫青樓沒幾個人知道，不會知道我什麼丟臉不丟臉的事，應該有人肯把錢借給我。我有七八分把握，只是不敢輕言，讓她再遭受一次失望的打擊。如果……如果讓別人先將她贖走呢？那是我想都不願意想像的。可是，如果她願意，她會過得更好，我也應當相讓。誤了她的前程，倒是罪過。天意如此，我也無奈。我勸慰說：「聽天由命吧！你這麼善良，又燒了那麼多香……我作孽過多不可寬恕，菩薩對你是會保佑的！」

我主動去迴雪閣找芹娘，跟她道別，感謝她對我和蟲蟲的關照。她依然客氣，馬上溫出酒，一杯杯敬我，感謝我給欣樂樓和蟲蟲她們寫了那麼多好詞。她問：「何時離京？」

我說：「明天。」

「明天？這麼急啊！遲兩日吧，推遲一日也好，好讓我給你備份禮。」

我心想最好的禮物是我的凌波仙子，你又不肯，虛情假意，但這話不敢說。說實話，她能這樣待我和我的凌波仙子，已經算不錯了。我酒也不多喝，只是再三道謝。

家裡要不要去說一聲？我想還是要。不管怎麼說，父親是為我好。那天，當鄧院長誇獎我的〈望海潮〉時，他笑得多開心啊，就跟那詞是他寫的一樣。是的，那詞是我寫的，我是他生的，那詞也就等於是他寫的。氣麼，跟調皮搗蛋的小老弟一樣，都是一陣子的事，過了就好。對自己孩子，誰家父母不是舉得高打得輕？何況現在大哥及第了，他一高興肯定不會計較。就衝著這喜事，我也該回家慶賀一下。這麼想著，我馬上回家。蟲蟲問：「你不是說有家不能回嗎？」

我說：「回去看看，還是應該的！」

天黑時分，我遠遠望見家門口的大紅燈籠，喜慶氣氛隨即湧上心頭。我下騾車，正逢二哥出門迎客。他的臉立即沉下來，責問道：「你來做什麼？」

一盆水將我潑得好冷，但我強裝笑顏：「給大哥慶賀啊！」

「你還有臉來慶賀？」

怎麼能這樣說呢？我生氣了，不客氣反詰道：「你不一樣名落孫山嗎？你的臉在哪兒？」

「名落孫山不丟臉。丟臉是整天在花街柳巷鬼混，還不知羞恥到處張揚，祖宗十八代的臉都給你丟光了！」

我狠惡惡瞪他一眼，不想理他，直往裡走，他卻攔住我。我咬牙切齒說：「我要回家！」

「你聽我說！」他突然變軟，拉我到一旁，避免讓客人聽到，「母親給你氣死了還不夠嗎？現在，皇上親自黜落你，出醜更大，好在忙著大哥的喜事，父親暫時不知道。你想，今天這麼多客人，本來好好的，你這一來……」

「不用說了！既是這樣……好吧，我聽你的！現在只請你告訴我：母親是不是葬回老家了？」

「以後告訴你吧，這樣……告訴你也說不清楚。」

「那好，我不惹你們嫌！明天，我回老家……以後就待在老家，不會再給你們丟人現眼！」

偌大的京城，再也找不到我留戀的理由。

23、「多情自古傷離別」

第二日一早，芹娘執意要送我出城，當然還有蟲蟲，還有阮哥。紫兒等人送到樓下，也是難捨難分。我一個個望過去，回想起一幕幕往事，回憶起寫給她們的一句句詞，恨不能回樓，回到過去的時光，可我只能頻頻回首。

我回望欣樂樓前那片綠茵的芍藥，忽然又想芹娘種此花的用意。芍藥又名「將離」。為什麼會有這樣一個別名，我手頭沒書可翻查。可我想，她是不是既要利用此花招引客人，而又藉以提醒在此不可留戀忘返？我忽略了，怎麼不早想到！現在遲了，已經在離別，如骨與肉般生生地剝離……三月初，乍暖還寒，下著毛毛細雨。要不急，誰也不願意選這樣的天氣出門。芹娘冒著寒風送我，在碼頭設酒餞行，讓我感動不已。衝著她我也不忍離去。她曾想要我做她的乾兒子，當時顧忌家裡的面子。如今沒家了，何不成全她，也成全我和蟲蟲？現在同意還來得及。可我又想，如果那樣，我和我的凌波仙子這輩子都別想離開青樓，那就不是我們的心願了。謝了吧，芹娘！將來，我會報答你的！

謝了，阮哥！你雖然只是看門僕人，但沒少給我關照。我明白，芹娘今天要你來，更主要可能是怕我將蟲蟲拐跑，但畢竟麻煩你啦！往後，還希望對我凌波仙子多加關照！

我的凌波仙子啊，我該給你說什麼呢？好像該說的早都說了，又好像還很多很多沒說。可是，船主早已經在那裡催了，口氣越來越不耐煩，甚至威脅：「再不走我們先走，又不差你一個！」

我真的該走了，只能簡單說幾句。可是，說哪幾句呢？我急得直搔頭。我的淩波仙子悽婉一笑，梨花一枝春帶雨。她一連三次添杯敬我酒，無言無語埋頭喝。芹娘看不過去，奪了她的酒杯，催我快走。這時，她卻淚盈盈笑道：「再給我填句新詞吧！」

「我心亂如麻？你叫我如何填？」我踱了幾步，忽然叫道，「我跟你說。」

我跟她耳語，上前緊擁著她。但我什麼也沒說，只是緊緊地擁著她，讓我的心直接對著她的心訴說……汴河橫貫京城，從西北流東南，水勢急湍，逆流得好幾個縴夫拉船，順流則特別快，客船一下就狠心地甩開我淩波仙子的倩影。我收回目光，兩眼緊閉，讓她繼續留在我眼簾。我不知道這一別將多久，會不會甚至成永訣。樓房林立的京城消失了，唯有我的淩波仙子還在我眼前在我心裡。她忽兒笑著忽兒泣著，喜怒哀樂，歷歷在目，不停地攪著我的心懷。好可恨啊，你為何離而不別？

生離死別，自古以來不知重重複上演了多少，我記憶中不經意留下許許多多，然而，自己體驗又全然別味。我想起王維「都門帳飲畢，從此謝親賓」，想起沈約「彼長路之多端，伊客心之無緒」，更想起李陵「屏營衢路側，執手野踟躕」，想起孟浩然「去去日千里，茫茫天一隅」……千百年來，傷離別的詩句似乎全讓我想起來，而那況味則讓我全嘗遍，千百倍沉重。

不知過了多久，河流開始平緩，但我的心仍然不能平靜。寂寥的航船中，我有意避開我淩波仙子留下的一切，胡思亂想些別的，比如大哥，他授了什麼官？什麼時候赴任？由此及己，要是不被黜，現在就不在這船上，也在慶賀在準備上任……對了，還有和我的淩波仙子歡歡喜喜在一起！唉——都怪……怪什麼呢？不是說「衣帶漸寬終不悔」麼？

如果能夠有一個美女的真情籍慰終生，還要什麼家？如果能夠寫出像李白詩那樣千古流芳的詞，還要什麼狗豬牛鴨雞……屁狀元進士？

我不悔！至死也不悔！

可我現在連美人也沒了……

記得，我曾經盟誓「到時我一定贖你為妻，隨官四方」，還曾說「今生斷不孤鴛被」，千言萬語，字字句句發自肺腑，哪曾想轉眼盡成空……春冷，雨冷，夜更冷，唯有我的思念沸騰不止。餞行的酒還沒消退，又想喝了。帶的酒也冷，牙齒都覺得冰。可一流入我心裡，又燃燒起來……客船夜以繼日航行。黑暗中，我的凌波仙子依然跟那輕輕的櫓聲一樣不斷地伴隨著我。黑黑的夜裡，我什麼也看不見。然而，我心目中除了凌波仙子，彷彿還看到宋玉、唐玄宗等等。宋玉佇足楚江邊上，長嘆道：「悲哉，秋之為氣也，蕭瑟兮草木搖落而變衰！」唐玄宗則顛簸在馬嵬驛回京的路上，風雨飄飄，車的鈴聲叮叮噹噹。他無法不懷戀被自己賜死的楊貴妃，無法不後悔，無法排遣心靈深處的孤寂與哀愁。他只能將那輕一聲重一聲的鈴聲演繹成曲，名為「雨霖鈴」（又名「雨淋鈴」）。「山雨霖微宿上亭，雨中因想雨淋鈴」，「行雲不下朝天閣，一曲淋鈴淚數行」。那楚江邊上的悲秋，那馬嵬驛道上的雨中之鈴，一傳千秋，現在籠罩到我心上，揮之不去……忽然我想填首新詞，可是風大不能燃燭，天上的月牙兒又不夠明，我不能書寫，只能一遍遍默唱這新詞〈雨霖鈴〉：

寒蟬悽切。

對長亭晚，驟雨初歇。

都門帳飲無緒，留戀處、蘭舟催發。

執手相看淚眼，竟無語凝噎。
念去去、千里煙波，暮靄沉沉楚天闊。
多情自古傷離別。
更那堪、冷落清秋節。
今宵酒醒何處，楊柳岸、曉風殘月。
此去經年，應是良辰、好景虛設。
便縱有、千種風情，更與何人說。

在這詞中，幾乎囊括了千百年來人們寫離愁的所有意象。比如我最為得意之句「今宵酒醒何處，楊柳岸、曉風殘月」，僅《全唐詩》中就有：

——「明日五更孤店月，醉醒何處淚沾巾」（韋莊〈東陽酒家贈別二絕句〉）；

——「忽別垂楊岸，遙遙望所之」（李咸用〈送進士劉松〉）；

——「幾處花枝抱離恨，曉風殘月正潸然」（韓琮〈露〉）……

我將千古最經典的離愁意象全都巧妙地組合起來，又將此景移至秋。事實上，與凌波仙子之別悽慘之春在我心裡就是殘秋！我要將離愁渲染至極。我奢望：我的離愁至此為止，人類千古離愁都到此為止！

24、西湖故交

我病了，高燒不止。到一個小鎮，不得不求船家讓我上岸取藥。為了早日趕回家，我不敢在岸上住下看病。可是，病不饒人，愈發嚴重。我想，我的魂丟在京城丟在欣樂樓了，病沒那麼容易好。

京城到我老家兩條路，東路從大運河到杭州，越仙霞嶺進福建；西路借道湖北，沿長江南下，過洞庭湖轉贛江，翻武夷山到福建。西路幾易其舟很麻煩，一般選東路。到杭州時，我感到肉體在威脅：再不冷卻下來要焚毀啦！我不得不住下。

想當年赴京經此地，風華正茂，又有世交孫何大人在這當太守，多風光啊！那西湖，好像是我家後花園，任我徜徉。可如今，舉目無親，只能住最簡陋的旅館，臥床不起，還囊中羞澀。再想想父親兄長，想想我的凌波仙子，有種萬念俱灰的感覺，真想就此死了倒好。好在杭州施藥局很多，以三成低價給窮人，我勉強看得起病。有人說天下「九福」，其一是京城的「病福」。我覺得杭州也有「病福」。更有幸是這位楊姓老闆心地非常善，幫我請郎中，幫我煎藥，幫我洗理，房租欠著也肯。她說：「以後有路過，送來也行，不還也無妨。上廟燒香也得花錢，有難處幫點，算積陰德，你不用掛心上！」

杭州到我老家都是旱路，還得走好幾天，我不能不留點錢，只好厚顏向楊老闆賒欠。還怕不夠，不等病好清楚，該當的典當，換點錢上路。為了省錢，還步行出城，準備到城外再僱馬。

我垂頭喪氣，艱難地步行著，無心來來往往的美女，無意路邊的酒香肉香粉脂香。杭州是天下最漂亮的地方，比京城還好。可能因為太潮溼的緣故，所有街道都用石條鋪，顯得清爽，不像京城塵土飛揚。會感到遺憾只有鄧文敦那樣的人，不過他也不致於無路可走。他在這裡可以乘船從運河直接到全城。街道很寬，一邊行車另一邊行船。河邊沒有欄柵，如果是晚上，兩岸燈火相通，喝醉酒的人如履平地，很容易掉進河裡，聽說每年都要淹死上百個酒鬼。我想如果會掉進河裡會淹死也罷……正當我胡思亂想的時候，一輛馬車迎面而來，我連忙避閃，生怕擋了人家的道。不想，一個趔趄，撞上街邊的果鋪，一大筐圓圓的乾果傾倒而下，滿地滾去，驚動一街人。突然有人叫道：「三變？」

我掙扎著爬起，痛得呻吟不已。聽到有人叫我名字，連忙四處張望。沒想那車中人探出頭來：「你是柳三變？」

那人著官服，我辨了幾眼才認出：「徐靈遷！」

我眼前立即閃現一組舊景：他閉門苦讀——我擂著門吵他開——逼著他「欣賞」我的新詞……報應啊！就我們兩個來看，老天爺太公平了！現在，該他報復我。我迅速爬起來，裝作認錯人，逃著走。徐靈遷則下車，邊追邊喊道：「三變老弟，我是徐靈遷啊！」

如此，我只得止步，羞愧難當。我一語雙關說：「我可是一身蝨子啊，可別髒了大人！」

「這是大街！快跟我走！」他不多說，拉我上車。南方不比北方，馬車不少。這馬車坐我們兩個還綽綽有餘。

到驛館，他首先安排我洗澡，換上他的便服，接著上酒。南方的酒跟北方不一樣，是用稻米釀的，熱乎乎，一下就讓渾身上下暖融融起來。

一連三杯，他這才說：「你的事我聽說了！不必沮喪，你比我年輕，來日方長！」

「我……比你知道的還要糟……」

「別說了！現在喝酒……以前沒空多陪你喝，今天補上……現在可以陪你喝個盡興！」

既然如此，我就不客氣了。奇怪，酒比藥更有效。早知如此，前幾日直接喝酒好了！我這才發覺，如果說美人是我魂的話，那麼酒是我的血。我不能沒有魂，也不能沒有血。幾乎不用他陪，我把自己灌個大醉。

這一夜，我睡了一個久違的好覺。第二天，徐靈遷邀遊西湖。原來，他被授餘杭縣令。一路趕來，到杭州才發現太趕，提早三四日到，正想在慕名已久的西湖休整兩日，不意碰上我。西湖於我，跟老情人一般。前幾日，命都難保，什麼也不敢去想。

如今的徐靈遷非同往日，途經之處都有官府安排食宿，遊玩一點破費不在話下。他沒帶隨從，就我們兩個，邀兩名營妓相伴，專僱一隻小巧玲瓏的畫舫。

西湖四時如畫，濃妝淡抹皆撩人。湖岸花光滿路，一行行綠柳，像一面面綠幟隨風飄舞，又像一顆顆蕩漾的芳心。我們一邊品茗，一邊聽歌。這歌妓首先唱的便是〈望海潮〉：

東南形勝，三吳都會，錢塘自古繁華。

煙柳畫橋，風簾翠幕，參差十萬人家……

徐靈遷聽了，直叫好詞好詞，並輕聲教訓我：「老弟啊！說句實話，皇上生氣之前我就想，你不要老寫那些卿卿我我的靡靡之音，要多寫寫這種爽爽朗朗的浩然之聲！」

我聽了大笑，笑得他莫名其妙，笑得那兩位女子停了彈唱，驚恐地等待主人發話。我說：「你問她們，剛唱這詞是誰寫的。」

「我們江南大才子柳三變。」那彈琵琶的姑娘搶先答道。

徐靈遷大吃一驚：「不會吧？」

「是的。知府老爺要我們給客人首先唱這詞，唱幾年了！」那唱詞的姑娘說。

徐靈遷大為興奮，忙問：「那你們可曾見過這填詞的柳三變？」

「小女子哪有那天高緣份啊！」

「我就是柳三變！」徐靈遷一本正經說。

兩位姑娘愣了愣，轉為驚喜，隨即你一言我一語說了很多恭維話，請求為她們填一首新詞。那唱詞的說：「求柳大才子賜恩！小女子得了大才子詞，可以拿回去跟姐妹們示耀：我們遇到柳大才子啦！」

徐靈遷慌了，連忙說：「開玩笑，開玩笑！真正的柳大才子在這……這位！」

她們這才把注意力轉向我，適應不過來，或者說不相信，訕訕笑道：「大人拿小女子開玩笑啊！」任徐靈遷怎麼說，她們再也不信。我這副尊容，說浪子說村人有人信，說舉子說才子沒幾人會信，我早習慣了。我轉移話題請喝茶，然後喝酒。

兩位女子能說會道，能喝酒也很能勸酒，很快將我們兩個大男人灌差不多。我們一人偎依一個美人，叫船工不要划了，任由它在湖面飄蕩……太陽落山時，棄船登岸，與兩位女子難捨難分。徐靈遷邀她們晚上繼續陪我，她們說另有安排。

這時我說我真是柳三變，說著我唱一遍〈望海潮〉給她們聽。她們聽得出來，除非作詞本人，很難唱得這麼出神入化。她們高興得拍著手跳著腳，又懇切索詞。徐靈遷趁機再要求晚上作陪。她們說營妓比不得私妓，得聽官府的，不敢私自行動。徐靈遷說：「跟你們大人說，記我徐縣令的帳！柳大才子在此，你們天天唱的詞都是他寫的，這點面子能不給麼？」

她們答應回去說說看。我說不必為難了，改明日吧！明日一早再來遊湖，帶好筆墨，當場給她們每人新寫一首。

送走兩位麗人，我們僱了車。正要上車時，有個女子上前問徐靈遷有沒有空陪她老爺喝幾杯酒。問她老爺是誰，她說不必曾相識。她懇切說，她家老爺不喜清靜，每日要請一桌客，不論是誰，只要是文人士大夫都歡迎。既然如此，我們決定去見識見識。

這是富貴人家，寬大的廳只擺一桌。桌上已有五六人在閒聊，當中一位年約半百的老者見我們進來，立即起身，等我們近席時以手示空位：「有請！」

「真不好意思，無緣無故受如此厚待！」徐靈遷說。

「哎——不可這麼說！」老者笑道，「你們還年輕，體會不到我的心情！我老了，不知道還能有幾個春天。如果要等到有緣有故再請你們，不知還要等多少年，可是春天又能等我們多少呢？這麼一想，一絲絲悲哀由衷襲來。是的，不等了，歡悅應當現在開始，刻不容緩！」

原來如此！我們雖然年輕些，可是春天會等我麼？」

可這老人又有刻板之處，桌上得滿十人。

多看兩眼，我覺得這老者有點眼熟。想了想，想不起在哪見過。我想，也許街上遇過吧，不費心思去想。

等了幾盅茶工夫，客滿十人，立即開宴。邊上有歌舞相伴，且是一個完整的大麴。一個大麴三部分，前段以樂器為主，中段以歌唱為主，末段以舞蹈為主。末了，酒宴暫停，主人入池起舞，眾女圍繞著他。他舞了一會兒，招呼客人一起去舞。不肯去的，他和舞女上前拖著走。不會舞的，踩著節拍散步吧！我也如此，但因為跟著美女蕩漾，心情特別舒暢。

終於累了，回到酒桌。老人還沒坐下，喘著粗氣，感嘆道：「世人都說神仙好，我想神仙也不過如此吧！」

老人酒量好，客人的酒量也好，我也感到特別能喝。菜不時更新一兩道，不知道上過多少菜。酒新增更快，不知道添了多少壺。燭一次次更新，不知道換了多少根。陸續走了兩三人，但多數不忍離去。喝一陣酒，跳一陣舞，唱一陣歌，周而復始，不厭也不倦，興致反而愈濃……等老人終於宣布散場，大門一開，竟有一片陽光斜斜地照進來，我們這才發現主人用厚布將所有窗戶罩住了，難怪我們不知道天早已亮。

臨別時問老人尊名大姓。老人笑道：「不必吧！只要你們記得這地方，下次路過進來陪我喝杯酒，不用再請就行了！」

突然，我又覺得這老者眼熟：「好像……在哪見過……」

他認了認我，忽然大笑：「見過見過——我想起來啦！去年春天……」

「蔣三悲！」我驚呼起來，「你怎麼留鬚了！」

「無鬚能稱翁嗎？不過，我現在不叫『蔣三悲』了，叫『蔣五樂』！」

「五樂？」

「歲月如花，真樂有五，一是目極世間之色，耳極世間之聲，身極世間之鮮，口極世間之談；二是堂前列鼎，堂後度曲，賓客滿席，男女共歡，燭氣薰天，珠翠委地，金錢不足，繼以田土；三是篋中藏萬卷書，書皆珍異，湖畔置一館，約伴十人，人中有如李白杜甫者；四是千金買一舟，舟中置琴鼓，妓妾數人，遊閒數日，泛家浮宅，不知老之將至。」

說完四樂，他笑而不言。徐靈遷追問：「第五樂呢？」

「此乃天機也，見諒！」

回眸時，才知這叫漢月樓。我記住了，門前還有兩株高聳的雪杉。

25、將浮名換了淺斟低唱

告別蔣五樂出來，想起兩位營妓之約。但現在這麼遲，她們肯定以為我們爽約。三步並兩步趕到碼頭，果然尋不到。我們不死心，心想她們不會輕易放過向我索詞的機會，肯定會再來。於是我們先僱了船，在近岸飄蕩。

西湖於我如數家珍。想當年，讀書與遊玩，杭州一玩月餘。承蒙孫大人厚愛，幾乎將每個角落逛遍，不然我寫不出〈望海潮〉。現在近岸，不用說也知道那是著名的白堤……說不清是沾了白居易的光，還是讓白居易沾了光。有的說，白居易在此任刺史——相當於你們現在的市長，為貯蓄水灌溉農田而修築該堤；也有人說，蘇小小和阮鬱在白堤上相見相愛，那麼白堤早在白居易之前三百年就有。白堤的特點是一株柳樹一株桃，所以每到春天桃紅柳綠，芳草如茵，遊人如在畫中行。從斷橋這頭往孤山那邊望，遠山如黛，綠島浮水。白居易說「最愛湖東行不足，綠楊陰裡白沙堤。」這詩千古流傳，讓白居易功名雙收。看來，當了官要做點好事並不難；或者說百姓太善良，當官的稍做點好事，他們會感激千秋萬代。我如果當官……唉——什麼地步啦，還做那夢！

白堤過去是花巷觀魚。比魚更有趣的是那碑上的「魚」字，下面不是四點而讓一個大和尚寫成三點。原來，四點表示火，三點表示水，出家人慈悲為懷，寧願寫成俗人眼中的白字。

湖中有上百船隻，各式各樣，有的專載妓女，有的專賣酒賣傘賣扇之類，有的載人讀書或者釣魚，一個湖就是一個令人眼花撩亂的世界。船來船往，激起陣陣水波。波浪輕輕地拍打著我們的小畫舫，催出我們的睡意。怕錯過那兩位女子，我們坐在艙裡一邊打盹，一邊透過小窗向外瞭望。湖岸山色，寺觀浮屠，雲煙竹樹及往來樵人牧豎，醉翁遊女，連人帶馬，盡入眼簾，彷彿是一幅天然畫卷。為了尋覓那兩位女子，我們叫船工讓船轉著圈，讓我們望著四周，畫卷隨之變幻起來，更多佳景，只可惜我們渴望的麗人遲遲不入畫。

忽然，發現前方一葉小舟有兩個女子，各撐一把小花傘，鬢如綠雲，翩若驚鴻，我叫徐靈遷快看。他說肯定是她們，馬上來了精神，叫船工快撐。

那小舟很快被追上。可是，顯然不是昨天那兩位，失望之際馬上生出新的希望。徐靈遷問：「請二位姑娘喝杯茶，賞光麼？」

她們隨即答道：「好呀！可我們要賞錢的！」

原來也是妓女，在這等客。也罷，不能白等老半天！

她們帶著琴箏上我們畫舫，喝了幾巡茶，問要不要聽歌，我們說當然要。可她們開頭唱的不是〈望海潮〉。難道昨日那女子哄我？等唱完，我忍不住問：「不是聽說，頭一曲要唱〈望海潮〉嗎？」

「本來是。」一女子答道，「昨晚，官府給我們發榜，說那個柳三變被皇上黜了，從今以後不許唱〈望海潮〉，也不許唱柳七之詞。」

「真有這事？」徐靈遷追問。

兩個女子同時點頭。這麼說，昨日那兩個女子也因此怕了。我不明白，是她們向官府報告後臨時決定禁，還是碰巧昨日釋出，更不知道杭州知府禁還是朝廷禁。不管怎麼說，這消息讓我挺鬱悶。徐靈遷連忙叫道：「不唱了，喝酒！」

酒我也喝不起勁，只好打道回岸。徐靈遷還想請我到別處轉轉，可我突然覺得，這參差十萬人家之地也沒我留戀之處了。我說得趕回家，趕回去籌錢，以便早日贖出我的凌波仙子。他說他才上任，錢財不多，只能贊助我些許。我說不要，玩這兩日已經心滿意足。但我想起還欠楊老闆的住宿錢，又說借我些也好，總比欠人家的好。他還想請我索性隨他去當幕僚，先混碗飯吃，慢慢另作打算。我說真不想要浮名了，娶了我的凌波仙子也只想做山村野夫。以後，請他抽空到我閩北山鄉休閒度假，讓我盡點心意。

給楊老闆還了錢，我即出城回鄉，毫不留戀。但剛出城門想僱馬車的時候，又有個陌生女子忽然近前問我：「這位是柳大才子吧？」

我將她打量一番，認不出是誰，但還是應承道：「我是柳三變！」

「請才子喝杯酒，給個面子好嗎？」

「我……哦，謝謝姑娘美意，我要趕路。」我不想沉湎女色了，何況這姑娘顏值有限。

「我想跟柳大才子說句話。」

「什麼話，請姑娘直說！」

「一位朋友想見你，請隨我來吧！」

她將我帶到附近一家小酒店的雅間，那裡坐著一位年紀跟我相仿的男子。他熱情地跟我打招呼，叫人立即上酒。他笑道：「本人姓王名舜辰，臭名遠揚……聽說過吧？」

我想了想，想不出什麼印象。他只好補充：「不瞞你說，我從北邊來。」

我明白，他說的是契丹遼國，但他跟漢人無異，連口音也聽不出任何差異。傳說，皇上要接見契丹使者，近侍嘮叨說他們相貌衣著與國人如何如何不同。皇上煩了，問道：「他們是人嗎？」近侍說：「是人……人倒是人……」皇上說：「既然是人，為什麼要怕他？」眼前這人，跟我們漢人實在沒什麼不一樣。我說：「不像吧？」

「本來我跟你一樣，後來去的。來來來，先喝酒！」

王舜辰說，我的詞已傳入遼國，那裡有水井之處都傳唱，遼主本人也非常喜愛。本來，他們可以透過使者正當索求，這樣對作者也有意想不到的好處。如果有外國來尋柳三變之詞，想必皇上也會對我高看一眼。然而，他們遲一步，如今皇上將我黜了，再尋我的詞，就可能適得其反。因此，只能派他們悄然入境，私下收集一些我的詞。不僅如此，還派來這位善畫的女子，將「十里荷花，三秋桂子」的西湖景色收入畫圖中，以便給他們的皇上欣賞。說著，他們取出那畫展給我看，上面果然題有我的〈望海潮〉。

他們說這些，我都信。早聽說遼國重視漢文化，那裡有很多漢人和漢城，也有跟大宋一樣的科舉，且將詞賦列為正科。他們會喜歡我的詞，一點不奇怪。意外的只是，怎麼會以這種方式。我自己倒是隨寫隨扔，並沒有結集刊印。我回敬他們酒，笑道：「很抱歉，讓你們失望了！」

「不，恰恰相反，喜出望外！」王舜辰說，「我們早想見你一面。昨夜偶然聽聞，你到杭州了，我們到處尋，果然現在敬上酒！」

閒聊一會兒，酒也稍多，王舜辰換個話題：「老兄無端遭黜落，令人同情。不如換一種活法，隨我們出去。」

「到遼國？」

「是啊！我們皇上求賢若渴，尤其對漢人，更是高看一眼，絕無排斥之理！」

「謝了，我無此心。」

「請你相信，絕不會騙你！」王舜辰說，他因為喝酒的時候戲作一首詩，其中有句「醉臥北極遣帝扶，周公孔子驅為奴」，被人告密，皇上記恨，殿試的時候將他黜落。

我聽了大笑：「你膽子比我大多了！公然敢說要皇上做你的侍從，周公和孔子做你的奴僕，真是膽大包天！要不是大宋，你的腦袋還能留到今天？才黜落你個進士，夠便宜啦！」

「可我那是醉言醉語啊！」

「那我呢？我連夢裡都沒罵過皇上，相反拍過皇上的馬屁，一首首詞頌揚他。可他……官場，沒道理可講！」

王舜辰說北邊的皇上絕不會小心眼。他一怒之下出走，到那邊沒幾年就得到不小的官位。如果我去，寫的詞他們上至皇上下至百姓都喜愛，那前程一定更好。

「想必你也聽說，我已將浮名換了淺斟低唱。我得趕路，告辭了。」

「等等，請稍等！」王舜辰起身又遞給我一杯，「那就請最後喝一杯吧！我給你再出個主意：你將我們的事向官府告發，立個功，很可能會有皇上特赦。」

如今宋遼和睦，但這種私自出入境之事，肯定難容。我喝了最後一杯，說：「謝謝！現在，除了我心愛的女人，什麼功名利祿都不想要了。」

26、死也不許歸柳家

我老家，想到回去就愁，出來又愁，因為路太難走。沒到過福建的人，沒法想像那路究竟多難。李白嘆「蜀道之難難於上青天」，那是他沒走過閩道。不要入閩，只要到浙南仙霞嶺山麓，望一望高達二百里那山那嶺，你便會發現什麼才叫難於上青天。沒開始登嶺，有一座亭子，叫「望雲亭」，供準備登嶺或者剛從嶺上下來的人喘氣。望雲亭跟其他亭子一樣，塗滿了旅人的喜樂哀怒。其中有句詩寫道：「玉門遼渺誠虛設，蜀道崎嶇只等閒。」這詩不知何人所題，我第一次出仙霞嶺就看到，銘刻在心。下雨更糟，滿是泥漿，稍不小心就滑倒，而且可能滑下萬丈深淵。天晴也不能騎馬，只能乘轎。可轎子悠晃，頭發暈，生怕轎伕打個趔趄。我寧肯步行，卻又擔心峭壁裂石隨時可能掉到頭上。除此之外，還得擔心毒蛇猛獸，得有伴才敢走。每次出入，都有一種死裡逃生之感。我曾多次想：等過一段時間，我金榜題名歸來，有權在握，新官上任三把火，頭一把火便要將這山燒矮萬仞，讓家鄉父老如履平地。現在想來真是可笑。且說我這次過仙霞嶺，看樣子好久沒下雨，路很乾。

過仙霞嶺入福建，首先到楊億大人老家浦城，然後是我的老家——白水。白水可不像它字面那麼平淡。我們那幾乎家家戶戶會做酒。傳說有一年，八仙之一李鐵拐神遊到我們村，進一戶人家，討做酒的糯米飯。這戶人家挺大方，一碗一碗給，讓他吃完一蒸籠也不心疼。過幾日，李鐵拐又來，再吃個精光。沒幾天，第三次來，吃得他自己不好意思。他從身上掏出一小團飯，對這戶人家說：「你把這團飯放在泉水邊，會有喝不完的白酒，賣也賣不完。」這戶人家一試，果然如此。人們都說這酒好，銀子很快賺飽。過幾年，李鐵拐再來，問這酒如何？這戶人家嘆道：「酒是好，可惜沒酒糟餵豬。」李鐵拐心想：這戶人家原本挺開朗挺豁達的，怎麼一有錢就變貪婪變想不開了？於是，他又給一團飯，讓他再放那泉邊。沒想到，那泉眼變得只流白水，所以這地方叫白水。

白水可不小，是個大盆地，方圓十餘里，一條小溪從中央蜿蜒而下，兩岸或稻田或蓮田或桑田，七八十戶人家像梅花一樣分布在四周山邊，每十幾戶成一朵花瓣，分別叫茶景、茶里、觀堂等小村莊。好些過路人留戀忘返。唐時興化——也就是現在福建莆田的翁承贊，曾任京兆尹參軍，後來做閩王王審知的宰相，從閩中到長安多次經過白水。晚年，他索性在此隱居。他曾寫詩讚這裡：「一為鵝子二蓮花，三望青湖四石斜。唯有嶺湖居第五，山前卻是宰相家。」同那時期，我爺爺在鵝子峰半山隱居。父親顯赫後，本來要接他到京城，他不肯，只同意出山到白水。我家新房蓋在茶景，從浦城下來是村尾，從崇安上來則村頭。

我到茶景的時候，天已經完全黑下來。但是，那拐彎抹角的路完全記得，即使伸手不見五指我也摸得回家，不會走到田裡溝裡。何況有些星光，還有家家戶戶起燈火。有些鄉親外出勞作回來，擔柴的，挑尿桶的，扛耙子的，趕牛的，全都可辨，不會相撞，只是認不出人。

糟糕的是，我家大門上又掛白紙燈籠貼白紙對聯，直到門口才發現。我本能地想起母親，沒想家裡還在祭奠。在京城沒為她送終，現在想來倍覺傷心。我立即撲過去，將手上的小包裹往旁一扔，邊號哭喊媽邊跪下。可是，就在我跪下的瞬間，發現神龕上那畫像不是母親，而是父親！我屈著的雙膝跪不下去了，左右看兩邊的人，心裡發問：怎麼回事？

兩旁有五六個人，其中包括我大哥二哥，他們不僅一臉肅穆，而且充滿怒氣。可我顧不了那麼多，撲過去抓住大哥的手，聲淚俱下：「大哥，爸怎麼啦？」

「還用問！」大哥狠狠地甩開我的手，「還不是你幹的好事！」

怎麼又是我啦？天啊——我給父親大人跪下，不住地磕頭，不住地呼喚，哭得昏天暗地，整個身子癱倒在地……悲傷傾訴差不多了，三叔將我攙起，按在邊上的椅子裡。他淡然說：「好了，你們父子恩怨了了！現在，你們兄弟說個明白。」

大哥努力平靜地說：「揭榜第五天，父親聽說你被皇上黜落，氣得當場倒地，一病不起……」

「爸——真對不起啊——！」我忍不住又撲過去，痛哭不已。

「你也不必哭了，哭也沒用！」大哥親手將我扯起，遞過一紙。我以為給我擦眼淚鼻涕，正要擦的時候被攥住手，斥道：「給你看的！」

我雙眼給淚水糊住，從地上撿起角帽擦了擦，展紙看閱。原來，這是父親的遺囑：

三變大逆不道，有辱祖先，不得放歸本家，死不得葬大塋中！後世子孫有如是者，亦同。不從吾志，非吾子吾孫。

上面有楊億及我兩個叔叔簽名見證。但我還是說：「騙人！假的！」

「你可以去問證人。」二哥插話。

我忍不住又放聲大哭，這回哭我自己。怎麼也想不到，父親恨我恨到如此地步。原以為只是一時之怒，沒想死都不肯寬恕。可我有什麼大逆不道，罪不容恕？不就多逛了幾趟青樓嗎？滿城學子舉人，滿朝文武官員，幾個沒逛過青樓？只不過他們從妓女肚皮上滾下來繼續裝做正人君子，我則白紙黑字公然讚美了她們而已，礙著誰啦？怎麼連堂堂的皇上和親生父親都不肯放過？哭著哭著，由悲轉怒，但我忍了，只問：「我兒子呢？」

「他是柳家後代，你不必過問。」大哥居然這樣說。

大廳上看熱鬧的人越來越多。我在人群中尋了尋，找不到兒子。當然，我離開又幾年，孩子長得快，他在這我也可能認不出。我只能吶喊：「兒子是我的骨肉！」

「自己做兒子都做不好，還能指望你教養兒子？我們柳家可不能再出一個浪子！」大哥說。「好了，你可以走了！」

就這樣，大哥和二哥一人一邊架著的我手臂往外拖。一出大門，像扔垃圾一樣扔開我。我想返回再說些什麼，他們不理，更不讓進，好像兩條看門狗一樣把守著大門。

我徹底無家可歸了！這裡幾十戶人家，有些親朋好友，可我不知道投奔哪家。我是被驅逐家門的，誰也不便收留，也不便去連累人家，可我總得有個歸宿呀！

這裡猶豫不決，那裡兩三家的狗在牠們家門口吠個不停，有一條狗還想衝上來，離我只有幾步遠。我慌了，連忙從柴堆抽出一根棍子，準備應急。我瞥見另一邊三五步的地方一片漆黑，立即退到那。狗是仗人勢的傢伙，稍離牠家近點就吼。牠又是欺軟怕硬的傢伙，手裡隨便拿根棍，牠就嚇得跑，遠遠地乾吼。

兩腳來就走得很累，跪那麼痛，站這麼久，現在有點發軟的樣子，索性席地而坐。嗅到一陣刺鼻的臭，斷定旁邊是豬欄，可我懶得動。這時，覺得肚子餓。午飯是在幾十里外浦城吃的，早消化光了，現在真餓，當務之急得趕緊找個吃的地方住的地方，先解決這一夜的問題再說。

鄉間跟京城不一樣。京城很多店鋪四面有兩三面敞開，夜裡也沒有遮掩。而這，除了豬欄，家家門戶緊閉。正絕望時，我想到村口的遇仙橋，那常有乞丐棲身，實在沒辦法只好到那去找個角落。可是吃呢？

這季節青黃不接，地瓜才栽吧，地裡好像沒什麼可吃。楊梅之類野果倒是長了，問題是天這麼黑怎麼上山？對了，菜地有黃瓜，也可以充飢。不過，那是偷啊！要是被人發現，說我柳三變現在家鄉偷菜……太難聽了！要不，向乞丐要點，他肯定有吃剩的。可是這樣一來，我豈不是也變成乞丐，而且是向乞丐行乞的乞丐——乞丐都不如的乞丐？不，我不做！還是去菜地摘兩根黃瓜吧，我小時候不餓也做過這種事，其實算不上什麼偷。就這麼定了！我立即起身，往村外摸著走去，又引來一陣陣犬吠。我緊握了棍子，一眼不眨地警惕著……一戶門開，走出一個男子。他點著竹篾，光亮不大，躲著風。發現黑暗中的我，他泛泛地跟我打招呼：「很黑啊，怎不點燈！」

說話時，他連頭都沒抬，可那微弱的篾光讓我看到他的臉，並且認出來。我驚喜地叫道：「星仂！」

星仂一聽，舉高篾光直照我的臉：「索利克！怎麼是你？」

「唉——你應該聽說吧！」

「哦——是喲，聽說了！你去哪？」

「我無處可去！」我迫不急待說，「你家可以借宿一晚麼？」

「好咧！好咧！」他立即轉身將我帶進家，點上燈，嘮叨說老婆孩子剛睡。我說那就別驚動他們了。

他急於上廁所，又出門去，讓我一個人待廳上。

因為是主人帶進來，他家的狗只是蹲在三五步外瞪著我，並不吠，但我也不敢亂動。這狗的尾巴被剪了，以防牠只顧悠哉悠哉地晃著尾巴打盹而不看門。我心裡說：「狗啊狗，好狗狗！你家主人剛才叫我索利克，你沒聽到嗎？我們是同類啊！可現在你還有個家，我連個家都沒了，比你更可憐啊！你就別再跟我過意不去了！」

星仂姓翁，全名翁德星。我家跟他家算世交，小時候我跟他玩最多。那時候，雖然父親很少在家，母親管我挺嚴，冬天也要我們午睡。可我那時候貪玩，總覺得夜太長，午睡更是浪費。母親一睡著我就偷溜，跑出去跟翁德星等人玩，好事壞事都做。前頭說偷黃瓜，我就跟他做過。我們還一起下河摸魚，一起聽先生講課，長大了一起談論女人。就那時候，我們一起看打鐵店淬火，一起淬自己無處消解之火。我們又經常吵嘴打架，我還常跟別人一起欺負他。人們說他爺爺那官來得不光明：用糖水寫自己的名字，螞蟻一爬顯示出來，騙皇上說是天意。又說他父親風流，叫他「冷飯仔」——老家俚語，意指未婚先孕而生的孩子。我們那時候不知道「冷飯仔」意味著什麼，只知是罵人話，當作他的綽號。他急了回敬一句狗屁。我回罵豬屁，他再回應牛屁。我一連串回擊「狗豬牛鴨雞……屁」，雞後略加停頓，以示將天下所有的屁都讓我罵上了。罵著罵著成口頭禪，想改都難。

翁德星好像比我更聰明。小時候，他家隔壁院子有個華仂叔公，大概七八十歲，當過什麼官，很多人愛請他吃飯。他討了一個很漂亮的小老婆，非常喜歡她，寶貝不得了。每次到人家做客吃飯，都要偷偷帶好荷葉，趁人不注意包些好吃的藏在袖子裡，帶回家給小老婆吃。翁德星說捉弄他一下。於是，酒宴散席的時候，我們幾個孩童等在那家人的大門口，一見他就特別恭敬地邊叫叔公邊叩拜。他一高興，忘了袖子裡藏的東西，給我們作揖回禮，荷包掉地上，露出半隻鴨，眾人大笑。他這麼聰明，中秀才之後卻連舉人都考不上，只能當孩子王。我常年遠離家門，我們交往也就越來越少。這天晚上，「冷飯仔」成了我的大救星！

翁德星聽說我的事了，感嘆怎麼會弄到這麼糟的地步，但他對我依然熱情，騰出一床讓我睡。看我衣服髒，又弄水洗，拿乾淨衣裳給我換。張羅半天，唯獨忘了問我有沒有吃飯。在他想來，這麼遲了，吃飯早不成問題。我顧不上面子，急忙說肚子很餓。他立即親手給我弄吃的，剁出燻鵝，煮了蛋湯，還溫出一壺酒，讓我感動得只差下跪磕首。

喝著酒時，翁德星忽然冒出一句：「你不像我們鄉下人日晒雨淋，怎麼臉色也……」

「唉……管它呢！」我是不用日晒雨淋，可我得為仕途為女人殫精竭慮，那更耗神耗性命啊！我不想想這種煩人的問題，喝一碗悶酒。他善解人意，不再輕易撩起話題。

酒足飯飽，臨睡時我說：「我現在走投無路，只好請你收容我幾天，好麼？」

「好咧！我們麼，兄弟一樣的！只是……我家……你也看到，你可能不習慣，還有……我……畢竟是外人，你們家的事，我幫不上手……」

「只要你別趕我就行！我的事，我自己想辦法解決！」

27、鄉鄰的嘴臉

早上起床時，翁德星到菜地去了，他妻子在做飯，孩子們讀書，我不知所措。想了想，我想去找里長。我問：「現在我們里長是誰？」

翁德星妻說：「祖茂叔，觀堂村的。認識麼？」

「就是那個大光頭吧？」

「是喲！」

「燒成灰我也認得！」他比我略大兩三歲，小時一起讀書玩耍過。他家住對面那個村子，門前幾個臺階還記得。我父親每次回家，他都有來拜訪，也請我們上他家吃飯。現在想來，我覺得這里長比我兩位兄長和叔叔們更親近。

里長雖然不算官吏，可是「土皇帝」，德高望眾。大光頭胡祖茂可不一般，三代織布，織的「紅綠錦」非常有名。特別是為皇宮織成柱衣後，皇上大加獎賞，名噪一時。當里長沒俸祿，純粹為鄉親們盡義務。找他替我做主，肯定公道。

說是對面，隔著一大壟田，中間還有條小溪，彎彎曲曲也有些路。太陽剛出，大人小孩各忙各的，不時碰上些人。比我年輕的，十之八九不認識。長幾輩的大都作古，長一兩輩我半數認得但他們卻認不出我，得介紹一番。年齡差不多，竟然也有好些認不出，主要因為他們務農，風吹雨打，那張臉變得松樹皮一樣醬紅而粗糙，好像是我的長輩。女人更糟，有些年輕時也清秀，年紀一大，有的竟然變得像我媽——我媽可比她們漂亮多了！唐人說「未老莫還鄉，還鄉須斷腸」，看來大謬。我覺得倒是「人老莫還鄉，還鄉須斷腸」。特別是現在，鄉親更讓我傷心。女人多嘴多舌，做著早飯還見縫插針到大門口跟鄰里聊長短：「真是『一樣米養百樣人』喲！兩兄弟真不理他唄，硬是把他拖出門……」

莫非說我？我朝幾步外的女人望去，她們看見我，略顯尷尬，各自縮回自己的家。我認得她們是誰的老婆媳婦，她們肯定也認得我，但是裝著不認識，也罷！其中一個就是英仔，小時候還說要嫁我哩，甚至有次「扮家家酒」時真要跟我做爸媽，只因我那時候不真懂男女之事，也可能只因為她媽媽很快趕到，才沒做成，要不然看她洞房花燭之夜怎麼跟老公交代。自那以後，她見我會臉紅，會躲閃，實在避不過才寒暄幾句，可怎麼也不至於如此啊，真讓我生氣！我心裡說：早不是什麼美女了，你躲你的吧，別煩我！當年要是真跟你做了爸媽，我才後悔哩！

沒走幾步，有群孩童在坪子上看補鍋，居然也認出我。有個稍大的跟他同伴說：「就是那個，當嫖客，給趕出家門！」

這話讓我惱火。我這十來年主要在外，很少回來。這些孩子能認出我，肯定是昨晚到我家看過熱鬧。可是，他們知道什麼叫嫖？還不是他們長輩胡說八道？我是逛了青樓妓館，可是……唉！實際上，嫖客在鄉下人心目中並非全是貶義。記得，小時候見過，有位母親擔憂她兒子很笨，長大娶不到老婆，另一個女人安慰說他長大肯定很能幹會當嫖客。那位母親笑道：「我兒子長大要是會當嫖客呀，我是會包好紅包喲！」那位母親如果還活著，一定會表揚我！有空，我得找找她！我對那群小孩笑了笑，心裡說：

「小子們記住！長大後，小心當老光棍！你要是有本事當嫖客，我給紅包。」然而，被趕出家門畢竟不光彩，我的笑容一閃而逝，埋頭離開。

里長家有點小坡，好像朝聖般的要上幾個臺階。他們單家獨戶，七八口人在廳上吃早飯。有人遠遠望見我，通告後立即全都朝我看來。我加快腳步，兩個臺階並一個。有個小夥子邁出大門迎接，雖然有笑容，但沒一點請我進門的意思。我連忙發問：「德茂叔在家嗎？」

「他不在家。」

「我……我想找他，有事！」我在最後第二個臺階止步。

「他到五夫趕牛會了。」

「嗯……什麼時候回來？」

「不知道！」

「那……那改日來拜訪。」我只好轉身下臺階。沒聽到一句送客的話，比沒找到人更讓我失望。往常，對陌生人也不至於如此吧！一個個為我父親在外當官而自豪，儘管有某些不盡如人意，我還算是在阿諛奉承中長大。可現在，怎麼像瘟神一樣的，連門都不讓進啦？轉念一想，倒楣時親爹親兄弟都沒用，怨不得別人。

當然，好人還是有。我自己也覺得沒臉見人，埋著頭走路。碰上一般的，裝著不認識。有些太熟了，不好意思裝糊塗，只好硬著頭皮打招呼。他們有的也變冷淡，有的依然熱情，還請我到他家喝茶吃飯。我客氣說有事，有空再來拜訪。

回時腳步沉重多了。德星家還在吃早飯。德星說：「我們等了你，說你去里長家了，快來吃飯！」

「我吃過了！」我也不知怎麼會從嘴裡跑出這話。一說就後悔了，可又不好意思改口，悄然餓半天。

五夫比白水更大，上百戶人家，在那裡設鎮。每年這時候有一次牛會，方圓幾百里浙江、江西都有人到那交易耕牛，熱鬧得很。各地的親朋好友趁機來聚聚，儼然是盛大節日。白水到五夫幾十里路，全是大山，所以一般會住上一兩天。那麼，里長是昨天去的嗎？今天下午會回來嗎？還是今天一早去，要等明後天回來？可惡的是，他們連這也不肯告訴我，真氣人！

吃完飯，德星要去上課，叫我在他家好好再睡一覺。他特地強調白天沒蚊子，上午又涼，很好睡。可我哪有心思睡啊！我想找兒子，跟他到學堂。

翁德星是翁承贊嫡孫。當年，翁承贊當閩王宰相，非常重視教育，曾在福州設「四門學」，府有府學、縣有縣學、鄉村有私塾，閉塞的民智為之一開。晚年在白水隱居，他又創辦「文堯學堂」。文堯是他的號。

文堯學堂坐落在對面中部村子。經過翁家三代努力，學堂規模越來越大，現在如同望族的祠堂，巍峨堂皇。正廳大講堂，正中祀孔子像。中央天井，供學童課間遊戲。兩旁自修室，按年齡稍加區分。我小時候，學童僅二三十人，如今五十來人。可是，唯獨不見我兒子。我想：他是不是病了？翁德星說，他昨天還好好的，再說以往如果病了不能來大人會託他堂哥或堂弟說一聲。現在，問姪兒我兒今天怎麼沒來，他們支支吾吾說不知道。看來，兒子被藏匿了，要斬斷我們父子關係是真的。但我還是抱著僥倖，坐在學堂等等看會不會晚些來。

翁德星挺高興我能觀摩他上課。他似乎想在我面前表現一下，講得特別起勁，神情飛揚，口若懸河，唾沫四濺。讓我皺眉的是，他藉著最新流行的《小兒學書字本》，將先賢們強調的「禮」簡化為不苟言笑，「樂」則被縮水為「嚴性正氣」。他還用大紙抄出古人一段家訓，掛在壁版上，給學生翻譯這段話：「當有人說你壞話的時候，應該先退一步，在自己身上尋求根源。如果自己存有可以讓別人指責的行為，那麼人家說的就對。如果自己的行為沒有可以讓別人指責的地方，那麼他們的話就虛妄。人家說得對，不要怨恨人家。如果他們說得不對，無中生有，只要自己行得正立得直，沒什麼可怕，何必去記恨？聽說別人誹謗自己，如果要憤恨，不如自己沉下心來，加強自身修養。正如諺語說：抵禦寒冷沒有比皮毛衣服更好，阻止別人說壞話則沒有比加強自身修養更有效。」

翁德星在那裡給學童大講「斯言信矣」，我在旁邊越聽越覺得不是滋味，如坐針氈。「冷飯仔」啊「冷飯仔」，你是不是指桑罵槐啊？如果要指責我，直接說好了，何苦折騰孩子？

在我同情這些孩子的時候，他們卻有人認出我，不時地竊竊私語。翁德星管得嚴，用戒尺將桌子敲得啪啪響。

下課休息，孩子們更放肆，一堆一堆議論，衝著我壞笑。翁德星無奈，請我到外面踱步。

我裝著若無其事，說些往事，感慨時光如梭，恍然如夢。但我丟不開家裡的事，顧不上昨天晚上說過「我的事，我自己想辦法解決」的話，請求翁德星幫我私下打聽一下兒子的下落，再設法跟我二哥單獨溝通一下。我覺得二哥稍好些，不像大哥那麼死板。如果說大哥二哥是父親的兩條看門狗，那麼大哥是條不大叫的狗，一不高興就咬人；二哥則只是遠遠地汪汪叫幾下，並不撲向人。所以我覺得二哥或許是個突破口。

翁德星還要上課，我藉口想休息一下，獨自回他家。時候還早，他家沒人，我坐到後門，遠眺高山，卻又隱約聽聞附近有人在議論：「柳家怎麼會生那樣的兒子，真是倒了灶哦……」

怎麼又說我！透過竹籬望去，一叢木槿花邊坐著兩個老女人。她們背對著我，其中一個滿頭白髮卻仍然紮著兩個髻髻。不用正面看，我知道她是「赤坑婆」。早就知道，她是赤坑人，姑娘時來白水黃家做婢女。不久大瘟，黃家主人夫婦相繼病亡，留下兩個十來歲的女兒，赤坑婆悉心照料她們姐妹，直到她們出嫁後還在黃家伺候她們的下一代，而她自己卻依然未嫁，深受鄉里尊重。誰要舉家外出，都請她去幫忙看守房屋。今天，她肯定是幫後頭那戶人家看房。這麼一個好人，怎麼也非議起我來？

看來，在家鄉也難待，可我總得活下去啊！

28、墳地不爭也罷

吃完午飯，我說去看看里長回來沒有。從翁德星家出來，卻沒往里長家走，直奔村外。我想，最好在村外在路上等到里長，清清靜靜跟他好好談談。

福建偏居東南一隅，處深山窮谷間，有山林魚稻之樂，自給足用，無所外求，獨處一方，像個隱士。千百年來，天下爭並干戈，改朝換代，福建幾乎沒參與，只是不斷接受中原的難民，我們家先輩也是從山東逃難而來。客家人到這裡，忙於安身立命，創家建業，舔乾身上的血淚，默默無聞。所以，以前朝中很難聽聞福建什麼。入宋以來情形不同了，天下太平，更重要的是隨著科舉制度不斷改進，不再重門閥貴族，平民越來越多透過科舉改變命運的機會，福建人才便像火山一樣噴發。儘管土掩石壓難出頭，比如像寇準那樣明目張膽地打壓南方人才，還是有楊億等人脫穎而出，高居朝中，顯耀天下。五夫是指那一個小鎮出過五位大夫官人。這給家鄉以極大鼓舞，倍加尊師重教，小山村也是比屋連牆吟誦之聲相聞，有不談詩書者人笑之。難怪我爺爺會選擇這樣的地方隱居，並選這樣的地方作為祖地。

父親六兄弟個個在外為官，只有我父親在老家蓋房屋置田產，其他幾個都只是象徵性出點錢建祖屋，並沒想讓兒子孫子繼續在這裡生根發芽。父親身為長子，也許出於無奈吧，他力主蓋了大房，不僅將爺爺從大山裡接出來，還購置百畝良田。本來我想來收些田租，將蟲蟲贖出，然後在這裡安安靜靜過日子。不想，父親突然身死，大哥二哥送櫃回來，我的如意算盤全落空。該怎麼向她解釋呢？

大哥雖已入仕，但因為父親去世，也回不去了，得住下來守孝。自古有「丁憂」之制，即父母死了，孝子無論何官何職，從得知喪事那一天起，必須回祖籍守制二十七個月。其間不能做官應酬，也不能住在家裡，而要在父母墳前搭個小棚子，曉苫枕瓦，粗茶淡飯，不喝酒，不做愛，不聽絲竹音樂，不洗澡，不剃頭，甚至不得更衣。如無特殊原因，朝廷也不可強招丁憂的人為官。但現在沒那麼認真了，甚至有人匿喪不報，喪母則更寬鬆些。我家不一樣，是柳下惠道德君子之後。爺爺被授沙縣縣丞，可他為母親守孝，拒絕上任，以處士終。承蒙爺爺陰德，我父輩六兄弟個個入仕。因此，爺爺過世的時候，就在他墓前築屋，六兄弟全守丁憂之制。傳說曾經有幾十只白鶴在墓的上空飛旋，表明我父輩的孝心感動了上天。但輪到我輩也淡化。母親死後，我雖然被逐，可兩位兄長沒有守制丁憂，而參加了科舉考試。現在父親死了，我們兄弟怎麼辦？想必，大哥二哥會承父親遺志，在外求功名的同時，還要在家學與禮法方面弘揚柳氏風範，讓柳家繼續彪炳青史。

我有所不同，連靈堂都不讓進。我現在要考慮的不是為父丁憂，而是如何遵父之旨受逐。說實話，這個家也讓我寒心了，走就走吧！問題是，既然父親去世，兄弟得分家分財產。如果能分得三分之一房產與田產，自然更好，糟糕的是父親臨死之時將我逐出家門。難道能讓我兩手空空嗎？難道我的兒子也要剝奪嗎？沒這個道理吧！我得爭！現在兄弟僵著不好說，就請里長秉公而斷吧！里長如果不公，知縣、太守以至皇上那裡我也要告！

胡思亂想著，不知不覺走了一兩里地，到水口的遇仙橋。傳說我們白水這一帶本來跟京城一樣平坦開闊，人們在這裡趕廟會，做肉包子迎神，仙人李鐵拐也趕來。他討了一個又一個包子自己吃，最後還要討一個給他的狗吃。人們生氣了，不肯再給，他就變幾座大山在這。現在，一過橋出水口，就跟樓上樓下一樣，前方大片開闊地，但是在樓下。上下之間十八彎，全是嶺，而且比有些人家的樓梯還陡。所以在這建座廊橋，供行人歇腳，避暑遮雨，燒香拜佛，還可以讓人宣洩情感——到處塗滿了亂七八糟的文字。有些寫在柱子上，有些寫在橫梁上，有些則寫在第二層雨披上。那雨披用巴掌寬木板連起來，一塊板剛好夠寫一句詩。有些是我小時候就看過的，有些則可能是昨天前天新添的。我沒心思看別人新寫了什麼，兩眼直盯前方，只盼里長早點出現。

這條路雖然險象環生，卻是福建經由浙江北上中原的要道，來往行人繹絡不絕，三教九流都有。我進遇仙橋時，裡頭已經有幾個人在歇腳，看樣子是生意人。現在，福建的荔枝、糖、絲織品還有印刷的書，在北方很流行。他們彼此也不熟，但聊得挺投機，我插不上嘴，也無心插話，只盼里長快點出現。

不一會，等來幾個公差，押著犯人，也坐下休息。那犯人鎖著木枷，爬完下面那幾十里大嶺，累得只剩半條命，一見公差坐下，不等發話，隨即癱到在地。他依在柱子上，想用手擦擦臉上的汗，可是手被枷住，頭與手同時努力也搆不著。他瞪了一眼公差，無奈地閉上雙眼，任汗珠滑下眼皮。一個公差看不過去，向另一個公差呶了呶嘴，示意幫他解枷。這公差笑道：「我出個對子，你如果對得上，就替你解。」他望了望對面坐著的一位女子，即興吟上聯：「頭頂鳳，鳳騎頭，頭搖鳳舞。」

那犯人眼也沒睜便對出下聯：「身蟠龍，龍纏身，身動龍飛。」

兩位公差擊掌叫好，其中一位立即替他解了枷，並順手解下自己腰間的水壺遞給他。

我也為這對子叫好，但我想光解個枷有何用！天這麼熱，路這麼難走，空手也累掉半條命……

唉——眼不見為淨！

我起身離開，往前行。廊橋出口，下山路邊，上去不遠就是我家祖墳地，即父親將來也不讓我回的大塋。我忽然想，得給父母叩個頭。不管怎麼說，他們生了我，養了我，恩重如山。何況，我生來不爭氣，老讓他們生氣，最後還把他們氣死，真對不起！

祖墳也是我家的榮耀。原來這個小山坡是一片雜木林。爺爺的母親去逝，爺爺委託風水先生四處尋找吉地，聲稱傾家蕩產也要買一塊好地葬母，為柳家千秋萬代開好源。風水先生四處找，最後確定張家這個小山坡。他為我爺爺的孝心與雄心所感動，便請一個賣炭翁出面，佯稱想賣這山燒炭，價錢僅一百兩銀子。事後他才說：柳家要尋最好的墓地，這事方圓百里都知道。如果直接買墓地，張家肯定抬高價格，沒有上千兩下不來。我爺爺知道了卻生氣，說不能占人家便宜，要補錢。想不到，那張家老翁也不是貪財之輩，說：「如果把山上的樹砍了賣柴，頂多值五六十兩，按炭賣已經多了，怎麼還敢要你的錢呢？」他硬是不肯收。爺爺只好把錢託人捎捎送張家老翁的兒子。等那老翁死後，這事才傳開，讓世人領略我爺爺的高風亮節。

祖墳呈金字塔分布，最上方是爺爺的爸媽，二層是我爺爺奶奶，三層父輩，四層預備給我這一輩，還有第五層預備給我下一輩。一二層左邊本來有個土屋，是爺爺和父親當年守墓住的，早已坍廢。現在，我遠遠望見三層左邊在築新的土屋，二哥披麻戴孝在那裡監工。我直奔父親母親合墳，雙腳撲地跪到墳前，呼喚一聲父親，卻哭不出來。

我忽然覺得，父親啊父親，你不是我氣死的，你是給自己氣死的！你不光氣死了自己，還氣死了我母親！母親大家閨秀，一生小心翼翼守婦道，只因為我長得不大像你，你懷疑她的清白。你在外面，一副道貌岸然的樣子：方面大耳，厚厚的兩唇總張著一指寬隨時準備笑，除了自家人見誰都笑得出聲，開心了則爽朗大笑，笑露兩排雪白的大牙，一片陽光，回家就變出一張臭臉，經常拳打腳踢，還不准她哭不准她向外訴苦。因為我逛青樓，有非議，你覺得丟臉，肯定更粗暴地報復我母親了，不然她怎麼會自縊？你是個十足的凶手，父親！

我也是你害的！既然你懷疑我是野種，及時溺斃我好了，反正我們南方人特別是福建棄嬰殺子現象多得很，你卻怕擔當惡俗的罪名。你還可以把我送慈幼局讓別人收養啊，可你也不！你捨不得浪費在我身上已經花費的錢財，想從我身上索取報酬，還幻想一個「野種」給你臉上貼金。當我順利考上秀才、舉人之時，你是那樣高興，恨不能將舉國達官貴人都邀到我家赴宴。我該婚娶了，你考慮的不是我愛不愛，而仍然是你的面子。盧崔鄭王李，高華五姓。士大夫以娶五姓女為榮，五姓女比宗室公主更吃香；女人也喜歡攀五姓為親，比勳貴公子吃香。但如今已不重門閥了，你卻食古不化。五夫崔員外家有位女子，年僅十三歲，你生怕被別人娶走，硬要我娶她。你臉上有光了，可我呢？你該不難想像，才十三歲啊，你讓我怎樣面對這樣一個新娘？她視我為猛獸，恐懼極了，哭著鬧著要回家。這一招倒是擊中你的要害，你怕鄰里聽了不好。幸好她家也有錢，每天半夜接她回娘家，第二天午後送來。直到好幾年後終於生孩子，孩子都半歲了，她還不好意思抱出門，怕人笑話。這樣的夫妻，你想我們的感情能有多少？終於，我走出白水了，走出崇安，走出福建，驚喜地發現外面的世界如此精彩。與我徒有虛名的富貴之妻相比，那些多才多藝的歌妓舞妓顯然可愛多了！如果我不是娶那樣一個妻子，很可能不至沉溺燈紅酒綠而不拔。

再說，一方面為了守祖屋，另一方面為著專心讀書，你又要我們兄弟功名未成不得帶妻子在身邊，一年才回家一兩次。身為一個男人，你不知道我們長年累月在外的難處嗎？你不覺得慾火會把鐵熔化嗎？大哥二哥真會沒找過妓女嗎？我不信！如果你不逼我外出求學，或者讓我帶上妻子，我很可能也不至於去找妓女。現在，你到了天國，可以不戴人間的面具了，可是否想明白？是否可以撤回你的遺囑？可否讓我躺回你的身旁……想哪去啦！現在我該想怎麼好好活著。墓，再好也罷，算了吧！如果你死後還要面子，那我寧願不做你的兒子。安息吧，父親！謝謝你，謝謝你養育我三十餘年！

我給父母最後三拜，起身離開。二哥遠遠地看著我，但這時故意將臉扭另一邊去。也罷！父親都丟得開，兄弟更無所謂。

我走到妻子的墳前，也跪下三拜。好歹我娶了她，她為我生了兒子。如果不是我娶她，如果我沒有離家求功名而在家好好陪她，她也許不會死於難產。對不起了，娘子！

妻子左邊留有我的位置。我盯了盯那塊怒放著幾叢杜鵑花的小土堆，竟然覺得挺漂亮。走南闖北，我曾莫名其妙想過，北方的墳是一個個土饅頭，難看死了！南方的墳多在山坡，順著坡深葬而入，然後在外面圍起兩個半圈，很像女人撐起兩腿躺在那裡分娩。我覺得這跟《尚書》上說的「墓拱而隆，草木不生，後人興旺」吻合。不過，我覺得更有寓意的是：我們都從那樣的地方出來，最終又都得回那樣的地方去！現在，這小塊地方毫不例外地展現了這一特點。不看我也知道，這對面肯定向著什麼吉利的山形，因此風水很好，將來葬在這……對了，想起了！小時候，半懂事半不懂事，隨父親來掃墓，聽說這留有我們三兄弟將來的，竟然爭著誰的更好，差點打起架來……如今，難道我還要想著爭著埋進這裡不成？不！我才不想！我才不爭！我才不要！我巴不得永生不死呢！

29、天鵝的秉性

從祖墳下山的時候，一眼望見正對面的鵝子峰，一下讓我跌回童年。鵝子峰現在看來挺普通，雖然有些岩石但沒有武夷山漂亮，可那是方圓幾十里最高的山，氣勢雄渾，峭然鼎立，遠望而去像一隻親吻著白雲的綠鵝。傳說那是一隻天鵝，因為觸犯天規被黜落人間。小時候，長輩講這傳說，意在教導我們守規矩。不想，我還是繼承了天鵝的秉性和命運。

鵝子峰上有個寺廟，古木映掩，依稀可見，那叫「中峰寺」。老人把那個寺說得很玄乎，說唐朝時候，那有個禪師遇到老虎，一點也不慌，用目光傳出慈悲的佛法，老虎立時收威，讓禪師騎著下山。可是，那又挺多仙壇、仙井及仙蛻之類。我們那一帶，往往釋道不分。當然，我小時候也不懂什麼佛家與道家之別，只是覺得好看。我跟父親說的理由是：孔子登泰山而小天下，我要登鵝子峰小閩北。父親誇我有志氣。他絕對想不到，我的悲劇可以追溯於此。本來，我也是個循規蹈矩、只知苦讀聖賢書的小儒生。我比皇上更早寫過〈勸學文〉，而且比他「書中自有顏如玉」那樣的色情文字更端莊。我寫道：

父母養其子而不教，是不愛其子也。雖教而不嚴，是亦不愛其子也。父母教而不學，是子不愛其身也。雖學而不勤，是亦不愛其身也。是故養子必教，教則必嚴；嚴則必勤，勤則必成。學，則庶人之子為公卿；不學，則公卿之子為庶人。

這是我迄今認為在理的心理話。我很早認知到這道理，從小勤奮讀書。然而，中峰寺玩多了，我的心開始變野。不知不覺中，我開始討厭那些空洞的說教，而喜歡生動活潑的詩賦。當時我寫了一首題為〈題中峰寺〉的七律詩：

攀蘿躡石落崔嵬，千萬峰中梵室開。
僧向半空為世界，眼看平地起風雷。
猿偷曉果升鬆去，竹逗清流入檻來。
旬月經遊殊不厭，欲歸回首更遲迴。

這詩描繪中峰寺的景色，抒發我的留戀之情。這是我平生第一次寫詩，給父親看，也給學堂的先生看。他們都說寫挺好，鼓勵我繼續努力，但是告誡我不可太貪玩，不能「旬月經遊殊不厭」，遊歷之餘人要回心也要回。可我的魂常丟在那，害老人們上那高山去招過幾回。

我在遇仙橋雨披上看到一首新詞〈碧眉峰〉。那是用小木炭寫的，看起來挺吃力。為了看清楚，我多看了幾遍，越看越覺得有滋味。我現在還記得，那詞首句寫「蹙損眉峰碧，纖手還重執」，說男女不忍分離。還寫「鎮日相看未足時」，很可能是新婚不久便離別，所以特別纏綿悱惻。接著寫旅人為趕路，傍晚才投宿山邊驛店，風雨之聲令人難以入寐，離愁困擾他整個夜晚，那雨則好似點點滴滴的痛苦落在詞人的心上。

一首詞顛倒往返不過幾十字，卻無不達之情，讓我如見其人，如聞其聲，比讀詩更有滋有味。寫這詞的人，一定是路過的旅人。寫詞的前夜，很可能就寄宿在離不遠的某個小村子，通宵失眠。走到這累了，睏了，但仍然被家中的嬌妻情愫縈繞。他受不了這等折磨，需要傾訴心中的鬱悶，於是俯身從地上拾起一粒小木炭，往壁板上狂塗一通。由於下雨，炭潮壁板也潮，所以寫不太清晰。但無所謂，他不是要拿這詞去討好誰，只不過是藉以發洩傷魂動魄之情。如果沒有木炭，沒有壁板，他在地上在空中照樣大書特書一番。

我為這詞著迷，第二天特地帶筆墨來抄錄，回家貼在自己房間的牆壁上，細細思索。詞為什麼比詩更好讀，更感人呢？我想主要是因為詞屬豔科，真摯地抒寫男女之情。比如唐人寫的詞「素胸未消殘雪，透輕羅」……噢，多迷人！又比如「胸上雪，從君咬」……多麼令人消魂。至於作詞章法，無非是上景下情，或下景上情，但情景、雅俗有變化，靈活多樣。可以引俗入雅，「鎮日」「便忍」這樣口語不可入詩，可以入詞。還有很重要一點是協音律，聲律諧美。有道是「世間只有情難訴」。有了詞，訴情就不難了！照著這幾個要點，我嘗試著寫詞。我那時候對女人只是想像，絞盡腦汁寫出來自己也覺得彆扭，但不影響我對於詞的興趣。

有天，父親突然回家，偶然到我書房，發現張貼這詞，隨手給我一巴掌，要我馬上撕了。他要我恪守祖訓，遠離聲色。但也因此，他感到我長大了，很快為我完婚。

父親哪知，我對詞的興趣從此一發不可收拾。當時，文堯學堂的先生是翁德星他爸。他對詩詞挺有造詣，每逢講授，常常搖頭晃腦，淺吟低唱。激越處，慷慨悲歌，還要求我們跟。有的學童不愛跟，他開導說：「詩不吟，怎知其味？」他看了我的詞，變得特別器重，單獨教我看《花間集》。這書收錄晚唐至五代十餘人五百多首詞，讓我大開眼界。不知為何，我對詞有著特別的悟性。先生說我宿根非凡，精進之快是常人策馬飛舟也趕不上的，將來慧業不可限量。知我者，恩師也！可惜他已作古。哪天，我要到他墳前燒些新詞。

30、「官再大也是女人生的」

沒想到，張先追到我老家來，更沒想到是里長胡祖茂帶來。原來，張先進村問路剛好問到他。他帶張先找到我家，捱了一記悶棍，轉而找翁德星。他請我們連同翁德星一起到他家吃飯，熱情洋溢。

路上，說起剛才找我的事，胡祖茂和張先一肚子氣。胡祖茂說，他前些天有參加我父親的葬禮，也聽說父親驅我出柳家的事，但沒想兄弟真會這麼絕情。剛才，我大哥二哥不在，不然他要當場教訓他們一頓。讓他們難堪的是幾個女人，不便計較。

我連忙說更絕情的是他們還藏我的兒子，要剝奪我的財產繼承權。我憤然說：「古人說『養不教，父之過』。我有什麼過錯，他做父親的沒有責任嗎?另一方面，我如果不教養自己的兒子，不是我的錯嗎？他們替得了嗎？」

「有道理！」胡祖茂明確表態。

「可是，他們不跟我講道理，門都不讓我進！這兩天我到處找你，請你幫我主持一下公道。」

「好哩，晚上我找他們！」胡祖茂挺乾脆。

現在，有胡祖茂請上門，他家裡人對我變客氣起來。家裡人在備酒宴，他帶我們參觀他的「紅綠錦」作坊。

這作坊專門一幢大房子，老遠就能聽到一片梭機響。走近一看，織絲工十多個，清一色妙齡女子。張先立刻驚豔起來：「哇——天仙如雲！」

走近一瞧，大失所望。說實話，美女都擠鄰縣浦城去了，我們這裡本來就少。但只要是人間，再窮山惡水的地方也挑得出幾個美女。問題是這禿頭好像故意挑了難看的，年齡妙姿色不妙。你看這女孩臉圓得跟球樣的，眼睛鼻子嘴巴幾乎可以忽略不計；那女孩則猴臉，下部分瘦得只剩一張大嘴。這女孩嘴唇薄成兩條線，那女孩則厚得像豬唇凸出……肯定專門挑了醜女，讓人不可思議。

可那布太漂亮了！不僅針線細密，圖案設色精妙，光彩射目，山水有遠近之趣，樓閣得深邃之體，人物具瞻眺之情，花鳥極綽約之態，更讓我兩眼一亮是西湖圖案左上角織著我的〈望海潮〉。他得意說：「這是我上個月開始織的，拿到杭州，銷路非常好，得感謝你這名滿天下的大才子啊！」

「感謝不敢當！」我說，「現在我被皇上黜落，聽說杭州開始禁唱〈望海潮〉了，可別連累了你了！」

「禁不禁那是官府的事，百姓不理那一套。我的錦賣給百姓，又不靠官府。」

「那也應該說，你的『紅綠錦』皇上誇過，讓我沾光了！」

回到廳堂，胡祖茂給我們泡茶。他茶功老道，燙杯，沿杯注水，洗茶滴盡，泡不過片刻，一點不含糊。可是，壺還沒放下，就聽廚房傳來女人吼：「茂仔，你死哪去了！人家忙不開，你還在那裡閒蕩！」

陪客怎能說閒蕩呢？我和張先一聽，覺得好難堪。胡祖茂朝我們笑笑，以示歉意，說：「先喝杯茶，馬上吃飯！」

胡祖茂說著匆匆走了，我和張先兩個自己泡茶自己飲。

「我真嫉妒你啊，老弟！」張先說，「那麼多歌妓替你唱，皇上零星你揚名，現在又有名錦替你傳播，千古流芳應該不成問題。看來，我張某得坐冷板凳了！」

「說反了吧！」我說，「記得嗎，我好像說過嫉妒你……你有那麼多香豔的故事。什麼流芳千古，人不是為死後活的。我從來不幻想什麼祭祀。我不是為寫詞而生的，也不是為寫詞而活。是那些詞逼著我寫……」

「不會吧！難道為青樓妓館寫詞也是被逼的，不寫活不下去？」

「是啊！想寫了，被由衷的衝動逼急了，不寫不行。」

「寫就寫吧，幹嘛要讓人到處到唱呢？」

「她們覺得那是她們的心裡話，為什麼不讓她們唱？」

「可是……可那會毀了你……」

「我……我……我真不知道怎麼說。我真不明白，為什麼不能讓我們像魏晉像春秋的老祖宗那樣瀟灑點？」

「現在什麼時代啊，你還在那裡魏晉！歐陽修小弟的事，你聽說了吧？」

「什麼事？」這一段我自己的事忙不過來，沒空理會什麼閒事。

原來，前些天發生一件轟動性緋聞。歐陽修有個妹妹嫁張龜年，生有一女。張龜年早死，歐陽氏攜女住在兄長家。後來這個孤女張氏嫁給歐陽修的堂姪歐陽晟，卻與歐陽晟的家僕私通。姦情敗露後，開封府審理。張氏為了開脫自己，竟然反咬舅父一口，說未嫁時與歐陽修有私情。她還拿歐陽修所作一首〈望江南〉為證：

江南柳，葉小未成陰。
人為絲輕那忍折，鶯憐枝嫩不勝吟。
留取待春深。

十四五，閒抱琵琶尋。
堂上簸錢堂下走，恁時相見已留心。
何況到如今。

這事鬧到朝中。歐陽修為自己辯護，說他妹妹攜孤女來投奔的時候，張氏才十歲，怎麼可能發生這種事？結果，歐陽修雖然倖免亂倫的惡名，還是以別的罪名遭貶。

「其實啊，歐陽修這人雖也生性風流，但他跟晏大人一樣，很講品味。他的詞大都與『花間』相近，主要是戀情相思、離情別緒、酣飲醉歌、惜春賞花之類，清新疏淡。這樣的文人不可能太下作。壞就壞在他寫了亂傳，讓別人拿了做文章。」

「二位才子快入席！」胡祖茂端菜出來，打斷我們的談論。

雞鴨魚肉俱全，只遺憾沒歌舞沒女人相伴。張先鬱鬱寡歡，說不會喝酒。我知道內情，不便揭穿，還附和著。我說這菜做得特別有味，張先也說不錯，胡祖茂謙遜地笑笑，連連勸酒。其間，零碎地談論些閩北與浙南鄉間趣事。

胡祖茂兒子出來敬酒，敬完即走，寧願讓位子空蕩蕩也不坐下一起吃。接著，他老婆出來，嗓門挺大，笑聲直搗人心。她抱歉說臨時沒準備，沒什麼好菜，請我們諒解。胡祖茂迫不及待奉承：「雖然沒什麼好菜，可他們都說你煮得很好……說實話，我老婆煮菜手藝相當高，人家辦酒，幾十桌，都請她去……」

我和張先連忙稱道菜確實煮得好，比京城大酒館還好。她卻變了臉，斥責說：「胡祖茂你給我少來這一套……我跟你們講，我跟他講：茶景貴仔叔家還有熊掌，去買一隻來，他說天這麼黑，又說這麼遲來不及，又說明天再請你們吃熊掌，我真不知道他小氣還是懶！」

這女人真有趣！胡祖茂訕訕笑著，抓起一隻雞腿，咬淨皮擱到老婆碗裡，說：「好了好了，快敬酒！」

這女人活如宋玉筆下的醜女：唇包不住牙齦，性情乖戾，但廚藝確實出眾，酒量也不一般。一人敬完一碗，胡祖茂要她再敬我一碗，說：「柳公子可不是一般的客啊！我跟你說過，我們的新綢好賣，織了西湖圖，還有一首詞，就是柳公子寫的！你要不要感謝一下啊？」

「那是要！那是要！」她又熱情洋溢起來，執壺將酒添到要溢位的地步。

沒想到，胡祖茂還要她敬我第三碗。她生氣了：「胡祖茂，你搞什麼名堂，我再喝下去，要你洗碗！」

「洗就洗唄，可這酒你一定要敬！」胡祖茂說，「我給你講，柳公子不只是寫一首〈望海潮〉，還寫了很多好詞，連皇上都表揚過，說不定……」

我立即宣告：「祖茂叔這話差了！皇上是表揚過我的詞，可別忘了也是他黜落我，要不然我哪會落到今天這地步……」

「那……這酒我不敬了！」她一屁股坐下吃菜，「皇上有什麼了不起，官再大也是女人生的！」

我和張先輪著敬她。這樣幾回合，我們喝了不少，也挺盡興。然後，胡祖茂和他兒子一前一後打著燈籠送我們回翁德星家。

張先跟我睡一床。翁德星一退，門一關我便責怪他：「你呀，一天沒女人就活不了嗎？」

「人生能有幾天啊？」張先仰躺到床上，連鞋都沒脫，「小時候沒用，老了也沒用，能用的時候又這一天沒有那一天沒有，那有什麼活頭？」

「這是鄉下，不比城裡！」

「怎麼那麼多女孩……連一個像樣的都沒有？」

「你想啊，城裡那麼大，那麼多人要美女，有的一家就要蓄十幾二十個，哪有不被挑光之理？」

「連一個陪兩口酒的也找不到嗎？」

「你叫我上哪兒找？再說，這是我老家；而且，你知道……」

「早知道，我懶得來你這鬼地方！」

只好讓他畫餅充飢。我轉移話題：「哎，最近又有什麼豔遇，從實招來？」

他一下從床上跳起來，眉飛色舞說：「我唱一首新詞給你聽！」

聽著他唱，我好像看著他與那位佳人在歌筵酒席間邂逅。那侍宴的歌妓很美，光彩照人。她才十五六歲，欽慕他的才華，頻頻勸他斟滿飲盡。於是，他們眉來眼去，暗送秋波。他貪婪地盯著她細長的柳眉與紅豔的小嘴唇，她則貼近他耳邊相告：「門前柳樹邊有棵紅杏的地方，那就是我家，可別忘啦！」就這樣，又一樁好事成了。

這詞有情有景，韻味悠長，是首難得的好詞。我叫道：「我嫉妒你才是真的！那麼多豔遇，又有這麼好的詞，夫復何求啊！」

但他仍然在追求，一天都不願閒著，今天是破例，被迫跟我擠一床。我寬衣脫鞋，立即惹他大叫：

「你腳這麼臭啊。」

我抱歉地笑笑：「像我父親唄，他也腳臭！」

「怎麼會有那多女人喜歡臭腳，見鬼！」

第二天一早，他便告辭。我笑他：「你啊，來看我是假，尋芳獵豔是真。」

「就算是吧！」他要繼續往南走，到泉州去玩，「聽說，那跟外國來往特多，特別不一樣……」

我悵然若失，苦笑一下。他很敏感，隨即追問：「怎麼啦？有話直說。」

我只好說：「囊中羞澀，本來想跟你借點。你要遠行，不敢奢望……」

「沒事啊！我父親有個朋友在那做官，去了找他，吃喝玩樂全包。我身上的錢給你，留點路費就行。」

我不客氣了，欠朋友的情總比欠別人好。何況他生來就是花錢的，我得幫著點。

張先一走，當天上午就有個大美人到來。她是翁德星的表妹，家在五夫，來找親戚，就住我對面的廂房，這可把我害苦了。她二十多歲，高挑個兒，膚如凝脂，舉止文雅。天氣很熱，穿也單薄。但她胸部平平，走路的時候一點也不顫動，說明她纏胸了。走起路來腳尖朝內，讓人看起來臀部較小，道地是良家婦女。可她穿淡黃衫子鬱金裙，鄉村女子極少這麼豔的。腳穿一種二色合成的尖底鞋。我知道，這種鞋叫「錯到底」，京城很流行，但鄉下幾乎沒人穿。她頭上戴的是琉璃珠，流光溢彩，美侖美奐。看來，這女子不簡單。

吃飯時候，她說她不會喝酒，太遺憾了。我執意請她喝一杯，說喝多喝少是能力問題，喝不喝是態度問題。說到這份上，翁德星也覺得過意不去，勸她喝點。她這才拿起湯匙，自己執壺倒一匙，分兩口喝，像喝苦藥一般。我大為興奮，得寸進尺，說你再喝一匙我喝兩杯。她半推半就喝了，我又說她喝一匙我喝三杯，一次次加碼。她的臉色本來白淨，有點發青，現在變通紅，從脖子到雙手紅遍，可她居然沒醉，反過來敬我，一杯對一杯。女人要麼不會喝，要麼特能喝，我覺得她應該屬於後者，便轉攻為守。她提議做遊戲，兩人同時用筷子敲杯子叫棒子雞老虎，一物降一物，誰叫輸了誰喝。越喝越興奮，越敲越用力，好幾次把杯子敲倒了，酒水橫流，差點流到她淡黃衫子鬱金裙上，可我們越玩越起勁。這是我離京回鄉以來最高興一次，她變得越來越可愛。那神情婉媚的眼波，簡直讓我心醉。我這才發覺我為什麼遲遲沒能發現良家女子可愛而只覺得青樓妓館的女子可愛，原來在於喝不喝酒。女人不能沒有花，更不能沒有酒……更讓我怦然心跳的是，她居然知道我，不僅當場唱了我的〈望海潮〉，還唱了些我寫給蟲蟲等人的詞。她說：「久仰啦，你是我們家鄉的驕傲，今天真榮幸！」

這麼說她很可能是特意來看我。因為翁德星說她好長時間沒來。她說笑間，那眸子特別明亮，讓我感到眩目。一餐午飯，吃了一個多時辰，直到翁德星要去學堂。

接著，我跟她喝茶，繼續閒聊。她有個挺漂亮的名字，叫「林茹」，但姓朱。我說：「朱（豬）難聽，我直接稱你名字吧。」

她笑了：「直呼其名更親切。」

這樣，我們很自然地談論起我的詞，談論男歡女愛。沒想到，她的確看了我很多詞，由衷讚賞，卻又說：「我不相信生活中真有所謂愛情。只不過……你們有些男人不想明媒正娶，又不想花錢，花言巧語……」

「怎麼能這樣說呢！」我急了，「你可以說一個又一個男人是愛情騙子，但不能否認愛情。你沒碰到，你沒親眼見到，但你不能否認它存在。你看……子女孝敬父母，父母死了，悲傷得很，可是你看哪個兒女殉父母了？父母愛子女，白髮送黑髮，痛不欲生，可你看哪個父母殉子女了？真心相愛的男女就有。你看〈孔雀東南飛〉裡頭的焦仲卿……對了，你看我們白水的……什麼名字我現在忘了。你記得嗎？」

「記得什麼？」

「前……前個十來年，觀堂有個男人，他老婆年紀輕輕死了，他傷心極了，夜裡到她墳頭上吊……」

「你……你胡說什麼啊！」她陡然變臉，站立起來，氣得說不出話，旋即又坐下，抱歉地笑笑：「沒什麼啦！」

我覺得這裡頭肯定有什麼奧妙，一個勁兒追問。她拗不過我，嘆了嘆，淡然說她紅顏薄命，嫁給建州一個公子，過門當夜他暴病而死，守寡已七年有餘。我斗膽笑道：「那你可以樹貞潔牌坊了！」

「誰稀罕啊！」她臉面火紅起來，「只是沒遇上合適的啦！」

我覺得她話外有音，不敢繼續說了。

晚上，我沒多喝酒，也沒多聊天，早早歇息。然而，我怎麼也無法不想她。我覺得讓美人閒置，實在是罪過。我該去陪她！可我遠有我的凌波仙子，近有喪父之諱。我想，要是張先沒走就好了……

31、賣弄書法

蟲蟲與林茹的幻影，不停地交替著，折騰得我幾乎一夜沒睡。我首先想的自然是淩波仙子，她如今怎麼樣？我說回去贖她，幸好沒說很快，她應該有耐心。只怕芹娘沒耐心，肯定要她接客了……這讓我更不安，恨不能當即起身，插翅飛回去，將她從別的男人懷裡搶回來。明知如此，我卻一點辦法也沒有，只能眼睜睜看著她漸行漸遠，雖悔難追。

林茹好像是冥冥之中來接替蟲蟲的！她的美色、聰明還有熱情，都讓我心儀，從來沒一個良家女子這樣愛慕過我。我不能錯過良機！可我又想：她要是並沒想改嫁，而只是性格開朗信口開河，只是我自作多情呢？

聽著一遍又一遍雞叫，聽到外面有早起外出的腳步聲。差不多這樣的時候，倒是睡著。等人家叫醒我，已經快中午。

來人是賢文伯的次子，年紀跟我相仿，不見忘了，一見就熟，我馬上喊出他的名字義仔。他迭聲道歉，說叫醒我不得已。原來，他父親病重，請了仙姑，說要沖喜，決定讓他哥的兒子結婚，三天後剛好有個大吉日子。如果有空，想請我去做禮房先生，即寫請帖、寫對聯及記禮簿。本來他們想請我大哥二哥，可他們都上祖墳做事去了。

義仔家與我家也是世交，這麼點小事不幫忙說不過去。何況，我沒什麼急事。家裡那邊讓里長去找了，林茹這裡……她這裡說不上有我什麼事吧？她正在廳上剝筍，用不著我幫忙。我隨即應承，連聲說好。義仔說：「不好意思！太匆忙，事情太多！洗一下，麻煩你自己來，過去吃飯！我家還記得嗎？」

我說記得，他便連奔帶跑走了。

林茹幫我打洗面水，說早叫小孩去敲了門，我沒聽到，只好讓我繼續睡。她笑道：「昨晚又填什麼新詞啦？讓小女子先睹為快！」

這女神真神！昨晚輾轉反側之時，我確實為她寫了一首〈少年遊〉：

淡黃衫子鬱金裙。

長憶個人人。

文談閒雅，歌喉清麗，舉措好精神……

可我不想唱給她聽不想讓她得意。我心裡罵道：「為你失眠呢，真沒良心！」我嘴上則說：「哪有心思填什麼詞啊！蚊子，可惡得很，一直在耳邊嗡來嗡去。打一巴掌，耳朵更嗡，睡意比蚊子還跑得遠……」

她聽了大笑，笑得挺可人：「不是有蚊帳嗎？」

「那蚊帳……我可能沒放好……」

義仔家住茶景村，屋裡屋外都是人。久旱無雨，小溪乾涸，得到很遠的大山挑泉水，挑水的人就請了好幾個。還得臨時採購菜餚，布置新房，事情一大把。我到了，沒人跟我太熱情，一般只點個頭便去忙手頭的事。義仔正在殺雞，連忙過來引導。我說先看看大伯。義仔邊引導我進房間邊說：「爸，索利克來看你啦！」

房間很暗，燈也昏，辨得出人頭認不清人臉。房裡坐著幾個老人，立即有人起身讓我這遠客坐，也有人將敞著的蚊帳撩更開些以便我看望賢文伯。賢文伯躺在床上，形同朽木，惡臭薰人，令我本能地後退了一步。我硬著頭皮喊一聲：「賢文伯！」

賢文伯毫無反應，旁人連忙說他已兩天不省人事。我給他幾塊錢，表示點心意，但不敢往他手裡塞，只是往他手邊丟，說去忙事，轉身就走。

可我逃不到哪去。鄉間的廁所不比京城，往往跟豬圈在一起，裡頭又常常擱置空棺材……我將來也得裝到那裡頭去？我的肉身肯定地忠告我：「你將來當然也得進去！」這讓我感到恐懼。我還想：死亡是那麼殘酷的事，賢文伯怎麼一點也不掙扎呢？我將來要是……噢——我不想了！讓我想點愉快的事吧！可我控制不了我的思緒，看到棺材就想會到賢文伯那形同朽木的樣子，想到賢文伯就想到棺材。我恨不能不上廁所，或者馬上逃出鄉間……因為太匆忙，不打算大操大辦，只請些近親至友。義仔的哥仁仔親自坐在我身旁，他報一個名字及稱呼，我寫一張請帖。

人們都在忙自己手上的活。過往我身邊，大都會看一兩眼。有個男子粗通文墨，誇我寫的字很漂亮，特別是那些點，像一隻隻飛鳥。我笑了笑，賣弄說：「看來，你對書法也內行啊！你可聽說，當今太子很喜歡書法，飛白尤其神妙。飛白要以點畫物，而點是最難寫的。有個人拍馬屁，專門寫三百個不同的點呈送太子。太子看了挺喜歡，便寫『清淨』兩個字回賜。這兩個字的六點奇絕，又在他三百點之外。我這點不算什麼，但很可能也在那三百零六點之外！」

不一會兒，幾十張帖全部寫好。怕出差錯，核對一遍，我念一張名字及稱呼，他收起一張。最遠也至尊的賓客是在五夫的娘舅宋某，不等吃午飯，馬上差人去送帖。

下午還得做事，午餐很簡單，但酒少不了。我好歹是稀客遠客，不善於喝酒的也要敬我半碗。這幾天來，這種氣氛對我來說夠難得了，好感動。再說，村中其實並非一個像樣的女孩也沒有，現在同桌那女孩就不錯，她也羞赧地看了我好幾眼。我不免壯起膽子多看她，多跟她說話，問姓名問家住哪兒。沒想到，她竟然是英仔的女兒，嚇我一跳！我半點非分之想也沒了，只覺得老家太不好玩了，只能多喝點酒。可我沒忘下午的任務，推說不勝酒力。仁仔卻當眾揭露：「索利克你要說不會喝酒，騙別人可以，騙我是騙不過去！」

「真的！」我覺得挺難堪。

他講述一件往事。小時候，我大約七八歲，跟父親到他家拜年，我就有喝酒，還說酒很甜，喝了還想喝。大人不讓我喝，可他們有事離開一下，回來發現少一碗酒。他們喝差不多了，說那碗酒好像是自己喝掉了，沒在意。等傍晚找我回家，怎麼也找不到。打著燈籠到處找，結果在他家床底下找到。我喝醉了，在那裡睡得很香。他問：「你還記不記得？」

我真忘了，但我只能說也許有吧，老老實實喝酒。空肚子喝酒容易上頭，不一會就感到有些暈。我只好耍點賴，蕩掉一些，從嘴角流掉一些，再剩掉一些，只喝十之二三。結果我沒醉，但有些飄飄然，感覺正好。

他們備有一本破舊的曆書，讓我抄上面的結婚對聯。我看了直皺眉頭。什麼「相敬如賓」，夫妻兩個，你我床上也得像客人一般禮讓？真無聊！我挑一些我比較滿意的，比如「一世良緣同地久，百年佳偶共天長」「嚴父開懷觀鳳舞，慧兒合卺學梅妝」「祖功宗德流芳遠，子孝孫賢世澤長」等等。我只從書上挑了五六聯，其餘二十多聯全都從自己腦子裡挑，比如：

願得一心人，白頭不相離。（卓文君〈白頭吟〉）

身無綵鳳雙飛翼，心有靈犀一點通。（李商隱〈無題〉）

結髮為夫妻，恩愛兩不疑。（蘇武〈結髮為夫妻〉）

我還挑了一些當今流行的好句子，比如晏殊大人的「若有知音見採，不辭遍唱陽春」，張先好友的「沙上並禽池上暝，雲破月來花弄影」，歐陽修小弟的「愛道畫眉深淺入時無，笑問鴛鴦兩字怎生書」等等。當然，我也不客氣獻上自己一些句子，比如「共有海約山盟，記得翠雲偷翦」等等。

有個二十來歲的小夥子說：「我怎麼好像沒見過這麼有趣的對聯？」

我又發笑，非常友善地說：「古人寫詩寫詞寫幾千年了，寫的對聯多著哩，誰能都見過？」

小夥子不好意思，訕訕地笑笑做事去。

寫完貼完對聯就天黑，剛好吃晚飯。晚上多喝了幾口，但沒醉。我想著里長那裡的事，早早告辭。我真摯地說：「還有什麼事要幫忙，我明天再來！」

「不用了，不用了！」仁仔說，「其他都是費力的事，不敢麻煩你！」

「那是！」我開玩笑說，「叫我做費力的事，還賺不到酒錢，你要大虧了！」

他叫我明天後天都過去吃飯，反正很多人，不差我一雙筷子。我說我還有事，明天不來了，後天一定來喝喜酒。

路上，我繞到胡祖茂家。他外出了，但他家人對我客氣多了，讓坐，泡茶，上水果，陪著聊天。

我沒話找話，學著話家常。我指著胡祖茂妻子抱著的孩子說：「你兒子好可愛啊！」

「孫女哦，兒子……」祖茂妻笑道，「會生兒子是好囉！」

我有些尷尬，繼續說：「孫女好啊！有男也得有女，世上萬物都得陽陰諧調。」

哪知道，我這話撞了馬蜂窩。她立時變臉，兩排牙齒張得比嘴唇更開：「哪來兒子啊！她爸是上門女婿，也是盡生女兒。報應啊！他天天在外面花心，菩薩哪裡不會報應啊？」

我難堪極了，甚至感到她是在咒我。我連忙說剛才在義仔家幫忙辦喜事，多喝了點，先回去睡覺。找里長也沒什麼急事，只是順路過來坐坐，不等了。

林茹跟翁德星家裡人坐在大門口乘涼，我也在一張小凳上坐下。月兒快圓，滿天皎潔，讓美人披上銀輝，顯得特別溫柔，特別可人。如果不是有忌諱在身，如果不是有他人在旁……簡直不可想像！

我們談論京城。他們雖然沒去過，但是聽聞不少，嚮往得很。林茹說京城不僅房子漂亮，人也特好。她婆家一個什麼親戚到京城做生意，在樊樓邊一個什麼茶樓喝茶，把裝金子的袋子忘了，第二天才想起。他想那袋金子早給人順手牽羊了，問也懶得去問。哪想到，幾年後再去那茶樓，順嘴一說，店主竟然說那袋金子原封不動在等他！那有個小閣樓，收藏了客人遺留的各種雜物，比如傘、木屐、衣服、器皿之類，非常多，上面還有標識寫著某年某月某日，什麼樣的人所丟，不知姓氏就寫僧、道、婦人，或者像商賈像官吏像秀才等等。京城的人真好！難怪聽說京城的家園不用圍牆，街上酒店也不用壁板！

我卻盡講京城的不是。我說天下「九福」，京城僅三福，一是錢福，二是病福，三是屏帷福，其餘是吳越口福，洛陽花福，蜀川藥福，秦隴鞍馬福，燕趙衣裳福。京城沒口福，錢有什麼用？京城雖然不缺水，但是黃河水濁，好些地方的井水又鹹又苦，那酒那茶那湯根本沒法跟我們這裡比。那最出名的酒宴叫「水席」，說是武則天皇上都吃過，不吃會後悔，可我吃了更後悔。那叫什麼宴啊，還不如我們南方百姓家宴好。更重要是沒有美女，一個個大白菜一樣的，在唐朝還差不多，現在不敢恭維！有一些美女也是外地去的……偏偏京城裡好些文人士大夫虛偽得要死，明明從骨子裡喜歡得不得了，家裡三妻四妾不算，蓄養十個八個家妓也不算，還要隔三差五到處去玩賞歌妓舞妓，嘴上卻高嚷什麼「革盡人欲」……那酒後勁很大，我越說越激動。林茹給我添茶，我受寵若驚遞上杯。一不小心，坐翻小凳。他們說我醉了，要我回房休息。我說沒醉，要再坐一會兒。他們說喝了酒吹風不好，硬要送我回房。翁德星雙手挽著我，林茹持燭，我只得走。一回房，倒下就睡，一夢到天明。

32、兒子不能給

同一個天，各地風霜雪雨不一樣。像白水和五夫這樣相鄰的村子，旱情完全一樣，祈雨形式卻大不一樣。

當時的白水是里，相當於你們現在的鄉鎮。里之下設井，相當於你們現在的村。白水祈雨，要求各井分別用一口大甕貯水，插上柳枝，放入蜥蜴，讓一群孩童穿著青衣繞著大甕歡呼：「蜥蜴蜥蜴，興雲吐霧。降雨滂沱，放汝歸途！」這做法簡單易行，難只難在有時抓不到蜥蜴，有的人偷梁換柱，改用壁虎。壁虎形狀跟蜥蜴差不多，可是不會游泳，沒幾時便淹死，很不吉利。因此，里長得帶人到各井巡查監督。

五夫祈雨複雜多了。他們動員大批強壯的小夥子，帶著大堆器械，登上高高的梅嶺，即我們遇仙橋下那道長長的山嶺。那裡的峭壁像一道道嚴整的高牆，僅留一泓溪水飛瀑而下。現在乾旱，瀑流斷絕。他們便在這斷水處架起碩大的水槍，一支水槍要由六至八個壯漢一起猛力射出。赤橙紅綠青藍紫，水染七種顏色。一聲令下，七支水槍七色水柱同時射出，又高又遠，在下面看來，無異於彩虹。以此感動蒼龍，祈請它盡快履職，降澤人間。

五夫祈雨太壯觀了，白水的人幾乎傾巢出動，駐足遇仙橋觀賞，為他們喝采。我和林茹禁不住好奇，隨眾而往。她那時髦的「錯到底」老出差錯，出門沒幾步就掉鞋跟。如果全掉也罷，乾脆回去換。偏偏只掉一些，讓她走起來有點瘸。回去換鞋怕耽誤時辰，錯過最精彩的瞬間，只好將就。一個大美人瘸著走，走到坎坷處絆倒，突然拽住我，引起眾多人注目。

遇仙橋早擠滿人，後來的只能往兩旁山上移。這山是小丘陵，下部長著茂密的毛竹，要俯瞰還得到山頂，那裡只零星長些矮小的馬尾松。松竹間，有些灌木和茅草。

沒走幾步，林茹突然尖叫，嚇得滿山的人注視過來。我連忙問怎麼啦。她指了指一叢烏珠子，語不成聲說蛇。我立即毛孔悚然，拉她閃開幾步。但旁人中膽子大的不少，隨手撿了小竹棍上前，撥開茅草和灌木叢找蛇，圍得水洩不通，那蛇想鑽洞也來不及。然而，那不是蛇，是條蜥蜴。人們更興奮，爭著用手捉它，馬上湧向小溪，邊走邊歡呼：「蜥蜴蜥蜴，興雲吐霧，降雨滂沱，放汝歸途！」

林茹驚魂未定。對她來說蜥蜴也夠怕人，不敢邁步。我問：「上還是下？」

她說：「隨你。」

「既然來了，還是看看吧，難得一回。」

她欣欣然向上邁步，同時向我伸出手。我略為遲疑，很高興牽上。我感到她的纖纖細手特別柔軟，特別溫馨，一道熱流隨即傳遍我周身每條筋脈。

那人工彩虹非常漂亮，比真的更豔麗，但我的心始終在林茹身上。她像個孩童那樣純真，那樣開心，那樣忘乎所以。我被她深深地感染著，強烈地吸引著，沸騰地激動著……直到回翁德星家吃午飯，回到房間午休，四周死寂下來，我才意識到今夕何夕。不管怎麼說，我也應該守孝啊，怎敢那麼放肆？

人生就這麼悲哀，沒幾時能夠隨心所欲。看似無枷無鎖，卻無時不戴著腳鐐手銬。我敢像司馬相如約卓文君那樣邀她私奔嗎？她會願意嗎？我問都沒膽問。

祈雨沒那麼快靈驗，太陽仍然很大，萬里無雲。這房間一絲風也沒有，熱得我渾身冒汗。我在房間待不下，要逃避林茹。從視窗望去，只見賢文伯家萬頭攢動，熱鬧得很。我想，我正需要那樣的地方。

儘管人多，還是有忙不完的事。已不是頭回見，他們沒空也沒心思跟我打招呼。一進大門，見男人在一邊劈柴之類，女人在另一邊做飯糰之類，我想也沒多想就走向劈柴一邊。

三個劈柴的小年輕跟我打招呼，趁機休息一下。我說讓我來試試，他們驚訝得很，不相信我會劈柴。我說：「杉樹劈節，松樹劈杈，雜樹劈光，對不對？」

他們一個個笑了，認可我在行，身邊一個隨手將斧頭遞給我。我接過斧頭，正要劈的時候，想起小時候從傭人那裡學到的經驗，便停下，往巴掌裡啐了些唾沫，以便把斧頭抓得更牢。我又將那段小木正了正。這是栲樹，硬得很。我認準最光亮處，狠狠一斧頭下去。我想，這一斧下去，肯定開裂一條大縫。緊接加一斧，那段圓圓的小木就一分為二。哪曾想，這一斧偏了，落到鵝卵石上，劈出火花，小木跳到劈好的柴堆。一根柴彈起，不偏不倚，擊到我的腳。我痛得扔了斧頭，坐到地上，雙手緊捂，哎喲大叫。他們有的蹲下幫我揉，有的仍然站一旁笑。也許是嘲笑，也許是得意地笑。我痛得要命，顧不上顏面，在地上坐了好久才讓他們扶起，改坐凳子。

晚上，雖然沒那麼疼，但一動就痛。酒不敢多喝，早早讓人扶回翁德星家。路上，我想像林茹肯定會笑我只會拿筆頭不會拿斧頭，但又會打熱水給我敷，說是活血，更快化瘀止痛。我還想在廳上坐了一會要回房間的時候她會親自扶我，甚至想她扶的時候我的手肘一不小心就可能碰到她的乳房，唯獨沒想她會不告而別。

翁德星扶我回房間，陪我喝茶，說胡祖茂來過，因為縣令明天要來，沒空等我。胡祖茂找過我家裡，嘴皮磨破也沒多大進展。我大哥說：「給他家產是害他，給他兒子是辱沒祖宗！」

胡祖茂說：「你不給他活路，逼他去偷盜搶劫，那要糟蹋的可是社稷啊！」

說到這個份上，大哥只好讓些步。父親的遺囑沒絲毫商量餘地，祖屋祖墳不能進，兒子不能給。念在兄弟一場，看在里長面上，讓給三分之一田產。但這田不得變賣，死後收歸柳家。翁德星還說，沒打探到我兒子的下落，找我二哥私下聊，二哥說長兄如父，他聽大哥的。翁德星還想我叔叔年紀大些是不是更通情達理，也找了他們，他們卻同樣說長兄如父之類，得聽從兄長的遺囑。

這消息比那柴劈更讓我心疼。我的親生骨肉，怎麼能沒有兒子呢？我怎麼能揹著有子不教的大過呢？我吶喊道：「我不要田！我寧願當乞丐也不能放棄我的兒子！」

翁德星冷冷地看著我暴跳如雷，一言不發，耐心地等我自己冷靜下來。我逼問他：「你說，他們這樣做有道理嗎？」

「這不是有沒有道理的問題，現在不是講理的時候。」翁德星說，「現在是講理智的時候。你理智地想想：寧願當乞丐也不放棄兒子，值得麼？」

我愣一會，想了想，仍不明白：「什麼值得不值得？」

「孔融那句話還記得吧？」

「哪句話？」

「父之於子，當有何親？論其本意，實為情慾發耳。子之於母，亦復奚為？譬如物寄瓶中，出則離矣。」

「這是孔融說的？」

「你真不知道？」

「真不知道！」看來我書讀得確實不夠。我只記得孔融讓梨的故事，記得小時候德星他爸要我們寫過讓梨的作文，根本沒聽聞他瓶中寄物之說。

「你現在知道了，好好想想吧！」說著，翁德星掩門而去。

33、「你讀書讀屁眼上去啦」

大約第二三次雞叫的時候，我被一陣鞭炮和鎖吶之類混雜聲吵醒。想了想，斷定是賢文伯家新媳婦入門。也許是想用百倍千倍的努力確保沖出喜來吧，鞭炮特別長特別響，鎖吶鐃鈸之類樂器吹吹打打也特別刺耳。但我不想起床去湊熱鬧，那玩意不看也知道。我當年結婚也這樣，上半夜去接親，天快亮拜堂入洞房。接著還要吃點心，跟親人見面，中午是酒宴，沒日沒夜地忙乎。其實，這一天親吻一下的時機都沒有，沒什麼意思。我胡思亂想著，迷迷糊糊又睡去。

起床發現，腳還有些疼，走起來還有點瘸，但我還是早早瘸到賢文伯家，備好筆墨，等待賓客來上禮。我負責登記，另一個人負責收錢。

按規矩，第一個上禮的人，也是送禮數目最大的人，當是娘舅。賢文伯家這娘舅在五夫。按規矩請閤家，前一兩天就該到，可是這天半上午還不見人影。主人急了，反省一下，覺得匆忙中有所忽略，尊敬不夠，馬上派人火速帶幾乘轎子去接。按規矩，娘舅得坐正廳最大的席位，他沒到酒宴都不敢開席。

午時已過，翁德星放學趕來，其他客人都到差不多了，只好先開始收禮，前面空幾行。又過半個多時辰，其他賓客的禮也收差不多。我查一下，除了娘舅一家，還差我大哥二哥。收錢的說，我大哥二哥在守孝，不來了。我聽了不是滋味：我怎麼敢不同樣為父母守孝呢？

要命的是，大家肚子餓得咕咕叫的時候，去接娘舅的人空著轎子回來。等在大門口準備迎接的義仔兄弟聽了原委，立即衝進大廳，擂著桌子責問我：「你讀書讀到屁眼上去啦？」

我丈二摸不著頭緒，嚇得直往房間躲，以免挨他們兄弟的拳頭。這時，一百多個客人都圍過來，好幾個人將他們兩個架住，翁德星等人則護著我。去接客的也進廳堂了，公布緣由：那娘舅跟國朝一樣姓宋，可我寫給他的請帖竟然用俗字，也即將宋字裡面「木」下部那一撇一捺寫成兩點。那娘舅怒道：「我不姓那鬼字！我姓什麼都寫不清楚，請個屁呀！」那老朽倔強得很，自己不來，也不讓家裡人來，硬讓轎子空著回。大家一聽，像熱開的油鍋。雖然有人怨那娘舅太死板太小心眼，更多則指責我太沒良心連人家這樣的大事都不當一回事，說什麼難聽的都有。現在想來，我都不好意思跟你說。

廳上亂糟糟，只好不計較規矩，一邊讓義仔兄弟再親自去請娘舅，一邊先開席。雖然義仔兄弟離開，其他人忙於填肚子，義仔兄弟的妻子還在那裡罵，數落我難怪被趕出家門，還應當用攪屎棍趕出白水。我恨不能當場撞死。還是「冷飯仔」老兄弟好，這種時候還沒拋棄我，在一片責罵和白眼中扶我回家。

我是埋著頭狼狽地逃出賢文伯家的。一出大門，我便軟癱跪倒在地，仰天大號：「老天爺啊——到底怎麼啦？給我留條活路吧！」

翁德星家裡人早吃過飯，他說飯還有我們兩個的，再煮點菜。我說：「飯不要了，你拿壺酒來，我要好好睡一覺。」

我一口氣灌下一壺酒，一覺睡到天黑。翁德星來叫我吃晚飯，我說：「一想起這些天來的事，我這肚子裡煮得蛋熟，什麼也不想吃了。我只想飽飽地再睡一覺，明天一早就走，再也不連累你了！」

「也好！」翁德星說。「離開……想開點，不要找氣受！」

「哪是我找氣受啊！是……是……唉！」

「說實話，我覺得，氣都是你自找的。請帖上寫那個俗字，確實不該。你以為鄉下人好糊弄是嗎？」

「我哪想什麼……糊弄什麼……啊！」

「好，請帖不說了。那對聯，你用的是什麼心？」

「對聯……那對聯怎麼啦？」

「如果我沒記錯的話，那句『願得一心人，白頭不相離』是卓文君寫的。可卓文君是個寡婦，跟人私奔。人家好端端新婚，怎麼能用寡婦的詩句呢？」

我愧疚得直冒冷汗。

「還有，你自己的大作，那句『共有海約山盟，記得翠雲偷翦』，好像是跟一位歌妓纏綿吧？那句『金爐麝裊青煙，鳳帳燭搖紅影』，好像是贈某青樓一位叫香香的妓女吧？還有……」

「你怎麼對我的詞這麼熟？」

「誰叫我是大詞人的老友呢？我說你啊，索利克……老弟……三變……三變啊三變，你怎麼該變的不變，不該變的全變了！人家這是結婚，你在那裡老想著情愛，情愛與婚姻是一碼事嗎？」

「對不起，我……真是……有時真是糊塗！」

「才有時？你回來才幾天，可你惹了多少麻煩！」

「我怎麼啦？」

「你知道我表妹朱林茹為什麼突然走嗎？她婆家接走的！你知道她公公是什麼人嗎？福建轉運使，長駐建州。有你這麼個風流才子，人家怎麼放心那麼個大美人在這？人家這麼多年守寡守好好的，不能讓你毀了他們家的清白。」

「其實，我們沒做什麼！」

「你們做了什麼，大家都看到。他們沒看到的，我也看到！」說著，他從袖裡掏出一紙給我。「這是在她房間撿的，我本來想扔了……」

這是一張薛濤箋，粉紅色，松花紋，還飄著淡淡的香。上面只有一行字：「獨行獨坐獨倡獨酬還獨臥」。好傢伙，一口氣五個獨字，不說絕後也是空前之孤獨。這是她寫的，還是她從哪摘抄的？不管怎麼說，只要出自她的筆下，就是她的心聲。這分明是淚如雨下的泣訴，更是近乎絕望的呼救。讀這五個獨字，我忽然感到她像那空谷幽蘭，孤寂極了！身為一個男人，我當上刀山下火海，救美人於深淵幽谷。然而，林茹啊林茹，你可知道，我現在比你更孤立無援啊！我將紅箋小心收藏在懷，對翁德星說：「只能請你多關照她了！」

「我也是泥菩薩過河啦！你還不知道吧，我學堂裡，今天只剩兩個學童……」

「怎麼啦？」

「有你這樣的朋友，人家怕他們的孩子學壞呀！」

怎麼落到這等地步啦！我急切切說：「我明天一早就走！明天一早就走！我什麼都不要了！什麼都不要！」

翁德星問我有何打算。我盤算著說：「我去……去餘杭，去那投我一個好友，他在那做縣令。我早是舉人，進士考了多年，年紀也大了，可以『特奏名』入仕。這樣很難混上高官，終身只能做吏人，但沒辦法。前幾年我就想，只是顧忌父親的面子。想當年，父親從南唐朝廷過來，可以賜一官半職，可他不願以降官身分入仕，硬要參加科舉，堂堂正正入官。現在，我不需要看他臉色行事了。」

「那也不錯。明天早上我給你餞行，給你備些盤纏。」

「那……我就不客氣了，以後還你！」

34、連夜出逃

晚上我又無法入睡。你想想，回老家短短幾天，莫名其妙發生了多少不可思議的事，現在終於要結束，我心裡怎能平靜？

我不能不想我的父母兄弟和兒子，然而再想想孔融那瓶中寄物之說，覺得十分在理。其實，我早跟父母跟那個瓶子沒關係了，兒子也跟我這個瓶子沒關係。田產如果能分我一些，當然要，可是怎麼要呢？難道還得每年回來收租？不，這鬼地方我再也不想來了！什麼「死不得葬大塋」，我才不稀罕哩！

想完家裡的事，想林茹——那朵空谷幽蘭。此時此刻，她肯定和我一樣無眠。念及此，我恨不能當即策馬衝去將她救了出來，兩個人遠遠地飛奔，遠遠地奔去。其實，我們當時寡婦改嫁是常見的事，還明文規定「夫外出三年不歸者，其妻聽改嫁」，大講什麼「餓死事小，失節事大」那是稍後幾十年的事，她無夫我無妻天經地義。她那當著高官的公公，沒蓄家妓也肯定常在青樓妓館出入，卻要干預她跟男人往來，太可惡！可是，我有什麼辦法？

我想不出什麼解救她的辦法，只能不想，轉而想賢文伯家。我想，此時此刻，鬧洞房肯定結束，新郎該迫不急待抱新娘上床……這時，忽然聽聞從賢文伯家那邊傳來一片痛哭聲。我本能地想：肯定是賢文伯嘸氣了！

賢文伯死了，沖喜失敗！家裡人肯定很悲傷，肯定很憤怒，因為……好好的大喜事，硬是被攪壞，娘舅罷宴——我亂寫請帖，罪魁禍首是我！也許，他們現在還跟翁德星一樣發現我寫的對聯有寡婦的情詩，有寫給妓女的豔詞，火上加油，要來找我索賠——索命！留宿的親朋好友隨便都一大群，有的持棍，有的操刀，蜂擁而來，翁德星書生一個護得了我嗎？

我嚇壞了！不再想了，猛地起床。我不想吵醒翁德星一家，躡手躡腳，可這瞞不過他家的狗。本來這狗早跟我親切了，但現在看我小偷一樣，立即吠起來。翁德星醒了，大問是誰。我只好說是我，但是說上廁所。一出大門，直往村外跑。

跑出了村子，才冷靜下來。這一路高山峻嶺，大白天都有老虎出沒，夜路怎麼走？十五月圓，通天光亮，我不至於走到河裡田裡，可老虎不是更老遠就能看到我？還有，現在夏天，蛇也不少……老虎不常見，蛇防不勝防，五步蛇、銀環蛇，被咬幾步就得死。那蛇表面跟枯枝敗葉差不多，伏在路中央，常常要到了腳邊才發現。有一種叫竹葉青的蛇，也毒得要命，表面跟綠葉差不多，躲在綠枝上，稍不小心就可能掉你頭上，也是要等近距離才驚現，嚇都把人嚇死。這麼一想，我一步也難邁了。我避到遇仙橋等天亮，真跟乞丐過了半夜。

在打著呼嚕的乞丐身旁，我睡不著。久久沒見有人追來，我有點後悔：我又不是故意的，氣頭上發點火很自然，怎麼可能一直恨呢？沖喜這種事本來就玄乎，甚至可以說荒唐，而賢文伯病入膏肓，早已奄奄一息，怎麼能怪我呢？他們讀書雖然少些，可不至於不講理吧！是我自己太多心啦！

可是開弓沒有回頭箭，跑半夜再回去不是讓翁德星笑話？再說，又不是什麼風光事，大白天讓人送著走，背個包袱，讓人家指指點點，說三道四，不是更難堪？還是就這樣灰溜溜走吧，沒什麼好留戀！

天開始矇矇亮，我即起步登程。俗話說老虎也有打盹的時候，老虎累了一夜現在也該休息。如果還會撞上，那真是天要滅我，想躲也躲不過。這時，我倒是更怕遇上早起的熟人。於是，我又小跑。我自己也覺得太狼狽，想像過去肯定像一條被打斷了腿的狗，一邊瘸著逃一邊嗷嗷叫……匆匆忙忙又犯一個錯。去餘杭去浙江應該往北先到浦城，我卻往南跑了半天到五夫。再往北，要麼重新回白水，要麼往西到崇安，經那裡去浦城。顯然前者不用考慮，只能先到崇安縣城，也就是你們現在的武夷山市區。

往西沒走幾步，我忽然又冒出個念頭：怎麼會跑這麼大段冤枉路呢？是不是冥冥之中有什麼兆示？思來想去，覺得也許是我該繼續南下到建州到林茹那去。她不告而別，本身就兆示我該與她一別……也許，根本不是什麼別！她在那裡獨行獨坐獨倡獨酬還獨臥，我理當不惜一切去解救！或者說，應當像司馬兄那樣去巧奪卓美人！至少她會資助我一些錢。匆忙而逃，翁德星那裡準備好的錢沒要，這裡再不能錯過。此乃天意也！這麼想著，我即掉頭南下。

南下不遠的建州，就是現在的建甌。我們那時候的建州幾乎相當於福建的省會。當時的州是最高一級地方機構。為了調運各地的物質才設福建轉運使，職責是將福建各地徵收的錢糧及貢品運到京城。因為當時建州是福建物產最豐的區域，是福建主要貢品——建茶的產地，又是福建通往中原的要道，所以福建轉運使的官員駐建州。

轉運使不跟州官一起，在城西紫霞洲。建州我早去過，不難找到她家住處。長途奔來，藉口也早想好。我向衙役報上姓名，強調說是她娘家人。有道是「天上雷公，地上舅公」，誰敢怠慢娘家人？他恭恭敬敬請我稍候，轉身回府內官舍通報。沒想到，衙役出來便一臉怒氣，說老爺家的少奶奶說她娘家沒什麼姓柳的娘舅。我連忙解釋說：我雖然不是她親娘舅，但確確實實是她娘舅家鄉來的，她一定知道。他耐心說：「少奶奶確確實實說她沒什麼三變四變親戚，你別胡鬧了——再胡鬧我不客氣！」

這怎麼可能呢？我不該冒充她娘舅，可是並不太荒唐，而且是為著避免某種誤會，也是為她好啊，她怎麼不理解？更要命的是，她怎麼敢說沒什麼三變四變……再怎麼樣，見我一面，不資助盤纏不留酒飯，一杯茶總不至於惹什麼麻煩吧？哼——女人真是……真是不可思議，真受不了！

眼看又要天黑，只好住下。我獨自飲著小酒，越想越覺得不可能是她真實心意。她一定是被迫說的，一定受到巨大壓力。這麼說來，她獨行獨坐獨倡獨酬還獨臥更是真的，那麼我得比司馬兄更有勇氣更有智慧……一夜難眠，還是一籌莫展。天一亮，再也忍受不了輾轉反側的折磨，起身到客棧外散步。水西橋這頭是一片青樓妓館，那頭是紫霞洲，橋比紫霞洲更名聞遐邇。在京城一提到水西橋，人們都知道那跟唐時平康里一樣是名妓薈萃之地。可我今天一點也不留連，直奔橋那邊去。

紫霞洲林木繁茂，鳥語花香，有些老老少少在那裡玩耍。我沒心思看他們玩耍，像個探子一樣悉心偷窺轉運使衙署後院。可惜有圍牆，我跳起腳來也看不到什麼。正著急時，有個孩童給我個機會——他的風箏擱在樹上，怎麼也拉不下。我隨即上前說幫他。這是一棵大樟樹，雖然高大葉茂，可是不到一丈就開始分枝，爬起來並不太費力。但那風箏擱在樹梢，哪怕是猴精也沒膽到那上面去取。當然，我的心思主要在於探望那後院。果不其然，我望到一幢小閣樓上晾晒的淡黃衫子鬱金裙——她就在那！

從樹上下來，叫那孩童帶我去買風箏，在這風箏上即興創調〈六么令〉寫上一首新詞，將這風箏放到轉運使衙署後院上空，剪斷繩子，讓它掉進林茹住的那幢小閣樓。

我焦灼地等待好消息。我相信，我的風箏……當然是風箏上的新詞，一定會打動她的心。這詞後部寫道：

思念多媚多嬌，咫尺千山隔。
都為深情密愛，不忍輕離拆。
好天良夕。
鴛帷寂寞，算得也應暗相憶。

最後，不僅署上柳三變大名，還特地註明寫於紫霞客棧。我想，她一定會像卓文君那樣偷溜到這來，與我連夜逃奔，奔向……奔向哪兒呢？這倒是令我有些苦惱。回白水？不可能！到徐靈遷那？不妥！她公公比他位高權重。那麼，只有到一個偏遠的地方，男耕女織，或者乾脆學司馬兄開個酒店……那該多美啊！我覺得今天的酒餚也特別美。我特地點了當地特產「弓魚」。這種魚要邊捕邊綁，用小草繩在魚頭部從鼻孔穿到唇，尾部綁到肛門下，然後放回魚塘或溪河，半個時辰左右重新綁一次，把魚弓成半月形，使魚肚裡的水不外流，保活保鮮，味道特別清甜。我想，林茹這時候來就好了，可以跟她分享。可我馬上又自嘲：她就住這，哪可能沒吃過弓魚，哪還用我讓，真是自做多情！但不管怎麼說還是早些來好，趁著我沒醉，可以一起多喝些……自我陶醉著的時候，真有人到客棧酒桌邊找我來，但不是我渴念的林茹，而是兩個凶神惡煞的衙役。他們一到，審犯人一般盤問：「你叫柳三變是嗎？」

「是……是是！」

「這是你寫的狗屁詞嗎？」另一個衙役變魔術依樣從身後變出風箏，往地上狠狠一甩。我不敢吭聲了。那衙役接著訓斥：「快滾！再敢勾引良家婦女，看我怎麼收拾你！」

這麼會這樣？衙役揚長而去，我酒醒了一半，怎麼也不敢相信這回事。

35、柳三變也死了

那天晚上，在紫霞客棧，我無法不想林茹，越想越傷心。她怎麼會突然變得如此無情？從炎夏到嚴冬，連一點過渡都沒有！女人真是可恨，說變就變……轉眼不認人……好像以前的愛都是仇。想想當初，什麼久仰啦，什麼只是沒逢上合適的人啦，只要我稍微有所表示，連夜都會跟我私奔，哼！真是「婊子裝正經」！然而，恨著恨著，沒恨幾個時辰，不知不覺又變成同情——她肯定是被迫的。只能怪我自己，名聲狼藉，公然找上門，她只得裝著不認識。放那個風箏，自以為得意，其實怎麼可能掌握它準確落到什麼位置呢？也許正巧落到她公公的頭上……老天爺啊，怎麼老是跟我過意不去！我決定等天稍亮就起程離開。胡思亂想著，不知怎麼入睡。

忽然，老闆敲門叫醒我，說我小弟來找。我想肯定是張先這傢伙回來，沒什麼興奮也沒什不興奮，懶洋洋說叫他進來，側身向裡繼續睡，留半床給他。不一會，他進門來，見我沒轉身理睬，站在床沿不動。我想睡睡不著，只好說：「要燈自己點。」

「不想看我一眼嗎？」

天啊——是林茹的聲音！她話音未落，我一下就聽出，一下就跳了起來，翻身下床，將她緊抱了。顧不上點燈，也顧不上說話，一個勁兒我吻她她吻我瘋狂地吻。不知怎麼，邊吻邊上了床，摸索著扯了衣。她好像比我更飢渴，呻吟起來，而且挺大聲。我怕驚動隔壁的旅人，吻住她的嘴，可是沒用。我只好開口要她小聲點，也沒用。她著魔似的不能自主，兩手十個指甲在我背上直往肉裡摳……終於平息下來，我們並肩躺著，靜靜地回味，什麼也沒說。我不知怎麼想到幾個時辰前那兩個凶神惡煞的衙役，忽然抱起她說：「我們走……走遠遠的……」

她推開我，邊下床邊說：「你走吧……你快走！」

我一邊摸衣服一邊說：「我們一起走！我帶你走！」

「不！」她也在摸衣物，「我的衣裳呢？」

唉，我真傻！我連忙點起燈，發現她居然穿了男服來，下身滿是鮮血……我如雷轟頂，隨手扔了衣物而緊擁她熱吻她。她悽然一笑，推開我：「我死而無憾了！你快走！」

「我們一起走！我絕不能……」

「不行！一起……一個都走不了！」

「你穿了這身衣……」

「沒用的！天一亮，他們發現我不在家……」

「那……那，那過一段我再想辦法來接你！」

「嗯……但願吧！」

我們「都為深情密愛，不忍輕離拆」，雞卻不諳此意，一遍遍高聲催促：「哦哦哦——快走哦！哦哦哦——快走哦……」

又是生離死別，又是亡命而逃，沒心情吟詩唱詞。到了城外，我才後悔為什麼不多擁一擁多吻一吻她，為什麼不問一問那句「獨行獨坐獨倡獨酬還獨臥」是不是她寫的，我那風箏怎麼讓她公公發現，我想問想說太多了，可是夜太短，不容我多吻多問。最後分手，她說的還「但願」二字。是啊，但願……但願很快……夏天的雨說來就來。快到崇安縣城的時候，突然下一場大雨，雨粒在地上噗噗噗砸起塵煙。這雨好似敲擊樂，落在土上與落在水上、石上、木上、葉上不一樣，忽兒如黃豆般三五杯酒功夫，忽兒如米粒般七八杯酒功夫。好在又到一座廊橋，跑幾步可以避雨。

廊橋裡已經有好幾個人。引人注目的是僧，讓我想起當時有人寫福州一句詩：「湖田播種重收谷，山路逢人半是僧」。眼前的廊橋裡，僧尼真過半。他們挑著新書，顯然剛從麻沙回來——那裡是當時全國著名的出版中心，在這裡歇腳。

有個虎背熊腰的老僧正在給一位少年講佛，他們跟我坐在一排，面對著廊中神龕。老僧滔滔不絕地教導說：「你看這觀音菩薩坐的蓮花，跟外面田裡的蓮花一樣。經書上說，世上的花有很多種，只有蓮花最解佛性。有的花無果，比如楊柳；有的一花多果，比如葫蘆；有的多花一果，比如桃李；有的一花一果，比如柿子。有的先果後花，比如瓜；有的先花後果，比如梅子。可是，這些花都不適合比喻妙法。蓮花，則是未開花之時已有果，花果同時俱來，好比妙法因果並存、因果不二。這就告訴眾生：因中有果，果中有因，因果並存。要注重因果，勿以善小而不為，勿以惡小而為之。由因到果，存在時空差異，這時空就是緣。有緣，就能由因到果，或者由果到因。」

老僧盡量通俗地講解，少年還是聽得懵懵的，呆若木雞。那少年尚未剃度，看樣子是路上新收的。老僧瞥他一眼，頓覺掃興，悻悻然說：「以後，你慢慢就會懂。好了，雨停了，我們得趕路了！」

僧人魚貫而出，老僧那番話卻留在我心裡。儘管母親也信佛，可我從未這樣聽過佛經。糟糕的是，我覺得這番話挺在理。想我柳三變，如此狼狽之果，其因何在，其緣又為何？

我的因、果與緣，想想都頭疼，我不想了。我起步離開，不意瞥見廊橋雨披上一片文字。跟所有旅館、酒店、亭子的壁面一樣，早被塗畫得亂七八糟。如果沒有閒心，誰也視而不見。這天，我不小心瞥見上面寫有一詞〈菊花新〉，露骨地寫什麼「鴛衾圖暖」。這詞後部寫道：

須臾放了殘針線。

脫羅裳、恣情無限。

留取帳前燈，時時待、看伊嬌面。

詞旁署著柳七柳三變兩個名字，我一看像觸電一般。

這詞肯定是我寫的。雖然我記不清何時何地為何人所寫，但我一下就想起那種深刻的感覺。女人是羞澀的，妓女也喜歡關燈，良家婦女根本就不喜歡白天歡愛。男人卻喜歡燃著燈燭，在深入女人之時還不肯放棄看她的嬌面，夠貪婪的！在某一次歡愛中，我突然發覺我——男人這一德性，便寫這詞，讓歌妓去唱。當時只覺得有趣，可現在給題到廊橋上，就像把我剝得一絲不掛，讓千千萬萬的路人看，羞愧難當。

我登上坐板去擦那字。那是用小木炭寫的，很容易擦去炭粉，只是空手不好擦，沒擦兩三個字就刺手。於是，我脫下角帽，到橋外蓮田蘸水，很快把那片字全擦掉。

然而，我心裡的愧疚卻怎麼也擦不去。我恍然想起早年在中峰寺聽過的警告：「以筆墨誨淫，當墮泥犁地獄」，某種恐懼由衷襲來。我望著燭光中香菸繚繞的佛，忽然想皈依。凡塵到處逐我，我也愧於世人，不如乾脆遠離它！

我將手上的角帽遠遠一甩，跪倒在神龕前，祈求說：「大慈大悲的佛啊，請收留我這走投無路的浪子吧！苦海無邊，回頭是岸。我法號就叫『回也』！」

從此，柳三變也死了！

36、「我願百忍成道」

廊橋外十字路口，往北崇安縣城，往南邵武，往西是天心永樂禪寺。我往西行。剛才那一行僧人，也是往那去的。

河西的山與河東明顯不同，像城牆一樣砌著赤石群，碧水丹山，賞心悅目。天心永樂禪寺在這赤石群山中，風景如畫。

我們當時各地普遍興佛教，僧多成為時弊「三冗」之一。可能由於地狹民稠的原因，福建更甚。有人說：「寺觀所在不同，湖南不如江西，江西不如兩浙，兩浙不如閩中。」到永樂禪寺看看，你就會發覺這話並不虛枉。寺院挺大，一殿接一殿，殿殿金碧輝煌，到處是僧人與香客。

不問不知道，出家並不容易。佛門有佛門規矩，對皈依者有「十三重難與十六輕遮」要求。十三重難指十三種行為或現象，只要有其中一種，今生便不得出家。十六輕遮指十六種程度較輕的過錯，消除之後才可以出家。這不夠，還得持有禮部頒發的度牒。入宋以來，僧多為患。官員擔憂說：古者一夫耕三人食尚有人挨餓，現在福建僧人多達人口的六分一，一夫耕而十人食，怎麼得了？因此，官府對僧人嚴格限量。度牒的價格猛漲，有錢難買。這樣，各寺院充斥著大量準僧人，我也成為其中之一。

儘管暫時不能剃髮更衣受誡，得等買到度牒，我還是寄住下來先做居士，使用「回也」法號，虔誠地拜佛。為斷絕塵世牽掛，我連寫兩封信。第一封給翁德星，對不告而別表示歉意，並請轉告一是朱林茹，不敢提及紫霞客棧之夜，也不敢暗示將去接她，只是道聲祝福；二是義仔兄弟，請予以諒解；三是胡祖茂，表示謝意；四是我大哥二哥，我們塵緣已了，請關照好我兒子。第二封信寫給京城我那凌波仙子：

告別你之時，其實我挺有信心，因為我想很快能回去接你出來，白頭偕老。我怎麼也不敢料想，家庭以至整個人間竟然會這樣一而再、再而三地將我驅逐，我只好拋棄人間。什麼狀元進士，什麼天降大任，什麼立德立功立言，什麼嚴父孝子，什麼男歡女愛，什麼美味佳餚，全都與我無關了！現在，我只對來生充滿信心！為了脫離有生之日諸多苦難，我願百忍成道，轉迷成悟，離苦得樂。在來世，願你我再相逢！

這信怎麼寄蟲蟲呢？入宋以來，以軍卒傳郵，允許私書附遞。可我到哪去找官吏幫忙呢？只能找私人。要找剛好到京城而且會到欣樂樓的人，也不容易。給蟲蟲的信沒法寄。我只能想，她已經被別的男人贖走，甚至可能早把我忘了……寄給翁德星很容易，剛出山，不等進城，在廊橋就碰上一個到白水的行人，託他幫我帶去。寄出這封信，我覺得飄然出世，與人間塵封如昨。

我跟正式僧尼一樣認真做功課，研習經文，還經常向了緣禪師討教。了緣禪師已是古稀之年，滿腹經綸。

寺院門口，一塊足有半間屋子大的鵝卵石，刻著「漱石枕流」四個字，用筆圓渾而遒勁，行文落拓而神馳。字不難認，其意難解。了緣大師為我解釋道：「此語在魏晉時常用。其一如農夫，枕石以解困，漱流以解渴。其二如文士，枕石以觀雲，漱流以戲水。其三如禪者，洗其見汙之耳，礪其圓滑之齒。洗耳礪齒是一種本真的回歸，是誤入塵世後一種大徹大悟，是心為刑役後一種釋然。」

透過對「漱石枕流」四字的領悟，我好像重新回歸到心無一累、永珍俱空的境界，洗盡了人世間的是是非非，拋盡了為人處事中本來就不多的圓滑世故。現在，我不再燈紅酒綠，不再依紅偎翠，也不再幻想出將入相，不再有什麼牽腸掛肚，每天獨步山林，枕石而養神，漱流以悅性，返璞歸真。

我跟僧尼們一起勞作。除了砍柴挑水做飯，主要是採茶製茶。這茶就是「建茶」，你們現在叫「武夷巖茶」。唐朝的時候，全國流行湖州的「紫筍茶」，入宋以來流行建茶，我們當時又叫「北苑茶」。這茶長在山岩邊或者山岩之上。山岩主要是丹紅的岩石，很少土壤，可這裡僧人善於利用。坡很陡，就用碎石壘起層層牆來，哪怕一層只種一行。偶然幾個山頭的土較多，就一層層種上山頂。最佳是懸崖絕壁上的三棵茶樹。這茶特別神奇，寺僧每年元旦要焚香禮拜。因為那裡人莫能登，每年採茶時，僧人以果為餌，馴猴子去採，所以最早稱「猴採茶」。又因為它受過皇上封賜，縣令每年春季要親臨，身披紅袍跪拜到茶樹下，在香菸繚繞中率眾人齊聲高喊：「茶發芽！茶發芽！」茶樹果然發芽，紅豔如染。因此人們又稱它「大紅袍」。現在，分枝移栽於這一帶的巖間，並建有「御茶園」。每到採茶季節，僧人都很忙。

採摘茶葉，看似簡單輕鬆，可是從早到晚，累得腰痠背疼。光是那太陽晒，一般人就受不了。那大大的竹籃，開始是空的，越來越重。到最後，那竹條直往你肩頭肉裡勒。我硬忍著堅持下來。我總是給自己打氣說：再堅持一會兒就到中午可以午休了！再堅持一下天就黑可以大睡了！噢——多美的覺啊！我可以吃完晚飯不久就上床，挨著枕頭不一會就入睡，一睡到天亮，一起床精神氣爽。

這禪寺的尼姑，年輕年老都有。她們跟和尚跟我們學徒一起拜佛一起採茶，邊採還會邊唱〈觀音菩薩採茶歌〉，什麼「正月裡是新年，我父不依去修行。一心與我招駙馬，任死不願落紅塵」。這歌很長，從正月唱到十二月，讓你聽個夠。沒有樂器伴奏，全靠她們用自己的心聲唱，在山岩間迴盪，韻味悠長，清甜如醴，像我們福建的蔗糖一樣。

尼姑畢竟是女人，本能地讓我感到某種誘惑。老實說，不論在佛堂還是茶田，我經常忍不住偷窺，產生某種聯想，但很快又令自己別再想。只有一次，那是傍晚，我到山澗散步回來，遠遠看見一個有幾分婀娜的尼姑迎面而來，披著滿天紅彤的餘暉，感覺特別好。她要去哪兒呢？也是獨自去散步嗎？我能陪嗎？我胡思亂想著，避到一旁，坐在岩石上，等著她走近。遺憾的是她沒走近，更糟的是彎進廁所，讓我掃興極了。我立即產生一種汙穢感，噁心感，罪孽感，而不再是什麼歡樂之源。我以前怎會那麼無聊呢？如今怎麼還斬斷不絕俗念呢？這天夜裡，我自責不已。

37、佛給誰都有一輪明月

俗念如果能夠一刀兩斷就好了！

重重疊疊的深山之中，除了暮鼓晨鐘與集體誦經，寧靜得很，但我的心遲遲難以平靜。尤其是深更半夜，丁點響聲特別刺耳，心靈深處的思念油然而起。我會時不時想起父母兄長兒子，還有凌波仙子蟲蟲、空谷幽蘭林茹等等，好在只是一閃而過。只要我刻意去做點什麼，或者多念幾遍「南無阿彌陀佛」，心就漸漸恢復平靜。

出家人對初一十五特別注重，都要舉行比平時更隆重些的禮儀。進入七月，我卻莫名其妙注意到七夕，怎麼也丟不開。初六晚上，我簡直坐立不安，黃昏後刻意埋著頭走路，還會不小心望到天空。我們那時候，對天神特別在意。古人將七夕定為七月初六，本朝皇上改為初七，為的是七月七更順口更容易為平民百姓所牢記。看來，這目的達到了。

既是皇上所賜，我且大膽受用罷！我仰天高望，繁星滿天，一道白茫茫的銀河像天橋橫貫南北，在河的東西兩岸，各有一顆閃亮的星星，隔河相望，遙遙相對，那就是傳說中的牽牛星和織女星。這兩顆高懸的特別亮晶的星，讓我的思念再也無處躲藏。這是入寺以來頭一次轉輾反側不能入眠。我索性起身，點上油燈，揮毫寫一首〈二郎神〉，描述這夜的景象，抒發我的嚮往。

好久沒寫詞了。回看一遍，覺得跟這古剎一樣清幽：炎光謝。

過暮雨、芳塵輕灑。

乍露冷風清庭戶，爽天如水，玉鉤遙掛。

應是星娥嗟久阻，敘舊約、飆輪欲駕。

極目處、微雲暗度，耿耿銀河高瀉。

閒雅。

須知此景，古今無價。

運巧思、穿針樓上女，抬粉面、雲鬟相亞。

鈿合金釵私語處，算誰在、迴廊影下。

願天上人間，占得歡娛，年年今夜。

這詞寫七夕，不再似前人「盈盈一水間，脈脈不得語」之類傷感，而真摯地表達一種熱望。想必，千年萬年之後還將無價。可是，我的無價之情何在？被我自己拋棄了……該拋棄了！

我熄燈上床，不再牽腸掛肚。念「南無阿彌陀佛」跟少小時睡不著數數一個道理，一遍遍念，一次次往腦袋裡灌，硬將胡思亂想擠出。

第二天醒來，再看一遍新詞，目光停留在「願天上人間，占得歡娛，年年今夜」一句，驚訝極了：怎敢奢望年年得此之夜呢？如此還想修行成佛？轉而又想，蟲蟲和林茹昨夜是怎麼過的？蟲蟲顯然是跟別的男人並肩看星河，很可能早把我忘光。那麼林茹呢？她還在等我嗎？這麼一想，心裡充滿憐愛。我決定將這新詞寄給她和蟲蟲，表達我對她們的深情祝福。

上午本來要製茶，我說有點私事，告假出山一日。我尚未正式皈依，很容易獲准。

這一天是墟日，全縣各地都會有人來趕集。人流中擠著逛了兩圈，雖沒找到很熟的人，還是找到眼熟的人，稍用方言說幾句就親切，把信捎給翁德星，請他轉交——這老兄肯定不會出賣我。寄給蟲蟲就難了，問了好多商販也沒問到一個準備進京的。

眼看太陽昇頭頂，只好作罷，準備回寺院，可我一進熱熱鬧鬧的城裡，肉身就不能自主。我兩隻眼偷偷盯看了漂亮的女人，兩隻鼻孔悄悄吸吮了酒館那美味佳餚的濃香，兩隻腳則像上刑場一樣不肯前邁……那天，我直到天黑才回山裡。快進禪寺的時候，聽聞兩個人在一塊巨石後聊天。我本來沒打算聽什麼，可是有個小僧的話把我吸引，不知不覺放輕腳步。那人繼續說：「其實，佛門也有不戒酒色的。」

「不會吧！」另一個說。

「聽說，南禪宗就不戒色。有個女尼沒出家時，到山裡拜禪師，禪師讓她住自己的房間。那女子脫得一絲不掛，仰臥在床。禪師進來，指著她下身問道：『這裡是什麼去處？』女子說：『三世諸神、六代祖師、天下老和尚，都從這當中出來。』禪師又問：『那麼，這裡能讓老僧進入？』女子說：『這裡不歡迎驢！』」

「罵僧人是驢。」

「他們認為，只要頓悟本心，就可以達到有情與無情同一無異，可以出入四五百條花街柳巷，逛遍二三千座管絃樓。這叫以欲止欲，有如以楔出楔，以聲止聲。」

「跟這裡說的完全不一樣。」

說實話，我平時對佛門關注不多。聽了這話，倒是更糊塗。我繞到另一條小道上，邊納涼邊思量……我連夜找了緣禪師，虔誠地懺悔：「道理上我懂：我空，人空，宇宙空，今日之美食不過異日之塵埃，可我無法做到身如槁木，心如死灰，連酒的誘惑也抵禦不了。我今天喝了酒。我從來沒想過酒會那麼誘人。我已經離開酒店門口，就要步出城門，可我好像還聞到酒香。我想，這一去不知道何時才能再出山，不知何時再聞酒香。這麼一想，調頭就往酒店跑。小菜還沒上一碟，一口氣喝了三大碗。喝痛快了才離開，才後悔。我還給女人寄了昨晚新填的詞。其實，我以前曾經長年累月在青樓妓館裡鬼混……我罪孽深重啊，我成不了佛！」

「休要輕棄！」了緣禪師微閉雙目，「師傅給你說段故事：多年前，藻光禪師在此結廬修行。中秋之夜，皎潔的月光下，他在山頂打坐。回住處時，遠遠看見一個小偷在他房間行竊。禪師站在門口，等著小偷掃興而出。小偷發現禪師，嚇得要跑。禪師卻說：『且慢！你這麼幸苦而來，怎麼能空手而歸呢？夜涼啦，加件衣裳吧！』說著，禪師將自己身上的衣裳取下，披到小偷身上。小偷羞愧難當，連忙逃走。禪師望著小偷的背影，自語道：『可憐的人啊，我要是能送他一輪明月就好了！』第二天一早，禪師開啟房門，看見他給小偷的衣裳整齊地疊放在臺階上。禪師欣喜說：『我終於送他一輪明月了！』你知道嗎？那小偷就是當年的我。」

聽了了緣禪師這番話，我有所感悟，但不相信自己也能這般超度。我說：「萬有一空，一空萬有。首先要掏盡原有的，才能盛入新的。可是，我掏不空原有的。原有的兒女情長，早在我心上生根發芽，盤根錯節，剪不斷，理還亂，絕不像改名換姓那麼簡單。再說，我也不願意放棄原來所擁有。儘管那些往事有些不堪入目，不堪回首，可如果有來世的話，我希望記得它！好比前世，我現在什麼記憶也沒有，那對我有什麼意義？」

禪師唸一聲「南無阿彌陀佛」，默數佛珠。

「我不想欺騙佛，我要下山！」我堅決地說。

禪師只是將「南無阿彌陀佛」聲加重些。

「可是，師父，可我……我囊中羞澀。」

「先去睡吧，佛給誰人都有一輪明月。」

第二天一早，果然有僧給我送來錢，夠我走上幾百里的盤纏。我感動不已，並請他向了緣禪師轉達我由衷的謝意。

38、「認得你不是柳七」

我想，還是投奔徐靈遷才是長久之計。雖然只能餬口，接不了我的凌波仙子，但是可以設法接我的空谷幽蘭，兩人過個尋常百姓小日子。

白水祈雨的情形歷歷在目，彷彿是昨天的事，現在浙江卻下雨。雨越下越大，下個不停。我在狂風暴雨中走走停停，到杭州時，寸步難行。杭州我再熟悉不過，可現在變汪洋澤國。風流萬千的西湖，變得茫茫無際，堤岸沒蹤影，只有若干樹木、房頂或二三層樓及受困的人浮萍般漂在水上。天快黑了，我想找個靠山較高的客棧落腳，可到處擠滿了人，即使拿著金條也租不到房。我只能擠在人家屋簷下過夜，又冷又餓，還擔心洪水繼續上漲，連這立錐之地也淹了。我甚至想，恐怕海水倒流，或者天破了大洞，天下所有的人都將無處可逃……託菩薩保佑，天微亮時，驚喜地發現洪水在退。心急的人漸漸跟著洪水下山，越來越多活了過來。

等人退差不多了，這戶人家才開始生火做飯。我猜測，這戶人昨晚也餓了一夜。他們生怕滿牆邊的災民連他們人都要吃了，緊閉房門，還不敢讓食物的氣味刺激人們的慾望。現在，只剩十來個災民。可能都無家可歸吧，積點陰德。那男主人出來請我們入內，生了火請我們烤外衣，並說等會兒請我們吃飯。

這等好人，收到一片好話回報。結果，連昨晚餓的也吃了回來。一個漢子過意不去，掏錢作飯資。

立即有人響應，包括我在內。可是，主人說什麼也不肯收。我注意到神龕上供有菩薩，看來他是個居士。

畢竟靠海，洪水退起來快。到下午，城中的街道基本露了出來。我也下山，但無法過河前往餘杭，只得在城裡住下。

再過一夜，河面也完全顯露，可是橋梁被沖盡，仍然不能過河。災後百廢待興，滿城的人在忙碌。

這本來是天下最美的城市。京城街道大都泥地，這裡的街道大都鋪了石條。現在被洪水一淹，積上淤泥，也變成泥路。附近軍營的兵卒來了好多，幫助清理大街小巷的淤泥。我不好意思閒著，幫店主清店裡的淤泥，洗刷壁板，做得挺賣力。主人有些感動，一聲聲勸我休息。我說我在茶場做過體力工作，做這點小事不在話下。中午，他們請我吃飯。菜雖然簡單，可是有酒。老闆娘生怕我不領情，一連幾遍說這兩天有錢都買不到菜。這話顯然可信，所以我斗膽多喝了幾口酒，卻不敢多吃菜。一吃完繼續做事，直到他們叫我吃晚飯。這時，他們又表示不收我房租。

等了三五日，城裡基本恢復昔日繁華，可是郊外的橋才開始著手重建，我仍然得困幾天，這讓我為難。這家客棧沒什麼需要我幫忙了，我不好意思繼續白吃白住，他們則不好意思開口要我的錢，我只好自覺離開。

到河邊望了望，發現重建那橋至少還得十天半個月，於是我又有了去歌樓的理由。這樣呆下去，我又將面臨囊中羞澀的窘境，該想辦法弄點錢。怎樣才有錢呢？現在這裡舉目無親。我想到楊老闆，但不好意思去找他。說實話，我借的錢不知何年何月才能還，很可能是老虎借狗，不能連累那樣善良的小戶人家。

我甚至想到蔣五樂，那是個極大方的小老頭，肯定喜歡我上他那聚幾天。當然，我沒忘記第一次見面，他對柳七挺反感。他不為官也就不在乎了，即使在乎我也顧不上。好不容易找到那一問，他一個月前將那房屋賣了，不知何往。這樣，逼得我重操舊業。

我請一位叫心娘的歌妓，大讚她多漂亮多可愛，又頻頻敬酒，讓她好高興，接連吻我好幾下。這時，我不失時機說為她填首詞。她有些不敢相信，以為我哄她。這種事不是頭一次碰到，怪只能怪我這張臉不像文人墨客。我堅持說試試，心想這頭炮一定要打響。不過，認真一想，又覺得對她沒什麼太好的感覺。我尋思了良久才寫一詞〈木蘭花〉：

心娘自小能歌舞。

舉意動容皆濟楚。

解教天上念奴羞，不怕掌中飛燕妒……

她看了，連讚我真行。我要求她馬上拿到大廳唱，她高高興興出去。

心娘回來，一進門主動給我幾吻。我問：「怎麼樣？」

她說：「還行，好幾個人說不錯。」

才「不錯」？我挺失望。我追問：「人家說了什麼？」

「他們說前面還可以，有些像唐詩，最後兩句一般套話，應景而已。」

我覺得這地方比不上京城，人們鑑賞力也比京城差，眼前這心娘跟蟲蟲簡直有天壤之別。不過，冷靜一想，又覺得他們的評價不無道理。「此去經年，應是良辰、好景虛設」。看來，除非蟲蟲，不再會有良辰好景。也罷！我再給她寫首懷念凌波仙子的。我說這一首肯定比前一首好。心娘立即拿出去唱。

心娘唱完回來，直奔我懷裡，大聲大嚷：「你太了不起了！」

「快說！」我給她一連串熱吻，「他們怎麼說？」

「他們說這詞很像柳七寫的？」

「他們……你知道柳七？」

「誰不知道啊！他們說，第一這是慢詞，柳七最擅長；第二將歡娛與功名對立，取歡娛而棄功名，柳七的本色。可惜柳七去年被皇上黜落，自縊而死……」

「胡說！」我說我就是柳七，說完才後悔，但只好將錯就錯，問她信不信。

心娘聽了大笑，顯然不信。我堅持說是，她便跑出去，叫了幾個人到門口認我。他們走後，又過一會兒，心娘才進來，說鴇母認出我是柳七。我聽了又喜又悲，喜的是又可以食衣無憂，悲的是我還得復活被自己處斬了的柳七。我請她叫鴇母來一下，有要事商量。

鴇母老狐狸樣的，一雙鼠眼好像能看穿黑暗。我開門見山問她怎麼認識柳七。沒想到，她冷冰冰答道：「我當然認得柳七，可我也認得你不是柳七！」

「你……你怎麼……那你怎麼說我是柳七？」

「我不對他們說你是柳七，難道要等我的客人來說你不是柳七？」

原來如此，這女人精明過人。我只好說，我的詞跟柳七比不相上下，願意為你寫詞。她堅持說不想等別人來說我不是柳七。我鬥氣說：「我如果是真的柳七呢？」

「真的也不要！已經死了，真的有什麼用？」

39、嗟來之食

橋剛搭起施工的架子，我就懇切求情，冒險爬著過去。

餘杭跟杭州緊鄰，可餘杭的水災比杭州嚴重多了。燦爛的陽光下，一路滿是龜裂的淤泥。路邊灌木叢或是田地裡，不時可以看到人或者家畜的腐屍，一堆又一堆黑壓壓的蒼蠅。更為可怖的是，有野狗搶食腐屍，蒼蠅驚飛，到處瀰漫著令人窒息的腐臭。我的心顫抖不已，進退兩難。我想，大千世界就如此殘酷，我如果不堅強些，也可能這般暴屍荒野！我應當堅強起來，勇敢地面對一切！我半閉著眼，緊捂著鼻，疾步前行。

人們到處在忙。城外忙埋屍忙清理農作物，城裡則忙治病出喪、撒石灰防疫、修房屋重開業等等，難見我這樣的閒人。我加快腳步，直奔縣衙。

沒想到，衙門緊閉。現在什麼時候啊，居然敢偷閒不上班？我想擂門口的大鼓，又覺得不妥，來個折中敲鼓邊。一個衙役聞聲而出，一臉橫肉問：「什麼事？」

「找你們縣令。」

「什麼事！」

「你們縣令叫徐靈遷是嗎？」

「是。」

「我是你縣令的好朋友，想求見。」

他回去通報，出來卻說現在沒空會私客。我想了想，說：「麻煩你再稟報一聲，我是柳三變。」

這回，衙役出來遞給我幾張餐券和一紙信，笑笑說很抱歉，說著關了門。徐靈遷的信只有寥寥數語：

你看現在什麼時候啊，我已經兩天兩夜沒闔眼啦，此時此刻還在跟大戶商討救災大事，實在無法分身。你自行方便吧，下次見面賠罪！

這話連同那幾張餐券很得體，我無話可說，只得轉身離開。

我持餐券到一家酒店吃午飯。飯菜不錯，還配兩壺酒。老闆說，他知道這券是招待縣令級的，可現在不巧逢災，難以照常供應，萬望諒解。我當然一萬個諒解，這已經是我幾個月來最豪華一餐了。按慣例，酒是當地土產，味道不錯，越喝越感激這位老兄。

掏出信來再看，思索字裡行間的意思，感受他的真誠與無奈。我忽然想：難道我是來乞食的嗎？來行乞，我乞的也是職啊！那我怎能就這樣回去？我連忙向店主討筆墨，回覆道：

實不相瞞，老弟特來投奔老兄，職位高低無所謂，有個食衣之所即可。剛好，你眼下也正是招兵買馬之時。

我回到縣衙，再敲門鼓。衙役又應聲而出，但重現一臉難看。我體諒他的心情，請求再幫我遞一信，千恩萬謝，說我在門外等。

沒讓我等多久，他遞出沉沉一袋，一聲不吭關了門。我意識到不妙，但沒料到那位老兄會說到如此地步：

我在招兵買馬不假，而且記得上次分手時出於私情我說過請你隨我做事的話，可是冷靜想想：我要是用了你，皇上生氣怎麼辦？你不想讓我也給點了吧？我有要事，沒空跟你多說了！再請你喝餐酒，快回去吧！風調雨順之時再見！

看了這信，我有點生氣。我能要嗟來之食嗎？我真恨不能將這袋銀子扔了。可又想，我確實很需要錢。這老兄也夠情份了，怪只能怪……當然不敢怪皇上，只能怪我自己。

餘杭之行不僅沒找到一條生路，反而又絕一路。

我在餘杭城裡迷了路。但即使不迷路，出了城，也不知往哪條路而去。既然如此，不出城也罷，從東到西，從南到北，周而復始，顛來倒去，消磨時光，逃避寂寞。在這舉目無親，讓人當瘋子看也沒關係。餓了才進酒店。徐靈遷贈我的餐券夠吃上兩三天，不吃也浪費。喝夠了才投宿，倒床就睡，一覺天明。只聽一隻鳥一聲聲叫著：「嘀哩——喂！嘀哩——喂！」

我在床上聽著，睜開眼來，循聲望去，找到窗外的古木，但找不到那隻鳥，也不知它叫什麼鳥。只聽它不厭其煩地重複著「嘀哩——喂！嘀哩——喂！」我越聽越覺得有趣，突然想到古詩：「有鳥有鳥丁令威，去家千年今始歸。城郭如故人民非，何不學仙塚纍纍。」我暗暗一驚：難道……丁令威呼喚我？

醉完睡完還得考慮往哪去的問題。這不是從東南西北哪道城門出去的問題，而又關乎我今後一生的走向。這一回，我冷冷靜靜想了兩天。

我發覺，我這人太隨心所欲了！說出家就出家，說下山就下山，對菩薩也如此不敬。可現在，思來想去，我覺得似乎仍只有佛門才是我唯一的出路。當初我取法號「回也」似乎箴言，而了緣禪師那故事更是箴言，他早預料我會披著月光回去的。

40、「我亦庵中悟止人」

出崇安城，過崇陽溪，到天心永樂禪寺路口，我忽然想：難道真有不可違的天意在冥冥之中主宰我的命運嗎？不！我偏不，偏不到天心永樂禪寺！

我就地坐下，想想該往哪條路去。我覺得我是個道地的俗人，求什麼佛啊！我覺得還是該回京城，回我的欣樂樓……如果凌波仙子不理我，我可以找一個比她更好的歌妓或者舞妓，找一個比欣樂樓更好的歌樓妓館。京城那麼大，柳七名聲那麼響，還怕沒我安身立命之地嗎？天無絕人之路啊，何況天生我才！

京城路遙千里，沒那麼多盤纏，我想到老家白水。大哥答應過分我家產，翁德星答應過資助，何愁沒錢？回去當然難堪，但現在顧不上那麼多了！乞丐都是人當的，面子值不了什麼錢。而這次回去正好探探風，找個機會將我的空谷幽蘭悄悄接出來，不亦樂乎？

想到這，我猛地躍起，直奔白水。但不知怎麼，越臨近我的腳步變得越沉重。我覺得這樣光天化日大搖大擺去不妥，大哥二哥肯定會防範又把我兒子藏了，林茹她家如此，於是我在路邊林子裡睡了一覺，等天黑才進村，直奔翁德星家。

沒想到，翁德星病了，在床數月，瘦如柴骨，氣如游絲，難怪他連我的信都沒回。我到床邊了，他想坐起來，妻兒不讓，只好揮手讓他們走開。

我的淚水在眼眶裡直轉。我悲翁德星行將就木，悲所有人的最終，但什麼也不想說，也不讓他說。可他忍不住，一定要說。他說我大哥二哥還住在父親墳山守「丁憂」之制，我兒仍無消息，林茹自縊死了。前二者在我意料之中，林茹噩耗讓我難以置信。翁德星吃力地說：「真的……不騙你……我去看了……」

「什麼時候？」

「你去找她……第二天……一身男裝……他們知道會你了，到處找……我說你北上了……」

這麼說，我那天臨時繞到天心永樂禪寺還是避難了。而現在，如果被發現，他們還是要找我麻煩，翁德星勸我在此不可久留。唉——我這人怎麼……唉！

趁著天未亮，我再次逃離老家。翁德星要給我錢，怎麼說我也不敢收。我一聲聲叮囑他多保重，一串串淚下……我只好再回崇陽溪畔，沿著河流往前，信馬游韁，邊遊蕩邊思考何往。

武夷山是座仙山，山山留有仙人的足跡，水水流淌著羽客的故事，沒剩多少像我一樣白衣。古時候有個叫彭祖的人，相傳活了八百多歲。商紂王既想向他學長壽之術，又想謀害他。他只好南逃，在崇陽溪畔隱居，茹芝飲瀑，遁跡養生。他生兩個兒子，一個叫彭武，一個叫彭夷。他們兄弟生下，一陣春風吹過就能呼喊爹娘，二遍春風吹春雨澆就能站立，用三片春茶泡水給他們飲就能奔跑。茶味香淳，引來七仙即呂洞濱、何仙姑、李鐵拐等等，給這裡的山山水水帶來無限仙氣。傳說秦始皇時候一個中秋節，武夷君即彭武和彭夷，與皇太姥及當地十三仙在幔亭設宴款待人間百姓。百姓歡天喜地，翻山越嶺到幔亭峰下才發愁：哪有路上去呢？這時，只見一位銀鬚老者現於雲端，手往空中一揮，現出一道彩虹，直伸雲峰，讓百姓上幔亭赴宴。仙凡歡聚，其樂無窮。還傳說天上的玉女下凡與人間大王相親相愛，傳說張果老宴請當地十位美麗的姑娘卻不小心害其中三位變成石峰，還有什麼仙人梳妝檯、更衣臺等等，多著呢！

三姑石距天心永樂禪寺路口僅百來步，緊接不遠是幔亭即大王峰，隔著九曲溪斜相對的是玉女峰。望著那些千姿百態而又絢麗多彩的巖峰，品味一個個千古傳說，感覺好美妙。恕我直言，這比那死寂的寺院可愛多了！想什麼下輩子，還是先過好這輩子吧！如果能羽化為仙，天上人間任馳騁，那該多好啊！

當晚，我在幔亭峰山麓的客棧住下。我把酒菜叫到房間，吹了燈，對著月兒，對著雲間，對著大王玉女，自斟自飲。那奇形怪狀的巖峰，在月下顯得單調，卻多一層神祕色彩，更為誘人。我望著那黑黝黝的山峰，望望山尖與月兒和雲朵相交的天際，再想想童年時聽聞的種種傳說，我想那裡真該有天仙。如果沒有天仙，那是不可思議的。我想起李白的詩：「神女去已久，襄王安在哉！」我想，神女在此兮，襄王在此哉！頓時，我心中湧起一股衝動，填寫一首〈巫山一段雲〉。

我早從宋玉和李白等前輩那裡對仙家了解不少，但用「詩餘」寫出來還是頭一回。我這詞著力描繪迷人的仙境、仙人、仙遊與仙蹤，借用「六六」既指三十六洞天道家神仙之地，又特指武夷三十六峰；借用「三三」既指九重天，又特指武夷九曲溪：

六六真遊洞。
三三物外天。
九班麟穩破非煙。
何處按雲軒。

昨夜麻姑陪宴。
又話蓬萊清淺。
幾回山腳弄雲濤。
彷彿見金鰲。

這一夜，我特別想念李白。我邊獨飲邊吟詠他的詩，想像他如何飲酒，如何賞月，如何嚮往仙界。我甚至想，如果能夠見到李白，與他共飲，談論詩詞，我寧願當即死去。當然，我沒忘他懷才不遇，不過他比我好，好歹受過皇上賞識，做過小官，可他還說「今朝人生不如意，明朝散髮弄扁舟」。我呢，雖也高攀到皇上，卻遭黜落，迄今白衣，更得散髮弄扁舟啊！

第二天，醒來晚些，被一陣震耳欲聾的樂聲吵醒。怎麼啦？往窗外一看，只見浩浩蕩蕩的人馬從門前經過。最前頭的官人，雙手高舉聖旨，亦步亦趨邁向前，莊嚴肅穆。

我連忙著鞋追出，隨眾人看熱鬧，跟到沖佑觀。這觀始建於盛唐，玄宗曾派大臣到此賜封，立有碑記。後來，閩王擴建，南唐重修，本朝初增修，皇上曾頒賜觀額。這天，皇上又命二十一個道士到此啟建靈寶道場，設醮三百六十分位，投玉龍玉簡，告盟祈天。

這驚天動地泣神鬼之舉，持續了兩天兩夜。我也差不多兩天兩夜沒睡，深受感染。要說不會感動天仙，吾不信也！我揮筆再填一首〈巫山一段雲〉。這一首與前一首不大一樣，主要把我有幸目睹這仙人交往的盛事如實地記載下來。雖然皇上黜落我，想到他我心裡就不快，但橋歸橋路歸路，我不能視而不見，不能無動於衷。

千巖萬壑恢復往日的寧靜，我的心仍在仙境飛馳……神州三十六洞天中，武夷山名列十六，具體是在大王峰西側的止止庵。傳說，當年參加幔亭宴的主賓之一皇太姥曾在此修煉。之後，張湛、魚道超等著名羽客在這裡修煉成仙。進入本朝，則有東京的李陶真、洛濱的李鐵笛、燕山的李磨鏡到此養真，蓋個草堂，名為「止止庵」。何謂止止？行其所當行，止其所當止。問題是：何以知當行？又何以知當止？

門上一聯：「庵名止止誰知止，我亦庵中悟止人」。望著這聯，我愈發困惑：此時此地當行，還是當止？

41、「我們就是神仙啊」

在武夷仙山中，我前行不止。

九曲溪匯入崇陽溪，曲曲十八彎，天為山欺，水求石放，撲朔迷離。過止止庵是仙館巖、仙榜巖、仙釣臺等等，到處是仙。我不時有些別的想法，望望磨崖石刻而已，腳步不停。這樣走馬看花，也看了些端倪：那些字寫得隨心所欲。比如楊億題刻落款「浦」那橫上一點，居然點到橫之下。這樣亂寫一通居然能流芳千古，而我那宋字兩點並不太離譜，卻闖那麼大的禍。世上事之不公如此！

我且觀且行，沿著溪岸信步逆流。我想，隨處可止，隨時可止，想止則止，想不止則不止。有條寬不盈尺的水流橫出，涓涓入溪。我朝這水源望去，只見一堆亂石，石間密林。那些大小樹木在大小亂石間長出，筆直聳天。還有些古藤從石間竄出，懸空攀樹。這些樹與藤生命力之頑強，令人感嘆不已。

林間亂七八糟堆著更多更大的岩石，大者如屋。武夷山的岩石很怪，有的如亂斧砍出斧斧痕在，有的如刀切蘿蔔平平整整，有的則如圓鑿鑿出內凹光鮮。在這樣的山岩之下有碩大亂石，毫不奇怪。可這亂石堆兩側，山崖毫無傷痕。那麼，這巨大的亂石堆從何而來？我只能想像那洪荒歲月，共工怒觸不周山，天柱折，地維絕……我嘆了嘆，正要離去時，忽見亂石中若隱若現一條小徑。因為灌木有折損的枝葉，碩石上則鑿有登足之淺凹。我有點好奇，探尋而去。

掩映在參天密林中的亂石堆像一道大壩。快到頂時，得鑽幾個巨石亂架成的小洞。最後，兩石間稍加整理成一門，門上聯曰：「喜無樵子復觀弈，怕有漁郎來問津」。

好個弈者！連樵夫漁夫都不歡迎，那麼歡迎我嗎？我不邀而入，頓覺豁然開朗。眼前一條陰森的山澗，兩岸高崖緊夾，巖泉空濛而下，中間一條小而淺的溪流，正前方則陽光燦爛。好幽奧啊！我蜿蜒而下，脫鞋濯足，且行且追魚兒。

四五百步外，忽然開闊，稻穀正熟。環視而去，木竹與高崖間有幾處飲煙婀娜升起。我真有點疑惑：陶淵明筆下的「世外桃源」原來在此？

就近一處，林木掩映一個小山壟。有人在山壟口用毛石壘起矮牆，當中一扇對開的門。門內一坪，坪邊一巖，巖中築樓房，不假片瓦，正冒著幾縷青煙。我推門而入，拾級而上，步入廳堂。除了雞鳴鵝叫，靜得出奇。我問：「有人嗎？」

沒人應答，但聞一股焦味。我斷定這焦味出自廚房，像犬一樣嗅著尋去，發現鍋裡煮焦了肉，慌忙抓起葫蘆瓢從缸裡舀水，迅速倒入燒得發紅的鍋裡，立即淬出一陣刺耳的雜響和煙霧。這聲音驚動後院一個老人，他驚叫著跑過來。見我在滅灶中的柴火，欣然說：「多虧了你！」

我說：「我肚子好餓，想討點吃的……」

「沒關係，燒焦了野豬肉還有鵝乾鴨乾。」

他立即忙乎起來，很快弄出幾道菜，還有酒。三杯酒下肚，他問我一連串：怎麼找來？來做什麼？名叫什麼？

我說：「我是不小心竄進來的，不想做什麼。我的名字……嗯……我的名字現在叫『始歸』……」

「屎盔——裝屎的？」他聽了大笑。「屎盔」是當地方言。

我真想開口罵，但我想人家不是有意，只好耐心解釋：「我說是『有鳥有鳥丁令威，去家千年今始歸』！這『始歸』，知道嗎？」

他連忙驚呼：「同道啊！」

他友好地說，他曾任兵部侍郎，因厭煩黨爭糾紛，辭歸隱居於此，已有十來年。難怪他鶴髮童顏，一身魏晉名士那樣寬長誇張的服飾，一副道骨仙風的樣子。

我請求他收留我，他應允。我問他尊名大姓。他說：「我姓陳，名就不必問了。如果一定要個稱呼，你就叫我『陳仙』吧！」

陳仙很會過日子。平時，他日禮峰巖，與閒雲野鶴為伴。如果說他有所思有所愁，那就是想怎樣多些喝酒的花樣。

陳仙說，他以前有個朋友，叫石曼卿，經常在一起喝酒，邊喝邊高談闊論天下大事，有時則一聲不吭只是喝酒。有一回，在京城一個王氏酒樓，從早喝到晚，卻沒說過一句話。第二天，人們竟然傳說昨天有兩個仙人到王氏酒樓喝過酒，真笑人！石曼卿喝酒花樣很多，喝酒時露著頭髮打著赤腳不算，還要戴個枷鎖，叫「囚飲」；攀到樹枝上喝，叫「巢飲」；用藁草遮著，從中鑽出頭來喝，喝完縮回，叫「龜飲」；喝一杯上樹，下來再喝一杯，叫「鶴飲」；邊哭邊唱著輓歌喝，叫「了飲」；晚上黑摸摸喝，叫「鬼飲」。可惜石曼卿英年早逝。現在，陳仙跟他一樣挖空心思想喝酒的新花樣。最讓我嘆服的當數「豔飲」。前頭說了那麼多，你知道，我喝過無數「花酒」，但都不及他的「豔飲」。

每月初一十五，他那在朝為官的兒子委託當地官府帶著四五個美女及美味佳餚來「豔飲」一場。初一之夜，山裡如同鍋底，在坪子上燃起篝火，美女彈奏、歌唱、舞蹈，他時不時參與。醉了、累了或者睏了，他脫下角帽，用酒澆頭，清醒而來。直到實在堅持不住，才打打瞌睡，但要求她們歡娛到天明，想睡只能輪流，他醒來也重入。十五之夜，皓月當空，大地一片銀光，則連燭都不點，更要通宵達旦。他要大家都著白衣，在月光下起舞，遙遙與嫦娥媲美。他感慨說：「還要到哪去尋仙？我們就是神仙啊！」

他時不時跟美女親熱一下，擁她們入懷，嬉鬧一番，卻從不寬衣解帶。他跟我講房中術，說養身貴在於愛精，凡精少則病，精盡則死，不可不忍，不可不慎；但又能自絕陰陽，陰陽不調同樣生病而死。所以，房中術主張多御而不洩，採陰補陽。他做不到多御而不洩，只能多親暱。我聽了大笑，我說這簡直是饕餮美人！浪費美人！為了美人，我寧肯折壽！他說那你看中哪位，儘管帶入房去。他說：「這裡是仙界，不受塵世條規約束，別傻！別等到像我這樣老了……」

初二至十四、十六至三十那漫長的沒有美女的日子裡，他用美女的乳房為模做兩個銀盃，小巧、渾圓而堅挺，一邊把玩一邊飲酒，別有風韻。這杯以乳頭為底，盛酒時不能擱置，只能掌握在手。喝完蓋在桌上，以掌撫弄，手感幾乎亂真。

他不像鄧文敦手顫抖，斟酒技術很高，能將掌上的酒添得高出杯口些許，卻半滴不溢。當然，這樣不便抬舉到嘴邊，得先俯下身子吸一口。他強調說：「剛好半斤，一點不多，一點不少，你信不？」

我將兩個乳杯輪著盯幾眼，似乎想看看哪個不一樣，卻忽然覺得很像我淩波仙子那兩個乳房，泛起一串串久違的記憶，笑而不答……「當然，也要倒這樣一滴不差……」他一邊將杯重新添得滿而不盈一邊自言自語。他一般只添五六兩，剛好三四口。

他有時一邊獨飲一邊觀望雲捲雲舒，有時一邊獨飲一邊讀書吟詠。他獨飲也用兩個杯子，似乎意味著某麗人兩個乳房一個不差，又似乎另一個杯子代表著某一個麗人，獨飲也變成對飲……陳仙也是儒學世家出身，博學多才，每每令我嘆為觀止。他對音樂頗有造詣，說官愈貴，琴愈貴，而意愈不樂。他對花木有考究。有時候，我們在亭子裡默坐，什麼也不談，他閉上雙眼，忽然說：「香來啦！」

「嗯……好像……」

「花香，你去嗅，那不算香。要等微風吹來，讓它撲進你鼻子，那才是真正的花香。」

經過這番引導，我這才發現菊香。菊香太淡了，非用心不可。它種在房前屋後，每天清晨在花瓣上凝結著珍珠般晶瑩圓潤的露珠，占盡秋色。它不需要蜂蝶捧場，甘於淡泊，就像現在的我。

陳仙對詩詞非常興趣。我來第一天晚上，他即興吟詩一首，什麼遠尋瑤草到仙家，又來溪上種桃花。他告訴我：「我在這裡到處種上了桃花。高高的懸崖峭壁，攀不上，就用彈弓把桃核射上去。一到春天，漂亮得無法言表。不信你等春天來看！我要把每一個角落都種滿桃花，不信神仙看不到。神仙滿意了，他們會到這來設宴，你信不？」

我信吧，寧信其有不信其無。我也嚮往仙宴，於是又新填一首〈巫山一段雲〉，繼續寫武夷山傳說中赴宴的群仙。這詞後部寫道：

貪看海蟾狂戲。
不道九關齊閉。
相將何處寄良宵。
還去訪三茅。

陳仙看著我這詞，連連點頭，卻又嫌不足，一是說太多典故，很難唱，恐怕多半也聽不懂；二是說讓仙人趕路趕半天卻沒趕上宴沒喝上酒，他們不會生氣嗎？

我說這不是寫給人唱的，也不是讓人聽的，只想讓人讀，所以寫得雅些。以前我寫給歌妓唱的也很俗，還用民間口語，一聽就懂。至於仙家，他們如果感到遺憾，那我再寫一首〈巫山一段雲〉，表現仙家嬉遊宴飲之樂。我說：「這下，仙人對我該沒意見了吧！」

陳仙的生活正是我所夢想。我只想跟著他這樣過下去，生怕他會驅趕我。我白天盡量幫他做些體力勞動，比如打柴、鋤地、採果等等。我渴盼著能早日乘羽輪飆駕赴仙城去喝金壺碧酒，或者仙人到這來……

下部 官人

42、新生個「柳永」

有道是「天上一日，地上一年」，我就有這種感覺。我真不敢相信在那個幽谷山澗一晃過了十餘年。總以為我「始歸」在那等著羽化為仙，不想還會重返人間。

碧水丹山，千姿百態，本來就讓人感到得天獨厚，集天地之靈氣。更神奇是，武夷山總繚繞著神祕兮兮的雲霧。那些雲霧變幻無窮，沒一刻不動。有些浮雲輕輕地上升，在峰石間遊蕩，到巨石前稍停，像是喘口氣，堆積成一個越來越大的雲團，忽然一下散開，越過大石，重新在樹石間飄蕩，一會兒舒展，一會兒捲攏，無不新奇。有的雲團升太高，被風一下吹散，無影無蹤，可不久又有雲團升起。最妙是清晨，雲、霧與流嵐交融，有的在山頂，有的在山腰，滿世界只有黑白兩色。那一座座聳露雲層的丹崖，便是蓬萊島。旭日出來，雲霧間的丹巖變得金碧輝煌，連頂端那碧綠樹木也熠熠閃爍，七仙女呼之欲出……要說這不是仙境，我無法相信。千百年之後，你現在到武夷山來看看，很可能仍然會有我這種感覺。

常有俗人來打擾。陳仙公子每月初一十五派來美女還罷，那跟我們一樣是準仙。崇安縣令趙清獻也常來，附庸風雅小飲閒聊對奕。陳仙不擋官，但要擋他們的官架子，隨員與轎子得留在澗外三里的晒布巖。當然送美女美酒的僕人不在此例。

陳仙不像有些隱士那樣刻意迴避官場，從容對應。這樣，儘管我們長年累月足不出山，還是知道一些朝中大事。比如皇上中風不能上朝，寇準建議另立太子，叫楊億祕密起草文書，自己卻洩祕被罷相，楊億嚇得一病不起。又比如真宗去世，由十三歲的仁宗繼位，劉太后聽政，朝野卻沸沸揚揚傳聞劉太后並非仁宗生身之母——即所謂狸貓換太子。又比如范仲淹上書自薦沒被理睬，兩次進諫呼籲變革沒回應。晏殊被貶但不久被召為相，起用范仲淹入祕書閣，范仲淹又提八大建議。這些時政，我們都及時從趙縣令口中知悉。

陳仙偶爾也對國事發表評論，說：「以萬世合一理，經萬民合一心，以千載合為一日，以四海合為一家，則可言制禮作樂，而躋五帝三王之盛矣！」趙縣令聽得目瞪口呆，怎麼也不敢相信他淪為山村野夫還有如此胸懷。趙縣令上奏舉薦，皇上大喜，派員禮聘。他堅辭不受，不出山半步。

我常常想念山外之人。最讓我揪心的是凌波仙子蟲蟲，信都沒法寄。趙縣令來過多次，混很熟的時候，冒昧問他能否幫我寄封信給京城榕風客棧的林老闆，他一口答應。我懇請林老闆幫我轉信給欣樂樓的蟲蟲。我將在老家的遭遇告訴她，說現在塵念已絕，不敢繼續說贖她之類昏話，但毫不掩飾說常思念她。

不久，趙縣令給我帶來蟲蟲的回信。她寫得很冷靜，只說她還在欣樂樓，紫兒前幾年病故；現在真宗已故，我可以再去試試科舉。我看了頗失望，又感到傷心。失望的是她竟然沒一句親熱的話，傷心的是紫兒作古。至於新皇上，我想再怎麼換都是趙氏，不生幻想。

不過，這樣一封淡淡的短箋，還是讓我歡欣不已。如果說離別是嘗試死亡的滋味，重逢則是復活。我覺得這些文字充滿詩情畫意，視若珠璣，置之懷袖常常吟賞把玩，覺得如見其人，如吻其面。我想像她給我寫信的情形：開始寫得挺矜恃，但越寫越激動，結果小楷變行草。那字裡行間，隱約可見她躍躍欲試的心……思念凌波仙子之餘，我也常常懷念紫兒。她還年輕啊，還很漂亮吧？怎能就長辭而去？我不敢相信，無法接受。我好像第一次感到死神之無情。父母死了，我總覺得他們還在我身邊不遠。只有紫兒死了，強烈的思念卻無一憑，才讓我覺得她離走太遙遠了！那麼美麗的胴體，死神怎麼忍心讓她腐爛呢？那麼美麗的肉身都靠不住，我這肉身靠得住麼？這麼一想，我對我的肉身也不放心起來。我創調寫一首〈秋蕊香引〉：

留不得。
光陰催促，奈芳蘭歇，好花謝，唯頃刻。
彩雲易散琉璃脆，驗前事端的。

風月夜，幾處前蹤舊跡。
忍思憶。
這回望斷，永作終天隔。
向仙島，歸冥路，兩無消息。

想來真讓人傷心！這麼好的姑娘，卻留不得。死神太殘忍了，讓人世間的美女像彩雲一樣易散，像琉璃一樣易碎。想當年，她美麗的倩影，那快樂的歌聲，歷歷在目。可現在，陰陽相隔，嬌魂媚魄無處尋覓，只能空想她的韶容遺音。那麼，她是羽化為仙，還是被那些偽君子貶下地獄了？我問，一遍遍問。沒有回答，永遠也得不到她的回答了，怎不讓我傷心？

傷紫兒之餘，又傷我的淩波仙子。她還活著，我怎能活生生作死的別離？難道也要等到她死了才懂得珍惜？這麼想著，我沉寂了十餘年的心開始蠢蠢欲動……這年冬，陳仙長子從京城到這山裡來為他父親慶賀八十大壽。宴畢閒聊，他說仁宗皇上非常「仁」——當然，「仁宗」是他身後才叫的，但他的「仁政」確實是他生前就有的。有個府兵手臂生瘡，瘡疤蜿蜒像一條龍，知府將他抓了。仁宗聞知，責問：「這算什麼罪呢？」下令釋放。另一方面對高官卻嚴厲。各地舉薦上的名單，照例呈仁宗審定。沒想到，仁宗訓斥：「委任你們選拔人才，你們唯才是舉得了，告訴我幹嘛？我怎麼知道是不是真才實學？你們要負起責來！任命下去，如果有人告狀說他不行，我拿你們是問！」嚇得吏部官員一個個屁滾尿流。有的人平時愛貪好處——就是你們現在所說的「賣官」，也不敢了。

說者無意，聽者有心。聽了陳仙公子一番話，我有點難以控制自己了……不久，趙縣令又轉來凌波仙子一封信，信裡僅有她寫的一首詞。沒想到，她現在也會創調了，曲名〈擊梧桐〉，我從沒見過。這詞回憶我和她從相知到相離：

香靨深深，姿姿媚媚，雅格奇容天與。
自識伊來，便好看承，會得妖嬈心素。
臨岐再約同歡，定是都把、平生相許。
又恐恩情，易破難成，未免千般思慮。

近日書來，寒暄而已，苦沒忉忉言語。
便認得、聽人教當，擬把前言輕負。
見說蘭臺宋玉，多才多藝善詞賦。
試與問、朝朝暮暮，行雲何處去。

這詞擊到我的痛處。我怎麼另有新歡呢？怎麼把前言輕負呢？我心底裡嚮往的，仍然是你啊，我的凌波仙子！讀完這詞，我再也坐不住了，當即要出山。

我如實告訴陳仙，他支持。他說：「你情況跟我不一樣。最大不一樣不是年歲，而是金錢。我在時願與你分享，可我歸去之後呢？你在這裡還能過神仙般的日子嗎？古人就說大隱隱在市，小隱隱在山。白居易還覺得最好是中隱，就是做個地方官，或者在朝中做個清閒的散官，邊官邊隱，似出似處，若即若離，既有世俗的享樂，又有隱逸的妙趣。去吧，快去混個官，你機會也不多了！」

我由衷感激陳仙這十來年對我如子如友，情同手足，臨別又贈以肺腑之言。不過，我倒不想去做什麼中隱，而重新夢幻年輕時的抱負：一是治國平天下，二是娶個好女人。我說：「這仙山固然千般好萬般好，只可惜少一個蟲蟲。每月初一十五你帶來一批又一批美女，但我覺得她們總不如我的凌波仙子。沒有愛的地方，天堂也不值得留戀。牛郎的織女，董永的七仙女，還有武夷大王的玉女，她們不都因為沒有愛才不惜觸犯天條下嫁人間麼？我還是趁早娶到我的凌波仙子再來考慮成仙之事吧！」

轉身離開之時，我的眼睛連連催我回頭。我回眸一眼瞥見那乳杯，不由自主停了兩眼，被陳仙覺察。他隨即拎起一隻遞給我：「帶上吧！」

說實話，我越來越覺得這杯子像我凌波仙子那小巧、渾圓而堅挺的乳房，真的很喜歡。但我說：

「不，君子不奪人所愛！」

「哎——這是我贈，不是你奪！再說，朋友之間轉贈愛妾寵妓也是常有的事，一個杯子算什麼！」

我還有點覺得不好意思，可我的雙手連聲催我快收下。我只好說：「那……我就不客氣了！」

仁宗皇上會不會像他老爹一樣記恨我？我想應該不會。為防萬一，我還是改個名字吧！改什麼呢？

突然冒出第一個念頭是：柳永！記得以前好像想過這個名……我要永遠愛我的凌波仙子！永遠不再朝三暮四，不再改變我的人生之路！

同時還選了個新的字：耆卿——老齡之官啊，但願能把官做到老！

43、「一生贏得是淒涼」

出山頭件事，到崇安縣城找書店，買一套《文選》。荒廢十來年了，得重新撿起。出福建以水路為主，且是運河，船很平穩，途中就可以好好讀讀。

一路上，一邊讀書一邊渴念我的淩波仙子。想起她，且喜且憂。喜的是她還在等我，憂的是她竟然在那種地方待了十多年……這不能怪她，只能怪我，讓我們十餘年的好時光虛拋擲。如今，她肯定色衰，不知變成什麼樣子。如果貪色，我應該另尋。可我貪的是她愛我愛了十餘年的心，這世上可曾有二？當然，這十餘年期間，她肯定有過無數男人，但是無奈。古人說：「寧娶妓為妻，不娶妻為妓。」只希望她從今以後不再有別人，我也不會沾惹別人。這次團圓，我們再也不分離！

別來千里重行行，空萬般思憶。我想，蟲蟲跟我一樣，也是耿耿無眠，嬌眉不展，掰著指頭計算我回歸的行程。我要快些再快些，一時半刻也不再耽擱。

十餘年過去，京城有些變樣，新房多了不少，人們穿戴也有新花樣，但總體變化不大。我無心欣賞城外城裡一路風光，直抵欣樂樓。欣樂樓變化太大了：竟然跟這漫天大雪一樣，門楣銀裝素裹。進門一看，原來是芹娘死了，現在老鴇是蟲蟲。

芹娘屍骨未寒，這天請道士作最後一個七。不用說，我首先到芹娘靈前祭奠，一拜再拜。平心而論，她對我是有恩的。沒有她發善心，我梳櫳不到蟲蟲。她收留過我，還想收我做乾兒子。我曾想過，及第入仕迎娶我的凌波仙子後，要像兒子一樣報答她。哪曾想，她不告而別。想著這些，不禁淚水滾滾而下。我泣告說：「芹娘，我對不起你啊！」

蟲蟲將我扶起，安頓人帶我先回韶陽閣歇息。

十餘年過去，韶陽閣似乎一切如舊。讓我驚愕不已的是，當年梳櫳之餘沒及時燒掉的寫有我姓名的祭祀牌位，依舊供在桌上。那原本深紅的紙，已經發白。有一角破損，已裱補。那裱紙的紅色也已變淡。十餘年，她無日不在等我啊！

總以為她是水仙，經不住寒，需要溫水，不曾想她柔中有剛，如此堅韌！我心裡暗暗發誓：從今以後，絕不能再讓她受半點委屈了！

法場直到傍晚才結束，樓院到夜晚才恢復寧靜。可是太安靜了，好像一個客都沒有。我問傭人，他說欣樂樓為芹娘守七，七七四十九天不接客，要等明天重新開張。

快半夜時，蟲蟲才抽身回房陪我。我緊擁著她，相看凝視。她的眼不再那樣黑白分明而閃亮，但似乎更為深邃或者說銳利，能看透我的五臟六腑。我有點慌，轉而吻她。她抹著口紅，我只能吻她的臉頰。她當年的鵝蛋臉已變圓，兩粒烏珠子幾乎不見。當年素面朝天，膚如凝脂，又嫩又潤，如今一層粉末，黏上我的唇。我不好意思當即用手抹嘴，只能將頭擱到她肩上，更緊地擁著她的身子。她的乳房卻不再像我帶回的乳杯，不再小巧，不再渾圓，不再堅挺。想想十餘年的風風雨雨，恍然如夢，竟然覺得有些適應不過來。

默默地擁了許久，她才掙脫，坐在椅子裡，嘆道：「你一點都沒變，好像……還更年輕些！」

「是麼？」我想，也許真有這種可能。我太早出老了。這些年在仙境求道，清心寡慾，修身養性，而不再嘔心瀝血，自然會好些。然而，我的淩波仙子大變樣了。雖然遠遠望去還風韻，可一近觀就發現諸多衰敗。我坦言道：「你……變了！」

她苦笑一下：「後悔了吧！」

我重新將她擁進懷裡：「不！只要你不後悔，我永遠也不。我改名了，現在叫柳永！」

「柳永——永……」

「永遠不再徘徊徬徨！像董永那樣，永遠愛你這七仙女。」

「我可不是過去的蟲蟲了！」

「在我眼裡心裡，你永遠是那個蟲蟲——我的淩波仙子。」

「但願吧！」她輕嘆一聲，「你也永遠是那個柳七就好了！」

「我……你知道，柳七給我帶來的，是永生也贖不完的罪孽。」

「你可知道，柳七給我……給我們姐妹帶來的，卻是永生也難以忘懷……」

「可我無法還原柳七，再也無法……柳七，雖然靈牌還在你這，可早被我自己埋葬。柳三變也死了，墳都無處尋覓。」

「不！柳七——柳三變，不單有靈牌……」說著，蟲蟲從抽屜取出一冊書遞給我。這書名為《柳七詞》，裡面收錄我的詞，全用手寫。「這些年，我想方設法收集你的詞，很多是轉錄的。流傳當中，難免有出入，明顯差錯的字我斗膽改了些。有些沒把握，我想，肯定有機會請你自己審訂。」

蟲蟲還說一件趣事：去年夏，趁人們上午睡太死，有個小偷溜進欣樂樓，連偷幾個房間。韶陽閣錢財沒少，獨獨少這本《柳七詞》。告官後，滿城追查，在當鋪找到。沒想那當鋪老闆也非常喜歡，苦苦請求吏卒寬限兩日，讓他將這詞抄錄一份後才歸還。

這集子有一百多首，我驚訝於不知不覺寫這麼多，而蟲蟲收集這麼多不知花了多少心血。我隨手翻了翻，覺得有些陌生，簡直懷疑是不是自己所作。不過，稍加品味，便回憶起那遠逝的一幕幕，一下把我拉回那酸甜苦辣的歲月。那些年，我見過數不清的美女，也愛過難以計數的美女，最愛顯然是我的凌波仙子。

蟲蟲接著拿另一疊詞稿給我看，淡然說：「我偶然也試著寫了一些。」

這疊詞稿也有百來首，每一首都是她的心聲：

——她春睡厭厭，懶床不起，閒愁濃勝美酒，眼看著韶光在寂寥、無奈中溜走。

——雁字一行來，遠行人未歸，她殘妝慵整，感到青春與生命又空耗一秋。

——月冷霜清，窗閒漏永，她離魂亂愁腸鎖，無語沉吟獨坐，欲愛不能，欲罷也不能。

——雲散月圓，她仍然形孤影單，殘酒消盡，愁緒卻無以排遣，媚容豔態空添清瘦。

——青燈未滅，紅窗閒臥，魂夢去迢迢，卻連個音訊都沒有，她只能默默忍受。

——無以排遣離愁，唯有自斟自飲，反更添愁。愁中醉，醉後思量，欲昏反而醒，欲笑反而垂淚。

——為思念你我變得多消瘦了，我要請個畫工來畫張小像，看你信不信。

——年復一年，歡笑都賣盡了，一生贏得是淒涼。追前事，暗心傷。好天良夜，深屏香被，你怎麼忍心將我遺忘？

——等你哪天終於歸來，我要狠狠地懲罰你：一是關緊房門，不讓你進來；二是不讓你上床，讓你乾著急；三是讓你涼到半夜，再慢慢盤問你這麼多年想我多少……一頁頁一行行，一字字一筆筆，不忍卒讀。我猛然將她攬進懷裡，淚盈盈嘆道：「真是罪孽啊！我哪曾設想，竟讓你『一生贏得是淒涼』！我總以為……老實說，我以為你早移情別戀，早為他人賢妻良母……你為何不早給我看？」

「怎麼給你看？你音訊全無……」

「後來……後來不是有知縣幫我們傳信嗎？可你……每次就那麼幾句，不鹹不淡……」

「我以為……以為你早把我忘了……」

「我更以為你……」

「是的，十餘年了，我多少次下決心把你忘了。我甚至公開說過，指著你這靈牌說，像當年梳櫳一樣，公開說我要找個適合的男人從良。我條件只有一個：誰的詞比柳七寫的更有真情我就嫁誰，結果沒一個……沒一個讓我滿意。就這麼三心兩意，悠悠晃晃，悠悠晃晃，悠晃到現在……到現在你這靈牌還沒法燒……」

「唉，那些酸詞有何用啊！不能當飯吃，不能當柴燒。還是高官富商好，能讓你食衣無憂，還可以讓你體面，讓你……」

「體面有何用！北齊胡太后不是明說嗎：做太后遠不如做妓女快樂！我還常聽家鄉人說『做了三年乞丐，皇帝都懶得做』。我說：『做了三年妓女，誥命夫人都懶得做』。我知道……早知道做我們這一行不好，被人看不起，到頭來難逃秋扇的命運。可是，你以為做誥命夫人官太太節婦烈女就好嗎？又是三從四德，又是笑不露齒行不動裙手不露腕，多累啊！你們男人娶個妻子，就像拴一隻鳥，豢養一隻母雞……」

「我保證不會！」

「所以，除了你這樣的浪子我誰也不嫁！」

「從今往後，我們再也不分離！」

此話一出，我的心隨即追問：真可能再也不分離嗎？稍想想，覺得並沒有太大把握，只能更緊地摟住她。

她顯然也在想這個問題，卻不開口。如今，仍然是我未成婚她未嫁，而我沒了家庭羈絆，她沒了芹娘約束，還顧忌什麼？

或許怕我追問，她忽然急於離去。她淡然地笑了笑，又主動地擁了擁我，說：「今天是芹娘七七最後一天，我明晚陪你！」

44、幾人分享她們的哀傷

欣樂樓重新開張，張燈結綵，嘉賓滿堂，喜氣洋洋。蟲蟲以鴇母的身分敬眾人酒，高聲宣布一為答謝各位貴賓，二願欣樂樓更加興隆，三慶柳七久別歸來。一聽柳七這久違的大名，一片喧譁，所有目光從她身上一齊轉移到我，我只得站立起來，表示認可。這太突然了，她自己也驚愕，愣了愣，連忙請大家乾杯。緊接，我敬眾人一杯，藉口身體不適，慌忙躲回韶陽閣。

蟲蟲繼續在外面應酬，逐桌去敬酒。在一片雜音中，我特別注意凌波仙子的動靜。有個男人淫笑道：「夜夜入洞房，天天做新郎！」

我的凌波仙子大笑著附和：「有那麼好的事啊，鬼都會笑醒來！」

在一片大笑聲中，那男人質疑：「鬼怎麼會笑呢？只聽說鬼哭狼嚎，鬼哭神泣……」

「鬼怎麼不會笑呢？」蟲蟲不慌不忙說，「色鬼，酒鬼，笑得比誰都開心！」

我噗哧一聲笑出來。沒想到，蟲蟲變這麼大方，對付一大群色鬼酒鬼還能這麼從容。

事後，蟲蟲自己倒是檢討，說是欠考慮，不該將我推出。她說：「其實，婊子想樹牌坊的不多，嫖客要樹牌坊的倒不少。你看，今天請十桌客，事先我還反覆拿捏過，結果七桌不滿……」

凌波仙子很忙，每天要到吃飯時、入睡時才來陪我。她再三表示歉意。我說：「沒關係，我正需要靜心讀書。」

然而，我的心無法安靜。我曾經說春天不是讀書天，其實夏天、秋天、冬天也不是讀書天，因為那讀的是應試之書，什麼時候都催人發睏。每每這時，我取《柳七詞》來翻閱。我說《柳七詞》這書名不好，改《柳永詞》吧！蟲蟲說好，當即換封面。我說等考完，要抽空好好訂正一下，再收些我後來寫的，正式刊印。可現在，我提前把訂正之事作為一種休息娛樂來做。

每一首詞，都給我帶來一陣回憶。這些詞大都寫我當年如何在小街斜巷爛遊花館，一再堅稱「美人才子，合是相知」。有些詞明確寫著給某一位或者幾位歌妓舞妓，比如：

——「蟲娘舉措皆溫潤，每到婆娑偏恃俊」。

——「酥娘一搦腰肢裊，迴雪縈塵皆盡妙」。

——「佳娘捧板花鈿簇，唱出新聲群豔伏」。

——「秀香家住桃花徑，算神仙、才堪並」。

——「師師生得豔冶，香香於我情多。安安更久比和。四個打成一個」……

大多沒標記為誰而寫，也沒標註年月。可一讀這些詞稿，我眼前隨即幻現當年與某位美女的親熱情形。有些連花名也想不起來，但她那美貌那嫵媚之態，仍然讓我感到愉悅。真不敢相信，一晃過了十餘年。她們肯定像蟲蟲一樣色衰愛弛，甚至像紫兒一樣作古，時間老人真是可恨！

蟲蟲之前，我最愛紫兒——火紅的玫瑰花。我認為她比其他女子更美麗更可愛，我與她才子佳人，天地絕配，有許許多多美妙的回憶。這麼可愛的女子，居然被我拋棄了，真對不起！蟲蟲——我的凌波仙子出現了，比她更可愛，我有什麼辦法？

紫兒完全可以找到比我更好的才子，可惡的是死神早早將她奪了去。此時此刻，她在想什麼……她還能想麼？她那如凝脂的玉體……哦——再沒有比死神更可惡了！

那麼，有多少人還記著她、戀著她？

我記得她，還在潛意識當中戀著她！

我覺得挺內疚，好像她是我害死的。我懷疑我是不是命裡克女人，克了妻，克了母親，克了姐妹，克了空谷幽蘭林茹，現在又克……不過，我又好像覺得蟲蟲在哄我，那個大美人其實沒死，怕我還戀著她，要我徹底斷絕某種想法。說不清多少理由催促我想上墳祭奠她。蟲蟲贊同，只是說：「過幾天吧！你看下這麼多天雪。今天雖然停，但沒化，路不好走……」

這些日子雪下挺大。現在一停，和風蕩去低沉的霧氣，拂去陰雲，天地粉妝玉琢，一片澄清。入夜，一輪皎潔的圓月高高掛起，使得人間更加澄澈、寧靜。然而，我的心緒無法安寧。我說：「還是先去，不然我心裡老想著……」

融雪比下雪更冷，冰冷的寒風直往人骨子裡鑽。紫兒和芹娘的墓並排在幾棵槐樹下，陰森森的，寒氣逼人。這是一個亂墳崗，好些墳連墓碑都沒有。我老家也有這樣的墳地，專葬短命人和客死的外人。紫兒和芹娘倒是樹了石碑，上面簡單寫著「紫兒之墓——欣樂樓姐妹泣立」、「芹娘之墓——欣樂樓姐妹泣立」。由於芹娘墓碑上的字血樣鮮紅，在白茫茫一片當中特別醒目，我們一下就找到。

我用凍得紅腫的手將墓碑頂端的積雪掃除，蟲蟲心疼了：「你不會用棍子嗎？」

「沒關係，一下就好。」

她脫了帷帽，從衣袋抽出手來幫我。我制止說：「你的手留著，凍了香燭都沒法點！」

她便掏出羅帕。厚厚的積雪很快滲透了那塊玫瑰紅羅帕，還是把她的手凍得紫紅。我連忙將她的玉手抓到嘴上輕呵……香燭點起，鞭炮放完，我雙膝跪地祭拜。蟲蟲又阻攔我：「褲子會滲了！」我說：「她們長眠在這裡，我跪一會兒算什麼？」

我給她們磕著頭的時候，耳邊突然響起老家送葬那悲愴的嗩吶聲。三下磕完，即興唱一首〈離別難〉：

花謝水流倏忽，嗟年少光陰。
有天然、蕙質蘭心。
美韶容、何啻值千金。
便因甚、翠弱紅衰，纏綿香體，都不勝任。
算神仙、五色靈丹無驗，中路委瓶簪。

人悄悄，夜沉沉。
閉香閨、永棄鴛衾。
想嬌魂媚魄非遠，縱洪都方士也難尋。
最苦是、好景良天，尊前歌笑，空想遺音。
望斷處，杳杳巫峰十二，千古暮雲深。

我止不住落淚如雨，長跪不起。蟲蟲將我攬起，抱著一起哭。亂墳崗清明也沒幾個人掃墓，平時更是死寂，唯有我們的哭聲久久地告慰那一方鬼神……蟲蟲忽然說：「我真想，死的不是她們，而是我。能讓你這樣哭一場，死也值了！」

我破涕為笑：「你怎麼變這麼會拍馬屁啊！」

傳聞有人對晏殊阿諛奉承，說：「我只恨微軀日益安健，唯願早日就木，希冀你大才子屈尊為我寫篇墓誌銘，躋身你的文集，讓我流芳百世！」沒想到，蟲蟲也聽說，學了對我。

凌波仙子鳴冤叫屈：「我一個小女子，長年累月蝸居欣樂樓，哪知道那麼多啊！我是真心這麼想的，真希望你能永遠待我好。人反正有一死。死了得一個男人真心實意的淚，比青春美貌得男人的甜言蜜語和金銀財寶更能證明愛有多真！可是，古往今來，到青樓妓館追歡買笑的男人無數，分流我們哀傷的能有幾人？」

「這麼說……」我真摯地說，「那麼，我希望能比你早死！」

45、「我生來就是穿官服的」

新年伊始，又有好消息：親政的仁宗皇上不僅改了年號，還推「恩科」，凡進士考五次且年過半百，即使這次考不好也可以特奏名賜進士。同時，為避免落第舉子惱羞成怒叛逃，殿試中不再黜落。

史無前例的好機會讓我逢上啦！照這麼說，我可以不用讀那些狗豬牛鴨雞……屁書，等著加官進爵便是。然而我不！我不願受嗟來之食，好像我真沒水準一樣的。何況那樣一來得交待過去，得復活被先皇黜落過的柳三變柳七，我不願。所以，我繼續下苦功讀那些狗豬牛鴨雞……屁書。

同時，我還得有某種顧忌。我不宜公開住欣樂樓，又得找榕風客棧。我特地帶上一些禮物，上門拜訪。迎面逢上林老闆，他依然彌勒佛般呵呵笑著，讓我感到不可思議的是好像比十餘年前還更年輕些，真是神仙！我好幾步外高聲叫道：「林老闆，還認得我嗎？」

林老闆認了好一會才認出我，驚喜道：「哎喲——柳叔啊！」

「柳叔……你是……哦——你是小林老闆啊！」

「家父過逝了……好多年了。」

「哦——年輕人，真不敢認，你們父子太像了！記得嗎？我以前住你們店，你爸常跟我喝酒，喝完了叫你添。那時候你才這麼高——」

那時候，他十來歲吧！所以，他記得我。他還說，我跟蟲蟲往來信函都是他幫忙轉交的，讓我又感激了一番。他跟他父親一樣熱情大方，馬上溫酒為我接風。臨別之時，我說還有一事相求：我報考的地址想借用榕風客棧。這對他來說是舉手之勞，自然不在話下。

三月初，楊柳最青最柔的時候，夢寐以求的黃金榜上終於出現我的大名：柳永。

蟲蟲本來要陪我一起去瓊林苑看榜。可我心裡畢竟還有些許不安。這次考試應該同樣沒問題，可是仁宗皇上如果知道我就是臭名昭彰的柳三變柳七，會不會反悔，跟他老爹一樣親筆把我黜落？不能說沒有這種可能。每念及此，我就怦然心跳，惴惴不安。要是再一次黜落，我肯定會瘋！肯定要破口大罵，要衝進宮去跟他理論，那後果肯定不堪設想。所以，我不要她跟來。她晚上要照料各房，幾乎要忙通宵，我勸她休息，承諾一看完榜就趕回欣樂樓報喜。

我忽略了一些細節。以前，通過禮部考試只是獲得從政資格，要當官還得經過吏部「銓試」，即再看身體、口才、書法和公文寫作。入宋以來改了，一經科舉登第，馬上授予「告身」，發給官服。緊接著，皇上賜瓊林宴。這是宋太祖創立的規矩，讓軍人很不服氣，發牢騷說：「考個進士怎麼像戰場凱旋一般！當今敵騎壓境，何不賦詩退敵？」

這年正奏名與特奏名，各科取士總共多達一千六百四十人，創歷史之最。瓊林宴一擺二百來席，鋪天蓋地。要是在我老家，肯定得擺上山去。

皇上接見是象徵性的，與狀元、榜眼、探花敘幾句，一杯酒一敬兩千人。

各位大臣也應付不過來，只能敬第一甲即「進士及第者」。第二甲叫「進士出身」，第三甲叫「同進士出身」。我名列第三甲，沒有大臣接見的資格，好像只是陪客。不過，有些大臣會深入第三甲席位，與年輕的同進士出身聊聊。我知道，他們是為了選女婿。我雖然也未再婚，可我年過半百，又形容憔悴，與豔福無緣。

席間有歌舞，都是教坊派的，色藝俱佳。不到瓊林宴，真不知道什麼叫「美女如雲」。她們不僅在臺上唱詞舞蹈，還下來敬酒，與滿面春風的進士們說笑，也好像要選婿。我想尋尋晏殊等熟人，可又不好意思擠上前。再說，一別十餘年，他到我面前恐怕也認不出，得把柳三變的過往翻半天，弄不好自找麻煩。我倍覺冷落，藉口酒醉，悄然開溜。

我想給蟲蟲一點驚喜，先到榕風客棧，將官服換下，穿便衣回欣樂樓。一見凌波仙子迭聲賠不是，說回來遲了。可她並不急於問是否及第，我有點失望，只好追問：「你猜我這回有沒有跳龍門？」

「你那張臭臉藏得住什麼呀！」

真是的！我只好取出官服，當即穿起，讓蟲蟲看看我的新模樣。她像母親為兒子試新衣，上下看左右看，這扯扯那拉拉，生怕不合身。找到一根線頭，隨即咬斷，並將線絨也咬淨。實在挑不出毛病了，她才笑道：「怎麼好像量身定做的！」

「不！」我笑道，「應當說，我生來就是穿官服的。」

蟲蟲為我在韶陽閣設宴，就我們兩個對飲。一杯酒下肚，我一首新詞〈柳新初〉噴湧而出。我向她繪聲繪色描述瓊林苑盛況。這詞後部寫道：

新郎君、成行如畫。

杏園風細，桃花浪暖，競喜羽遷鱗化。

遍九陽、相將遊冶。
驟香塵、寶鞍驕馬。

「你怎麼不多嗅嗅香塵呢？」蟲蟲笑道，明顯有醋意。

我吻著她說：「那香塵算什麼，不就是『春風得意馬蹄疾，一日看盡長安花』嗎？我還是趁早回來吻我的凌波仙子……」

「早是殘花敗柳啦！」

「在我心裡，你永遠……永遠……」我緊緊地擁著她，熱烈地吻她。

我們久久地緊擁著熱吻著。忽然，我的淚水奪眶而出，還有一腔熱氣從心底裡直往外冒，堵都堵不住。蟲蟲隨即發覺，比我先哭出聲：「這麼好的日子，要高興……別弄髒了官服！」

我再也控制不住，哇地一聲號哭出來。邊脫官服邊哭，哭夠了才說：「要是……要是我爸媽沒死，那該多好啊！」

他們要是還活著，肯定為我高興。爸如果還生氣，我就跪到他面前，請求他原諒：「我已經洗心革面啦，脫胎換骨，皇上都不計較了，你還計較什麼呢？」

那麼，要不要去求大哥二哥諒解，請他們把兒子還我，讓我將來入大塋？

我可以向他們負荊請罪。問題是現在我不是柳三變，而是柳永！我嘆道：「他們沒有一個叫柳永的弟弟，兒子沒有一個叫柳永的父親，族譜上也沒有一個叫柳永的後裔。柳永之父是我自己，柳永之族僅我一人。念天地之悠悠，唯有你蟲蟲是我親人！」

「我一樣啊！前些年，我父母先後去逝，我這邊嫁人嫁不出去……」

「你不是早嫁我了嗎？」

她聽了發笑：「真的嗎？」

「當然……只是……真對不起！都怪我……」

「不用說了，都過去了！」

「可現在……你不要生氣，今天我才知道，新入仕三年內不得攜帶家眷，這是朝廷規矩。我不敢違抗，你要體諒我！」她聽了不語，什麼反應也沒有，木然一個。我抱了晃她：「好麼？」

「有什麼不好呢，我的命就如此。」

46、「負你千行淚」

那天領的「告身」，只是官員身分證。這張用錦綾裝裱成捲袖的上等麻紙，寫著本人鄉貫、出身、年甲和任命詞，還註明形貌，比如「長身有髭鬚，大眼，面有若干痕」之類。我的形貌被寫為：「短小無髭，眼小，面多細小瘢痕。」上面還有抄寫人員及逐級審驗者的署名，蓋有「尚書吏部告身之印」大紅章，卻沒寫職務。告身供終生使用。職務是經常變動的，得用敕牒。

敕牒相當於你們現在的任命書，要另發。十日後到吏部領取敕牒，我才知道被授為睦州推官。

睦州是你們現在浙江建德一帶。在我們當時，那還算偏遠閉塞，山深水險，民貧而嗇，豪者如虎，弱者如鼠。自三國開始，那就是貶謫之所。推官是佐官，只有七品，但我知足。要知道，我們當時冗官現象本來就嚴重，加之新進士大量增加，而實際上不可能增加那麼多官位，不少進士要等待授官，有時騰出一個官位五六個人爭著補缺。我不用等待，實屬受寵。推官為初等幕職，沒什麼實權，但我只是三甲賜進士出身，算是相符。何況畢竟是州府一級，做得好很容易轉到縣一級任實職。

我以前雖有賣詞謀生的經歷，自己也覺得不好意思，現在真正自食其力，終於可以堂堂正正做人！五十來歲了才開始挺胸做人，想來有些酸楚，但還是欣喜居多。

考慮到這一去又是長別離，我特地拜訪榕風客棧小老闆，麻煩他繼續為我們轉達來往信件。身為一個官員，如果不是托熟人，老是跟青樓聯繫惹人閒話。

啟程頭天，蟲蟲即給我約定：「這次是好事，不許抹淚。明早，我不送你了。等回來，去接你。」我自然應允。晚上又我們兩個自己小飲，只是說笑，小心地避免觸及傷感話題。然後，蟲蟲照常去應酬，讓我有些失望。

遲遲還不回來，我有些生氣。託僕人捎話，要她今晚早點回來，她卻叫我自己早點歇息。也不懂珍惜時辰多親熱一下，真是的！我氣惱睡不著，想自己去找，又覺得不妥。誰叫你沒本事將她帶走呢？自責著，多喝了幾杯，不知不覺入睡。但很快醒來，聽聞雞叫，不知第幾遍，可她還沒回來，我不免又有些氣惱，再也睡不著……等她終於回來，天已微明。我顧不上發牢騷，急切地抱她上床。她掙脫了，說：「我們老家規矩，男人出遠門不可同房，不吉利。」

「管它呢！」我瘋瘋的正在興致上。

她堅決不依，我則緊摟了她放不開。她推著我說：「快上路吧！太黏女人，男人沒出息！」什麼時候變母親一樣了？我雖有些掃興，但還是愉悅。忽然我想起當年，說：「你再給我吐吐蛇信子吧，好久沒見了！」

「那是小時候……好玩的！」

「我現在就想……」

她為難地笑了笑，果真一吐，我迅速上前吻住她的舌尖。長吻一陣，毅然出門，一路好心情。

到任當晚，太守呂蔚在慶朔堂設宴為我接風。官宴我不是沒見過。當年雖也是主賓，但那是白衣打秋風，儘管主人盛情陪客卻是應付。如今不一樣，一系列官員全來相陪。他們不忘藉機跟太守套近乎，敬他的酒一般比敬我的酒更滿杯，話語更有區別，但他們還是熱心待我，一是歡迎，二是希望今後共事愉快。

呂蔚六十來歲，一張棺材臉，令人望而生畏。他個子不大架子不小，喝完杯中酒如果沒別人幫他添，他絕對不會自己添。他敬別人，除了第一杯為我接風，一杯敬全桌。別人敬他，一律一比三。每人敬他一輪之後，第二輪更甚，要從他左邊開始，第一位喝一杯，第二位喝兩杯，第三位喝三杯，我坐他右邊主賓位也即他左邊第九位，得一比九一連喝九杯。我喝了半輩子酒，哪有這種喝法！分明欺人嘛！我聯想到黑獄，初到乍來得吃一頓「殺威棍」。但我又想，正因為我剛來是主賓，要把我灌醉，這也是山裡人敬客的通行做法。再說，我的酒量應該對付得過去。於是，我欣然喝了九杯，一連道謝，一句不含糊。人們紛紛誇我海量。

席間有歌舞相伴。話說差不多了，酒也喝差不多，轉為觀賞歌舞為主。太守請我點歌。我說：「剛才聽聞，太守治下，睦州年餘無訟，百姓安居樂業，千載難逢啊！柳某無才，但願即興填首新詞。」

趁備筆墨片刻，略加構思。我選人們較熟的〈少年遊〉曲調，描繪大家眼前的情景，即官員為政有方，「無訟宴遊」，美人則「施朱傅粉，豐肌清骨，容態盡天真」。眾人一看叫好，當即交給一名叫瑩瑩的小歌妓演唱，又贏得一片喝采。

唱畢，瑩瑩要求將這詞稿留給她作紀念，說：「我從來沒見過即興作這麼好的詞。」

我笑道：「你這麼小，才唱幾首詞啊！」

「我唱了很多，難得這麼上口！」

這回答讓人信服，又引來一片稱道。太守顯然比剛才熱情多了，連連誇我有文才。我更是酒醉心醉……只遺憾醉不夠。那樣的場合，我是喝不盡興的。我想給蟲蟲寫封信，說說這一路如何思念她，還有上任頭一日情形，早早回官舍。可我畢竟喝了好些，有點暈，提起筆來有點難下筆。我想休息一下再寫，和衣躺上床。不知什麼時候睡著，夢見我的凌波仙子。我帶她回老家，在正廳裡拜堂，喜氣洋洋，熱鬧非凡。我牽攜著她，正要進洞房的時候，紫兒突然竄出來，揭露蟲蟲是歌妓，眾人喧譁，父親大怒，宣判說：「將兩個狗男女拉去沉河！」大哥二哥立即上前拉我和蟲蟲。蟲蟲急得大哭大叫，我拚命掙扎著上前救她……就在這時，我驚醒了，發現窗外月亮還高，而我雖然不曾脫衣，卻有點涼。

我下床點燈，給我的凌波仙子填首〈憶帝京〉，抒寫我的思念。回想起我們歡愛的一幕幕，恍惚覺得近在咫尺，可我又清清醒醒意識到天涯漂泊，相隔千萬里，空有相憐意，無有相憐計，愁腸百結。相愛十餘年了，還要遭此磨難，老天實在不公！也許是我前世與你愛太多，才遭此報應。我最後寫道：

萬種思量，多方開解，只恁寂寞厭厭地。

繫我一生心，負你千行淚。

我到任沒幾天，睦州一年多「無訟」的紀錄給打破。前一段時間，歐陽修回老家路經睦州，住一宿，呂蔚如禮接待。沒想到，不久有人揭發他與慶朔堂的舞妓薛希濤有奸，欽差大臣前來查核。把薛希濤押到大堂一拷，她招了。於是，對薛希濤科以奸罪，決杖四十。消息傳開，幾乎全城的人都趕來觀看。

女犯本來就少，處以杖刑更少，我好像沒聽說。乍一聽，我也覺得有種莫名其妙的興奮，但稍一想又覺得難堪。大堂之上，將一個美女脫光了打屁股，有辱禮教吧？可這是欽差大臣斷的，不可不執行。

薛希濤幾乎昏死過去，任人擺布，直到大板杖下才尖叫著大哭。還沒打完，哭沒了，只聽大板打在她屁股上發出響亮的聲音，刺激著外面那些擠不進來的看客的神經。擠到大堂的看客可飽眼福了，那雪白的屁股和大腿令人眩目。

杖畢，讓奉命在旁觀看的慶朔堂姐妹們將薛希濤扶起。因為她不省人事，又尿一灘，穿褲子很不方便，只好讓一個同伴在後面幫她提著。然而，一出大門，外面那些沒看到她屁股的男子衝上前拽開那女子，讓她的褲子掉下。幫她拉起來，又有人衝上前。如此再三，那些色迷迷的男人淫笑迭起。

第二天，薛希濤甦醒了，但是瘋了，自己脫得一絲不掛上街……此情此景太煞風景了，簡直像死神一樣殘酷！哪是什麼歡樂之泉啊，我以前怎麼會那麼無聊！

說實話，我很同情那女子，但是幫不了她。對我來說，這是個下馬威。據說主要原因是歐陽修與朝中某要員政見不和，以前誣他「盜甥」，後來誣他「私媳」，現在又說他嫖妓，總想把他弄臭弄得不可翻身。為官可以與歌妓舞妓同樂但不能同床，這是幾十年的老規矩。我暗暗告誡我那已經變得垂頭喪氣的小老弟：可不能再被女色毀了！

47、立德立功不比填詞難

緊接又發生一樁案子：米商吳平江一個家妓失蹤，她父母告到州府。

這事發生在我到任第五六天。幾天時間，睦州的街巷還沒走遍，州衙裡的人沒認全，而我又剛出道，官場規矩和刑律也沒來得及了解。當時，好多官員可以接觸司法。所以，太守沒安排我具體事。他說：「這頭一個月，你就這裡走走，那裡看看。先把情況了解清楚，以後有你要做的！」

為官的日子常常跟迎考讀書的時光挺相像，也是孤零零關著讀那些枯燥無味的文字，只是書房與衙門的區別。如果今後幾十年都這樣悶著，那怎麼熬啊！我有些後悔！但我又想，現在還沒開始履行官職呢，像太守等人或是吏員那樣有事可忙，肯定不至於無聊。

實際上，也不至於太無聊。我閱讀往日朝報，從中了解朝廷政事及各地經濟軍事近況，還有臣僚的奏章等等。透過朝報，得悉我幾位叔叔、大哥、二哥及張先等人的下落。我立即給張先寫了信，請他方便時來敘。至於叔叔和兄長，思之再三，我想還是不去惹他們。從朝報看，二哥前陣子上份摺子，說「食衣住行」提法不對。「民以食為天」固然不錯，可是人若無衣，豈不與禽獸無異？因此，建議改為「衣食住行」，引導官民首先重「恥」。皇上准奏，舉國改口，改「足食豐衣」為「豐衣足食」、改「玉食錦衣」為「錦衣玉食」等等，二哥隨之升遷某地太守。如此兄長，會原諒我這不知「恥」的弟弟麼？算了吧，別討沒趣！

我的辦公室在州衙左側最裡一間，有小門通監獄。本來那裡最安靜，現在突然變得吵鬧，用刑引起的慘叫聲不時傳出，我根本無法專心研讀材料。曹傳恩經常在那裡進進出出，有時匆匆忙忙，有時憂心忡忡。他掌管州印，主持日常政務，居於各官之首，對各種案件都要負責。這樁人命大案讓他傷透了腦筋，所以他常順便到我這裡坐坐，叫叫苦。沒幾天，他審出真相：是吳平江謀殺了那名家妓。吳平江很快被捕歸案，並供認不諱。太守等人複審後，認定結論可信。

一個月結束，太守正式安排我任觀察推官，職責與判官相差不大，共同協助太守處理州政，參與案件的錄問、簽押與擬判，行使監察權。開始接手公務時，剛好吳平江案審結，要我擬寫判決書呈報刑部。

我們那時候法網夠密的，從現場勘驗、取證、審訊到結案，都有嚴格的流程，可謂「搖手舉足，輒有法禁」。為防止錯案，初審之後，還要履行錄問程序，選派其他官員過問。錄問無異，才由推官、簽判或判官依照法律條文擬寫判決書，然後依次由幕職官、通判、知州簽押。在簽押時，如果幕職官有不同意見，還可以爭辯，以正其冤，雪活冤獄者有獎。否則，如果被監司或刑部發現有冤，一系列官員都得受罰。

我一下覺得神聖起來。沒當官也知道人命關天，現在我手中的筆直接關係到人命了！我不敢含糊，將所有筆錄材料翻出來細細研讀，查核有無疑點。一連兩天，沒發現什麼可疑。曹傳恩催我，我說剛接觸有點好奇，想看細點，學些問案技巧。晚上帶回官舍繼續看，看得頭昏眼花。想不到，還真讓我發現一個破綻：屍檢筆錄說那女屍被毀容，吳平江有時供認先毀後殺，有時又說先殺後毀。我想：孰先孰後，該不難記，凶犯為何反覆？更重要是：凶犯為何要毀容？供詞說殺人動機是床上不歡，一時衝動。凶犯已兒孫滿堂，幾十年如一日販米往來杭州，口碑不錯。那女子是他三個家妓中最年輕美貌的，平時寵愛得很。床上一時兩時不歡誰也難免，何至於殺人？即使失手殺了，也不至於再毀容，他怎麼可能突然對一個寵妓有那麼強烈的仇恨？

我覺得這案子有些蹊蹺，一夜無法闔眼。但我不敢說，生怕人家笑我：你想立功想瘋了吧？我冷靜思忖一日，覺得疑點越想越大。開始，凶犯只是說那夜不歡，那女子生氣要走，就讓她走了。我覺得原本可能就這麼回事。

我上街找吳平江家。他家已冷清。找到一個老僕人，問他認不認得那小妓。他說認得，當年是他去杭州接的。於是，我請他連夜趕去杭州，到那些中等等級的青樓妓館去找找，也許可以找到她。

第三天，老僕人果然帶回那個小妓。那小妓哭腫了兩眼，聲聲嗚冤叫屈。我激動得不知說什麼好，馬上帶她去找曹傳恩。曹傳恩略顯尷尬，隨即笑容可掬說：「好，好啊！你們先回家休息，我這就安排後面的事。」

等了一天不見動靜，倒是傳說曹傳恩好像失蹤。又等一天，我想人家在大牢裡難煎難熬，不能再等了，直接找太守。呂蔚嚇出一身冷汗：「不可能吧？這怎麼可能呢？」

請那小妓的父母前來相認，一點不錯！從大牢裡提出吳平江，小妓與他抱頭痛哭。呂蔚熱淚盈眶，連連叫道：「快，快解了鎖，讓他們回家！」

吳平江跪在呂蔚面前不肯起，大拜救命恩人。呂蔚急切說：「你再不起來，我要給你跪了！我為官無方，讓你屈打成招，險些喪命，是我對不起你啊！」

「對不起我的，是那個狗官！」

吳平江說的是曹傳恩。原來，曹傳恩經常向吳平江「借」錢，因為數目越來越大，前些日子被拒絕，沒想他會利用家庭風波製造這樣一樁冤案。難怪他「失蹤」。

晚上，呂蔚為我設宴慶功。他們一個個特別熱情敬我酒。我喝了不少，但沒醉沒糊塗。我說：「我只不過怕失職罷了。很偶然……其實我很笨，我怎麼不會想到曹傳恩公報私仇呢？還第一個向他彙報，讓他畏罪潛逃。」

呂蔚完全放下架子，一次次親自為我添杯。他說：「與曹傳恩那樣的人共事，什麼時候丟腦袋都不知道。跟你這樣的人共事，可以多放兩個心。多幾個你這樣的官，皇上也可以多放心。」

第二天，吳平江一家數口找到我官舍，一齊跪拜，說今天才知他的救命恩人是我。他遞上兩根金條作酬謝。我真摯地說不過盡點職而已，朝廷已經給我俸祿了，不能再接受他的感恩和金條。

吳平江大為感動，轉而用那兩根金條買城北朝京橋邊一塊地，要建一座「卻金亭」，既供來往行人歇腳，又弘揚我救人刀下且卻收酬金的事蹟，請太守撰寫碑文。呂蔚欣然應允，連說沾光了。

卻金亭尚未竣工，朝報就傳出：呂蔚向朝廷舉薦我，遭到御史郭銓的反對，理由是我入仕才一個多月，哪可能有什麼政聲？純粹是呂蔚個人私情罷了。為此頒旨：新官未到考核期，一律不得提拔。

呂蔚事先沒跟我通氣，我也是看到朝報才知曉。入宋以來的選人用人制度，文武百官一般以三年、五年為期，只論年資，不論功過。我也覺得呂大人確實太偏愛我。這世上除了淩波仙子，就他最抬舉我。當然我也想：郭銓大人，你我素昧平生，我柳某哪輩子得罪你啦？

儘管如此，我還是對仕途充滿信心。看來，要當個好官，為國為百姓辦些好事，為自己立些德立些功，為家族添些榮光，並不比填詞創調難。

48、夜過嚴陵灘

不知道是不是受舉薦我之事影響，沒多久呂蔚就調走，接任的是范仲淹。范仲淹這人很有個性，屢屢進諫，一次次受挫，我在武夷山的時候就常聽說。這一次是因為後宮爭風吃醋，惹皇上大怒，要廢皇后。宰相等人附和，引經據典說史上早有廢后的先例，范仲淹則認為皇后有德行無大錯不該廢，發生激烈爭論。結果，贊成廢的居多，連范仲淹的恩師晏殊也認為他直言極諫是沽名釣譽，訕君賣直。於是，他被貶睦州。

雖然遭貶，但在睦州人看來，范仲淹仍是當地的皇上。來報說，他預備這天一早從桐廬啟程，午後幾個時辰抵達睦州城。午飯一過，睦州推事章岷率領我等十餘名官吏及教坊鼓樂隊到碼頭迎接。不想，到天黑還不見人影。桐廬到睦州雖是逆流，但眼下汛期，應該能如期抵達。是不是出什麼事了？眾人越來越擔心，章岷帶三五個年輕人慌忙出船去尋。

晚上按慣例為范仲淹接風洗塵，宴設慶朔堂，一大群歌妓舞妓早早到位。在我們餓得越來越不耐煩的時候，范仲淹一家五六口終於到來。一進門，他便高拱著雙手大聲嚷道：「各位久等啦，我范某給大家賠不是！」

章岷要向范仲淹逐個介紹我們，他手一揮說等等，讓大家先填填肚子。接著，又命先吃飯再喝酒。私下馬上有議論：看來這范大人沒什麼架子，且能體諒人，過長等待時的一肚子氣悄然而釋。

很快轉為酒宴。范仲淹首先站立起來，連敬眾人三杯。第一杯為讓大家久等道歉，眾人咂咂舌，有點不敢喝的樣子。第二杯更出人意外，他居然笑道：「范某第一次被貶的時候，若干友人在城外為我餞行，稱讚『極光』；第二次遭貶，說是『愈光』；這第三次，說是『尤光』，——讓諸位『沾光』啦！」

眾人大笑，沒想范大人如此豁達，如此風趣。第三杯祝願共事愉快，這倒從俗。

接下來逐個敬，介紹到誰，誰先喝一杯。介紹到我時，范仲淹卻說：「柳永，見過了！下午就為你遲到的，你要喝兩杯！」

原來，行至半途，見村民在迎神，熱鬧得很，范仲淹便叫停船，上岸觀看。而為了這次迎神，前些天我到那裡檢視民風民情時，他們請我寫一首新詞。我欣然提筆，寫首〈滿江紅〉。他們很喜歡我這詞，在迎神時高唱。范仲淹過耳不忘，現在索筆當場默寫。寫完，范仲淹問：「怎麼樣，有沒有錯？」

我說：「一字不差。」

於是，命歌妓當即演唱。這詞主要描寫桐江風光。桐江就是你們現在的富春江。一句「桐江好，煙漠漠。波似染，山如削」，讓他們個個歡喜。其中，我著力突出「繞嚴陵灘畔，鷺飛魚躍」，又把景設為秋，人設為遊臣，平添幾分傷感。不想這寫到范仲淹心裡頭去了。

嚴陵灘在桐廬南部，相傳是嚴子陵釣魚處。嚴子陵，東漢人，年輕時就有名望，與劉秀、侯霸等人同學。王莽稱帝後，多次邀嚴子陵為官。他不為所動，隱名換姓避居鄉間。劉秀擊敗王莽後，到處尋找嚴子陵。得知他披著羊皮隱居在江邊釣魚，即派員帶著厚禮去邀請。一連三次，嚴子陵推諉不過才到當時的京城洛陽。然而，當他看到侯霸那樣無德之輩居然當上丞相，便不肯同流合汙，不辭而別，悄然隱居於此。范仲淹說：「我簡直認為你是專為我寫的！說實話，這一路我也不無傷漂泊之情，甚至有萬念俱灰之感。聽了你這詞，我才想起久違的嚴子陵。我在嚴子陵當年的釣魚臺來回踱步，緬懷先輩，羞愧難言。我吟有幾句……」

說著，他揮筆寫一首絕句，大意說：嚴先生你為了功名隱身，我卻為著功名而來，真沒臉見你老先生啊，所以我只好等天黑才進城。

眾人一片讚揚。范仲淹說：「新官上任三把火，我這頭一把火已經有啦！眼下，嚴先生釣臺空無一物，甚為遺憾。我想建個祠堂，讓嚴先生高風亮節光耀千古！」

看來，范仲淹是道德家。不過，他跟鄧文敦之流不一樣。這天我喝了很多酒，一夜睡很好。我想，范大人肯定會比呂蔚更器重我……范仲淹連夜撰寫〈嚴先生祠堂記〉，第二天一早到衙署便給我看，請我「斧正」。尊卑顛倒了！我看都沒看清楚，一迭聲說這篇文章寫得非常好，字字璣珠，一字不可增不可減不可改。

范仲淹聽了大笑，說那是不可能的。這文章要上碑，是千古事，還是慎重些好。於是用大紙抄錄六大張，貼在城門六處，向大眾徵詢意見。

這碑文很短。記得最後一句本來是：「雲山蒼蒼，江水泱泱，先生之德，山高水長！」有位老朽異議，說：「雲山江水之語，意義非同小可。後以『德』承之，稍嫌不足。如果換成『風』字也許更好，你說呢？」

范仲淹當即點頭：「妙哉！孟子論伯夷、柳下惠，也是『風』字，風不可易也！」

范仲淹採納那老朽的意見，將「德」字改為「風」字，傳為佳話。這可苦了我：早知如此，不如讓我說。可是，我看得出來嗎？那些道德文章，早讓我煩透了，不可能認真去看。現在，范大人會怎麼看我？心裡頗不安。

49、「酒未到，先成淚」

范仲淹第二把火辦學興教，第三把火興修水利，第三天就將三把火熊熊燃燒起來。他每天四處奔波，忙得不亦樂乎，只怕別人不跟上。他三天兩天向我等官吏訓話，有時說大道理：「我們身為朝廷命官，應當先天下之憂而憂，後天下之樂而樂。」這話，幾年後寫入他的〈岳陽樓記〉。有時則簡直不講理：「不錯，我是貶官。可你如果不好做，我照樣可以貶你。在皇上再貶我之前，我先貶了你！」

一到夜晚，步出府衙，他又讓人感到親切。他酒量好，琴藝好，詩與詞也寫得相當好，真不知他哪來那麼多激情與才華。他不忌諱「貶」字，逆來順受，苦中作樂。他在詩中寫道：「我無一事逮古人，謫官卻得神仙境。」他將這偏遠山鄉視為仙境，樂而忘憂。

因為詞的緣故，我與范仲淹來往自然多一些。閒時無事的夜晚，他常常獨自在家撫琴，日復一日只彈一曲〈履霜〉。〈履霜〉是周時孝子伯奇因後母讒言被逐出家時所作的怨憤之曲，唐時韓愈將此比擬忠臣遭逐。其實，范大人就是「孤臣孽子」。那琴聲也撩撥我的心弦，難睡難眠。偶然，他也邀我到慶朔堂坐坐。在這裡，我們小飲，聽歌，賞舞，有時當場填詞讓歌妓現唱。

范仲淹有點喜怒無常，忽然可以笑，忽然也可以發火，讓我體會到什麼叫伴君如伴虎。記得有次，有個歌妓唱首詞，誰寫的我現在忘了，只記得開頭幾句：「紅葉黃花秋意晚，千里傷行客。飛雲過盡，歸鴻無信……」不等唱完，范仲淹大怒：「胡扯蛋！什麼『千里傷行客』，我受貶千里不假，你看我哪有悲傷！」

那歌妓邊抹淚邊退去，教坊小吏迭聲陪不是，渾身打著顫。我連忙解圍，說那歌妓不懂事，一時疏忽，大人不記小人過，一杯杯勸酒。

默默地喝了一會兒，范仲淹變戚然。他忽然叫道：「備紙墨！」

范仲淹新寫一首〈蘇幕遮〉：

碧雲天，黃葉地，秋色連波，波上寒煙翠。
山映斜陽天接水，芳草無情，更在斜陽外。
黯鄉魂，追旅思，夜夜除非，好夢留人睡。
明月樓高休獨倚，酒入愁腸，化作相思淚。

全篇無一俗語，可也無一艱深典故，如同他的詩，雅俗拿捏恰到好處。更妙的是意境清新，「酒入愁腸，化作相思淚」，令人嘆為觀止。讀了那麼多詞，喝了那麼多酒，我怎麼沒想過酒能化作相思之淚？連酒都化作相思淚了，這是何等多情之人！

教坊小吏感到將功折過機會到，馬上去叫歌妓。這小地方的歌妓本來就不多，差不多都被范仲淹罵怕了，只好叫一臉稚氣的瑩瑩。

瑩瑩唱畢，淚流漣漣，怔怔然，許久無動。范仲淹心疼了，上前攙她步出歌臺舞榭。她天真地說：「我要是你那相思之人，多幸福啊！」

范仲淹笑了：「你這麼小，知道什麼相思啊！相思太苦了，還是不要知道為好！」

從此，范仲淹特別喜歡瑩瑩。每每應酬，總要帶她陪酒，又請她唱。興致更高時，還親自上臺為她撫琴，一遍遍吟唱。

好像就是那段時間，我收到蟲蟲一封信，把我心情給攪亂。凌波仙子說她懷孕了，問要不要生。我看愣了，怎麼會發生這種事呢？在我的印象中，歌樓妓館不存在這類事。突然面臨，我首先是興奮，那裡兒子給搶走，這裡生一個，天助我也！沒高興多久，我清醒地想到我們還沒結婚，那麼這將是一個妓女的兒子，那可要害他一輩子，豈敢？如果現在迅速結婚，能夠遮掩一些，但不可能遮掩所有人的耳目，不難發現這是個「冷飯仔」，也將像翁德星小時候受歧視，何苦？何況我現在官場，她必須離開欣樂樓才能跟我結婚，而她「脫籍」審批也不知拖多久。我一連幾夜失眠，最後含著淚回覆說：還是不要造孽吧！

嚴先生祠堂竣工後，我們常到那裡遊玩，憑弔古人，欣賞奇山異水，吟風弄月。有一天，我們剛到那裡，忽然飄起大雪。我們得馬上回去，不然大雪封山，道路受阻，無法趕回衙府上班。范仲淹卻對我說：「冰天雪地，冰肌玉骨，桐江定然是另一番風韻，也更顯嚴先生之高潔。可惜我是一方主政，不能不回去。你一個推官，缺你十日八日也無妨。你且留下，替我觀賞——給我一首新詞就行！」

傍晚時分，又有一位廚師和兩位歌妓冒雪趕來，說范大人怕我受苦，特地命他們來陪。有了他們，白茫茫的天地頓時變鮮活……我新寫一首詞，並自創調〈望遠行〉，從長空降瑞著筆，寫到亂飄鴛瓦。這詞後部寫道：

皓鶴奪鮮，白鷴失素，千里廣鋪寒野。
須信幽蘭歌斷，彤雲收盡，別有瑤臺瓊榭。
放一輪明月，交光清夜。

范仲淹對我這詞挺滿意，說是堪以聊補缺憾。

對於我創制的調，范仲淹也挺喜歡。我的新曲〈御街行〉，又名〈孤雁兒〉，他覺得音律協美，當場拿了填新詞：

紛紛墜葉飄香砌。
夜寂靜，寒聲碎。
真珠簾卷玉樓空，天淡銀河垂地。
年年今夜，月華如練，長是人千里。

愁腸已斷無由醉，酒未到，先成淚。
殘燈明滅枕頭攲，諳盡孤眠滋味。
都來此事，眉間心上，無計相迴避。

這詞寫太好了，我迄今記得一字不差。特別是那句「酒未到，先成淚」，比酒入愁腸化淚更進一層。

我忽然想到張先，隨即問道：「范大人肯定知道『張三影』吧？『雲破月來花弄影』，『嬌柔懶起，簾幕卷花影』，『柔柳搖搖，墜輕絮無影』。這麼好的詞，能不知道嗎？」范仲淹笑道。

「我想，你與他可以合併為『范三淚』了！」

「我與他合併？」

「是啊！你看，你寫了『酒入愁腸，化作相思淚』，『酒未到，先成淚』，他則是出了名的『眼中淚』，都是絕好的妙句，合起來不正是三淚？」

「為什麼要跟他合？我就不能再寫一句嗎？」

我發現范仲淹的臉不知什麼時候變沉，嚇壞了：我怎麼這樣笨啊！

好在范仲淹很快調走，改知蘇州。他在睦州總共才半年多一些時間，我跟他沒能像跟呂蔚那樣太好，可也不至於太糟。

接任是王介。消息傳開，人們議論不停。原來他是禮部侍郎，被貶到這偏遠小地方來。但這回沒人嫌又被當作流放之地，反倒有某種慶幸，因為王介非一般官員，他是當今皇上的姑丈。他身材魁梧，面龐端莊，狀元出身，詩畫一流，名聞天下。問題是他重詩朋畫友而不顧家，納姬娶妾不算，還經常逛煙花柳巷。公主忍無可忍，告到皇姪那裡。皇上當然生氣，將他貶來做太守。

在豁達這點上，王介比范仲淹有過之而無不及。不知道什麼緣份，王大人來快了些，而范大人走遲了些，辭舊迎新。晚宴上一談，王大人跟范大人一樣根本不把遭貶當回事：「貶出有什麼不好？多貶一次，多一次遊山玩水，何不快哉！」

王大人侃侃而談。他說他本來也是循規蹈矩、唯唯諾諾之輩，活得非常累。有回他跟皇上皇后釣魚，皇上沒釣到，他釣到了也不敢提竿。好不容易等皇上釣到，太監用紅網幫著撈起來了，他才準備提竿，可太監馬上悄然制止他：「皇后還沒釣到呢！」終於等皇后也釣到，用白網撈起來，他才提竿，順手抓起身邊的紅網撈。可這時，太監又阻止他，換黑網給他。他嘆道：「你說那些等級禮數把我們弄得多累！」直到有一次，他在京城御街邊，看到一個大搖大擺走著的漢子，赤裸上身，身上紋著兩行字：「生不畏君王，死不懼閻王」。他覺得那是天底下頭一號快活的活人。從此，他不再畏懼皇姪，我行我素。他強調說：「不畏不等於不尊重，更不是說要造反。我要反的是那種陰陰暗暗的活法。」

范大人對王大人大加讚賞，說：「我要反的，也不是皇上，而只是皇上一些做法。皇上不高興，要貶我，貶就貶唄！自古就說『武死戰，文死諫』。我寧鳴而死，不默而生。何況當今皇上數千古以來最好，從不殺文官，我為何不諫？」

王大人對京城那種依紅偎翠生活的留戀之情毫不掩飾。他問：「以前京城有個風流才子叫柳七，你們聽說嗎？」

立即有人說聽說過，我差點跳出來招認。

「那個柳七，他只是在二三流青樓妓館出名罷了，在一流的樊樓、楊樓等等根本不入流。我跟他正好相反！」

好失望，原來他骨子裡看不起我！

酒喝差不多了，歌舞開始，王大人更活躍。他跟范仲淹在京城就是朋友，現在開門見山直言不諱問這有哪幾個歌妓舞妓最好。范仲淹一連點了幾個，最後笑道：「不過，這瑩瑩可是我最喜歡的哦！」

「好吧，瑩瑩給你留著，其他小弟笑納了！」

當場吟詩填詞，范仲淹推薦我，說我詞填不錯。王大人馬上對我高看一眼，主動敬我一杯酒：「這麼說，我在這裡也有朋友了！」

我有點受寵若驚，但更怕敗露柳七身分。填詞之時，既要迎合他填豔詞，又要注意拿捏分寸，以免讓他覺得我沒品味。

范仲淹走了，瑩瑩對我最信任，什麼話都找我說。一日，她悄悄說范大人到蘇州後託王介轉來一詩，表達對她的思念，而這思念已轉為離恨。我暗暗吃驚，又覺得不便說什麼。我說自己知道就好，好好藏著，對外別亂張揚。我怕這種緋聞有損范大人的名望。雖然我心裡對他有某種陰霾，但我不忍心他像我柳七當年一樣名聲狼藉。

可是，范大人自己忘乎所以，又給瑩瑩捎來胭脂，附詩說江南有美人，別後常相憶，只好寄上顏色來慰相思。王大人見此情形，連忙幫瑩瑩脫籍，將她送給他。

瑩瑩的事讓我浮想聯翩。看來，官場沒幾個人像我老爹那麼死板。我把這豔事寫信告訴我的凌波仙子，說滿三年我得升遷之時就正式娶她，我日夜渴盼著雙喜臨門。

思念我的凌波仙子之時，度日如年，最不堪忍受是不眠之夜。我一夜夜問天：「明月明月明月，爭奈作圓還缺？」我想，她在千里之外也是這樣思念我。我更常給她寫信，抒發我的激情，慰籍她那孤寂的芳心。她常給我回信，一字千金。我一遍遍看她的信，一字字一筆筆看，不斷地想像著她給我寫每一筆之時的心境。看著她的信，我感到某種愉悅。然而，紙上談兵，畫餅充飢，怎抵得親相見？老天啊，乞求你開開恩，早日讓我們團圓吧！

一日，忽然說公主要到睦州來探親，得像迎接皇上一樣隆重，城裡城外忙壞了。對王大人而言，私下是夫妻，可在大庭廣眾仍然是君臣。難怪人們說：「娶妻娶公主，平地起官府。」他表面呵呵笑著指揮這裡清洗那裡張貼，難掩內心的不悅。

公主一行浩浩蕩蕩，我雖然與眾官及樂班到碼頭恭迎，但她坐在大轎之中，什麼模樣也沒看到。直到第三天，他們夫婦遊嚴子陵祠，輕車簡從，我才見到她。

王大人對公主介紹說：「這位推官，叫柳永，詞寫得不錯，我請他一同去賞景，填填新詞。」

我雖然遠遠就見到公主，但不敢認真看，越走近越把頭埋低。聽到介紹，才抬起頭來，望公主一笑，並問好。她穿一條單絲碧羅籠裙，縷金為花鳥，華麗而耀眼。在金線明滅間，女人的嫵媚與嬌柔盡展無遺。然而，兩眼再抬一些，我驚駭極了：上唇有顆大大的黑痣——當年的「破唇」，雖然她如今年紀不小，但我想她極可能是鼓子花——媚娘！

當然，我不敢多看，也不敢慌亂。她嗯一聲，沒說什麼，一路話都很少。王大人對風景興致挺高，不時叫我看這看那，說這該怎麼寫那該怎麼畫。我支支吾吾應付著，盡量保持距離。他有點不快，說：「你啊，別那麼酸腐！這出了城跟進了房一樣，她就不是公主，只是本官妻子！」

我說：「你們夫妻難得團聚，還是你們多敘敘吧！」

「唉——我們老夫老妻啦！」

我幾番悄悄窺視公主，她好像始終微閉雙目，面無表情。我想或許我認錯了，或者是她沒認出我，否則她怎麼可能如此鎮定？

事後，王大人有次多喝了幾杯時跟我說：「其實，我根本不怕老婆，是老婆怕我。我如果休了她，她……還有她家裡的面子往哪擱？」

他比我當年放肆多了！到這小地方逛青樓妓館還敢不隱名埋姓，還喜歡題詩作畫。那些妓女如獲至寶，歡呼道：「王駙馬都給我題字啦，往後我的身價可要漲一漲！」睦州一些老朽受不了，連名向皇上告狀。皇上一氣，將他貶到西南一個更偏遠的地方去。

夜深人靜之際，我常常想起范大人和王大人。我想：跟他們相比，我是不是活得太猥瑣了些？

50、「你比當年柳三變強多了」

三年期滿，我調任餘杭縣令，轉為實職。我覺得像金榜題名一樣高興。這表明當地官府及朝廷都比較信任我，或者說這證明我能夠適應官場。按照當時制度，我再三年後可升知州之類，再三年……六十歲之前升個侍郎尚書什麼的不是不可能，甚至可能更顯要。到那時，父親在天之靈還會不高興嗎？還會不讓我進大塋嗎？大哥二哥還會阻撓兒子與我相認嗎？人啊，就那麼回事！

睦州到杭州順流，又是豐水季節，船行很快。我沒心思留戀杭州的燈紅酒綠，但我不能不向杭州太守報到。現任杭州太守盧煌是我的頂頭上司，得敬畏三分。

現在的杭州府衙跟孫何當時沒多少區別，令我兩眼一亮是那壁照，換了一幅錢江觀潮圖，旁邊題著我的〈望海潮〉。這麼說，我的詞解禁了。我感到十分得意，好比當年一時興起生個兒子，不想這兒子會當皇帝。可惜的是，由於可以理解的原因，我不想認這太子他爹。

盧煌一付老態龍鍾的樣子，一本正經。喝茶之時，他吩咐手下發告知給餘杭，然後對我訓話，無非是說要如何如何忠君愛民。他有點像和尚唸經，兩眼微閉，任嘴巴說，沒完沒了。我表面虔虔誠誠聽著，心裡想：這些大道理我不比你少懂，你就少費口舌吧！

中午，太守設宴款待我。一沾酒，太守就像乾枯的還魂草遇上水，滿嘴變出另一種腔調。他甚至向我這剛見面的下屬露家醜，說他原任戶部侍郎，走路都怕踩了螞蟻。有次參加皇后喪禮時，只因為裡面穿了一件紫衣，就被彈劾降職。他嘆道：「皇上身邊那個官啊，望著如仙，像嬰兒望的蠟糖人，實際上沒幾口甜，遠不如做地方官瀟灑。」

酒喝六七分，歌舞齊出，首先唱的又是〈望海潮〉。我一聽，那個得意啊，無法言表，真想說一聲這是我柳某年輕時信手塗鴉寫的。我突發奇想，想挑戰一下自己：十幾二十年過去，該寫得比〈望海潮〉更好吧？我當即索筆，新填一首〈瑞鷓鴣〉。

這新詞寫杭州：海霞紅，人煙好，高下水際山頭。萬井千閭富庶，雄壓十三州。一片湖光裡，楊柳汀洲，到處青蛾畫舸，紅粉朱樓，興盛如仙境。當然，我沒忘寫這裡的長官政績卓著，高升之時，百姓們想留都留不住。

太守看了，拍案叫絕，馬上叫歌妓唱。興猶未盡，又命人明天將壁照上的〈望海潮〉換成這首〈瑞鷓鴣〉。太守連敬我酒，誇道：「才子怎麼盡出你們柳家！一代更比一代強，你比當年那個柳三變強多了！」

我差點將酒噴出來，索性問道：「那柳三變如何？」

「不知道！」盧太守想了想。「聽說……好像……被皇上黜落就瘋了……失蹤了……」

我覺得真有趣。人生啊，怎麼跟演戲一般！我和太守都沉浸在不久將升遷的幻想之中，卻又不可明言，只能一杯杯喝酒。越想越喝，越喝越想。快醉的時候，他居然跟我稱兄道弟，說只要好好做，保證前程似錦。我相信他是真摯的，也相信這是很有可能的，於是一遍遍敬他。

他酒量太好了，對我敬酒來者不拒。等我不敬了，他反過來敬我。我真受不了，他又蠻不講理：

「呵——還沒到任，就指揮不動啦？」

「豈敢！豈敢！下官實在是酒量有限！抱歉……欠著，下回……」

「才喝多少，就敢說欠？我看看你是不是男人！」說著，他竟然伸手要摸我的褲襠。真受不了！我只好硬撐下去。結果，他比我先醉，我攙他回官舍。喝醉酒的人走一步來搖三搖，每一搖都快要摔倒，他自己不嚇別人看著怕。好不容易到家門口，他雙拳擂家門像擂衙門大鼓，並大喊大叫大罵。他夫人終於醒來開門了，他卻不肯進，顛到大門邊花叢裡小便……真折騰，好不容易才脫身。我一回驛館就睡，醒來不知什麼時辰，反正夜很黑很靜。絞腸刮肚，頭重腳輕，難受極了。驛館的人周到，準備好一大缽水，讓我喝個夠。我無法重新入睡，胡思亂想。

我記起新寫的〈瑞鷓鴣〉，字句不忘。糟糕的是，我發覺這詞並不比〈望海潮〉好。什麼仙境，什麼高升之時想留都難留，盡是馬屁話。這樣的詞題到壁照上，他當然可以洋洋得意，我可是出醜了。如果是個好官還罷，如果不是個好官呢？我怎能如此阿諛奉承？怎能如此沒點骨氣？還說崇尚嚴子陵哩，真是可悲！

51、「我要做第二個陳渾」

餘杭縣丞朱弘謨率本縣官員、富商及教坊樂舞人員早早在縣界迎接。一張張笑臉，一句句熱情洋溢的話語，讓我感到不知所措。我下車喝一碗接風茶，換了餘杭的馬車繼續前行。

中午接風酒。餘杭是望縣，除了我統轄，主要官員還有縣丞、縣尉和主簿。有趣的是縣丞姓朱，縣尉姓楊，主簿姓馬。朱弘謨開玩笑說：「幸好柳大人來，不然人家要笑我們畜牲縣衙了！」

午宴還有若干富商坐陪，眾人聽了大笑。我覺得這玩笑有點俗，但不便點破，跟著訕笑幾聲。然後，藉著酒席開始我第一次訓話。我借用范仲淹那句「先天下之憂而憂，後天下之樂而樂」，要求諸位官吏為皇上盡忠為百姓盡責。我講睦州吳平江家妓案始末，強調履職要認真細心，否則不僅可能誤他人性命，自己也可能稀裡糊塗丟官。過後想想，我覺得即興講這兩點挺有道理，難怪他們一個個不停地點頭稱道。不過我又想，如今我是縣令，只要不罵皇上，即便胡說八道也沒人說不好。官場啊，就那麼回事！

我們當時有句諺語說「水到魚行」，意思說既已為官，不患不知政。現在，我深深體會到這點。本來，我多讀詩詞歌賦，除了空洞的大道理，並不知什麼治國治邑之策。此前，身為推官，輔佐而已，不求有功但求無過，也沒深謀大略。只有現在，我才覺得真正是個官，得為一縣之黎民百姓擔全責。我說：「我前輩子跟餘杭有緣啊！那天，我一聽調這裡，馬上想起一位老朋友，就是十多年前在你們這當縣令的徐靈遷。接著，我想到的是洪水！因為來看老朋友，我到你們這，縣令沒看到，看到的是洪水……滔天的洪水，城淹了，房淹了，人也淹了無數，那慘狀啊……我寫了很多詞，但無法描寫那慘狀……」

「我親身體會過！」木材商張子龍插話，「那天，雨非常大。我跟一個夥伴在鄉下，回來路上，騎著馬，衣裳溼透了。他說方便一下，我勒住馬，停在二三十步外。哪料到，一泡尿的功夫，二三十步外的山壟突然咆哮著竄出一條黃色的巨龍，大張血口，挾著泥石、樹木、房屋甚至活人死人。我連忙叫他退回去。他包裹都顧不上，上馬就往回跑。不想，前面幾十步山壟竟然剛好也竄出一條洪流，將他的退路截斷。他在當中那小塊地方團團轉。河水迅速高漲，眼看著淹上路。我急了，喊他快往山上跑。想不到，那山又下滑，瞬間將他吞沒，無影無蹤……」

「那年真的很慘。」朱弘謨說。他有一張圓圓的臉，笑起來憨厚，讓人倍感親切：「那時候，我做主簿，做過統計，決堤一千六百餘丈，漂民屋六百多家，溺死者無算，蠶麥毀盡，禾稼化為腐草，人奪食於路，市中殺人……慘不忍睹！」

我說：「現在，做這縣令，人家新官上任三把火，我只想燒一把——結束這種慘不忍睹的歷史！」

我連夜查閱縣誌，發現本縣災害以洪水為最。兩浙一帶，暴雨多集於天目山。東苕溪匯天目山萬山之水，建瓴而下，入餘杭後河面趨於平緩，暴漲不能急洩，很容易造成洪澇災害。自古以來，餘杭縣官大都注重治水。東漢時，陳渾為餘杭縣令，發民十萬於縣城西南築塘圍湖，分殺苕溪水勢。湖分上下，沿溪為上南湖，塘高一丈五尺，周圍三十二里；依山為下南湖，塘高一丈四尺，環山十四里。湖面數百頃，統稱南湖。在湖西北鑿石門涵，導溪流入湖，湖東南建洩水壩，讓水徐徐而出。又於沿溪增置陡門堰壩數十處，遇旱澇可蓄可洩。這樣，不僅本縣，杭州至嘉興一帶也受益。可惜迄今未能根治。洪災雖然年年有，但為害程度不一。近十多年來，再沒有發生我目睹那樣的大災。這樣，人們往往輕視。百年一遇，也許我這輩子碰不上一次呢，我死後管它洪水滔天！有些官寄希望於僥倖，三五年甚至可能一年半載便調走，何必把人力物力浪費在那可能無用之處？

我想不一樣。民以食為天，養家餬口的事誰都會絞盡腦汁去想，千方百計去做，甚至不惜鋌而走險，人為食亡。在這方面，官府只要去引導就行了。天災人禍，百姓也會顧慮，但因為不是一人一家甚至一村一鄉之力所能抗拒，往往只能聽天由命。這就需要官府去把他們凝聚起來，保護家園，然後才能謀劃百業。所以，我決定把人力物力首先用在治水上。

餘杭有些先天不足，呈倒葫蘆形。從天目山遠道而來的山洪，一傾而下，至此遇瓶頸，來多洩少，迅速高漲，很容易越過河堤，向良田向民居橫溢，肆意為虐。古人早明白，治水之道在於疏而不在於堵。疏之道有二，要麼拓寬瓶頸，要麼拓寬瓶肚。這裡的瓶頸不是一兩座山，而是兩邊綿延十幾座山，顯然不是人力可為。那麼，只能拓瓶肚，也就是繼續拓寬南湖。

第二天一早，我要若干人陪同檢視南湖，不想已安排我祭孔。他們以為我知道這規矩，新官上任頭一天得祭孔。我心裡有些不快，但不便拒絕。我說：「那就祭孔後去看南湖，兩不誤！」

這裡的孔廟設於儒學教官衙署，仿曲阜孔廟，大成殿、魁星亭、戟門、泮池等一應俱全，看上去很新，禮儀卻老道。樂隊一路高奏，卻跟喪禮一般沉悶，令人肅穆。供上香燭、美酒及全牛全豕全羊全雞全鴨各一。那些犧牲品雖然不同，但無一不油光發亮，呈醬紅色，正冒著縷縷熱氣，香味瀰漫，讓人垂涎欲滴。我想，如果孔夫子真有靈的話，他一定經不住這般誘惑，肯定會步下神壇來啃一口。這時，我的肉身忽然提醒我說：如果把我醬滷一番，也該這般誘人吧？可我不能成為祭品啊！我胡思亂想著，司儀催我祭拜。我祈祝本縣文運昌盛，科舉興旺。

說實話，我不大喜歡孔子。雖然他編的《詩經》收有許多好詩，但他不喜歡生動活潑的音樂。魯國和齊國的國君會面，談完正事，觀賞歌舞，想放鬆放鬆。齊國演的是土風舞，孔子立即制止，說不該讓這些野蠻人表演，應該演傳統的宮廷舞。齊國撤換節目，上演宮中平時演的輕鬆喜劇。孔子雷霆大怒，說：「這是諷刺！笑君者，罪當死！」立即指揮魯國衛士將這些男女演員推到舞臺下砍手足。難怪那些演藝界人士，千百年之後，迄今不喜歡孔子。國人本來也是歡快的，隨著孔子越神聖越少歡快。孔子喜歡古典音樂，討厭通俗音樂，討厭「鄭聲」——擾亂了他喜歡的所謂「雅樂」。自隋唐以來，那些單調沉悶的「雅樂」只在祭祀和朝典的場合用用，平時人們還是喜歡從西域傳來的「燕樂」，或者叫「俗樂」。我詞配的就是流行的新聲「燕樂」「俗樂」，而不配它老朽的「雅樂」。孔子要是聽了我的詞，很可能也會命人砍我，比真宗皇上還狠。對這樣的人，我為何要拜？可我現在是縣令，一舉一動令全縣官民注目，不可任性。如果孔子真能夠庇佑本縣多出幾個舉人進士，也是我的政績，為何不拜？我久久地拜，直到司儀催我並扶我起來。

拜陳渾我就由衷了。百姓為陳渾在南湖畔建祠，年年祭祀。我今天到此，雖然他闢的南湖已淤積變樣，他築的通濟橋去年被洪水沖毀，但我還是感到處處有他的庇蔭。沒人安排，沒有祭品，我執意過渡到對岸陳渾祠，虔誠地磕拜。我還想：我要做第二個陳渾，讓餘杭百姓也百年千年感激我！

52、姑蘇訪古

我的「家」安在縣衙內院一幢寬敞的房子，書房、臥室、廚房及茅廁齊全，家具也備差不多，唯缺一位女主人。這遺憾強烈地催促我給凌波仙子寫一封長長的信，回顧我們相愛這十餘年，傾訴我對她的思念，渴望她盡快與我團聚。如今，天從人願，萬事俱備，只差你起步。還用等嗎？一時半刻也不必等了，接我的信隨即啟程吧！等你！盼你！

擴湖的事很快安排妥。陳渾築的南湖雖然大，能分殺大部分水勢，保護杭嘉湖、農田及餘杭百姓，但淤積了八百餘年，作用日減。我要清淤，並擴充它二三十里，確保百年一遇的洪水也不成大災。目標既定，緊接動員三五十人丈量繪圖，然後調集萬民施工。

陳渾當年調民工十萬，我不敢調那麼多。既然不是迫在眉睫的事，便不能耽誤正常農時。本來我叫朱弘謨專門負責這事，可這位又白又胖的漢子居然說身體不好，心有餘力不足。這話讓我很不愉快。記得接風宴上，他連出去幾次，說是醉了出去吐了，可我不意發現他兩眼好好的。我老酒鬼了，騙不過我！嘔吐會流淚，不可能乾乾的。我斷定他裝醉，滑頭，對人戒心很重。但我又暗暗忠告自已對人別多心！現在看來……唉，算了吧，別計較，別讓他認為我小心眼。我改叫縣尉楊安平負責這事。當然，我自己不會不管，每天半日坐衙半日巡湖，裡外兩不誤。楊安平手下，又有若干助手，層層落實，進展順利。

沒日沒夜忙乎了兩個來月，開始有人怨。我們那時候承唐制有「休沐日」，相當於你們現在的星期天，讓官吏在家休息沐浴。每十天一次，叫初浴、中浴、末浴。除此之外，還增加民間傳統歲時節令、道教節日及皇上皇太后的生日為官休日，一年節假日總共有七十六天。初到乍來，事情隨便一想都一大把，恨不能不要天黑，節假日都用上。問題是，現在的事不是我個人的事，一動就涉及各類各級下屬。時間稍久，他們有意見了。我們當時有「衙會」，在這種會上上下級可以相互批評。有次衙會上，有個小吏坦率說：「你不要休息，我們可是想休息。」

是的，我沒家，可是其他官吏有家，我不能妨礙他們休假。從此，我得為怎麼打發假日發愁。我想偷閒去接凌波仙子，可她回信說還沒法來。朝中規定官員不得與妓女成婚。我要與她成婚，她得先脫籍。再說自我走後，欣樂樓生意一落千丈，芹娘生前治病又幾乎耗空積蓄，如果我凌波仙子再一走，欣樂樓就得垮，三四十號兄弟姐妹怎麼辦？她於心不忍。她寫道：「如果能等，就再等我兩三年。如果不能等，你另娶他人，我絕無怨言。」我回道：「既然我不能娶你，更可以不娶別人。」

我想去看看張先和徐靈遷。早在睦州的時候，我就從朝報獲悉張先現任吳江縣令，徐靈遷現任蘇州太守，並給他們寫了信，都沒回音。我想，他們只記柳三變之情，不記我柳永之情，難怪他們。現在，我找上門去。

本朝用官很有人情味。張先是湖州人，入官即到湖州不遠的宿州任職，現在吳江離他家更近。餘杭距吳江也不遠，而且都在運河邊，半日便可抵達。

一別十餘年，自己倒不覺得老多少，一看老朋友才發現歲月之痕不淺。看來，老朋友是面鏡子，還是少照為好。不過，張先變化不多。一眼看去人矮但是腦袋特別大，有點像民間壽星像——一手託鮮桃代表美女，另一隻手拿著裝有仙丹或是春藥的仙壺，大大的腦袋裡則裝滿了精液。他膚色依然有些紅潤，白髮只在兩鬢少許，笑容還那麼爽朗，可見他生活一如既往滋潤。他接待我的熱情有加無減，美酒、美女與美詞一樣不少。他給我看新詞，又是酒筵贈妓之作，仍然是自供狀：從她的裙子寫起，朱粉不深勻，閒花淡淡春，細看諸處好，清新而動人。我稱讚道：「老弟詞功有加，想必花功不減吧？」

「那是！不瞞你老兄，我上年又娶一妾，年一十四。」張先一臉得意。

「你怎麼盡戀幼齒啊，於心何忍！」我真不明白。

「怎麼能這樣說呢？你是給頭一次弄怕了吧！你看最近頒令，結婚年齡恢復唐制：男十五，女十三，我一點也沒踰矩之嫌。再說……其實啊，只有情竇初開的女子才可能真情。那些稍大的女人，閱歷一多，心就給汙了，她們更多想的是錢，只宜談婚不宜談情。」

張先還說，大唐詩人杜牧曾經在他家鄉湖州見一個十來歲的小姑娘十分可愛，居然也一見鍾情。可人家畢竟太小，他就給一筆錢作定金，說等十年後他到湖州做刺史再娶她。十四年後，他果然到湖州當刺史，但那姑娘已嫁人。他只能作詩自嘲：自恨尋芳去太遲，如今綠葉成蔭子滿枝。

「莫恨尋芳去太遲啊，老兄！」張先嘆道，「你呢？幾房啦？」

我嘆道：「說實話，我好像變得更喜歡欣賞美女了，但再也沒有當年那種衝動，甚至可以三月不知肉味。至今……連個妻還沒……」

他不相信，以為我騙他。我不想爭論，責問他為何不回我的信。他說沒收我的信，是不是我忘了寄。我說有寄，還寄有我當時一首新詞。他說他這輩子只有兩樣過目不忘，一是美女，二是好詞。我說是透過官郵寄的，不可能丟失。他堅持說沒有，但是說賠我一個女人……吳江到蘇州更近，半日有餘。

徐靈遷對我也是熱情如故，但少不了官腔官調，說：「你現在終於入仕，前景看好，可要好好珍惜哦！」

我順著他的腔調說今日來訪是以私謀公，向老前輩討教治理餘杭之道。他毫不客氣，甲乙丙丁一口氣說一大通。我介紹整治南湖的安排，他聽了有些皺眉。他坦率說：「說起餘杭水災，我比你更有切膚之痛。可是，以有限的現實之力，治無限的可能之事，當否？值得三思！」

我說：「我也可以視而不見，混個三五年，只要洪災不大，照樣可以升遷。可是，萬一再來一次你那年那樣的水災，甚至更大，怎麼辦？我大不了無功，換個地方照樣做官，可是百姓呢？多少人家破人亡啊！」

「說得也是……你能這樣想也好！但願你能做個好官，比我更好，升更高！」

晚上，酒宴相待，教坊歌女舞女幾乎傾巢而出，似乎為當年讓我吃閉門羹道歉補償。徐靈遷笑道：「我可是動用了接待尚書的規格接待你啊！」

我很感激，當即填一首〈木蘭花慢〉。可能是頭一回寫蘇州的緣故，也可能是對徐靈遷友情特別的緣故，感覺特別好：

古繁華茂苑，是當日、帝王州。
詠人物鮮明，土風細膩，曾美詩流。
尋幽。
近香徑處，聚蓮娃釣叟簇汀洲。
晴景吳波練靜，萬家綠水朱樓……

下片寫蘇州主官不凡的來歷，文才、政績及風流俊賞的品性，就難免流俗了。不過，歌妓一唱，還是一片叫好。徐靈遷聽了很高興：「過獎啦！過獎啦！太過獎啦——」

徐靈遷飄飄然，馬上命人將那詞稿索去，要刻到府衙的壁照上。那歌妓捨不得交出詞稿，又不得不聽從，只好央求我親筆抄一份給她留存紀念。她說：「樂工都說，這詞直逼柳三變的〈望海潮〉！」

「什麼直逼……」徐靈遷慍怒，「這位柳永——柳縣令——柳大才子就是柳三變！」

頓時一片譁然。很快，再唱的時候，她唱我的〈望海潮〉，又唱我寫給蟲蟲等人的詞，幾乎變成我的專場。我聽著感到特別親切，但又感到不安。我悄然對徐靈遷說：「你不要毀了我！」

「不至於吧！什麼猴年馬月陳年芝麻，皇上都換了，誰還跟你計較？只要你不新犯什麼，不可能的！再說，你柳三變——柳七，臭名遠颺，誰人不知，你想換個名字就瞞一輩子？」

或許是想補償，徐靈遷悄然安排一個美女陪我過夜。可是，我這不安不是美女所能補償的。第二天，他又陪我遊覽蘇州古蹟。

蘇州首先是吳王夫差的，因為他最早在此建都。然而，吳王的蹤跡何在？我在城裡城外尋尋覓覓，悄然無睹，香徑沒，徒有荒丘，唯聞麋鹿呦呦。

倒是西施美人在人們的心中依然鮮活。雖然她當時歌舞之地姑蘇臺也早已廢為荒丘，但她的冤魂仍然在姑蘇城郊飄蕩，讓人惋惜不已。紅顏薄命，誤國禍水替罪羊。有人說，勾踐滅吳時，吳王夫人偷偷叫人騙出西施，將石頭綁在她身上，沉入大海。也有人說，吳王自刎時，吳人把一腔怒火發洩到西施身上，用錦緞將她層層裹了，沉到揚子江中。還有人說，吳國覆亡後，西施跟越國大臣范蠡隱居去了。我寧願相信第三種說法。

為此，我連寫兩首新詞。〈雙聲子〉寫吳王霸業，後部寫道：

想當年、空運籌決戰，圖王取霸無休。
江山如畫，雲濤煙浪，翻輸范蠡扁舟。
驗前經舊史，嗟漫載、當日風流。
斜陽暮草茫茫，盡成萬古遺愁。

〈瑞鷓鴣〉寫西施芳蹤，後部寫道：

至今無限盈盈者，盡來拾翠芳洲。
最是簇簇寒村，遙認南朝路、晚煙收。
三兩人家古渡頭。

徐靈遷讀了，嘆道：「什麼到你筆下，都有一種新的意境。前人寫古，不過寄寓一種空靈虛幻的感慨，你則昇華為對歷代興亡的悲慨，令人耳目一新。我看，你專攻填詞好了！」

「呵——當年真宗皇上黜落叫我去填詞，你也想叫我去填詞啊！我偏要做官，做比你更大的官！」

53、史上第五大美女

說將來要做比徐靈遷更大的官，只是玩笑。你知道，我這人口無遮攔，填詞也常寫過頭話。做官這幾年好了些，但本性難改。再說，蘇州歸來，我有些頹唐。既然吳王、越王那樣的霸業都得化為斜陽暮草，范蠡那樣的復國功臣都得隱退，我這芝麻小官還有什麼希望？不如趁早散髮弄扁舟。

好不容易爭來的功名豈可說丟就丟？在這樣顯要位置上，不好好做番事，怎麼對得起皇上對得起百姓？我還是得好好做！不說能不能升官，也不說對得起誰，至少要對得起自己的良心。

我越來越多時間到南湖巡視。城東南有安樂山，相傳是吳越王子築庵養痾之地，遺塔尚存。這山不高，但足以瞭望南湖。登臨塔上，更為開闊，周圍幾十里風光盡收眼底。苕溪兩岸蘆花如雪，薄似輕紗，亮似銀露，風起飛舞則宛如紛揚大雪。如果苕溪只是這般柔美，那該多好啊！可我沉醉不了多久，眼前便幻現那滔天濁浪，那鬼哭狼吼。所幸的是，我今天有揮一臂之力，三言兩語便聚集起如此浩蕩人馬，移山遷流。能馴服這樣一條惡龍，怎不是人生一大快事？

宋太祖是開天闢地以來最好的皇帝。他真摯地勸那些開國功臣回家多買些良田，多建些好房屋，多娶些美女，多享些清福，也努力讓所有官吏和天下百姓都這樣生活。人生幾何，享樂要緊。至於那些拓展不了的江山，不硬打了，不強求用百姓的生命財產換自己的浮名。身為一縣主政，我也應當這樣。在治南湖防大災的同時，透過減稅等措施鼓勵百姓休閒娛樂。一個月時間，城中新開酒樓歌館十餘家。

餘杭素有「絲綢之府」美稱，桑樹蔽野，戶戶皆蠶，官民賴以為生。自唐以來，這裡所產緋綾、白綾和紋綾被列為貢品。可是，貢品名聲好聽，百姓沒有多少實惠。身為縣令，我既要考慮上貢討朝中歡喜，也得考慮百姓實際收益。我想到南湖，那方圓幾十里現在要拓至上百里，不能光備洪，平時不能閒置，得種桑。有洪分流減災，無洪採桑絲織。因為洪水淤泥，那土質特別肥沃，有利於桑樹生長。洪水一般在七八月，而這時桑葉已採。洪水過後，受損的桑樹可以迅速補種。減災與農作兩不誤，兩全其美。

我還想到發展新的絲織品，提高收益。進而想到家鄉里長胡祖茂，寫信給他，說你絲織技術那麼好，可以拿到江浙賣，可你蝸居閩北那深山老林，桑樹沒這邊好，而人工肩挑，翻山越嶺，路途遙遠，成本不小，不如直接到這裡來織。我還告訴他，現在蘇州、杭州的知府跟我都有私交，我為這兩個地方寫了新詞，他們都喜歡。你如果織上我的新詞，銷路肯定更好。沒幾天，胡祖茂果真來了。他說：「看到你的信，我當即來，一點都沒猶豫！」

胡祖茂在餘杭的絲織生意迅速發展。我又建議他在安樂山築一樓，名為「玩江樓」。我還親自畫了圖，畫出小時候幻想過的樣子，加上這些年各地所見，獨具一格，人見人愛。

月下的苕溪顯得柔美。溪中特產一種鯿魚，味道特別鮮美。加之三四罈美酒，兩三位美女，一兩張美琴，讓人留連忘返。我常將同僚召集到這來商討治理南湖之事，高瞻遠矚，謀百年大業。四方文人雅士也愛聚於此，飲酒聽歌，賦詩填詞，風流萬千。這樣，玩江樓生意日益興旺。

胡祖茂對我十分感激。他送金送銀，我分文不收。他說：「我做人也是有原則的——三賺三花，一是家裡賺錢家外花，二是白天賺錢晚上花，三是賺了錢與朋友一起花。以前，知縣、太守什麼的，我朋友很多呢！一點小意思，你別介意！」

他像張先愛炫耀，也大方，但我堅持不收這種錢財。節假日他請我小酌，我接受。每逢節假日，我出門很容易「擾民」。不出門吧，又常覺得清孤。所以，有時候耐不住寂寞我也會主動邀他。反正他也沒帶家眷。有時我還從教坊帶上一兩個女子，不亦樂乎？

對了，差點忘了給你介紹一個重要人物：周月仙。我赴餘杭上任那天，她和教坊歌妓舞妓隨官吏等人到縣界迎接。肯定是數她最漂亮的緣故吧，由她向我敬獻接風茶。我兩眼看得發呆，要不是現場有那麼多人，真不知要鬧出什麼笑話。我努力不看她，匆匆改登餘杭的馬車進城。然而，我到底難以克制某種由衷的衝動，佯裝欣賞風景，頻頻撩開旁邊及後面的簾子，尋著看她。其實，這一路沒什麼風景。由於道路擴修不久，山邊裸露大片大片黃泥，如同破敗的疤痕，難看死了。然而，因為周月仙行走，那破土坡也成了風景……她就是風景！她是一道移動的風景，她到哪哪就成為風景！我甚至想，自古以來四大美女，沉魚，落雁，羞花，閉月。她則是「移景」……算史上第五大美女吧！那麼第六大美女呢？我想了想，竟然想不出。只好轉而想，也許又要等幾百年吧！唐以前幾千年才出四個，唐以來幾百年才出第五個，哪可能馬上就出第六個？我這樣胡思亂想著進城。接著，洗塵宴，她又被安排坐我身邊。我覺得她跟蟲蟲、紫兒和林茹等美女又不一樣，像一朵嫵媚的芍藥。她吐氣如蘭，渾身香馥，像山澗花蕊散發出奇異的純真的香氣，比酒香更濃。我想她這幽香一定是天生的，而不是薰染的，難能可貴，時不時悄悄地但是貪婪地深吸幾口。特別是她給我敬酒或夾菜之時，整個身子傾近我，我簡直不能自持……好在桌上的人幾乎不停地給我敬酒，而我得以主政長官的身分作第一次訓話。從此，我時常莫名其妙想到她，但我刻意迴避，加上事務繁多，沒怎麼往來。現在，政務步上正軌，稍有些閒暇便越來越多想到她了，不論公私宴樂都要帶上她。

任何地方都挑得出幾個絕色女子，何況蘇杭這樣的天堂。青樓女子不僅色絕，還有藝，屬美女中的精品。周月仙則是這精品中的頂尖尤物。她不僅容貌姣好，氣質華貴，而且很有才情，談吐雅趣，完美得很，以致我要帶一種挑剔的眼光看她。她的臉面是那樣光潔，連一粒小痘痘都沒有，沒丁點疤痕，讓我一無所獲。她梳著兩個髽髻，耳際的細髮盤起，露出一粒小巧的紅痣，讓我興奮好一陣。就是嘛，世上哪有十全十美的人？我想發現她更多「缺點」。有次午宴，偶然發現她下顎藏一粒黑痣，像謎一樣誘惑，弄得我常常要藉故俯身仰望偷窺。她覺察了，好心成全我，不動聲色地抬一下下巴，那痣便像顆晶星對我眨一眼。這默契配合，都是在眾目睽睽之下，有一種偷情的快感。隨著相見增多，她對我說得也多。她說她喜歡睡懶覺，而一起床，有時黛眉顧不上描完，花鈿顧不上戴齊，就想邋鞦韆了。她讓我偷看那痣，跟我說她的生活瑣事，都是一副天真無邪的樣子。當然，我不免想入非非，日益熾熱，有一種焚山煮海般的激情要由心底裡衝騰出來。為此，我自責不已，嚴令自己不得褻瀆這樣一位十足的天仙。我還想，絕不能讓張先見到她……我刻意多想我的凌波仙子，而迴避也許真算得上史上第五大美人——嫵媚的芍藥周月仙。我常常獨自待在玩江樓，默立凝望。腳下的苕江清澈明淨，波光閃閃。遠處的暮色，重巒疊嶂，蒼蒼茫茫。山水間隱約可見橋梁，小道，還有正升騰著裊裊炊煙的山村。這情形讓我黯然神傷，未飲先醉。我覺得秋光都要老盡了，可我的凌波仙子怎麼還在千里之外？終日凝睇，所得愁無際。

更糟是酒未醉，燈油盡而睡意也盡，只能在黑暗中忍受空階的雨滴不停地敲打著我的心靈。雨疏雨密，雨急雨緩，像一曲樂那樣聲聲不同。我一聲聲抱怨我的凌波仙子不來陪我，一遍遍抱怨著遙遠的她，不知不覺變自責：為何要跟她別離？

喜歡一個女人是藏不住的。女人更敏感，能及時讀懂男人每一個眼神，只是大都佯裝視而不見罷了。周月仙雖然一副天真無邪的樣子，但完全明瞭我的心跡。我們常常在眾人面前眉目傳情，尋著機會相互了解。有天中午，她喝多了，當場大吐，散髮委地，扒在酒桌不省人事。我在一旁幫她輕輕捶背，餵她糖水。她遲遲無法清醒，我勸其他人先回家休息或者回縣衙上班，自己留下繼續陪她。人走了我才意識到有些犯忌，可我偏偏控制不住往犯忌方面去想。我甚至想到我的老祖宗，決心弘揚坐懷不亂的光榮傳統。然而，我到底經不住她……她那讓我難以言狀的誘惑，終於無法控制地吻了她。她那滾燙的紅唇特別滋潤，特別清甜，特別醉人……她被我吻醒，但她繼續陶醉在我的熱吻之中。我簡直要瘋了！這時刻，彷彿我那老祖宗顯靈，戛然遏制了我……我覺得只有不餓才能品佳味，只有不渴才能品美酒，只有一定閱歷後才能品美女。換言之，不急於上床，連一隻紅酥手也能夠心平氣靜地欣賞大半天，才能真正領悟女人之美。如同欣賞一道風光，只是用眼看，用心品味，而不是占有。美是有條件的，需要一定距離，再美的女人也不可能時時處處都美。只要那距離一消失，那美必然遭破壞，甚至消失。說實話，蟲蟲在我心目中早不是那麼美了。如今我對我的凌波仙子，更多是孩兒對於母親那樣的依戀。

迷戀女人之初，總以為她是聖潔的，因此要像珍寶一樣吻遍她每一寸肌膚。可實際上，她們跟我們男人一樣有諸多不雅之觀。只有細心化妝之後，她們才會光彩照人，完美如仙。對於周月仙，我想既要把她當作一件完美無缺的藝術品來欣賞，又要當作一尊至純至聖的女神來崇拜。

有天，周月仙明確說：「如果能為大人灑掃庭除，紅袖添香，那我會感到三生有幸！」

「不！我已是衰翁，不敢誤了你的青春！再說，我是一縣主政，不能讓人笑話，影響一方民風。還有，我已經有個凌波仙子在那裡等著，你看那麼多人給我做媒都沒應允。你還是去愛你的黃秀才吧！」

我狠心回絕周月仙，還有一層緣故正是黃秀才。我不能橫刀奪愛！黃秀才是一個俊逸的小夥子，在教坊做樂工，對音樂的追求遠遠超過了科場。我挺欣賞他，白天沒事常叫他深入民眾去採風，記來新的曲子一起欣賞，也供我創新調填新詞。他跟周月仙早就心儀，只差點東風。我來了，她對他似乎變冷淡，最近對我還顯露某種敵意。這些，連胡祖茂也看出來。

現在，我與胡祖茂情同手足。公眾場合他稱我大人，私下場合則稱我大哥。我對這稱呼有點反感——他比我還大幾歲呢。我跟周月仙親近，沒有刻意迴避他。他說郎才女貌，她跟我天地絕配，跟黃秀才就委屈了。他甚至開玩笑說：「大哥如果真不想要，那就郎才女貌，小弟要了！」

我笑道：「你這禿驢！你以為有幾個臭錢就能與黃秀才爭啊？」

周月仙這樣的女人，我最了解。她們寧願嫁窮秀才也不願嫁富翁。因為富翁的前途只剩墳墓，而窮秀才則在墳墓之前還可能有舉人、進士等等；富翁窮得只剩一張床，窮秀才除了一張床還有無邊的風月，無窮的詩情畫意。

54、強嚥一口惡氣

沒想到，胡祖茂這禿驢，當過里長，在家鄉德高望眾，對周月仙這樣的弱女子居然耍陰謀詭計。

大約過了半年，有天他到我官舍小坐，我以酒相待。他看到我的乳杯，好像看到真的酥胸，兩眼怎麼也挪不開。我笑了，告訴這杯子的來歷，讓他試試手感。他異常激動，卻欲言又止。看他不說難受的樣子，便追問。沒想到，他竟然說這小巧、渾圓而堅挺的乳杯很像周月仙的乳房。我大驚失色，問他怎麼知道？他說他與周月仙相好，還說：「承蒙大哥相讓，恭敬不如從命。她答應做小弟妾了。屆時，還請大哥屈尊為小弟和弟媳主婚！」

我說不可能吧！第二天晚上，接待來賓之餘，我特地留下周月仙，詢問此事。她一聽便哭，哭夠了才說，是胡祖茂使了壞。原來，我回絕之後，她鐵心跟黃秀才，經常到一個客棧去約會。在一個月夜，巡夜老頭用耍手段強姦了她。她傷心不已，隨口吟詩：「自恨身為妓，遭汙不敢言。」更不料，這詩第二天會落到胡祖茂手裡，他又以此要挾強姦。

我怒不可遏，只問一事：「你是不是答應給胡祖茂做妾了？」

「絕對不答應！我忍氣吞聲，只為黃秀才。他要是逼我，我以命相拚！」

我當即命人將胡祖茂傳來。胡祖茂如實招供如何行計，強調說：「只因她實在是太漂亮了，小弟實在是太喜歡了，求大哥……」

「誰是你大哥！」我大怒。

「請求大……大人原諒，讓小……讓我贖她為妾……」

周月仙立即申明：「寧願為妓，也不願做你什麼人！」

我真不知道該怎麼發洩我的憤怒。這麼嫵媚可愛的芍藥……這麼聖潔的女神……這麼……堪稱史上第五大美人，我都生怕褻瀆，這傢伙自己強占不算，還僱巡夜老頭去玷汙，可惡至極！從男人角度說，我很想狠狠揍他一頓。從官的角度說，我很想治他和那老頭強姦罪。然而，我卻又是周月仙的……我也不知道怎麼說這話，反正我怒火中燒之時旋即冷靜，投鼠忌器。我想，此事一旦公開，周月仙和黃秀才的名聲都要毀了，他們的好事也可能告吹。再說，胡祖茂被治罪，他在這裡站不住腳，玩江樓難以為繼，那些新出的絲織品難免受連累，進而影響千家萬戶桑農。這麼一想，我不得不強嚥下這口惡氣，裁定由胡祖茂出資為周月仙贖身，由我做媒，嫁給黃秀才。最後，我特地要求若干涉案人員不得將此事洩漏於眾。

有縣令做媒，黃秀才一家歡天喜地，馬上開始張羅婚事。但沒幾天，不知怎麼讓黃秀才知道周月仙被姦的事，他變猶豫起來。同時，他父母又知道周月仙出自教坊青樓，轉而反對。面對這樣的局面，我這縣令也一籌莫展。黃秀才絕望得很，忽然拋開一切，不知所往。周月仙受不了這一連串打擊，一氣之下到洞霄宮做道姑。

一個如花似玉的女子自絕人世是很殘酷的事。我覺得有某種義務，親臨洞霄宮去看她。洞霄宮在大滌山的大滌洞旁，建立於漢武帝時，原名天柱觀，宋真宗改名為洞霄宮，列為道教三十六小洞天、七十二福地之一。然而，如同再好的墳墓也不值得羨慕，再好的廟觀也不值得美女嚮往。好在道教沒佛教那麼多清規戒律，我見周月仙不難。她身著道袍，頭戴黃冠，難掩一臉清秀。

我們在清幽的宮外散步，小心地避免提及尷尬事。她淡然笑道：「父母給我取的名字好啊，一語成讖，真的來修仙了！」

「這倒是真的！」我深有同感，「你知道，我原名柳三變，父母給我取的，竟然真的歷經三變！少年讀書，無所不窺，本求一舉成名，於國於家出力，卻又迷戀美色，成為走紅詞人；被皇上黜落，又被驅逐家門，只好看破紅塵，也曾變為仙人；最終我還是禁不住世俗的誘惑，如今變為官人。三變過來，一晃半百，唉——思來想去，我覺得還是唐人寫得好啊：『得成比目何辭死，願作鴛鴦不羨仙』！」

「大人不愧為柳七郎！只是……誰叫我是女人呢？我覺得……還是更古的詩寫得好：『於嗟女兮，無與士耽。士之耽兮，猶可說也；女之耽兮，不可說也』！」

我無言以對。

我們在林間默默漫步，不覺到南湖邊。這裡距河尚遠，只見一片綠毯樣的桑樹。這一段河岸是山，洪水拍岸時，每次塌陷一些山體。這時距上次塌陷不久，黃泥裸露，還有幾個小穴洞開。周月仙常到此來散步，對這路很熟，指著一個小洞問：「你猜，那是什麼洞？」

我想了想，猜不透，只能搖搖頭。

「陶谷，知道吧？」

陶谷我當然知道，後周一位高官。他奉命出使南唐勸降，一臉威儀，口口聲聲說「我是孔門子弟，目不視邪色，耳不聞淫聲」，令人望而生畏。驛館有位名叫秦弱蘭的女傭，穿戴破舊，用竹籤做釵，但是相貌出眾，舉止不俗。她說丈夫病故，無家可歸，寄身驛館做苦力。陶谷很同情她，很快轉生愛意，天亮還難捨難分。陶谷情意綿綿為她填一首〈春光好〉：「好因緣，惡因緣，奈何天，只得郵亭一夜眠……」沒想到第二天官宴上，秦弱蘭變成光采照人的歌女，公然唱這首〈春光好〉，讓陶谷羞愧難當，狼狽不堪。想到陶谷，我突然發現周月仙的不幸與此有某些相似之處。我驚嘆道：「胡祖茂那禿驢肚子裡沒幾滴墨水，怎麼學得這等奸計？」

「不管他！我想說的只是：陶谷先前居杭州西湖漢月樓，降宋後遷汴京，退歸又居漢月樓……」

「漢月樓！我想起來了，我到過……」

「陶谷死後，就葬這洞——可現在連棺木也不見一片……」

「才幾十年光景啊！」我大發感慨，「連棺材都不見，他的後周更是灰飛煙滅，留存的唯有〈春光好〉描述的那一夜風流……」

周月仙聽了一怔，望了望我，沒有接話。她望我之時，目光稍有停留。我想：要是我作出某種表示，她很可能會當即隨我出山。但我不敢，佯裝沒領會，繼續默默地前行。以己之心度人之腹，我想黃秀才終有一天會回來找她的……

55、不惜得罪江侍郎

那天和周月仙在南湖漫步，發現一個問題：有個小山巒孤零零凸入湖中，卻有兩條長堤與大山連接，當中圈有幾十畝田地，很不對勁。這兩條長堤顯然多餘，應該疏通為湖。怎麼回事？回衙查圖紙，追問為何改變方案，居然一個個說不知道。我命人馬上將負責那一塊湖的里長找來。

中午休息的時候，朱弘謨到我住處，說里長不用找了，那原委他知道。原來，那大山之麓高林之中有個墓，雖然不顯眼，可它是當今吏部侍郎江中貴的祖墳。江家人說那地方風水好，不願意遷。當地官吏不敢動，只得繞著。一聽這麼回事，我也覺得棘手，嘆了嘆，不知所措。

那小山巒像一根魚骨刺在我喉，吞不下也吐不出。說實話，洪災本來就是可能大也可能小的事，不要那小塊地方洪災也許添不了多少，不一定非要找那麻煩不可。別人都繞得過去，我為何繞不過去？可我又想，既然如此興師動眾，何必留那麼點尾巴？那地方作為湖確實不大，分不了多少洪，可是萬一水災大到某種程度，那些洪足以淹掉幾十戶人家！如此來看，就不是小事，不可容忍！然而，知府知州我也得敬畏三分，吏部侍郎更是得罪不起，怎麼辦？

我傷透了腦筋，一連幾個晚上睡不好。我問：「有沒有到他家說說？」

朱弘謨說：「里長去過，被罵出來。」

我說：「你應該親自去啊，叫一個里長……人家當然……」

朱弘謨一臉難色，我不便多說了。我為什麼不親自去？可是，我去就能說服嗎？如果也無功而還，豈不丟面子？我只能含糊要求朱弘謨靈活些。

大約一個月後，江家鄰村生一頭白牛，這牛腹的毛分明長出「江其顯」三個字。這名字是江中貴的爺爺，也即那墳裡埋著的人。這就奇了！江家獲悉，連忙派人去看，果不其然，便出大錢將這小牛買了回家。他們覺得老祖宗有話要說，隨即請仙姑。江其顯透過仙姑之口說：他在那裡睡不好，有竹鞭穿身，想喬遷。這樣，江家人只好著手遷墳，請了風水先生去找新的墓址。

就在這時，有個男子到縣衙告狀，說他與潘某合夥在一頭小白牛身上做手腳，用快刀剃去毹毛，然後用針墨刺上「江其顯」三個字，新毛長出來就跟胎裡生出一模一樣。這樣騙得江家人一千兩銀子。可是潘某違約，私吞七百兩，因此要求縣官為他做主。我當時連江其顯什麼人都沒印象，聽了這案大怒，立即派人將潘某抓來，大打七十板，原告也打十板，沒收兩人的贓銀。這事傳開，江家人恍然大悟，大罵潘某等人，停了遷墳籌備諸事。

事後我才知道那是朱弘謨等人幕後指使的，好後悔。我的過錯得我補，硬著頭皮親自上門。

江家世代顯宦，豪門大戶。雖然居於鄉間，奢華狀不遜於京城顯貴人家。對縣令上門，他們也覺得榮幸，十分熱情，讓我心裡的顧慮一掃而光。雖已立秋，天氣仍很熱，兩位漂亮的侍女在身後替我和主人打扇，先吃幾片井水鎮過的西瓜，才喝茶閒聊。不多時，請我吃午飯，除了美酒佳餚還有歌舞，差點讓我忘卻使命。好在冥冥之中有另一個人提醒我。在一片愉悅的氣氛中，我適時說明來意，曉以大義。江中貴之父年近古稀，呵呵笑著，說容他再考慮考慮。告別之時，還請我喝湯。喝湯是我們那時候比較講究的規矩，貴客來時請茶，走時請湯。湯用甘草，清甜如醴。

然而，江家考慮一個多月也沒動靜。命人去催，回答還是考慮考慮。我想這是在冷處理。我直接寫信給江中貴，請求他予以支持。他是在位的朝廷命官，應該能考慮大局。沒想到他一直不給我回覆。

我耐心等到春節，江中貴等在外官員回家團聚。當時有個不成文規矩：縣衙每年春節要宴請各地回來的縣級以上官員。利用這時機，單獨向他敬酒的時候，我挑明這事。他說沒收到我的信，不過也表示考慮考慮。我好失望，但只能忍氣吞聲，耐心地再等下去。

又等一個多月，再派人到江家催，還沒有明確的答覆。我怒了！朝廷高官的信有誰敢扣壓？分明是託詞，欺我身輕言微，決意跟縣衙對抗，再等十年八年也是空的。何況現已入春，雨季就要到了，不能再等。我直接寫奏摺，給皇上請求督促江中貴以家鄉百姓的利益為重，支持南湖擴容。皇上發話，江中貴說他已請風水先生在找地。

江其顯的墳終於遷，南湖終於按計畫整治完，朱弘謨等人卻高興不起來。他憂心忡忡說：「得罪了江侍郎，做再多也白辛苦。」

「應該不至於吧！」我嘴上這樣說，心裡不免也有些不安。

56、龍王之心與人心差不多

更讓我不安的是，雨季到了雨卻沒到。初期人們沒什麼不祥之感，還以為豔陽高照，風和日麗，古木高蔭，富有詩情畫意。遙想當年，袁紹大將劉松，與袁紹子弟常在三伏裡晝夜酣飲，醉得不省人事，以此避暑，人稱「河朔飲」，為後人炎夏風流創造一個藉口。餘杭地方小，古人遺風倒不少。一入夏，官吏們便像春節一樣相互宴請「河朔飲」。

這天，一個小吏請我們到他家「河朔飲」。他家在城外，一出城門便感覺到一陣清爽。一場短暫的小暴雨過後，天又放晴，地上冒起陣陣太陽香。彩霞放出迷人的光彩，夕陽餘暉倒映在雨洗之後的原野，荷葉上滾著一粒粒水珠。白菱紅蓮，大小高低，各呈其態。一對紫燕忙著飛來飛去築巢。庭中香樟樹上，小黃鸝學整羽毛，方調嬌語。主人雖是小吏，但家中不俗，畫樓晝寂，蘭堂夜靜。酒至半酣，眾人擁我填詞。我不便推辭，即興創調〈玉山枕〉，描述一幅夏景：

驟雨新霽。
蕩原野、清如洗。
斷霞散彩，殘陽倒影，天外雲峰，數朵相倚。
露荷煙芰滿池塘，見次第、幾番紅翠……

最後我強調「訟閒時泰」。只有國泰民安，公事簡約，我們才能得閒歡宴，這是每一個官吏都認同的。

我還特地將全縣稍有名望的文人騷客請到玩江樓消暑，觀賞苕溪風光，吟詩作賦。我說拋磚引玉，自己先填一首詞〈女冠子〉。在座都是文人，我新描繪的夏景得有所不同：

淡煙飄薄。
鶯花謝、清和院落。
樹陰翠、密葉成幄。
麥秋霽景，夏雲忽變奇峰、倚寥廓。
波暖銀塘，漲新萍綠魚躍……

這詞從天到地，從花到鳥，大景與細景，疏景與密景，遠景與近景，高低起伏，錯落有致，洋溢著歡愉和生機。

那群文人騷客驚訝於我的詞功，讚了一陣，卻變沉默起來。我催促大家都寫寫，他們卻一個個往後縮。我後悔出手太早。

我這新詞很快在滿城風傳。經過這詞渲染，這個夏似乎變得特別令人舒暢。

然而，那場小暴雨之後，一連兩個多月滴雨未見，到處缺水。城裡的井全都乾涸，只能到城外大河去挑，水價直逼酒錢。田裡自不必說，縱橫交錯的裂隙比拇指還粗，莊稼枯死。幸好天目山大，苕溪河大，不至於完全涸竭，只是不能行船，渡也用不著，挽起褲管可以走過去。再說炎熱，太陽像火一樣，風也烘人，好像只要一點火星就能把整個大地熊熊燃燒起來。

面對旱災，人們無能為力，只能祈求上蒼賜雨。自發的祈雨活動，城裡城外到處有。這裡祈雨方式跟我老家跟京城又有所不同。有的虔誠地請求，比如在龍王廟前設立水壇，選八位德高望重而又四世同堂的老人做龍的孝子，請求龍王發善心。有的則威逼，比如把龍王塑像抬到烈日下，讓龍王嘗一嘗久旱不雨、炎熱曝晒之苦，良心發現。又比如黃花閨女們將自己的木屐露天焚燒。人們相信「穢能沖天」，所以燒她們的木屐，穢氣讓龍王受不了，趕緊降雨。五花八門的祈雨，只是說著有趣，看著熱鬧，沒一點實效。

我們當時講「天人感應」。天下有災，皇上往往要引咎自責。京師大旱，蝗蟲四起，唐太宗對蝗蟲卵唸唸有詞：「莊稼是百姓身家性命，而你吃了它，是害百姓。百姓如果有罪，那罪過全在我。如果有靈性的話，你就吃我的心吧，不要降罪百姓了！」說著將蝗蟲卵吞下。以此類推，現在餘杭大旱，罪過就在我了。

我怎麼得罪上蒼呢？想我到任一年多來，勤勤懇懇，女色幾乎不近，還有什麼罪過？我天天想的做的是防洪，難道做過頭了？真冤枉！說實話，我心底裡是有點小想法，從年初就開始盼著下雨，來一場大洪水，試一下整治過的南湖——當然要安然無恙，只是想讓百姓親眼看到我的想法沒錯，他們投入的人力物力值得。可現在老天爺跟我作對，大興土木整治的南湖有什麼屁用？人家會不會說我勞民傷財？何況人們早有議論，說是龍王廟出了一條蛇精，前任縣令不僅不朝拜反而命人將它打死，觸怒神靈，才惹下這天災。在這種情況下，我怎麼還敢大意？

我只好由抗洪轉入抗旱。一方面供水，動員胡祖茂等富商給孤老鰥寡免費送水，另一方面舉辦大型祈雨活動。請了洞霄宮的道士到龍王廟設壇做法。道姑周月仙做得有板有眼，從腰間取下碧玉牌，上有

「敕詔誥天帝陛」六個金字。她將牌向上呈，一轉劍翅作怒，將牌插入地下，同時用力一跺腳，一陣泥塵騰起，讓人感到龍王接詔了，很快就會行雲布雨。

我率朱弘謨等官吏在此跪拜，祈求龍王開恩。這沒什麼招式，我也不知道怎樣做更好，只知道必須虔誠。我長跪不起——似乎龍王不雨我就不起，但這是件挺艱難的事。太陽越來越高，也越來越烈，炙人生疼。好些圍觀的人躲去，隨行官吏也陸續起身，並請我起來。我說再等會兒！我真心誠意地默唸道：「龍王爺啊，發發慈悲吧！我柳某求你了！」

說實話，我也堅持不住。但我想，龍王看得到看不到姑且不論，至少還有那麼多觀眾在看著我，不能讓他們覺得我這當縣令的心不誠。我咬緊牙關堅持，送上的水也不喝一口。我雙眼閉著，轉而想酒，滿口生津。又想像遠方的蟲蟲和身邊的周月仙，精神煥發。然而，這不是有心就做得了的事，上面毒日晒得我渾身劇痛，下面膝蓋跪得生疼，腹中又餓得發慌，越來越難以堅持。傳說天上從前有九個太陽，大地被晒得火燙，莊稼枯焦，人畜飢渴，后羿射了八個太陽，人間才恢復正常。我覺得肯定是那八個太陽復出作怪了，不然不可能這麼熱。但我又想，只要再堅持一刻半刻，也許碰巧就會有雨了。實在堅持不了，我想倒下，讓人扶起，也好收場，可我又怕人說我故意，到底心不誠，前功盡棄，甚至讓人說我這人做作，那就虧大了。我只好堅持再堅持，咬著舌尖……我不知道什麼時候真的暈倒。醒來是在床上，床邊有周月仙和朱弘謨等人。周月仙抱怨：「你怎麼那樣死板，命都不顧！」

朱弘謨則欣喜：「柳大人真的感動龍王啦，昨晚半夜開始下小雨！」

我苦笑一下，說：「龍王的心跟人心差不多啊！」

我有了些精神，但起不了床，渾身發冷。我莫名其妙想到死人的肉體是冰冷的，忽然有種瀕死的感覺。我的肉體冷冷笑道：你不愛惜我，我只好去死！我叫道：我怎麼可能不愛惜你呢？小時候，剪指甲都捨不得扔。肉體說：可在那樣的烈日下，誰都知道躲躲閃閃，就你一個死人一樣的，好像要把我晒枯晒乾！我嘆道：我是縣令，父母官啊！肉體說：你縣令更重要還是我肉體更重要？沒你縣令我照樣鮮活，可是沒我肉體你烏紗帽往哪擱？我辯解道：我當縣令不也是為了你更快活嗎？我肉體堅持說：那不一定！多少人沒當官，肉體不也快快活活？而多少人當官，只不過是為了什麼虛榮，不僅沒為肉體帶來享受，反而要犧牲肉體，比如你祈雨卻曝晒我……唉——我這才發現肉體是不可理喻的！是無情無義的！只能求助於醫生。

除了醫官，還有一堆人幫我煎藥之類，進進出出，讓我生煩。我要求朱弘謨留下即可，其他人去忙自己的事。周月仙要求留下，說這種時候少不了一個女人。

炎夏裡怕冷，這病有點怪。醫官姓林，他開啟三扇天窗，讓陽光直射下來，讓我仰臥在這陽光下。他把艾葉搓碎，鋪在我肚子上，大約有十幾斤。陽光烤晒艾葉，熱氣穿透我的肚臍。我燙得難受，肚子裡咕嚕咕嚕叫得像打雷一樣，鼻子、嘴裡同時排出許多艾氣，這才停止。第二天重複。連續七天。林醫官說，如果是秋冬季節，還得蒙上棉被，用熨斗加熱慢慢地熨。

一場病下來，我覺得突然老了好幾歲。認真想想，我有點後悔。那種巫術式的，認真什麼？偏偏就有那麼巧的事，滿城百姓都說是我感動了上蒼，真讓我哭笑不得。那樣興師動眾整治南湖沒見一點功，跪這麼半天卻贏得一片好話。看來當好官首先得有好運。

稍病好，城中一些富商便嚷著在玩江樓為我擺慶功宴，也是壓驚。他們說這次祈得雨來，全賴我於天於民赤誠一片，但顧及我大病初癒，話比酒多。要是有人不識趣，硬要我喝，旁人會搶著代酒，並叱責那敬酒人不得無禮。如此一來，我倒覺得乏味了。我想喝些酒，可他們不讓，只是敬神一樣擺擺樣子。我轉而注意那舒緩又清脆的絲竹新聲，不免想起周月仙。沒了她，這玩江樓也不好玩了。

眾人看我提不起精神，只好讓我早點歇息。可是，我哪歇得了！雲淡天高風細，月光如水，天地如同浸入琉璃世界。我與我的凌波仙子同望著一輪圓月，人卻隔了千里。我不想沉溺於惱人的空想，可又睡不著，一次次披衣重起，倚坐門口凝望著月兒西下。我現在覺得，我的相思之苦是自尋的。名韁利鎖，實屬虛費光陰。可現在，我是騎虎難下啊！

有天，杭州太守盧煌忽然到餘杭來，酒酣之時當眾問道：「你可記得一個叫郭銓的人？」

「當然記得……老實說，可以說他改變了我的命運，我能不記得嗎？」

「你對他印象如何？」

「至今沒見過面，說不上好壞。他是壞了我升遷大事，可那是出於維護朝中大制，沒有個人恩怨。再說……再說他也有些迫不得已吧，朝中規定，御史如果一連百日沒揭露一件違法違規的事算失職，得調任外官……」

「你能這樣理解就對啦！」太守笑道，「他前些日子到你這來過，你知道嗎？」

「郭大人來過餘杭？我怎麼不知道？」

「為什麼非要讓你知道不可呢？」

「我得盡點地主之誼啊！走遍天下都一樣，到了我這卻嘴唇都沒沾溼，是怕我記恨嗎？也太小看我了！」

「哎——你這就錯了！」原來，郭銓這次目的是杭州，回去後寫信給太守才說他微服到過餘杭。太守取出那信，展給我看：

我一進入餘杭縣境，就看到河堤、驛傳和橋道得以修葺，田野墾殖，曠無惰農。進城，市場買賣不喧爭，酒香瀰漫。夜宿旅館，又聽歌舞昇平，更鼓分明。就憑這，我認為柳永是個好官！堪大用！我已向皇上舉薦。

「郭大人是專挑人毛病的，一言九鼎。他能這樣舉薦你，非同一般！」太守一手收信一手舉杯，「來啊，快來賀啊，遲了沒機會啦！」

朱弘謨等陪同人員紛紛舉杯，一片阿諛奉承。

57、從蔣三悲到蔣六樂

我滿心歡喜地等待著好事到來。我希望這次能升京官，回去跟我的凌波仙子團圓。我連夜給她寫信，告訴這一好消息，請她準備脫離欣樂樓。十多年來，我從來沒有現在這樣自信。當年梳櫳時，我得擔心芹娘變卦。之後想都不敢想。在睦州時，不知道要在地方輾轉多少年。只有現在，什麼顧慮都沒有了。想到這，又給她追封信，問她喜歡哪地段的房子，回去要買一幢，作為我們晚年棲身之所。

在等待的日子裡，我不想再做什麼大事，有空閒就城裡城外走走，覺得挺留戀。我仍然常到玩江樓小坐，偶然也像當初一樣跟胡祖茂小酌幾杯。自從周月仙出事後，我極少跟胡祖茂往來，他也不好意思再跟我稱兄道弟。但不管怎麼說，我們還是老鄉。也許，我將來還是會落葉歸根。什麼瓶中寄物出則離矣，說來容易做來難。透過朝報，我知道大哥二哥現在什麼地方為官，可他們不知道我現在跟他們平起平坐。我想寫信告訴他們，又覺得不解氣。是他們執意趕我出家門的，幹嘛要死皮賴臉求他們？現在要比他們更顯要，很可能沒幾年會比父親當年還顯要，讓他們驚喜地發現現在的柳永就是當年的柳三變是他們的同胞兄弟。我比他們更榮宗耀祖，他們應當向我道歉，請我回家。可惜「冷飯仔」早逝，張良義得罪，偌大的家鄉像胡祖茂這樣的友人也難尋難覓。胡祖茂一連敬我三杯，說：「如蒙不棄，請大人帶我到京城吧，我一定會爭氣！一定會……」

我含糊說：「到時候再說吧！你在這裡做事做人先做清楚來。風流風流不是不可以，但不能亂來，要用心去愛去尊重女人。」

「小弟腹中沒幾滴墨水，粗莽些……」

「我跟你通俗說吧！我們那邊一句俚語說『輕抓泥鰍狠抓鱔』，就是這個道理。女人是泥鰍，重了反而抓不住。懂嗎？」

他一連好幾個點頭，態度倒是不壞。

我很自然想到周月仙，專程去看她，算是告別。這女人，我跟她雖然有緣無份，想來也覺得難捨難分。剛出城，我忽然又想，她畢竟是惹人注目的女人啊，而我眼下忌諱風風雨雨，還是等走之時再來作別。可既然出了城，還是散散心吧！想了想，我決定去超山看梅。

世有公論，自古五大梅，一是楚梅，在湖北沙市章華寺內，相傳為楚靈王所植，為現存最早的梅；二是晉梅，在湖北黃梅江心古寺，相傳是東晉名僧支遁和尚親手所栽；三是隋梅，在浙江天臺山國清寺大殿東側小院中，相傳為天臺寺創始人智者大師所種；四是唐梅，就在我餘杭超山大明堂院內，相傳種於唐朝開元年間；五是宋梅，也在我超山，別的梅都五瓣，這梅卻六瓣。到此不久我便聽說，但一直不得閒，今日了此夙願。

到了超山才知道，這梅不僅奇還廣，浩浩瀚瀚十來里，人稱「十里梅花香雪海」。不過這話不貼切，這梅花同樣以紅為主，紅得奇豔。置身這片紅的梅海，我有一種特別的感覺，即興填一首〈瑞鷓鴣〉：

天將奇豔與寒梅。
乍驚繁杏臘前開。

暗想花神、巧作江南信，鮮染燕脂細翦裁……

這詞不為給人唱，也不為給別人讀，純粹是寫著玩。明明要寫紅梅，卻偏偏不用一個紅字，只是將紅色透過比喻、典故暗暗溶於詞中，處處設色。一路自己唱著，愜意得很。

遙想南朝與北朝對立之時，南朝的陸凱悄悄寄一封信給北朝的好友。那好友拆開一看，裡面赫然裝著一支梅花，並有詩曰：「江南無所有，聊贈一枝春」。而今，南北通暢，我摘一枝春贈與誰呢？自然是我的凌波仙子！

我的凌波仙子突然發現信函中有一枝春，會怎樣驚喜？

我想起了，也是南朝，宋武帝劉裕的女兒壽陽公主與宮女們嬉戲，有些累了，躺在含章殿簷下小憩。一陣微風吹來，梅花紛紛落下，有一朵碰巧落到公主額頭，留下淡淡的花痕，顯得更加嬌柔嫵媚。皇后見了，十分喜歡，特意要公主留著。此後，公主時常摘幾片梅花黏貼在前額。宮女們見了，個個稱奇，跟著仿效。我的凌波仙子收到我一枝春，肯定也會著「梅妝」！

可惜，我的凌波仙子太遠了。真要包著寄的話，一定乾枯，春變成秋了。陸凱之美事，只能是想想而已。我倒是可以……這麼想著，我摘了一枝，馬上轉到洞霄宮。

你猜周月仙在做什麼？時辰已過午，她卻還在房門口欣賞「盆景」。那盆是她洗臉用的瓦盆，前日晚上傾水未盡，昨天早上發現盆裡的冰像雕鏤似的，形如一枝桃花。她以為巧合，沒太在意。昨晚，她思索這事，覺得有些奇巧，於是特意盛些水。今天早上一看，竟然出現一枝梅。她太高興了，邀了很多人來看。興猶未盡，她現在要把這梅花描畫下來，顧不上吃飯。還沒畫完，更讓她驚喜是我給她送來一枝真的梅花，她高興得一邊接花，一邊吻我。我隨手摘了一片花瓣貼到她眉心，左右欣賞。我美滋滋叫道：「給我張紙，我要把我的花神畫下來！」

「別吵！冰快融了，讓我先畫完！」

她要留我住一夜，以便明天早上看新的「盆景」。她還要我猜明天會是什麼花。如果平時，我肯定留下，可現在非常時期，我不得不狠心走。我真摯地說：「世上花太多了，但願你天天如花日日新！」

回程路上，下起雨來。其實，這不該叫雨。如果一定要叫雨，那隻能稱為「煙雨」。開始的時候，像塵埃一樣飄著，如果不細看根本不知道，只覺得衣裳不知什麼時候有點溼潤。後來大些，可以看到掛著的蠶絲一樣，一排排飄著，輕柔極了……轉眼到正月，普天同慶。元宵夜，歡樂的氣氛達到高潮。皓月當空，花燈萬盞，香煙瀰漫。縣城雖不比京城，六條大街全都張燈結綵，綿延數十里，但同樣連平時最狹窄簡陋小巷也變得流光溢彩，而人們歡樂的心情堪比京城。他們的鑼大得要兩人抬著打，鼓則用車推著敲，鞭炮長一兩丈，也是用車載，並從車上拉到地面拖著放，一個又一個時辰熱鬧不停。杭州一帶的花燈不比京城一帶遜色，最流行的是蘇州花燈，用五色琉璃做成，上面繪山水、人物、花竹翎毛，美妙極了；其次是福州花燈，從海上運來，用純白玉製作，晃耀奪目。這裡的男人同樣對女人睜一眼閉一眼，默許她們出門尋歡作樂，製造一串又一串「絕纓」「擲果」「月上柳梢頭，人約黃昏後」之類緋聞，以備新一年茶餘飯後美談。

這年元宵夜，我有別樣的快意。因為跟以往五十多年觀燈不一樣，我以縣令的身分宴請其他官員、守軍及富商，接見百姓，與民同樂。你知道這滋味怎樣嗎？實話告訴你，我覺得跟在京城的皇上一樣！當然，這話我當時不敢說出來。

我很自然地想，如果我的淩波仙子在身邊就好了，那麼她就相當於……噢——我不敢說了！再說，一想到我在這裡當土皇帝，她在千里之外孤零零賞月，或者與其他男人一起觀燈，我心裡就變得很不是滋味。縣城跟京城一樣，元宵前後三天城不夜，有些人要狂歡到天明。身為這裡的「皇上」，我如果能與民多樂些當然更好。可不知怎麼，我心裡頭總有些悶。我請縣丞等人多一會兒，自己先告辭。

一日傳聞，城外感化寺住了個乞丐，討飯討酒，討了錢也買酒，喝了酒專唱柳七寫的酒詞，比如：

——金爐麝裊青煙，鳳帳燭搖紅影。無限狂心乘酒興。

——帝城當日，蘭堂夜燭，百萬呼盧，畫閣春風，十千沽酒。

——皓月初圓，暮雲飄散，分明夜色如晴晝。漸消盡、醺醺殘酒。

——中酒殘妝慵整頓。聚兩眉離恨。

——酒力全輕，醉魂易醒，風揭簾櫳，夢斷披衣重起。

——畫堂歌管深深處，難忘酒盞花枝。醉鄉風景好，攜手同歸。

——歸心怡悅酒腸寬，不泛千鍾應不醉。

——那堪酒醒，又聞空階，夜雨頻滴。

——繼日恁、把酒聽歌，量金買笑。別後暗負，光陰多少。

——長是因酒沉迷，被花縈絆。更可惜、淑景亭臺，暑天枕簟。

——狎興生疏，酒徒蕭索，不似去年時。

——酒容紅嫩，歌喉清麗，百媚坐中生。

——香幃睡起，發妝酒釅，紅臉杏花春。

——難忘，文期酒會，幾孤風月，屢變星霜……

我驚訝於怎麼寫了那麼多酒，又覺得有點奇怪：莫非此人知道這裡縣令正是我柳七，有著某種企圖？

第二天，我叫個手下跟隨，視看春耕，順便到感化寺看望那乞丐。這寺廟破敗已久，大門前的蜘蛛網從屋簷直掛地面。推開大門，地面倒是淨爽。一個蓬頭垢面的老頭蜷縮在角落，並不理會我們。我喂了幾聲，沒一點反應。旁邊有殘酒，我想他肯定還醉著。伸手去推，覺得寒氣逼人，意識到不妙。改用腳去撩，發現他身子僵硬。到底是醉死，還是凍死？反正不可能他殺，我不想去深究。我邊發話邊離開：「叫漏澤園埋了！」

漏澤園是我們那時候的慈善機構，負責用官地掩埋窮人或客死他鄉的人。沒想到，漏澤園報告說，那乞丐屍身發現離奇遺書。這遺書名為〈人生六樂〉，前四樂竟然與我當年聽蔣五樂說的一點不差，第五樂是：

放浪形骸，一身狼狽，朝不謀夕，托缽歌妓之院，分餐孤老之盤，往來鄉親，恬不知恥。

我恍然大悟：此人正是蔣五樂！從蔣三悲到蔣五樂我可以理解，從侍郎到隱士也可以理解，但我無法理解他何以行乞。緊接又有更離奇的第六樂：

客死荒野，或以身飼虎，或為人義葬。西湖漢月樓雪松下埋有百金，十金贈善人，九十分贈青樓，讓美人驚喜。

士有此六樂者，生可無愧，死可不朽矣！

文末附有九十位妓女的花名及樓號，有杭州的，更多是京城，有樊樓、欣樂樓高中檔也有香茵酒肆那樣不入流的。我相信他所說屬實，絕無有假。

我隨即率人到西湖漢月樓，果不其然從雪松下挖出百根金條。

我就近開始尋杭州聽雪樓一名叫盼盼的妓女，得悉她因為與兄弟爭絹陪嫁奩產，被收監在老家於潛的牢獄。我馬不停蹄趕到於潛，透過關係提出她，她想不起什麼五樂六樂之客。我念遺書上留給她的一首詩：「當時名妓鎮東吳，不好黃金只好書。借問錢塘蘇小小，風流還似大蘇無？」

盼盼聽了默然片刻，索筆和詩：「君住襄江妾住吳，無情人寄有情書。當年若也來相訪，還有於潛絹也無？」

盼盼熱淚盈眶，我也兩眼發酸要流淚的樣子。我不僅轉給了金條，幫她了結糾紛，還到太守那裡說情為她脫了籍。

蔣六樂的後事很快處理妥，他給我的震撼久久未消。他是一面鏡子，讓我驚訝於自己多俗……

58、明升暗降

倒春寒冷風刺骨的日子裡，調令終於到，可惜不是我所希望。所以，盧煌又親自跑來。這回，他也氣惱，自個喝了幾杯悶酒。他說：「本來是要調你進京重用的，沒想到有人告狀，說你柳三變柳七，到餘杭為官還惡習不改，強姦營妓周月仙……」

「我曾經是柳七柳三變不假。可是，普天下男人，難道只有我柳某長一根東西嗎？」我怒火中天，破口大罵，「這怎麼能栽到我頭上來？」

那黑狀告得有板有眼，說我強姦周月仙之後，還自鳴得意寫一首詩，什麼「殘月曉風楊柳岸，豈肯辜負此時情」。還說我跟她公然在縣衙內通姦。我當即命人將胡祖茂叫來，讓他當面向盧煌講清楚。至於縣衙內通姦，那是我祈雨暈倒，她陪一夜侍候，可我大病在床，且有朱弘謨在場。

盧煌勸我不必過於激動，朝中自有郭御史替我爭辯。盧煌說：「他知道你得罪人了，私仇公報，藉機發難。你看，皇上沒追究你吧！皇上對餘杭這幾年的政績是肯定的，你看——你畢竟算是升遷吧，連朱弘謨也升了，自有公論！」

我調曉峰鹽場做鹽監，直屬戶部，官升半級，可那在一個偏遠的海島，算什麼升遷！朱弘謨升任杭州府通判，倒是貨真價實。如果說皇上對餘杭政績有肯定，倒是朱弘謨的功勞……同僚及友人紛紛要餞行，我大都推辭。我掩飾不住自己的情緒，笑道：「柳鹽監又不是提拔升官有什麼好餞的？餞一下朱通判倒是真的！說不準過兩年就是朱太守，可別巴結遲啦！」

晚上應酬完，朱弘謨特地到我官舍坐，好像他那天還送了點禮，具體什麼我現在忘了。他說難忘我們共事時光，他沾了我的光，還望日後多加指教，說得很客氣。我心裡總有點疙瘩，笑不由衷。他覺察到我有情緒，沒坐多久便告辭。

胡祖茂宴請我，我沒推辭。他做的好事誤了我，這是明擺著的。想起來，不僅討厭，而且恨他。然而，畢竟是老鄉。我被逐出家門逐出家鄉，他可是要落葉歸根。我在家鄉本來就名聲不好，不能再讓他落井下石。「萬般皆下品，唯有讀書高」這道理，他不會不懂。何況我仍然是官，是名揚天下的才子，而他只不過多幾個臭錢而已。再怎麼樣，我仍然比他高貴。他明白這一點，仍然唯唯諾諾，為我夾菜得站立起來，敬我酒得雙手捧杯，我覺得好笑。我暗暗笑自己：怎麼變做作啦？

官對我來說現在變成雞肋，食之無味棄之可惜。我想拖幾天走，又怕人笑話，笑我留戀這是非之地。縣衙要派人送，我謝絕。我不要那種面子！想想范仲淹、王介，他們多灑脫！我只求自由自在。我自己騎一匹馬，像獨行俠客，愛怎麼走就怎麼走。要不是天氣太冷，我會覺得是在遊山玩水。

我獨自策馬漫步在苕溪大堤上，與南湖作別。如今的南湖不再人山人海，而這城外湖岸也沒有玩江樓的情趣，孤獨感一陣陣襲來。佇立斜陽，煙水茫茫，望不見京城歸路，不知情寄何方。兩處風情，萬重煙水，思歸而不得歸，新愁舊恨相繼。我新寫一首〈洞仙歌〉，後部寫道：

羈旅。

漸入三吳風景，水村漁市。

閒思更遠神京，拋擲幽會小歡何處。
不堪獨倚危檣，凝情西望日邊，繁華地、歸程阻。
空自嘆當時，言約無據。
傷心最苦。
佇立對、碧雲將暮。
關河遠，怎奈向、此時情緒。

理想抱負落空，前途命運未卜，此心何哀！

漁船客船來往穿梭，熱鬧得很。但我想，無非奔名競利罷了！轉念一想，自己不也是為了蝸角功名、蠅頭微利而在這荒郊野嶺奔波嗎？為此，竟然犧牲與我凌波仙子的團聚。那裡一別十餘年，這裡強忍幾年，現在一去又不知多少年，難道真要讓她「一生贏得是淒涼」？在她眼裡，我跟那些重利輕別離的商人何異？我怎不是薄情之人？真對不起啊，我的凌波仙子！

我忽然想不能不去看看周月仙。想起這個女人，我一肚子酸甜苦辣。

周月仙依然像芍藥那樣嫵媚綽約，芬芳四溢，但現在多一層冷豔，讓人感到清絕，讓我有點後悔：怎麼放棄這麼一塊嘴邊好肉，白白受冤。我還暗想：她在這山裡真的清心寡慾嗎？她黃冠裡的頭髮還是兩個髮髻嗎？唐五代有許多曲名為〈女冠子〉、〈天仙子〉的詞，這洞霄宮也有不少士子來往，想必不乏風流韻事。但我難以想像周月仙如何，也不敢問。她對我依然如故，情同手足。天氣尚寒，她的「盆景」依然日新月異。賞完冰花，我們又到林中和溪邊漫步，晚上則小飲長談。我如實說這次明升暗降的原因。她內疚得很：「真對不起啊，柳大人！」

「其實不關你的事，是我的命！沒你周月仙，也會說另一個女人，我不怨你，更不後悔。我看透了官場，還不如青樓妓館。」

與周月仙傾吐了好一番心理話，然後在她隔壁下榻，感受著彼此的心跳。這一夜如何轉輾難眠，我不說你也可以想像。最終控制住了自己，只是堅信黃秀才肯定會回她身邊，好事要做到底……眼睜睜著天亮，索性早點上路。周月仙聞聲起來，頭一件事便看她的「盆景」。這天，新出現一朵怒放的芍藥，讓我驚愕不已。我連忙問：「經常出現芍藥嗎？」

「沒有，這是頭一回……太漂亮了！我要畫下！」

「等等！你知道嗎？你在我眼裡，正是芍藥！」

「我知道，你說過……就這麼奇！」

「喜歡嗎？」

「嗯……喜歡……也不喜歡？」

「怎麼說？」

「『將離』啊，你喜歡麼？」

「這……這倒是真的！唉，不是將離，是馬上要離了！」

「我不強留你，吃完早飯走吧！」

「不必了！路上哪裡渴了哪裡喝泉，哪裡餓了哪裡買食，哪裡睏了哪裡投宿，信馬游韁，無拘無束，神仙也不過這般自在吧！」

「真的嗎？」

雖然她笑著，可我不敢面對，不敢回答。真的嗎？我自己也不敢想。她要我留首詞，我再也裝不出笑了。我即興創調〈輪臺子〉，寫一枕清宵好夢，可惜被鄰雞喚覺，匆匆策馬登途，滿目淡煙衰草。這詞後部寫道：

念勞生，惜芳年壯歲，離多歡少。
嘆斷梗難停，暮雲漸杳。
但黯黯魂消，寸腸憑誰表。
恁驅驅、何時是了。
又爭似、卻返瑤京，重買千金笑。

周月仙笑道：「你啊，總是想人家不敢想不肯想，寫人家不敢寫不肯寫……還是那個柳七啊！」

「人生如果有回頭路，我早掉頭了！可惜，我回不了……想回也回不了！」

餘杭到明州——就是現在的寧波，可不比睦州到餘杭，要經過四明山。這山挺大，方圓數百里，山峰起伏，崗巒層疊。山間泉、瀑、潭遍布，危崖峭壁隨處可見，林木茂密，花草芬芳，山崖巨石常現於蒼松翠柏之中，挺漂亮的。然而，我無心欣賞。我騙不了自己，騙得了一時騙不了幾時。我不是在遊山玩水，而是赴任——去當那雞肋式的鹽官。

為驅逐孤寂，路經餘姚時，我特地拜訪縣令。這縣令雖然素不相識，還是按慣例接待我。他略聞我的名聲，特別熱情。然而，那酒那歌那美女都無法留我心間，回到館驛還是失眠，還是懷戀京城風物……畫餅充飢之餘，我嘗到更為深刻的淒涼、孤獨與寂寥。

更糟的是還得渡海！大江大河我沒少見，船也沒少坐，卻沒見過大海，也沒想到要渡海。那海水像黃河一樣泥濁，但比黃河寬多了，浪也大得多，讓我望而生畏。鹽場在海邊可以想像，可為什麼不在海這邊而要在海島那邊？還有，那些人為什麼不住這邊而要住島上？我能不能像改造南湖一樣改變那裡？等船的時候，我胡思亂想。

終於等到十幾個人，渡船可以起航。沒想到，我一上船嚇得要命。這跟坐河船湖船不一樣，完全不一樣！海裡沒什麼順流還是逆流，沒完沒了地迎浪而去。這船在河裡肯定算最大，但在海裡顯然太小，不停地顛簸。浪幾乎要撲進船艙，而風還在颳，浪好像越來越大。我想，即使不翻船，也會被浪擊沉。我意識到船毀人亡馬上要發生，只恨無路可逃。天氣很冷，我縮成一團，仍然不住地發抖。開始還感到每一根骨頭被風刺痛，到後來只覺得渾身麻木。我準備好在沉船的剎那間跳海逃生，可又覺得隨時就要跳，簡直無法控制自己，恨不能請人把我捆綁住……我後悔極了！不當這狗豬牛鴨雞……屁官，要到這鬼地方來嗎？命比錢貴，更比官貴啊，為什麼早沒想到？為什麼要當這狗豬牛鴨雞……屁官？為什麼不辭掉，剛才在岸上懸崖勒馬也來得及啊！可現在來不及了！每前進一個波浪都可能船毀人亡，而如果後退也是每一槳都可能船毀人亡。我現在才明白什麼叫做在劫難逃，恐懼極了。我索性閉上兩眼，心裡不斷地呻吟：完了！馬上完了！馬上一切都要完了……該死的這不是一個島！前方有個小島，島上有山，我以為到了，卻只是經過，還得不停地往前，真不知道天底下哪來那麼多水！說起來，我生來命大。當時，臍帶纏了七圈都沒把我纏死，母親說我的命是撿來的，於是用土話叫我小名「索利克」——意思是「撿來的狗」。傳說狗有七條命，你看那麼多災難都沒能把我壓垮。可現在，在這沒邊沒際的大海裡，七條命夠什麼用！

我實在受不了這種恐懼，可又想不出一點辦法。我忽然想起韓愈上華山，不敢下來，嚇得大哭。後來，只好讓人灌醉他，用繩子層層吊下。可我現在海上，沒有酒，也沒人幫得上。我只能想：如果能夠活著到對岸，我再也不出來受這罪了，擢升我官也不出來，寧願死在那！

59、「物為人用，民先君後」

你們現在叫舟山那個群島可不一般，非常大。唐時曾經在那島上設縣，叫翁山。不久有人造反，一度占翁山，並連陷浙東諸州縣，因此被撤，直歸明州統轄。島上山峰連綿，林木茂盛，河谷縱橫，田地萬頃。海邊則平灘廣闊，難怪在那裡製鹽。

雖然我吃了五十多年鹽，但我對製鹽一點也不了解，對如何當鹽監更是一無所知，真不知道怎麼叫我來當這官。既然來了，就得盡力做好。我不再幻想升遷，但得對得起薪俸。再說那海給我的恐懼一直消不了，我真想老死在這裡。要想長久待下去，更得做好。我無心也無力新官上任三把火了，打算多看多問多到鹽田走走。

第一天給我的印象太深了！儘管多喝了些酒，還是遲遲無法入睡。夜愈深愈靜，風吹落葉都似乎聽得出。隱約聽到哭聲，斷定不遠，就在我房子旁邊。那住的都是同僚，他們有家屬。我想，肯定是夫妻吵架。這鬼地方，我都想哭呢！我準備好明天給我的凌波仙子寫封信，告訴她我又遭厄運，團聚之日又得往後挪。也許，我真要老死在這。這鬼地方，你就千萬別來了，但願我能活著出去。

不想，那隱約的哭聲像我的失眠一樣無休無止。我是這裡的主政，不光要管鹽工，還得管其他官吏。他們的喜樂哀怒，我不能不關心。這麼想著，我披衣而起，循聲而去。

哭聲來自第三幢房屋，男女聲混合。沒有言語，只是嗚咽和抽泣。可以想見，他們有克制，只是無法控制，讓人聽來更為悲傷。我敲門，哭聲戛然而止，只聞狗叫。再敲幾下，裡面的男人才發問是誰。我說：「柳永。」

「柳大人啊！」

門很快開了。一見面我就認出，這男人叫陳成吉，是鹽監輔佐，晚上還為我接風喝酒。我直接問：「為何半夜哭如此傷心？」

他瞞不過，只好實說。原來，他曾私用過稅錢，被管庫老頭發現。這老頭告訴他一個親戚謝什麼，我現在記不起那個名字了。那謝某便要挾陳成吉，要求把女兒嫁給他，否則告官，並限時明天之內答覆。陳成吉左右為難，一家人抱成一團痛哭。我略為思索，要求陳成吉慢慢將私用的稅錢補上，我不追究。至於謝某那裡，我明天找他。

鹽監對於鹽田的人和事要統管，還要捕緝私鹽，因此也有若干役卒。第二天，我帶兩名役卒去找謝某。

謝某住挺遠，走了老半天，中午時分才抵達。他們一家四口正在吃午飯。那飯好歹算稀飯，那菜竟然是一碗鹽水浸著小小的鵝卵石。他們用筷子夾一粒石子到嘴裡吸一下，吐出來留待第二餐。我看呆了，真懷疑他們是不是早知道我會來故意裝窮。可我看那兩老，瞎眼的瞎眼，瘸腿的瘸腿。那小兒子應該有二十多歲，卻還掛著鼻涕。唯有這大兒子清楚些，三十來歲，卻像個小老頭，從臉到脖子渾然一體古銅色。細看兩眼，可發現他脖子皺紋裡一條條白紋，那古銅明顯是被日光鍍的。他身著黑色單衣，背上一大片白白的鹽漬。我小時候在家鄉見過，那鹽不是浸的鹽水，而是汗水結晶。我對這一家子突然變得很同情，但我沒忘此行的目的。我強裝厲色問道：「你是不是謝某？」

「是啊！」好像叫他受封領賞似的。

「是否要挾陳大人，要他女兒嫁給你？」

「有啊！」好像站在他面前的不是官。

我更厲聲說：「陳大人的事已由官府處理，你不得強娶人家的女兒！」

「好吧，反正沒老婆我也習慣了。」

這傢伙有點老油條。但我看他在流淚，不予計較。再看一眼他的飯桌，轉移話題：「你連青菜也不會種嗎？」

「種了，野豬吃了！」

我嘆了嘆，仍然板著臉孔說：「以後……要勤奮點，多賺些錢，養好父母，自己也得明媒正娶個老婆。」訓完話，打道回府。

順路走訪幾戶鹽工。那些人家雖然有菜，有魚或者螺，可都是醃的，鹹得不能再鹹，一隻螺就夠配一碗稀飯，比謝某家的石子好不到哪去。唯一好的是，他們沒有淚，而用笑臉迎接我。有個年紀跟我相仿的男子，好像也姓謝，看樣子當過秀才，還為我這麼大的官會親臨他們家感到無比榮光，拿出酒。那酒珍藏太久，又酸又澀簡直無法嚥。我的胃要把那酒吐出來，我嚥唾液壓下去，還說好酒，強裝笑顏喝盡。主人受寵若驚，熱情洋溢要我再喝一碗。我不想駁人家的面子，只得裝到底。

透過謝秀才，我了解到更多。製鹽倒不難，只要讓海潮漲進海塗浦道，再讓它自動退去。經太陽一晒，海塗泥上出現一片白花。把這海塗泥刮起來，放在二三尺高的方臺上，澆上海水。這樣，帶鹽花的塗泥經海水溶解，又滴出水來。這水比海水更鹹，叫鹵。把鹵放到特製的小耳朵裡煮。等水煮乾，鍋底凝結一層雪白的顆粒，就是外人所看到的鹽。刮海塗泥、澆海水和砍柴都是非常累的工作，需要壯勞力。一個鹽工每年產鹽數千斤，只不過相當於兩三百斤米。勞力好的人家，收入稍好些。勞力差的，就跟那個謝某家差不多了。他們年紀一大把還難娶妻，賣兒賣女挺常見。謝秀才農不農秀不秀，算不上什麼勞力，可他三個兒子個個人高馬大，算是日子過最好。喝了些酒，他賣弄說：「沒有勞力啊，豈止貧，非窮不可！」

「『貧』與『窮』不一樣？」我愣了。

「當然不一樣！『貧』只不過分些貝分些錢給人家，並不等於自己一無所有。『窮』就不一樣了，家都沒有，只得弓身棲於洞穴。」

我聽了發笑。這人簡直聰明過頭，難怪秀才到老！

看來，鹽工是普天下最窮苦的人。那麼，身為鹽官，我能幫他們做些什麼？我召來陳成吉等人，悉心探究。陳成吉坦率說：「鹽工收入低微，主要是稅賦太重。鹽由朝專科控，目的是控稅。入宋以來，鹽法幾度變更，越收越重，鹽工怎能不窮？我們能做什麼呢？總不敢擅自減稅吧？所能做的，唯有籲請朝廷減稅，別無他路。」

原來，我只知太祖立有一塊碑，要代代君主跪讀，內容一是要保全後周柴氏子孫，二是不殺文人士大夫，三是不加農田之賦，怎麼也沒想到一直在加鹽稅。那麼，是不是有人瞞著皇上做？還是當今皇上忘了太祖遺訓？或是皇上不知鹽工實情？不管怎麼說，我得據實稟報。

我連夜寫一份〈籲請減免鹽稅疏〉，引述我祖先柳宗元〈晉問〉中「物為人用，民先君後」的觀點，要求減稅三分一。意猶未盡，又破例寫一首題為〈煮海歌〉的詩附上，詳盡反映鹽工的悲慘生活。

〈煮海歌〉長達三十多句，首先描述鹽民煮海為鹽的艱辛勞作，包括待潮、刮泥、風晒、灌潮、溜鹵、採薪、熬煮、收存等複雜程序，然後揭露官府對鹽民的殘酷剝削：

自從瀦鹵至飛霜，無非假貸充餱糧。
秤入官中得微直，一緡往往十緡償。
周而復始無休息，官租未了私租逼。
驅妻逐子課工程，雖作人形俱菜色……

最後，我希望皇恩能夠廣澤海濱，大宋化作夏商周時節。

我想，鐵石心腸的人讀了我這詩也會生出悲憫之心。而有悲憫之心的人，自然不會漠視我的籲請。

我盼著減稅的好消息早日到來。我想肯定會有好消息的，請鹽工們咬緊牙關再堅持一些日子。

60、「彼此空有相憐意」

呈上那份奏書，我可以說無所事事。收稅、緝私等具體事，都有專人負責。鹽稅不比其他稅，坐收即可。鹽不得私賣，所產一斤一兩都得由官方收購，由官方轉賣出去。當然也得派役卒到碼頭到海上檢查，防止偷運私賣。到任後才發現，為什麼要把鹽場設在海島而不設大陸海岸，就為了控制，半兩也難以私逃。我想到收鹽站或者檢查站多走走，可一見那些皮包骨瘦的鹽工，就覺得愧疚，簡直在搶劫，落井下石，還是眼不見為淨。除此，我還能做什麼呢？再築個「玩海樓」？只要想想那些鹽工，那份雅興自然躲得無影無蹤。

我們那時候官場規矩又多又嚴，本朝太祖還專門針對州縣官吏要求說：「切勿於黃綢被裡放衙！」每天以鼓響七聲為號，雞叫天亮就得準備上班。上班後還要點名檢查實到人數，有時一天幾次。點名不在的，每缺一次笞打二十小板。如果幾次不在，算無故曠工，那要治罪。以前在睦州在餘杭，我有做不完的事，不至於無聊。可現在，每天早早坐到公堂卻無所事事，難煎難熬，只好讀些書，玩些詞。一到節假日，迫不急待逃出衙署，登高賞景。

這小山臨海，可惜像個遭棄的貴夫人。石砌階早被踩得又光又滑，但石縫裡亭亭玉立著小草。山頂只有些小灌木，中央一座古亭，雕梁畫棟，那些紅紅綠綠的漆大都脫落，像死魚的鱗片一樣亂張著。或許，我算是翁山廢縣以來此山第一個遊客。登荒涼孤壘危亭曠望，懷時傷序，悲春念遠。

近處小草綠茵，村中炊煙裊裊，遠處則海波浩渺，幾隻海燕偶爾飛來飛去。大海讓我所見更少，聯想更多。我自然想到遠方的京城，那裡的高官以至皇上是否收到我的奏摺，是否同意減稅？我的凌波仙子是否收到信，此時此刻在想什麼，是否也在思念我？為什麼他們都不給我回覆？難道這鬼地方寄出的信都石沉大海？我尋尋覓覓到月上樹梢，也想不透，天與海留給我一片空白。京城遠在雲海盡頭，也許我餘生再也不能重見，想來很是悲哀。

我想起唐時一個女子，丈夫到湘中做生意，數年不歸，連個音訊也沒有。女子思念不已，見堂中有雙燕飛來，便請求燕子幫她將書信寄給薄情郎。燕子果然幫她送到。我可不是商人那樣的薄情啊，燕子能幫我到京城送個信嗎？我呼喚海燕，沒一隻理會我。劉禹錫不是說「舊時王榭堂前燕，飛入尋常百姓家」嗎？可它為何不飛到我身邊來？難道說我的心不夠誠？

登高望遠如果要說有所獲，就是些新詞。我感到「佳人巧笑值千金」，但「如今萬水千山阻，魂杳杳，信沉沉」，「故人何在，煙水茫茫」。我新寫一首〈婆羅門令〉，後部寫道：

空床展轉重追想，雲雨夢、任攲枕難繼。
寸心萬緒，咫尺千里。
好景良天，彼此空有相憐意。
未有相憐計。

我真不知道如何步出眼前的困境……

原來的翁山縣治設在鎮鰲山下，離鹽監衙署尚有四十餘里。如今縣衙沒了，可還有比鎮略高一級比縣又略低一級的人馬在那裡，管理著除鹽場以外的富都、安期、蓬萊三里。機構降了，高官幾乎不來，那地方很快頹敗。雖然官員還占著百來年前的縣衙，也設教坊，但那街早沒了繁華的影子；雖然歌妓舞妓相貌也清秀，舞起來唱起來差多了。鹽場直隸戶部，但與地方有著千絲萬縷的關係，不能不聯繫。我去拜訪的時候，他們盛情接待，可我那一段時間有點怪，不知怎麼變得一天比一天怕油腥，一見大魚大肉還會嘔吐，好端端的酒宴不歡而散。對歌舞我也激動不起來，甚至在她們歌舞之時，悄然閉上兩眼，回想我的凌波仙子。他們發覺，連忙問：「柳大人是不是睏了？」

「是啊！」我覺得有些尷尬，好在他們給了臺階。「昨晚沒睡好，今天走這麼多路，剛才又多喝了幾杯……」

「那就請早點歇息。」

順水推舟早早回驛館，可我的心哪歇得下？我後悔沒多喝幾杯，喝它個八九分醉，倒床就睡，一睡就天亮。現在不比從前，難得幾回醉，稍多喝幾杯就喝不下。沒喝多，沒睡多時就醒，而且好像越來越清醒，夜愈深愈多胡思亂想。思緒像脫韁的野馬，我控制不了它，克制不了填新詞的欲望。夜深變冷，腹中又空，顧不上討碗熱水，我顫抖著寫下新調新詞〈內家嬌〉。這詞從當地人們踏青春遊的熱鬧場景，更為深刻地感受身為一個離人之孤獨，進而想起當年在京城如何風流，不由濟然淚下。往昔是熱烈的，當下則柔腸寸斷，更糟的是對日後感到無望。這種時日，怎麼熬啊！

我到這不久就給張先寫了信，毫不掩飾沮喪之情。信中附上我寫給周月仙的〈輪臺子〉，表露我對誤入官場的悔恨之心。他及時回信給我，一如既往說他最新豔遇，沒想他竟然批評我這詞，說「滿目淡煙衰草」一句表明我已辨色，怎麼又寫「望中未曉」？語意顛倒。

我覺得挺委屈，回覆說：這詞寫給周月仙那樣才女，我刻意用心了，是你把詞中景象過於坐實。「滿目淡煙衰草」一句並非眼前實景，而是我對所處環境的一種感受。我孤獨地走在一條雞肋式的仕途上，自然看不見繁花似錦，而只有淡煙衰草之淒涼，春也是秋，曉也是昏。還望老弟讀我詞的時候，少喝點酒，暫別美人，多領會老兄一片孤苦之情。

我常怨凌波仙子不給我回信，好不容易才想通：她或者林老闆到哪去找正巧要到這鬼地方的人？我想像著她為此著急的情形，又想早日逃出這鬼地方。

61、「天才之詞，近乎神品」

陳成吉這人其實挺不錯。我要求他將私用的稅錢分月慢慢還，他卻將妻子的首飾典當，一次還清。他做事很賣力，鞍前馬後，替我處理得清清楚楚。我很讚賞他的履職能力，奇怪他為何這麼多年升遷不了。他常請我到他家吃飯，有著無窮無盡的理由，比如今天買了點時鮮菜，明天心情特別好些，後天天氣又特別冷些，總想請我喝幾杯。當然，你知道，我這人本來就貪杯，心又軟，經不住幾句誘惑。特別是近來我厭腥，食慾低靡，一天比一天消瘦，他們看在眼裡急在心裡，每天想著法子弄新鮮口味。他妻子女兒則經常幫我打掃房間，洗衣洗被，親如一家。她們幫我洗了衣裳，還要用米飯湯漿一下，太陽香特別濃，又摺疊得有稜有角，讓人感到特別清爽。時間一長，我也將他視為兄弟。他則視我為救命人，感恩不盡。一日，我直接問他為何仕途久困。他滿肚子委屈，說原來當兵，本來就幾品，轉到鹽場該享受幾品，可是沒人幫他說話。前任鹽監王某一直跟他過意不去，當面一套背後一套，推薦上去幾個也沒推薦他。有一回，他和幾個較好的同事喝酒，談另一個人，他有些生氣，順口罵一句王八蛋。哪料到，王某剛好不邀而至，正要邁進門的時刻聽到這罵，馬上斥責為何罵他。幾個人有口難辯，怎麼也解釋不清。從此，他們常常公開衝突。要不是我來接任，他的飯碗很可能已經被端掉。

我聽了覺得好悲哀。官場很多不可思議的事，我不也如此嗎？同病相憐啊！如此一來，我們更常一起喝酒。禮尚往來，閒來無事，我也常常請他到我官舍小飲。不拘禮節，也不講究菜，一把花生豆子也能配一罈酒。他對我的乳杯似乎也興趣，但我不想與部從談論女人，輕描淡寫說：「一個朋友送的，好玩。」有時，我邀他登高對飲，同銷萬古愁。我有首〈玉蝴蝶〉記述這事，後部寫道：

良儔。
西風吹帽，東籬攜酒。
共結歡遊。
淺酌低吟，坐中俱是飲家流。
對殘暉、登臨休嘆，賞令節、酩酊方酬。
且相留。
眼前尤物，盞裡忘憂。

沒想到，陳成吉對我另有所圖，只是我遲遲沒明白。他們夫婦常說我該續娶啦，並要為我做媒。我很感激，但是謝絕。這些年來，在睦州和餘杭，經常有人為我做媒，還有幾個像周月仙那樣自薦，我從沒應允。約半年後，他明確說願將女兒許配給我。說實話，他女兒眉清目秀，做個賢妻良母肯定不錯。可我的凌波仙子在那裡等著，我不能另娶。她有勸我另娶一兩個，我想那也得等跟她完婚之後，而不能讓她變成妾。再說，想想要把這個下屬尊為岳父大人，又覺得委屈。

不知道是不是漸老的原因，我對女色的興趣日減。或許當年太甚吧，早將今日透支。到鹽場以來，完全可以說不近女色。如果說還有所近的話，那就是回味，反覆咀嚼往昔的風流。回憶之餘，玩些新詞。我現在填詞，既不想討青樓聽眾的歡心，也不用討高官的歡心，甚至不想討蟲蟲和張先等人的歡心，純屬自娛自樂。

說句實話，我當時常說「玩詞」，那只不過自謙。實際上，我只有以前把詞當作玩，當作稻粱謀，而這時候則當作精神支柱了。吳王留有傳說，已是有幸。有多少帝王將相連傳說都沒有，又多少像我老祖宗柳下惠那樣的好人早被遺忘得一乾二淨？所謂立功立德是靠不住的。人生真正不朽，唯有立言。我要百尺竿頭更進一步，將詞寫到極致。

〈曲玉管〉是唐時教坊曲，屬三疊詞調一種特殊形式，稱「雙拽頭」。由於它音調重複一次，所以前兩疊短，詞意平列或緊密相連，到第三疊才發起別意，高潮更為突出。首疊我寫秋江晚眺，觸景傷懷，由景及情。第二疊反過來，由情及景。第三疊轉入對往事回憶，無言獨下層樓。最後我寫道：

暗想當初，有多少、幽歡佳會，豈知聚散難期，翻成雨恨雲愁。阻追遊。

每登山臨水，惹起平生心事，一場消黯，永日無言，卻下層樓。

孤寂難耐之時，我常想：在這裡當什麼狗豬牛鴨雞……屁官啊，不如回京城做浪子！我的確這麼想。早就這樣想過，經常這樣想，現在則是有著深刻體驗之後再確認。

我對淩波仙子思念不已。想到她，常覺得美酒無味，暗自垂淚。我不知道是不是真要老死這鬼地方，是不是這輩子再也不能見到她，真要讓她「一生贏得是淒涼」。甚至不明白她究竟有何魅力，讓我如此銘心刻骨，儘管浪跡天涯，儘管美女如雲，心靈深處無時不掛的還是她。我填一詞〈八聲甘州〉：

對瀟瀟、暮雨灑江天，一番洗清秋。

漸霜風悽緊，關河冷落，殘照當樓。

是處紅衰翠減，苒苒物華休。
唯有長江水，無語東流。
不忍登高臨遠，望故鄉渺邈，歸思難收。
嘆年來蹤跡，何事苦淹留。
想佳人、妝樓顒望，誤幾回、天際識歸舟。
爭知我、倚闌干處，正恁凝愁。

〈八聲甘州〉原是唐時邊塞曲，曲調蒼莽寂廓，特別適合我現在的思念之情。我將這詞寄給我的凌波仙子，也寄給張先。

張先很快給我回信：

我又要說妒忌你了！記得第一次說，那是因為看到有那麼多歌妓幫你傳唱。這一次是因為讀到你這麼好的詞。我覺得你的詞風完全變了，與柳七判若兩人。我特別喜歡「霜風凄緊，關河冷落，殘照當樓」幾句。我想，唐詩之妙，也不過如此吧！簡直堪稱天才之詞，近乎神品！真該祝賀你啊！

我還覺得，有了你的〈八聲甘州〉，我們寫詞的終於也可以抬起頭來，堂堂正正寫啦！謝謝你了！

你老說那海島怎麼苦，嚇得我不敢去看你。現在看來，那海島苦得好啊，成全了你的詞。你真該感激那個海島……

「天才之詞，近乎神品」這樣的字眼顯然溢美過獎，我覺得他信口開河，站著說話不怕腰疼。這鬼地方請他喝酒都不肯來……對了，他家發的是鹽財，他敢來看這些鹽工嗎？不管怎麼說，他不該說這樣的風涼話，哼！

62、「哄鬼去吧」

我以為真會老死那個鬼地方，沒想很快要我離島，不能不說僥倖。自唐以來，全國設九大海鹽場，曉峰為其一。兩年一次，戶部要召集九大鹽監進京述職，研討來年大計。曉峰鹽監這一去路上一個多月，回來一個多月，順便在家待一段，一晃就半年。為此，有人非議：真有那必要嗎，無非讓他們休養罷了。上年沒開，今年剛好輪到我。

我可不想去！我說過我怕海，一想那過渡就心悸。為了不再過那鬼渡，寧願老死這裡。可是，海那邊又充滿誘惑。一想到出海，就彷彿看到我的凌波仙子在那裡笑盈盈召喚，欣喜之情戰勝恐懼。不為我，就為一解她的相思之渴，也該冒死一去。

何況我還得爭取為鹽工減稅。那奏摺如沉大海，不知什麼緣故。從朝報看，王介上個月回京當戶部尚書了。看來，人心到底是肉長的，皇上不會讓自己的親人長期在外受苦。我跟王大人在睦州相處時間雖然不長，但覺得他人味比官味重多了，正想直接給他寫寫這裡的情況。現在能親自去自然更好，可以當面陳情。要是不答應減稅，我就不再來，辭了這狗屁官！

那恐懼畢竟深扎在我心底裡，揮之不去。我請陳成吉幫忙，但不好意思實說，怕人笑話，只是請他送我過渡。為了打發海上那半日無聊，備上一罈酒。跟來時不相同還在於，我現在可以呼叫鹽場專用船，還可以叫幾個役卒陪著壯膽。

我禁不住渾身發抖，佯稱冷，躲進船艙猛喝酒，不一會便大醉。他們怎麼抬我上岸，一點不知道。酒醒而來，發現躺在岸邊的旅館裡，陳成吉等人畢恭畢敬在一旁。我像地獄逃生一般，再三道謝。離開時，回望一眼那泥濁的大海，發誓再也不去那鬼地方了！

離開明州，路途越來越順暢，眨眼工夫到杭州。太守還是盧煌，我忍不住叩門拜訪。一見面，我打趣說：「我活著回來啦！」

沒想這話讓他誤以為抱怨，又為沒能幫上我表示歉意：「其實啊，宦海沉浮如錢江潮一般，漲漲退退，退退漲漲，平常得很，小弟切不可過於在意！」

「請放心！」我說，「如果不是對大人滿懷敬意，不會找上門。」

晚上，他要安排酒宴，我如實說有怪病，給點清湯麵再一些花生瓜子下酒即可。他陪我喝「寡酒」，然後安排歌舞。這天的歌妓舞妓特別亮麗，好像接待的不是偏遠小官而是欽差大臣。然而，他越盛情，我心裡越不安：是我自己不爭氣啊，負了他一片厚愛。

從杭州開始入運河，這船平穩多了，可以放心睡大覺，也可以欣賞兩岸的詩情畫意。我想在餘杭稍停一兩日，看看周月仙等人，又覺得為難。新縣令和那班老同僚要不要見？身為一個明升暗貶的官去見他們會不會自討沒趣？我決定不去。至於周月仙，再說吧！

到嘉禾，就是現在的嘉興，我決定上岸玩兩天。我歸心似箭，提前了幾天，玩玩無妨。張先現在這裡當判官。這傢伙命實在好，十幾年都在老家附近轉，整天吃喝玩樂還升官，我卻到那鬼地方還受窩囊氣，得找他補償點。

張先待我勝似親兄弟。可今天不巧，他也受了氣。原來，晏殊的長子晏幾安在江西為官，今天路過，張先接待。席間談起詩詞，很自然論及晏殊。張先說，他最喜歡晏大人的〈玉樓春〉：

綠楊芳草長亭路，年少抛人容易去。
樓頭殘夢五更鐘，花底離愁三月雨。
無情不似多情苦，一寸還成千萬縷。
天涯地角有窮時，只有相思無盡處。

張先說：「晏大人這詞將人生離別相思之苦寫至極。特別是『年少抛人容易去』一句，敘述怨婦空自淚眼相看，無語凝咽，負心郎卻輕易地棄她而去，令人同情。」

沒想到，晏幾安竟說：「我父親小詞雖多，卻未嘗作婦人語。」

張先詰問：「『綠楊芳草長亭路，年少抛人容易去』，不是婦人語麼？」

晏幾安反問：「你說『年少』什麼意思？」

張先說：「難道不是婦人所喜愛的男人嗎？」

晏幾安卻堅持說：「不是！我父親這句『年少』，跟白居易詩『欲留年少待富貴，富貴不來年少去』中的『年少』一個意思，說青春難永駐！」

「哄鬼去吧！」張先發怒，一席酒宴不歡而散。

「我是過分了些，不該對客人生氣。何況他不是一般的客，十多年來我在他家喝過多少酒啊，真是酒杯都咬破了！」張先對我說，「可他……他也太過分了，真不知道無知到那種地步，還是故意狡辯！我不敢相信他真會無知到那種地步，可也不敢相信他年紀輕輕，怎麼會比他父親還虛偽。」

張先不像我孤家寡人。他始終身居繁華之地，廣交四方文人士大夫。他說，其實晏殊本人挺不錯，儘管高居相位，還算性情中人。除祝壽詞外，他大都寫男歡女愛，離情別緒。他尤其擅長寫女人美，通篇不著一句俗詞豔語，也能將神態寫來如畫，令人佩服。他自己最喜歡一句是「無可奈何花落去，似曾相識燕歸來」。前不久，他將這句詞又寫入他一首新詩。一個詩人在新作裡重複自己是忌諱的，可他不顧，不能不令人欽佩。

談起詩詞，張先沒完沒了。我忽然想起娜娜，忙問：「你最喜歡那個大眼睛，她回晏大人家了嗎？」

「沒有……好像沒有……我前一段去，好像還沒看到，不過我也忘了問。」

我們不約而同嘆一聲，不知為晏大人惋惜還是為娜娜悲哀，或是兩者兼有。

我忽然嚷叫肚子餓，他才想起安排酒宴歌舞。他不比盧煌，我們可以無話不說無事不做，我準備好好消受一番。可我仍然無法享受油腥。這老友急了，召來滿城名醫，但沒一個醫得了我的胃口。

對美女我仍然激動不起來。她們向我索詞，實在推不過就給一首舊作，偏偏被識破，弄得雙方尷尬。他安排一個美女到我房間，可我老想著蟲蟲和周月仙那明亮如皓月的雙眸，不能自持。我只好將她支走，仍舊獨自回味。我突然感到：周月仙很可能是我這輩子最後喜愛的女人了。我再也沒心思去尋去覓什麼史上第六、第七大美人了。

63、「從今永無拋棄」

京城，夢寐以求的汴梁東京，老遠就讓我兩眼變明亮。回想那個海島，真有天壤之別。我怎麼會從那樣的鬼地方來？難道還要回那樣的鬼地方去？不，我才不！

棄船登岸，僱一匹壯騾進城。我要快些見我的凌波仙子，快些！再快些！

然而，一進城門又不知不覺連連收韁，讓騾慢些，再慢些，讓我多尋些昔日的感覺。就像渴盼太久的美食，不忍心一口吞。

城依舊，街依舊，人卻陌生。想想不奇怪，肯定是幼變大，大變老，美變醜，醜也可能變漂亮。這麼幾年過去，怎麼可能還跟我離開時一樣呢？那寬廣的御街那壯麗的皇宮，曾經一次次描寫過，一回回歌唱過，更在心底裡一遍遍嚮往過。我多想能像父親一樣在那裡常入常出啊！以前還覺得那唾手可得，現在想來，實在是奢望，實在是可笑！我不由讓騾慢些再慢些，連連回望那輝煌的皇宮，好像再也不能見它一樣的。

轉入小街巷，感到更親切。那燈紅酒綠，曾經讓我迷醉了一夜又一夜，一年又一年。東邊那一幢什麼樓，西邊那一幢什麼館，似乎不用看招牌也叫得出。甚至那鴇娘，那最可愛的歌妓舞妓叫什麼，好像仍然記得。那麼，她們是否還記得我？認得出現在的柳永就是當年的柳七？當然，我記得她們叫香香、豔豔什麼的，更不一定認得出人，時光對女人特別殘酷。如果這樣，認了半天，愣了半日，提起某日某詞才忽然記起，噴發一笑，那一定很有趣。要不要進去試試？

不，不可！至少我得顧忌此時此刻這身官服，不敢辱沒了它。這麼一想，我不再彳亍，讓騍快行。這時，發覺月已升空，心裡又有新詞。我心裡跟東樓西館那些美女作別：「謝謝你們留給我的美好記憶，但請原諒我不能再去看望。」

到欣樂樓前，只見月光下一片紅燈，只聞樂聲歌聲瀰漫，酒味撲鼻。此時此刻，我的凌波仙子肯定在樓上樓下忙乎。我想反正這時刻她也沒空親熱，不要打擾，自己先到榕風客棧吃飯。

沒想到榕風客棧老闆又換了，但仍是閩中老鄉。新老闆根本不知道我，我只能獨自小飲。忽發奇想，我想給凌波仙子一點驚喜，取一紙寫上前些日子填的新詞〈十二時〉，脫下官服官帽，正色問新老闆：「你知道這是什麼衣裳嗎？」

「從六品，京城裡誰人不知道？」老闆不亢不卑。

到京城擺什麼官呢，真是！我誠懇地說：「我將這衣帽寄你這，明日來取，行不？」

「放心吧！」老闆口氣變恭敬，「丟了它，我這小店還想開嗎？」

我笑了。還是平民百姓爽快。寄了官服官帽，低帽遮顏進欣樂樓，找個角落，又背向歌臺舞池。這種地方，沒一處光亮如日，稍加掩飾就難認。喚個侍者的，我認出他他沒認出我。請他將〈十二時〉交給歌妓，如果有興趣就請她當即唱。

不一會，便遠遠傳來歌聲，最後是：

怎得伊來，重諧雲雨，再整餘香被。

祝告天發願，從今永無拋棄。

這詞本來就寫得纏綿悱惻，加之演唱技藝好，更是令人柔腸寸斷。我雖然背向，但聽聞隨之而起的喧譁。不一會，又果然聽到熟悉的腳步款款而至，夢寐以求的體香飄然而至。她坐到對面，只問：「為何偷襲而來……你怎麼瘦成這鬼樣子啊！」

「唉——那鬼地方……唉，沒關係……」

「都皮包骨頭了，還沒關係？」

「記得麼？我說過『衣帶漸寬終不悔，為伊消得人憔悴』。」

「別耍貧嘴了……」我的凌波仙子緊緊擁著我，淚如雨下……小別勝新婚，說不盡的恩愛。只是一點，她不讓我住欣樂樓，而要我重回榕風客棧。她說：「別髒了你的官身！」

「你說什麼呀！」我緊擁了她，「在我心目中，比官衙聖潔多了！」

不過，牢騷歸牢騷，還得有所顧忌。一個官員整天住青樓妓館，傳出去確實不大好。我聽從她安排，住到榕風客棧。她也盡量偷閒到這來陪我。

64、只求調離那個海島

凌波仙子要我先看病後辦公事。她說官司越拖越輕，病越拖越重，一天都不讓我再延誤。肉體也一天比一天更絕望地呻吟：我要死啦！我勸道：別那麼悲觀，你看我精神不好好的嗎？我還在為民請命哩！我跟我的凌波仙子的好日子才開始吶！肉體說：精神是精神！肉體是肉體！有些人肉體沒死精神早死，可也有些人肉體早死精神不死！信不信，你自己看著辦吧！我反正一天比一天虛弱，沒什麼樂趣，不堪忍受，死也無所謂了！隨你治也罷，不治也罷！我怎麼可能有病不治呢？問題是這病太讓醫生頭疼。

京城有「病福」之稱。「趙太丞家」首屈一指。太丞是朝中「太醫局丞」的簡稱，我們當時太醫局丞總共才六人。這位太醫丞與皇上同姓，店開到大街上，讓平民百姓共享。趙太丞幾乎可治百病，卻沒能讓我的病減輕。病急亂投醫，接連找了好幾家，讓我的凌波仙子也感到絕望。最後，倒是阮哥想起某小街上的「楊大夫應診」，老用三根手指切脈，人稱「楊三點」，醫術高超。他三指頭切了切我的脈，隨即笑道：「沒啥大礙！沒啥大礙！那些庸醫平時不肯多讀書，誤人性命，簡直該殺！你這病，《素問經》上就有記載，叫『食掛』。我們每個人的肺有六片葉子，張開像蓋子，向下覆蓋到脾上，才能肝脾氣和，食慾旺盛。只要一片肺葉有毛病，肺就不能舒張，脾就被遮掩，食物不能下行，食慾就不振。」我一吃他開的藥，果然聞到肉味就覺得香。

病稍好，會期到。沒想到，戶部那幫官僚讓我絕望。當著眾人面，我詳陳曉峰鹽場耳聞目睹。我沉痛地說，小時候聽過一句俚語「沒鹽真可憐」，吃不上鹽的人是世上最可憐的人。活了幾十年，到鹽場才發現，那些飯桌上只有鹽的人才是天底下最可憐的人！我還記得一句俚語「賣魚者吃魚屎」，說賣魚的人吃不上魚是悲哀的，也是到了鹽場才發現，那些賣鹽的人只有鹽吃才是真正的悲哀！求求各位大人到鹽工家裡去看看吧，看看他們那悽慘情形，你們就會發現鹽稅是不是太過分了。不想，我這番發自肺腑的話，並沒博得同感。其他鹽監嘟囔：「我們又不是沒到過鹽工家！」

「柳大詩人啊，請坐下！你年歲也不輕了，不要激動！」戶部尚書王介語重心長說。「你的奏摺，你的〈煮海歌〉，我們都傳看了。我知道，你有杜甫『安得廣廈千萬間，大庇天下寒士俱歡顏』的理想，還有范仲淹『先天下之憂而憂，後天下之樂而樂』的情懷。不過，我覺得，那些話說說是可以，很容易贏得人心……我聽說了，現在已經有人稱讚你『洞悉民瘼，仁人之言』，還有詩讚揚你『積雪飛霜韻事添，曉風殘月畫圖兼。耆卿才調關民隱，莫認紅腔〈昔昔鹽〉』。一首〈煮海歌〉，夠你流芳千古了！但是，千萬別忘了，你現在不是文人騷客吟詩作賦，而是為官！為官考慮問題得站在國家社稷的角度！請你想想，鹽稅不加，國庫哪來錢？國庫沒錢，澶淵之盟怎麼踐行？不踐行澶淵之盟，哪來天下太平？沒有天下太平，哪來廣廈千萬間？哪來天下之樂？一句話，沒有成千上萬鹽工的苦，哪來千千萬萬百姓的幸福安寧？寫詩填詞做文章你可以只盯一兩個人，為官不能不著眼於廣眾！」

這番話讓我啞口無言。我這才發現為官與填詞果真有天壤之別，發現王尚書完全變了。看來，西南那偏遠之地終於讓他馴服，終於讓他更像官。我承認，王尚書說的不是沒道理，可我難以接受。我還是忘不了那些鹽工，特別忘不了謝某的飯桌。我現在才覺得，有些書真是害人。整天要我們有天降大任的遠大抱負，卻又用另外一套套壓制你，叫你連小事也做不成，結果即使當上高官也難免懷才不遇，鬱鬱終生。

那天，我終於領到夢寐以求多年的館券，可以到樊樓等等一流的歌樓去瀟灑。然而，那粉紅的券面奇怪地讓我聯想到鹽工那結著汗鹽的衣背，一點激情也沒了，當即奉還。我那早已變乖的小老弟這時忽然又調皮搗蛋起來，連連催我快收下。我堅持說：「等我忘了那些鹽工再享樂吧！」

說實話，過後我那調皮搗蛋的小老弟一遍遍責怪我之時，我也有些懊悔。樊樓等一流歌樓我嚮往了多少年啊，怎麼送到手上卻不要？但我仍然堅持想，我該這麼做，要以此表明我為鹽工減稅的籲請絕不是虛情假意。

我不再堅持為鹽工減稅，只請求調離那個海島。我說：「我不忍心目睹那些鹽工，沒減稅沒臉見那些鹽工！」同時坦率說：「我暈海，對那海渡恐懼極了，別讓我死無葬身之地！」

凌波仙子當然也希望我不再到天涯海角，而希望留在京城。我嘆道：「我無能為力了，只能聽天由命！這官場啊……」

「既然你自己沒把握，為何不找找人呢？」

「找人……我也想啊，可是找誰呢？」

我想起老鄉楊億，可惜他早已作古。想到鼓子花，可惜不敢去尋覓。再想到晏殊，精神為之一振。晏大人現在高居相位，而我跟他有過一面之交，他肯定有印象，沒有更適合的人了！這些年雖然沒機會再見，但陸續聽些傳聞，前些天還聽張先聊過。

晏殊跟別的高官不一樣，傳聞都是美談。就說他最得意那句子，也是一段禮賢下士的佳話。那次，他路過揚州，走累了，進大明寺休息。見牆上好些題詩，找把椅子坐下，讓隨從給他念。聽了一會兒，他覺得有首詩不錯，問是誰寫的。隨從說是一個叫王琪的，馬上叫人將他找來。王琪來了，一起在花園散步，談詩論詞。時值落花滿地，三分鐘熱風過，花瓣隨風起舞。見此情景，晏殊說：「我有個句子，想了好幾年沒思索出下句。」王琪問什麼句，晏殊念「無可奈何花落去」。王琪聽了，隨口對句：「似曾相識燕歸來。」晏殊一聽拍手叫好，馬上寫進自己詞裡。不久，王琪被提拔為禮部侍郎。

何況晏殊也喜歡風花雪月，而且寫得異常綺豔。比如「為我轉回紅臉面」，「且留雙淚說相思」，「那堪更別離情緒，羅中掩淚，任粉痕玷汙，爭奈向，千留萬留留不住」，「玉椀冰寒滴露華，粉融香雪透輕紗」……隨便一想，我就想起一大籮筐。張先也說，他比他兒子更可愛。這樣的官，與我有著天然的緣分，怎麼早不求助於他呢？要是早求了，說不定連睦州、餘杭都不用去！

那麼，我要求什麼呢？冷靜想了想，覺得我更適合主一方之政。憑良心說我在餘杭做得不錯。等哪場大水災一來，而餘杭安然無恙，他們更會感恩我。讓我去做個太守，應該適合。不過，我又清醒地意識到自己不適合為官。我這人沒城府，防不了小人，做再好也是空的，什麼時候倒大楣都不知道。再說，正如王尚書說，我骨子裡頭是詞人，多愁善感，有官也做不長。既然如此，還強求什麼？

我總不能有官不做，整天躲在凌波仙子被窩裡吃軟飯吧？於是我想，「著作郎」之職最適合。一則此職與我現在品級差不多，二則屬京官，更重要是適合我的性情。著作郎職責參與彙編「日曆」即每日時事，只要動動筆，小菜一碟。高興起來，我還可以多填填〈望海潮〉那樣的詞，頌揚舉國盛事，說不定還能博得皇上青徠。事實上，聽說皇上以前也喜歡過我的詞。對於此職，我充滿信心。

65、「你怎麼這樣笨啊」

第二天旬休日，我決定到緣園去拜訪晏殊大人。蟲蟲特地給我買了嶄新的衣裳，臨出門又幫我上下前後檢查一番，直到衣角也無皺才讓我出門。可是剛邁一步，她又叫住我：「兩手空空嗎？」

對了，要不要給晏大人送禮？這麼多年來，太大意了！也許是太順的緣故，我不習慣送禮。沒有送禮那麼多妓女鴇母照樣喜歡我，沒送禮照樣及第，沒送禮呂蔚太守照樣薦我，沒送禮郭銓御史照樣薦我。可是，送禮給我的下屬與富商太多了！有的送箔金，有的送瓜子金，有的送金羅漢，這些貴重禮物我都不敢收。送缸酒，送條雞鴨魚什麼的，我收了好些。而收這些禮之時，確實心存感激，也許有意無意回報過某種好處。偶念及此，我還會想起種種送禮傳聞。比如前宰相呂簡夷，有四個妾，還有十個家妓。有人送四枚北珠，他分給四個妾，十個家妓很不高興。北珠為淡水珠，顆粒碩大，顏色鵝黃，鮮麗圓潤，晶瑩奪目，從後漢開始成為朝廷專享貢品，即使大富人家也難得一見。所以，家妓們一肚子氣，發牢騷：「我們長太醜啊，沒臉戴北珠！」這話傳出深宅大院。有個地方的太守江某正愁怎麼討好宰相，一聽這傳聞馬上有了眉目。我們那時候的女人特愛戴冠子。冠子宜正宜側，宜偏宜墜，不論什麼樣的造型，不論睡時還是醒著，或醉或笑，都能映襯她們千嬌百媚的花容。北珠則顯富貴。於是，江某籌十萬兩銀子，買十頂鑲著北珠的花冠，趁呂大人上朝時直接送到十個家妓手上。她們十分高興。呂大人回家，她們擁上前向他道謝。她們戴著北珠花冠參加貴婦們「鬥寶會」出盡風頭不算，還要戴上街鬧元宵。人們看燈的心思都沒了，都來圍觀這十個家妓。她們更是心花怒放。回到家裡，十個家妓圍著呂大人說：「我們得江大人的風光十倍百倍，你何必吝嗇一頂官帽呢？」呂大人覺得有理，很快提拔江某為工部侍郎。這事不知道是不是真的，反正人們都這樣傳。早有人開導我：為什麼不跑跑關係呢？送了禮，早中進士。現在，我偶然也會想，要是送了禮，也許不在睦州提拔，也該在餘杭升官，哪來今天這窩囊？再不開竅，恐怕要窩囊到死了！

送什麼呢？十萬兩銀子……十頂鑲著北珠的花冠……天啊，我到哪去弄那麼多錢？總不能將鹽場稅款，或者是欣樂樓賣了送禮吧？

比不過我就不比了，再說比富鬥闊也太俗。晏大人不只是高官，更是大才子，詞壇領袖。那個王琪，不是送半句詞就升官嗎？可以想見，晏大人不俗，重的是才。他自己也是憑著真才實學平步青雲的。想當年，他對我的詞評價挺好。所以我想，還是送些自己的詞更適合。要是他真喜歡我的詞，自然會高看一眼，助一臂之力，重用我在他左右。何況，我不求高官重臣，想要的只是區區著作郎小官散官閒官。

蟲蟲贊跟我的想法，將這些年收集的詞全都取出，加上我自己留存的，將近兩百首，彙編成冊，名為《樂章集》。為慎重起見，我們又特地花幾天功夫，將詞稿全部校改一遍，等下一個旬休日再去拜訪。對我柳七時期寫的一些詞，蟲蟲有些顧慮：「晏大人會不會……」

「這就放心啦，一百個放心！你別看他高高在上，更是花天酒地，寫的豔詞絕不比我少！」我還說了他兒子狡辯的事，張先也不相信他會像兒子那樣道貌岸然。

緣園仍然是一片沒有圍牆的花園。那些亭臺樓閣跟我印象中差不多，只是樟樹已有合圍粗，一樹綠蔭一大片。我們南方民俗，生男栽一棵桂樹，象徵長大成人後折桂奪魁狀元及第；生女則栽一棵樟樹，出閣之時砍這樹做嫁妝。樟樹已長成，我的家不能再拖啦！

燕歸堂是緣園的中心，晏大人本人日常居所。這裡自然有道大門，且需通報。等著召見的人，門廊裡坐了好多。上次是跟楊億大人來，好像沒通報一關。這次不一樣了，不能不等。

等候的人，熟悉的在聊天，聊些今天天氣哈哈哈，不熟悉的如張飛到板橋一言不發，生怕被人知道身分。只有僕人開門時，高聲傳喚某某某，才會知道剛才進去的是誰。我沒一個熟人，待在一旁胡思亂想。二十來年了，緣園沒圍牆也沒被盜過。人們驚奇之餘，問晏大人有何祕訣。你猜他怎麼說？他笑笑說：「沒什麼祕訣，不過指望盜賊發善心而已，沒想盜賊們真對我晏某發善心了！」這表明晏大人有著非凡的善心。

我忽然想起晏大人的娜娜，不知道她有沒有回。想當年，她還是我幫忙找到的……如果沒回來，晏大人會怪我嗎？笑話！怪我什麼呢？好歹我幫他跑過腿，如果還記得，該感激我才是。

忽然有傳「柳永」，我連忙起身進門。不想另有一人也要進，一問才知傳的是成都太守柳雍。柳雍朝我笑笑：「後會有緣！」

等了老半天沒等到傳我。臨午，僕人出來說，晏大人在商國事，請來訪者到天繪樓用餐。天繪樓離燕歸堂不遠，風光如畫，專門用以招待賓客。這餐挺豐盛，還有歌舞相伴，但主人不在，我沒什麼心思喝酒。我覺得挺掃興。看來，晏大人對我柳永並沒有印象……對了，我應當說柳七柳三變，他肯定有印象！

下午再到燕歸堂，我馬上改寫名帖，註明原名柳七柳三變。可還是一直輪不到我。

柳雍拜會出來，滿身酒香。他見我還坐在那，便前來打招呼，並邀我到門邊花園聊聊。

我們同姓柳，同是和聖柳下惠之後。還有半個名字同音，前輩子有緣。雖然我福建他四川，可人們都說「閩蜀同風，腹內有蟲」，挺親切的。問及年庚，我比他長一歲。他拱手笑道：「那我因襲老兄了，抱歉！」

「不，我用這名總共沒幾年，要說因襲那是我偷盜你！」

「我聽說了些，你還叫柳三變柳七，但我搞不清楚……」

「你已經知道夠多啦！」

他聽了大笑，忽然問：「你給守門人多少銀子？」

「守門人要給銀子？」我真沒想到。

「你呀，難怪……你這樣等到明年也是空的！」

我明白了，可我只帶了些路費。他便掏一錠銀子給我。我沒推辭，千恩萬謝。

銀子一塞，果然很快被引到晏大人書房。這房三面以書為牆，迎面是書桌，桌上筆筒是黃金鑄的，還鑲有寶石，特別引人注目。左側兩張太師椅，其間茶几，僅供個別貴客小敘。

二十來年不見，本來也不多見，我們都無法認出對方。我只好多講當年的柳七柳三變，晏大人不時地哦一聲。我中午沒貪杯，沒忘記此行的目的。我略說特來討教，雙手捧上《樂章集》。他接過放在茶几上，客氣說一定抽空拜讀。我連忙轉移話題，誠懇說在睦州在餘杭如何有為，坦率說如何恐海，又因無法減稅而不忍心面對那些鹽工，請求晏大人予以同情，屈尊助一臂之力。

晏大人果然惺惺惜惺惺，不時地頷首點頭。聽我陳述完畢，關切地問：「具體有何想法？」

我又如實說如何愛我的淩波仙子。我說：「十多年啦！我真的很希望能在晚年跟她團聚，希望能留在京城。不求高升重用，做個著作郎就心滿意足！」

沒想到，晏大人搖頭說：「著作郎……恐怕……不妥……不妥！我看不妥！」

我以為他要我做更大的官或者更有實權的官，迫不急待追問：「那晏大人是說……」

「著作郎，著日記，存史、教化、資治，須存天理滅人慾。而你寫那些……豔科，人慾張而天理泯，不妥！不適合朝中……」

我大驚失色：「寫豔詞就不適合朝中？」

「當然……當然不適合！你想啊……」

「那……那大人……晏大人，你、你不也寫豔詞嗎？」

「我……」晏大人面紅耳赤，一時語塞，吱唔了好一會才發怒，站立起來斥責我。他幾乎是吼叫，並重重地擂了書桌一拳，將那金筆筒震落地上。他顧不上撿筆筒，只顧發洩：「我晏某是寫豔詞，可是……可我、可我不會墮落到讓女人來『拘束教吟課』的地步！不會寫『針線閒拈伴伊坐』——滿紙婊子腔！庸俗不堪！俗不可耐！」

我只覺得天旋地轉。那話一出口，我就懊悔了，恍然記起那年說范仲淹可以跟張先合為「范三淚」，真想摑自己一嘴：「你怎麼這樣笨啊！」可我的嘴不服，說你怎不會追問：「晏大人，你家那些歌妓舞妓，跟婊子多大區別？出了宮門，各地教坊的歌妓舞妓伺侯，你俗不俗？」當然，我沒這樣說。抬頭望去，他臉紅脖子粗，側望窗外。窗外有太湖石假山，假山中有林木，夠他去張望。我覺得沒什麼好辯，什麼也不想說了，從茶几上拾起《樂章集》，轉身步出燕歸堂。

66、「除此外何求」

我喪魂落魄離開緣園，悲憤愈發強烈。這打擊並不亞於當年遭真宗皇上黜落。真宗黜落我，是我太放蕩，難怪皇上。可他——同樣寫豔詞的晏大人，樊樓與欣樂樓的區別而已，五十步笑百步，卻如此貶損我。被真宗黜落，等他死了仁宗繼位又等他親政我才有出頭之日。那麼，這次被晏大人貶損，也得等他下臺等到猴年馬月？難道真是命裡注定我與官場無有緣分？

我雙腳特別沉重，一出緣園，再也挪不動步。我在路邊小酒店找個角落，要了酒獨自喝。酒喝飄飄然，可我一點也消不了剛遭受的羞辱。我都忘了寫過「針線閒拈伴伊坐」，蟲蟲也沒收集到，沒編進《樂章集》，他提及我才想起。看來，晏大人平時就很關心我啊！他說我的詞太俗，並不是隨口而出，而是早有偏見。說不定郭大人推薦我時他就反對過，也說不定對我有偏見的不止他一人。看來，我難以翻身了！

看來，我又得改名了！

改什麼名啊！男子漢大丈夫，坐不改名行不改姓，要改就改回我柳三變柳七！我要做我的柳三變柳七！什麼狗豬牛鴨雞……屁官，雞肋一樣的，還要三番五次羞辱我，我不要了怎麼樣？什麼浮名，老子早不想要了！哼，還裝模作樣菩薩一樣的要我磕頭跪拜，我偏不跪不拜怎麼樣？我寧願去跪去拜被你罵的那些「婊子」，偏不跪拜你，怎麼樣？

酒醉心明，說做就做！我隨即起身，掏錢付帳，差些錢求老闆打些折。沒錢僱車了，只好步行。

天黑燈亮，可可樓的招牌特別醒目。我什麼也沒想，信步邁進這樓。

可可樓與欣樂樓差不多，只是人沒一個認識。我想，我以前肯定光顧過。這以前叫什麼樓，記不清了。那鴇母和傭人很可能是原來的，可我忘光了。不過沒關係，天下沒有不歡迎我的青樓妓館。我要酒，還要歌妓坐陪。又要錢？沒有，但我有詞。侍者發笑，說我醉了，要驅趕我。我吼道：「叫老鴇來見我，快！」

老鴇很快趕來，不容分辯，一到就勸我先回家，改日再來。

「我是當年名聞天下的柳七柳三變啊，你捨得趕我？」

他們大笑，笑我發酒瘋。我將《樂章集》拿給他們看，他們卻說我是偷來撿來的。我生氣了……忽然閃現一個遙遠的記憶：「你這樓牌才是從我詞裡偷的呢！」

我叫他們拿紙筆來，當場寫出〈定風波〉給他們看：

自春來、慘綠愁紅，芳心是事可可。
日上花梢，鶯穿柳帶，猶壓香衾臥。
暖酥消，膩雲嚲。
終日厭厭倦梳裹。
無那。
恨薄情一去，音書無個。

早知恁麼。
悔當初、不把雕鞍鎖。
向雞窗、只與蠻箋象管，拘束教吟課。
鎮相隨，莫拋躲。
針線閒拈伴伊坐。
和我。
免使年少，光陰虛過。

清晰地記得，我剛到欣樂樓的時候，他們不大景氣，歌妓舞妓常做女紅，一為消遣打發閒暇時光，二則賺些外快。我與紫兒來往了一段，她會一邊做女紅一邊思念我。有天，她填一首〈南鄉子〉：「閒把繡絲絲撏。紝得金針又怕拈。陌上行人歸也未，懨懨。滿院楊花不捲簾。」這詞寫她想刺繡又因為懷人而心緒撩亂。我看了挺感動，信手寫這首〈定風波〉。然而，「針線閒拈伴伊坐」絕不僅僅是紫兒一人的心聲，可以說是千千萬萬歌妓舞妓們的夙願。有幾個妓女不奢望像普通婦女那樣邊做針線工作邊陪伴丈夫讀書？現在，可可樓的男男女女看了還紛紛叫好。可是，有個歌妓嚷道：「這詞是好，我早唱過。」

馬上很多人附和，紛紛說唱過聽過。也就是說，這詞仍然可能是我偷來的，真氣人！

我只好當場新寫一首〈如魚水〉，強調說：「這首詞，還有這曲，保證誰也沒見過沒聽過！」

我一邊寫，一邊有歌妓當即哼：

帝里疏散，數載酒縈花繫，九陌狂遊。
良景對珍宴惱，佳人自有風流。

勸瓊甌。
絳唇啟、歌發清幽。
被舉措、藝足才高，在處別得豔姬留。
浮名利，擬拚休。
是非莫掛心頭。
富貴豈由人，時會高志須酬。
莫閒愁。
共綠蟻、紅粉相尤。
向繡幄，醉倚芳姿睡，算除此外何求。

這詞是我往昔風流與此時此刻感慨的自供狀。我現在京城又可以與美女美酒無拘無束地歡娛了，並能夠以才藝博取美女的青睞。什麼浮名，見鬼去吧！這話，也說到許許多多男人女人的心裡頭去了。我問：「這詞你們誰見過？」

沒一個人敢吭聲。我接著挑釁：「馬上拿到臺上去唱。如果有一個人說聽過，我脫下這身新衣裳抵酒錢。如果沒有，這酒我白喝。」

老鴇同意，當眾宣布：「本樓今晚唱柳七柳三變新詞〈如魚水〉。誰要是曾經聽過這詞，請說出來，賞一夜酒，分文不收。」

結果一片喝采，卻無一人敢說聽過這詞。樂工還說：「〈如魚水〉這曲也不曾聽聞。這詞用韻疏密相間，音節嘹亮，難得的好詞！」

老鴇和歌女們雖然還懷疑我是否柳七柳三變真身，但不再懷疑我的才華，對我熱情多了，親自敬酒。我毫不客氣，忽然發問：「你們知道晏大人……晏殊嗎？」

有人吱唔說：「知道，也是寫詞的。」

「他寫過什麼詞？」

沒人想得起來。

我追問：「『無可奈何花落去，似曾相識燕歸來』知道嗎？」

有人說：「好像……聽過……」

才好像聽過……哈哈哈——我太高興了！我立即揮毫寫出晏殊的〈浣溪沙〉：

一曲新詞酒一杯，去年天氣舊亭臺。

夕陽西下幾時回。

無可奈何花落去，似曾相識燕歸來。

小園香徑獨徘徊。

我請歌妓當眾去唱。結果也有些人說好詞，但反應總體冷淡。那歌妓回到我身邊，淫笑道：「太短了！我還沒爽，它就沒啦！」

我開心極啦，放聲大笑。笑著笑著，我忽然向窗外大街大嚷：「晏殊啊——你霸道什麼？有本事你也寫一首讓人喜歡唱的詞啊！」

我進而挑釁：〈如魚水〉連唱三天，三天裡如果有人檢舉曾經聽聞我補酒錢，否則我來住三天費用全免。

老鴇自然歡喜。這樣，柳七柳三變重新轟動整個京城。

我到第二天才酒醒，覺得渾身特別舒暢，好像與思念太久的老情人好好親熱了一番，好像我為官這麼多年的鬱悶一瀉而光。我起床顧不上盥洗，要趕回欣樂樓。老鴇將我堵在房裡，問：「你昨晚說的話，算不算數？」

我有些擔心，但不想反悔。我笑道：「我已經反覆計算過多少年啦，除此之外，夫復何求？」

我的凌波仙子又找了我一夜。見我終於回來，她哭訴道：「你真是無藥可救了！」

我緊擁了她，吻淨她的淚，笑道：「我的凌波仙子啊——你當祝賀我才是：誤入官場這麼多年，今日終於得救啦——快取酒來！」

後話

67、青樓給個微笑也激動

一出生就可以說死之前，但我顯然不是那意思。我想說的只是死的前夕。

讓我接著前面話題說。我誠惶誠恐、恭恭敬敬去拜訪晏殊大人，卻遭一頓羞辱。我惱羞成怒，借酒壯膽，在可可樓將晏大人公然嘲弄一番。我們兩個的恩怨算扯平，他要怎麼記恨要怎麼樣，隨他去！我對我的凌波仙子蟲蟲說，她應當祝賀我，因為我誤入官場這麼多年，今日終於得救，這是我的真心話。其實，我早就感到官如雞肋如孩童吃的蠟糖，甚至早在入仕之前就公開說過「忍把浮名，換了淺斟低唱」。只因我這人優柔寡斷，瞻前顧後，左顧右盼，忽左忽右，半推半就，一拖拖了幾十年。現在，我終於將官場真真切切看個透，被晏大人逼得痛下決心，自行了結。

我跟蟲蟲說從此退隱，不回那個偏遠海島了。當今朝中也鼓勵官員提前退休，規定不論什麼原因，都按例官升一級，然後致仕。如此優渥，我還留戀什麼？難道真想混個尚書什麼當當，超越父兄，榮宗耀祖？算了吧，大塋都進不了，還是讓兩個兄長削尖腦袋去鑽吧，我不奉陪了！我要痛痛快快做我自己！

我以年老身體欠佳為由，遞上辭呈。然後，從榕風客棧搬回欣樂樓，無拘無束過我的日子。

第三天，我沒忘可可樓之約，要前往兌現。蟲蟲阻攔說：「我昨天到可可樓去過，那帳結了！」

我有點生氣：「你不能辱沒我柳七柳三變的名聲！」

她笑道：「我對可可樓的人說，那柳七柳三變是假的，不必當真！」

這麼說我更生氣：「你怎麼能把我真的說成假的！」

「這麼點浮名都丟不下，還說什麼退隱？」

我沒話說了。確實，我得開始學清心寡慾，寵辱不驚。從此，我努力忘卻我是個什麼狗豬牛鴨雞……屁官，也忘卻是什麼狗豬牛鴨雞……屁詞人，而只是一個普普通通的人，就跟讓人叫不出名字的蟲豸一樣。

我要像傭人一樣幫欣樂樓做些雜事，我的凌波仙子不讓。於是，我每天讀些閒書，玩點新詞，與本樓的歌妓舞妓或者樂工等人聊聊新曲，然後就是愛我的凌波仙子。我覺得這樣的日子非常愜意。只要不再打擾，不發薪俸也沒關係。

大約過了半個來月，一大清早有人到欣樂樓來，要我接旨。我睡眼惺忪，翻箱倒櫃找官服。來人安慰說：「不要慌，還早，你先把自己弄清楚！」

我一邊盥洗一邊想：究竟什麼事呢？好事還是壞事？我覺得好事可能性很小，壞事可能性極大。我公然重回青樓妓館，又公然羞辱晏大人，他在皇上面前隨便挑撥幾句我都受不了……唉——事到如今，只能聽天由命！好在當今皇上不差，再怎麼樣也不至於送鴆酒白綾。反正我已做好退隱打算，免官又如何？正中下懷也！

盥洗更衣完畢，我到大門口站立恭候。來人身著便服，不知他官居幾品，但他口氣居高臨下：「你看看這是什麼地方？這種地方能接聖旨嗎！」

「你不是說住前頭那個榕風客棧嗎？到那去！王尚書特地叫我早點來，就是怕你任性……胡鬧！」

「那……那我要到哪？」

看來，世上還是有人偏愛我。這聖旨委任我為屯田員外郎。此職在工部，負責屯田、營田、職田、學田、官莊諸事，正六品，也就是說我又加官半級。

不是說要退隱嗎？是的，我確實這麼想。可現在聖旨到，跟太祖當年皇袍加身一樣，我怎敢不接？再說，事後我才知道，王尚書前幾天剛調工部，馬上就要我跟過去，否則我真可能到禮部當著作郎。晏大人並沒想報復，否則提什麼官他都可以反對。我不能不識抬舉！我得笑納！得感謝！謝皇恩浩蕩！謝王大人、晏大人……大人大量！

蟲蟲一面為我高興，一面又為我抱不平。高興自不必說，問題是她覺得我這麼大把年紀還要到處去跑田地，並不是什麼美差。經這麼提醒，我覺得這又是一塊雞肋。

然而，畢竟算是從偏遠海島調進京了，且官升半級。我這人就是心腸小，妓女給個微笑也會激動半天，何況升官這種事？再雞肋也得先上任再說。退隱的事，反正不是想一兩年了，再過一兩年不遲。

過完年，春耕春種在即，我到各地勸農並查核田稅。這一去得半年左右，又是長別離，想來難免傷感。多情自古傷離別，更那堪冷落清秋節。這話好像是我昨天才說的，今天又要別離，且又與我的凌波仙子。我好命苦，蟲蟲你跟了我也好命苦啊！看來，真要讓你「一生贏得是淒涼」了，真對不起啊！這麼多年來，分多聚少，苦思多歡樂少。我想說你別等我了，可我說不出口。如果你說，我一定會應諾，你為何不說？你心裡有這樣想嗎？在等我說是嗎？

蟲蟲又送我出城，送至碼頭，但沒再餞行，沒有眼淚，唯有一句淡淡的話：「公務完畢，早日歸來！」

這還用說嗎？我什麼也沒說，唯有默默地頷首，直到官船將我強行拉出她的視線。我盤算著回來的日子，心中一片惆悵。我輕輕地唱起當年寫的〈雨霖鈴〉：「今宵酒醒何處……」意猶未盡，新填一首〈引駕行〉，寫我「忍回首、佳人漸遠」，感嘆「贈笑千金，酬歌百琲，盡成輕負」，「獨自個、千山萬水，指天涯去」，內疚不已。

不過片刻，我又填一首〈彩雲歸〉：

蘅皋向晚艤輕航。
卸雲帆、水驛魚鄉。
當暮天、霽色如晴畫，江練靜、皎月飛光。
那堪聽、遠村羌管，引離人斷腸。
此際浪萍風梗，度歲茫茫。
堪傷。
朝歡暮宴，被多情、賦與淒涼。
別來最苦，襟袖依約，尚有餘香。
算得伊、鴛衾鳳枕，夜永爭不思量。
牽情處，唯有臨歧，一句難忘。

難忘她一句「公務完畢，早日歸來」，難忘我十年二十年前寫給她「今生斷不孤鴛被」等等無數句，愈加哀傷……京城漸行漸遠，思念卻愈來愈頻襲上心來。河岸的山，一座座越來越細小，如同女子淺淺的黛眉。望著如同黛眉的山，如同望見我的凌波仙子在山雲之間，一聲聲追問我：「何日歸來？」

春天，巷陌乍晴，香塵染惹，垂楊芳草，人面桃花未知何處，只見朱扉悄悄。我「盡日佇立無言，贏得淒涼懷抱」，只聽杜鵑聲聲勸道：「不如歸去！」

秋天，更惹我生悲。到處是撩人離愁的垂柳，柳上則是亂人心緒的蟬噪。冷楓敗葉，疏紅零亂。水遙山遠，匹馬驅驅。寄宿葦村山館，只有寒燈閒照，鼠輩又在那裡偷窺硯中殘墨，令我酒醒萬里歸心也醒……也許，每一個人的心中都有一個受難的季節。在歐陽修的心中，永遠是殘春。春天一到他詞裡，不是「樽前擬把歸期說，未語春容先慘咽」，就是「雨後輕寒猶未放，春愁酒病成惆悵」，或者是「撩亂春愁如柳絮，依依夢裡無尋處」，難見春光明媚。在我的心中，則是沒完沒了的秋天。真不明白，究竟是秋太多，還是我心腸太小，容不下這般蕭瑟。

全國這麼大，具體到哪些地方，我有選擇的餘地。有些地方我是刻意迴避的，比如大哥二哥為官之地。不知道他們是否從朝報上注意到我柳永就是他們的同胞弟弟柳三變，反正我前幾年就知悉他們。我還記得從朝報上看過，大哥主張「為政必先放鄭聲」，有人則針鋒相對主張「放鄭聲不如遠佞人」，爭得不亦樂乎。拜鄧文敦那樣的老朽為師，又有我那樣虛偽的老爹，大哥持這樣的政見毫不奇怪。我們是兩輛背道而馳的車，愈行愈遠。想起當年，特別是他們把我兒子藏哪去了迄今不知，我還耿耿於懷。時間已久，即使找到兒子恐怕也不肯相認，我更恨他們。除非他們找上門來給我賠不是，否則我絕不會主動去見他們。當然，我也不想私仇公報，藉機到他們地盤找碴。老家也讓我傷心，到了武夷仙山也不回白水。老家有什麼了不起？只有庸人才離不開老家，離不開家譜！我要以四海為家！我的墓碑要樹在千千萬萬人的心裡！

另一類人我則繞著等著都要去見一見，比如老恩人盧煌（在老家賦閒）、老朋友張先（不時升遷）、老情人——也許真算得上史上第五大美人周月仙（與黃秀才終結良緣）等等。我還會帶著某種好奇心去些地方。傳說，成都有個舉子獻詩到知府，竟然建議：「把斷劍門燒棧道，西川別是一乾坤。」這不是鼓動川中謀反鬧獨立嗎？知府連忙將這舉子關進大牢。仁宗皇上卻說：「老秀才想當官想瘋了，使激將法，不足治罪。可授他個小官，讓他管管邊遠小縣。」結果真讓那人當了官。我到四川，就尋著那個邊遠小縣去，找到那個舉子，證實一段佳話。

我的公事挺簡單，田邊走走，看看農耕情況，查查稅賦帳簿。我不想拿增稅作自己的政績。只要不是少收，我並不仔細查。如果比往年多收，我反倒要過問，明示不要收新墾田稅。減不了那些鹽工的稅，現在不多收農民的稅完全可以，減些內疚。

田邊走回，酒宴歌舞，哪州哪縣都一樣，好像有律令規定似的。張先這傢伙實在命好，前些日子又升安陸太守。我幾乎是徑直往安陸去。他照例網開一面，要我把中意的美女帶回驛館。以前，我也不客氣。可現在，我聽歌觀舞都沒興趣了。張先不信，我便將前些日子填的一首〈長相思〉給他看。〈長相思〉是古調，在白居易筆下只有三十六字，我擴展到一百零三字，鋪陳地回憶我前不久一次路過青樓妓館的情形：「嬌波豔冶，巧笑依然，有意相迎」，但我——

牆頭馬上，漫遲留、難寫深誠。

又豈知、名宦拘檢，年來減盡風情。

張先看了大笑：「好個『名宦拘檢』！我說你啊，你真是……你想做個個妓女都喜歡的好情人，又想做嚴於律已、政績卓越的好官名宦，還想寫人人筆下所無的絕頂好詞，天底下哪有這麼好的事，全都讓你占盡便宜？」

「是啊，我也這樣想！早就這樣想！我早就想在浮名與淺斟低唱兩者間做出抉擇，可我迄今舉棋不定，當斷不斷，反受其亂，唉——我說豈知名宦拘檢年來減盡風情，也是無奈，也是悲哀。」

「我可不像你！官能升更好不升也罷，對得起良心就行。詞寫得好當然好寫不好也沒什麼，好玩就行。我只想做個好情人！人生苦短，行樂之事斷不可誤。」

我深有同感，但沒法像他那麼瀟灑。如果可以的話，這一路過去，兩三天換個地方，也換一批美女，比他快活多了！可我不行，真的不行！像陽痿一樣裝不了。說起來，實在是一種無奈，更是一種悲哀。年輕時，我不想，調皮搗蛋的小老弟會鬧著逼著你去想；可現在即使偶然有心放縱一時，他也不爭氣……我甚至變得怕喝酒，更怕失眠。能喝醉倒好，醉了就睡，一睡到天明。有時是莫名其妙喝不下，也可能是因為老了受不了。稍喝一些就頭暈，菜也吃不下。我或真或假說醉了，不再聽歌觀舞，回孤館寒窗讀書玩詞創調。

如今，我可以沒有家，沒有女人，沒有酒，沒有官，但不能沒有詞。只有創調玩詞之時，我內心才能感到愉悅，才能感到深深之夜並不孤獨。我現在玩詞度曲，不為取悅誰，純粹是一種玩賞，一種精神寄託。大唐陳子昂〈登幽州臺歌〉：「前不見古人，後不見來者。念天地之悠悠，獨愴然而涕下。」也是，也不是。憑籍文字，我們可以前見古人，後人也可以見我們。念天地之悠悠，上下數千年，唯有文字能夠穿越時空，讓我們的音容笑貌永存。我要把我獨特的人生體驗如實地告訴大江南北國內國外的人們！告訴千百年後的人們！此生此世，我只能做這事了！而能夠做這事，怎不比做尚書更值？

可是，沒多久又感到肚子餓。外地不比京城，深更半夜沒地方吃點心，只能忍著，更睡不著。或者是暈乎乎回去就睡，深更半夜醒來，餓得再也不能入睡。所以，我的行囊中常備著乾糧。失眠就不可藥救了，那折磨啊，馨竹難書！

誰能飢而不食，誰能思而不歌？飢者歌其食，勞者歌其事。我「醉魂易醒」，呻吟的越來越多是失眠：

——「秋漸老、蛩聲正苦，夜將闌、燈花旋落。最無端處，總把良宵，只恁孤眠卻。」（〈尾犯〉）

——「對月臨風，空恁無眠耿耿，」（〈女冠子〉）

——「閒窗燭暗，孤幃夜永，欹枕難成寐。」（〈慢卷紬〉）

——「展轉無眠，粲枕冰冷。香虯煙斷，是誰與把重衾整。」（〈過澗歇近〉）

——「花朝月夕，最苦冷落銀屏。想媚容、耿耿無眠，屈指已算回程。」（〈引駕行〉）

——「被鄰雞喚起，一場寂寥，無眠向曉，空有半窗殘月。」（〈小鎮西〉）

——「況繡幃人靜，更山館春寒。今宵怎向漏永，頓成兩處孤眠。」（〈臨江仙引〉）

——「展轉數寒更。起了還重睡。畢竟不成眠，一夜長如歲。」（〈憶帝京〉）

——「往事追思多少。贏得空使方寸撓。斷不成眠，此夜厭厭，就中難曉。」（〈傾杯〉）

——「深院靜、月明風細。巴巴望曉，怎生捱、更迢遞。」（〈爪茉莉〉）

你想，我熬了多少不眠之夜啊！

我曾經想：既然人生苦短，為什麼還要這般漫長的夜？太浪費了……不，夜把女人變得更可愛，夜是專為愛而設，值得！只嫌夜短。而今，肉身雖然康復，但越來越經常地警告：不眠之夜那燈，燃的不是油，而是生命。我的生命之油，將很快將被失眠燃盡。

宋玉悲秋只是感士不遇，我還得為我的凌波仙子而悲，石人也該為我落淚。

有道是「君子役物，小人役於物」。那麼，役於情者為何等之人？我想，役於情者為不折不扣、純純粹粹的人，真正異於物的人！

奇山異水，人文古蹟，固然令我陶醉。我最喜歡的是我江南，風淡淡，水茫茫，蘭芷汀洲。垂楊飄處，兩兩三三浣紗遊女避行客，含羞笑相語。我也喜歡西南，井絡天開，劍嶺雲橫控西夏。當春晝，摸石江邊，浣花溪畔景如畫。我也喜歡西北，參差煙樹灞陵橋，風物盡前朝……然而，那無窮無盡的路讓我不堪重負。奇山異水風光好，那是閒情逸士的感覺，情人眼中的西施。你問問那些與山相依為命的人，比如那些入山砍柴的鹽工，他們會不會覺得山可愛？他們只會詛咒山，只想逃離山。我現在也如此。我肉身的生命越來越顯得珍貴，怎經得起這荒山野嶺庸事俗事空耗？

林木中的棲禽，兩兩雙雙飛去，邊飛邊笑問：你怎麼匹馬驅驅，遊宦成羈旅？

其實，人生挺簡單。我經常看到，那些農夫、樵夫和漁夫，在田邊山邊水邊隨便躺下，用個斗笠遮陽，就睡得呼呼香。可我躺在綾羅綢緞的床上卻三天兩天睡不好。現在，我更強列地感到：光肉身有床不夠，還得給我那不安的靈魂找一張床。

68、和尚從柳詞裡悟到什麼

有一種生讓人嫉妒，是出生於富貴之家。有一種死也讓人眼紅，那是所謂「壽終正寢」。死是必然的，誰也不能不接受。究竟能活多久，只有鬼知道！所以，人們的希冀唯有無疾而終。如果不得好死，那麼你這輩子沒造孽，也是前輩子沒積德。

有人說凡有水井的地方都傳唱我的詞，顯然誇張。如果說所到之州縣我都聽聞柳七或柳三變之詞，那是不假。走南闖北，每每聽聞唱我的詞，常暗暗感到自豪。不過，聽最多是唱那些比較粗俗的「淫詞」，有時我自己也感到臉紅發燙。所以，不會輕易招認那是我寫的，不想討廉價的奉承，或者說惹人嫌。在酒館、路亭或者廊橋之類地方再見到有人亂塗鴉我的詞句，哪怕還寫有柳七柳三變姓名，我都視而不見。既然有人愛塗愛看，那就成人之美吧！

最有趣是有次聽說……具體在哪忘了，有個人每次喝多了酒，就喜歡吟唱我的詞。有一次，他唱我的詞「多情到了多病……」鄰居一位老太婆聽了，納悶得很，唸叨說：「男人真是奇怪！我們婦人，下雨才會不舒服，男人怎麼會晴天多病呢？」

最讓我感動的，回京城路過宿州，聽說這開元寺有個叫法明的和尚，落魄不檢，嗜酒好博。每次醉了，就放聲高唱我的詞，十幾年如此。很多人討厭他，小孩都笑他「花和尚」。我到宿州那日，法明好像冥冥之中有感應，忽然對眾僧說：「我明天會死，你們不要出去，我要作別。」

眾人大笑，不信會有此事。傳到城裡，不少人前往觀看。我更是好奇，跟著前往。

第二天上午，只見法明更新衣，盤腿而坐，然後對眾僧說：「我要走了，當留一偈給你們。」他隨即唱道：

平生醉裡顛蹶，醉裡卻有著分明。
今宵酒醒何處，楊柳岸曉風殘月。

唱畢，果然斷氣。眾僧驚愕不已，嘘唏無言。

我只覺得被人重重一擊，天旋地轉。一個和尚到底從我詞裡悟到了什麼？

是啊，今宵酒醒何處，楊柳岸曉風殘月……忽然覺得，我問的其實是：今生酒醒何處？

回到京城，回到我凌波仙子身邊。我取出一疊新詞，首先給她看的是〈思歸樂〉。這詞後部寫道：

晚歲光陰能幾許。
這巧宦、不須多取。
共君把酒聽杜宇。
解再三、勸人歸去。

我說：「我現在什麼都不想了，只想帶你回武夷仙山，在那裡回想往事，看雲捲雲舒，花開花落……」

我的凌波仙子欣然點頭。

「到了那裡，我們生一個兒子，或者女兒。在那樣漂亮的地方，生的孩子一定特別漂亮，特別聰明……但我不讓他（她）讀書……不，我要讓他（她）讀書，只是不參加那狗豬牛鴨雞……屁科舉：也不讓他(她)姓什麼狗豬牛鴨雞……屁柳，生來就欠著老祖宗的債……」

「那怎麼行呢?什麼都可以改，祖宗姓是不能改的。」

「錯，沒幾個姓沒改過!就說我們柳吧，最早是周公之後魯孝公的後裔，原來姓展名禽，因為食採於柳下，便改柳為姓，始祖就是那位坐懷不亂的柳下惠……換句話說，那位大聖人正是我們柳姓叛祖逆宗的始作俑者!」

「嗯……我們也開創一個自己姓!你說我們改個什麼姓呢?」

「嗯……就改姓仙吧，讓他(她)在那仙山裡，跟我們一起種耕，漁樵，賞花，飲酒，唱詞……享仙凡兩界之樂。」

我的凌波仙子不住地點頭。

我給工部王尚書寫履職報告，交待完公事，最後寫道:「近日疾病交攻，腰膝痹疼，乘騎不便，就此退歸，不用尋我。」寫完，連跟我的告身和官服一起寄上。

因為蟲蟲要將欣樂樓的事交接清楚，我還得等一段時間。

人生行樂，一念而已。辭職之後，我感到從未有過的輕鬆。冷靜想想，我沒有全心全意在朝廷，朝廷也不厚待我，這很公平。我不是朝廷什麼官，不是柳太守柳屯田之類，不是某個物品上的小部件，而是柳永!念天地之悠悠，唯有我一個柳永!丟一個官，還一個自己，值不?

同樣是殘蟬漸絕、敗葉飄零、風露悽清的登高時節，我不再感士不遇、情愫無依，而留心朵朵金菊凌霜開放，蕭索的大地生機盎然。它還散發著淡淡的清香，沁人心脾。

蟲蟲有空時陪我喝，沒空我獨自喝，讓那隻乳杯代表她。她很過意不去，愧疚得很:「現在，終於後悔了吧？」

「後悔什麼？」

「讓你『一生贏得是淒涼』，連杯酒都難得陪。」

「那我是後悔了。我後悔的是：只想『今宵酒醒何處』，而沒早想『今生酒醒何處』。如果能重新活一次，那我將一開始就堅定地愛你，而不優柔寡斷，免遭那二十來年離愁。」

上巳節那天，我跟蟲蟲說：「武夷桃花澗太美啦！大江南北走遍了，也沒見那麼漂亮的地方！那裡種滿了桃花，連鳥跡罕至的懸崖絕壁之上，也用彈弓射上去桃核，現在肯定都開花了……」凌波仙子聽得心花怒放：「我的事差不多了，我們明天一早就去。」

忽然瞥見箱子角落那擱了二十來年的靈牌，我拿起它，留戀地看了看，說：「現在，終於可以燒了吧。」

「好吧！等會……我還有點事，最後去一下，回來整理……將沒用的東西……明早走的時候一起處理！」

她出去後我一個人繼續飲酒。似醉非醉之際，浮想翩翩。想我柳永柳七柳三變，平生自負，風流才情，並非虛枉。我不僅善於譜新曲填新詞，還有琴棋書畫，諸多勝人一籌。只可惜現在老啦，只能在這裡自斟自飲……我忽然想到死，好像聽聞閻王大伯對我說：「人生不該煩惱。遇良辰美景，應當追歡買笑，及時行樂。」我對閻王大伯說：既然做了人，我就會力爭與我心愛的人快快樂樂多活幾年。可是終歸有一死。死了，能跟我陰間的美人在一起，能見到景仰不已的宋玉、李白等前輩，有什麼不好？如果大限已至，你派小鬼來索命，只要通告一聲，我一定會爽爽快快去向你報到……就在這樣胡思亂想的時候，我的肉身忽然死了。

記得，那時刻我只是覺得醉，覺得肉體渾身都麻，不知不覺轉為木然。等我的凌波仙子辦完事回房，雖然還剩半杯酒在手中，但我全身已冰涼。她大哭，大怒道：「說好明早一起去武夷仙山的，你怎麼偷溜了！」

「這該死的肉身，連我自己他也沒吭一聲呢，真對不起啊，凌波仙子！」迄今不明白我的肉身究竟是怎麼死的，用你們現在的話說可能算猝死吧！真對不起了，我的凌波仙子！那該死的肉身沒留給我向你告別的時間。

凌波仙子掰開我冰鐵樣的左手，取那乳杯。我的手攥太緊了。我指令快些鬆開，他卻不再聽我使喚。我的凌波仙子得用力掰，結果把殘酒濺到她臉上，和著淚一起往下流……欣樂樓裡的歌妓舞妓及樂工雜人無不為我揮淚。

欣樂樓的燈不再紅，酒不再綠，一片縞素，連門外也綴滿白花。往日歌舞昇平之地成了我的靈堂，那擱置了二十來年的靈牌竟然派上真用場，我的名字被恢復為柳七。

其他青樓妓館的女子聞訊，紛紛前來弔唁。她們哭訴：「千百年來，上青樓妓館的男人無數，可真正愛我們的能有幾個？今後還會有柳七嗎？」

一座又一座青樓妓館歇業為我設靈堂，昔日鶯歌燕舞之地變成一片鬼哭神泣，昏天暗地。

出殯日，成百上千的歌妓舞妓為我披麻戴孝，如喪考妣。她們將我葬在玫瑰紫兒身邊，墓碑上刻著：

情聖柳七之墓

——青樓眾仙泣立

我們那時候民間有個習俗：百姓愛用手持笏板、身穿朝服的官俑陪葬，希望死者來世做大官。料理我喪事的不能免俗，也做個官俑。我的凌波仙子見了大怒，親手揮刀將它劈了。她命人做女俑，如花似玉，連同那隻小巧、渾圓而堅挺的乳杯一起給我陪葬。她只希望我來世繼續過著淺斟低唱的日子，繼續做女人的好情人。

從此，那個亂墳崗變熱鬧了。每年上巳節，總有一群群歌妓舞妓營妓私妓家妓到那裡憑弔。她們邊飲酒邊唱我的詞，對著我的墳作個揖許個願。墓前堆滿了鮮花，灑遍了美酒，以至晴天也泥濘……最令我難忘的是：那年上巳節，宋徽宗皇上約好跟李師師微服踏青，師師忘了，跟姐妹們到亂墳崗來祭奠我。貼身太監嘟囔：「想不到師師姑娘也這麼俗！」

徽宗則說：「想當年，柳大才子寫了那麼多好詞，博得那麼多芳心，豈是一個俗字了得？不是有首詩嗎？『樂遊原上妓如雲，盡上風流柳七墳。可笑紛紛縉紳輩，憐才不及眾紅裙。』難道我也不憐才？再說，我還想看看那習俗怎麼描畫哩！」

那太監嚇得屁也不敢放了。

徽宗皇上跟蹤而來，一起憑弔我。禮畢，他問師師：「情何以無價？」

師師答道：「柳詞說『古今無價』！」

這一切，我都看到，聽到，酒也喝到，可就是不能回覆一聲謝謝。記得我寫過〈秋蕊香引〉，劈頭一句「留不得」，真是啊！真像俗話說的閻王叫你四更走不能拖到五更天！還有，我當時最困惑她「向仙島，歸冥路，兩無消息」，也是也不是。現在我體驗到了，陽間不知陰間，陰間對陽間可是一清二楚……

69、唯念小巧、渾圓而挺堅的乳杯

你們現在，以至你們之後千萬年，都是我死之後，但我顯然不是說那意思，只想再說說肉身死後不久一些事。

我主動去尋父母了。我想陰陽兩界，他該不再計較我陽間事了吧？不過，一見面還是小心翼翼強調我進士及第，官至屯田郎，還填了好些比〈望海潮〉更好的新詞。父親卻依然陰沉著臉說：「我們家沒有叫柳七的浪子，也沒有什麼叫柳永的官！」

「只要父親大人寬恕孩兒，馬上改回柳三變……」

「還是做你的孤魂野鬼去吧，我們柳家不稀罕！」說著，父親長袖一甩，轉身就走。

母親失聲大哭，撲向我：「索利克——」

「別理他！你要……我把你一起趕出去！」父親吼道。

母親為難了，坐到地上痛哭不已……

真沒想到，我那虛偽的父親死了還要面子！

再說老朋友張先，我又要酸不溜秋說他命好！這傢伙不僅命運好，還壽命長，花運多。他比我略小一兩歲，口口聲聲唸叨「明天是靠不住的」，卻比我多活了二三十年。我前面說過，他豔福不斷，沒想他到老仍然不時傳出風流韻事。他八十五歲時還娶一個十八歲的姑娘為妾，讓人嫉妒得要死。

那時候，一批新的詞人粉墨登場。其中一個叫蘇軾，也叫蘇東坡。蘇東坡比我小五十多歲，跟張先成忘年交，跟張先一樣愛開玩笑，更重要一點是他跟張先一樣喜歡小姑娘——自詡「風流帥」。有一年，他在杭州看中一個名叫朝雲的歌女，年僅十二，當即為她贖身。從此，寧肯不帶夫人也要帶著她。且說這年蘇東坡到張先家中拜訪，看著張先十幾二十幾到六十幾七十幾的妻妾一大群，眼紅起來，即興賦詩一首，笑他「詞人老去鶯鶯在，公子歸來燕燕忙」。對那最小的妾多看了兩眼，蘇東坡又寫一詩，色瞇瞇嘲笑他十八歲新娘嫁八十歲的郎，蒼蒼的白髮對紅妝，「鴛鴦被裡成雙夜，一樹梨花壓海棠」。

張先並不生氣，只是呵呵笑著：「你看中哪個，送給你不就得了？」

談完女人談詩書，蘇東坡說最近讀了《穆天子傳》。這是個神話故事，寫周穆王駕驊騮駿馬，千里迢迢與西王母宴飲酬酢。這故事與武夷幔亭宴傳說差不多，讓蘇東坡神往不已。他坦率說，自古以來許多文人都從骨子裡熱望成仙，李白簡直是個幻想狂，他本人也嚮往得很……張先對修仙沒什麼興趣。他興趣的是當下過著神仙般的生活，一日也不荒廢。

晚宴，歌舞登場，很自然先唱幾首客人的詞，讓蘇東坡笑得合不攏嘴：「你們哪來我這麼多詞！」

忽然，歌妓唱起我的〈戚氏〉：

晚秋天。
一霎微雨灑庭軒。
檻菊蕭疏，井梧零亂惹殘煙。
悽然。

望江關。
飛雲黯淡夕陽間。
當時宋玉悲感，向此臨水與登山。
遠道迢遞，行人悽楚，倦聽隴水潺湲。
正蟬吟敗葉，蛩響衰草，相應喧喧。
孤館度日如年。
風露漸變，悄悄至更闌。
長天淨，絳河清淺，皓月嬋娟。
思綿綿。
夜永對景，那堪屈指，暗想從前。
未名未祿，綺陌紅樓，往往經歲遷延。
帝里風光好，當年少日，暮宴朝歡。
況有狂朋怪侶，遇當歌、對酒競留連。
別來迅景如梭，舊遊似夢，煙水程何限。
念利名、憔悴長縈絆。
追往事、空慘愁顏。
漏箭移、稍覺輕寒。
漸嗚咽、畫角數聲殘。
對閒窗畔，停燈向曉，抱影無眠。

這詞從傍晚寫到深夜再到拂曉，從眼前伸擴到京城，寫景、憶舊、抒懷，內外遠近大開大闔，涵蓋廣博，聲辭諧婉。蘇東坡聽得目瞪口呆。張先驚問：「難道小弟不曾讀柳詞？」

「怎麼可能！《樂章集》二百餘首，每一個字我都讀過！只是不想，唱起來……聽起來，別一番韻味！」

「老兄我與柳七柳三變柳永，情同手足。記得，我曾經兩次說嫉妒他，一次是說有那麼多歌妓幫他捧場，另一次是說有那樣坎坷的命運幫他『無不入詞』。後來，讀到他這〈戚氏〉，我忍不住要第三次說嫉妒他，因為這詞太了不起了！我真想說，從此不當『張三影』『張三中』，改為『張三妒』好了。只可惜，他已作古，再也聽不到我嫉我妒了！」

「誰叫你呢，躲在女人堆裡起不來。」

「這位老兄凡事較真。他愛美女，對妓女也不含糊，做官想做名宦，填詞現在完全可以說自成一家。我算過，他自創十八調……〈戚氏〉只是其一。你知道為何叫〈戚氏〉嗎？」

「不知道。」

「那是因為他最喜愛的女人蟲蟲，他的凌波仙子，我老鄉湖州人，本名姓戚。我寫的，還有晏殊等人寫的，花間詞人等等，都是幾十個字的小令，他動輒上百字。這首〈戚氏〉三片長達二百一十二字，可謂登峰造極，睥睨千古！你想想《詩經》，每句一律四字，死板得很。楚辭則採取三言至八言參差不齊的句式，篇幅和容量自由擴充，使得詩產生一次飛躍……」

蘇東坡默默聽著，不住地點頭。

張先繼續說：「詞也走過幾百年了，也已僵化。是他柳永在不斷地衝破樊籬。他寫的，大都是慢詞長調。長調之難，難在於語氣貫串。可你看〈戚氏〉，這麼長還通篇音律諧協，句法活潑，平仄韻位錯落有致。再說這內容，上片寫夕陽西下，中片寫入夜時分，下片寫深夜到拂曉，都圍繞一個獨宿旅寓的行人，寫他的所見、所思和所感，將羈旅情愁、身世之感寫得淋漓盡致，入木三分。實際上，這是他晚年對自己一生的總括。要我說這詞啊……我只想說一句：〈離騷〉寂寞千年後，〈戚氏〉淒涼一曲終。」

蘇東坡不由大笑：「老兄所言，也是也不是。說〈離騷〉寂寞千年後差不多，說〈戚氏〉淒涼一曲終恐怕過早吧！不信，小弟填首你看看。」

「你也喜歡慢詞？」

「試試吧！」蘇東坡一笑，當即索筆墨。他握筆只用拇指與食指，與眾不同，但他書寫速度非常快，一口氣填就新詞〈戚氏〉，當中只修改五六字。

蘇東坡的〈戚氏〉以這天下午與張先聊的《穆天子傳》為題材，以穆王西巡登崑崙與女神西王母相會為背景，酣暢淋漓地描繪西王母所居仙境的尊貴、華麗、高潔、奇幻，充滿浪漫的氣氛和瑰麗奇譎的聯想，毫不掩飾地抒發他對青春不衰、長生不老的嚮往。不等張先開口，他主動出擊：「怎麼樣，我詞比柳詞如何？」

這又讓張先吃驚：「小弟，我也要說羨慕你啦。你不常寫慢詞，這麼倉促間，能一氣呵成鴻篇鉅制，真不容易。特別是第三片，數句一氣貫注，這是最難學的……」

「什麼最難學！我的詞比柳詞究竟如何？」

「十分好！」

「過獎，過獎啦！」

「我是說內容七分好，才藝三分好。」

蘇東坡一陣難堪，臉紅脖子粗問：「該是寫七分吧？」

「不！寫三分，我說沒錯！」張先一點不給面子，「這詞，雖然彰顯你才學之富，靈氣之高，撰句之雋，煉字之穩，以及層次之遞進，結構之嚴謹，令人嘖舌。可是，嘖舌之餘，不難覺得你堆砌典故和前人詩文過多，掉書袋罷了。」

蘇東坡怔了怔，不能不預設，但他強調：「他是他，我是我。我自成一家！」

「有人說，柳詞只適合十七八歲的女郎，手拿紅牙板，低唱『楊柳岸曉風殘月』；而你的詞，須由關西大漢，手拿銅琵琶，高歌『大江東去』。其實啊，柳詞中也有豪放，你的詞中也有婉約，你說是不？」

蘇東坡沉思不語，張先給他列幾組對比：

「蠅頭利祿，蝸角功名，畢竟成何事？」（我的〈鳳歸雲〉）

「蝸角功名，蠅頭微利，算來著甚乾忙？」（蘇東坡〈滿庭芳〉）

「畢竟不成眠，一夜長如歲。」（我的〈憶帝京〉）

「有客抱衾愁不寐，那堪玉漏長如歲。」（蘇東坡〈蝶戀花〉）

「衣帶漸寬終不悔，為伊消得人憔悴。」（我的〈蝶戀花〉）

「衣帶漸寬無別意，新書報我添憔悴。」（蘇東坡〈蝶戀花〉）

「江山如畫，雲濤煙浪，翻輸范蠡扁舟。」（我的〈雙聲子〉）

「亂石穿空，驚濤拍岸，捲起千堆雪。江山如畫，一時多少豪傑！」（蘇東坡〈念奴嬌〉）

蘇東坡承認從我的詞中化用了不少詞句，但是強調「青出於藍勝於藍」。他能這樣講，等於承認我為師長，我不想說什麼了。大人不計小人過，陰間不理陽間事。

可是，陽間一時也不肯讓我安息。不久，終於發生國破山河碎的悲劇，我在陰間聞知也痛心疾首。沒想到，有人把禍根栽到我頭上，說金國皇帝完顏亮之所以侵吞大宋，就因我的詞遠傳到他們那，他讀〈望海潮〉之後，禁不住三秋桂子十里荷花的誘惑，萌生南侵之意。為此，我一位老鄉謝驛還賦詩，說我謳歌杭州十里荷花桂三秋，牽動了長江萬里愁。真不知他是抬舉我還是貶損我，純屬無稽之談，一笑了之。

反思亡國之痛，有人想起那年上巳節徽宗皇上跟李師師一起「弔柳七」之事，認為這是荒淫誤國的典型史例，上書要求取消這一習俗。南宋皇上同意了，從此再沒人敢「弔柳七」。對此，我一點也不懷葛。不弔就不弔唄，正好讓我安息。

真正讓我感到傷心的是一個女流之輩。她叫李清照，小我百來歲，詞寫一流。她在一篇題為〈詞論〉的文章中寫道：「柳屯田永者，變舊聲作新聲，出《樂章集》，大得聲稱於世。雖協音律，而語詞塵下。」

這話真讓我受不了！我確實寫過一些事後自己也覺得臉紅的詞，可那只是《樂章集》中極少數。你呢？你沒寫過「塵下」之詞嗎？你的〈醜奴兒〉能高尚到哪去？

晚來三分鐘熱風兼雨，洗盡炎光。
理罷笙簧，卻對菱花淡淡妝。
絳綃縷薄冰肌瑩，雪膩酥香。
笑語檀郎，今夜紗幮枕簟涼。

什麼絲質內衣啊，香腮啊，酥臂啊，等著男人上床枕簟涼啊……肉乎乎的，你有什麼資格嘲笑我「塵下」？

只遺憾陰陽相隔，不能當面一辯，便想託夢於她，想對她說：「你我的詞雖然格調不高，但是真情實意，比那些空洞虛偽的高調有意義多了！何必相煎如此？」

我的凌波仙子不讓，扯住我衣角不放，勸道：「別讓人做噩夢啦！你看人家一個寡婦多可憐啊，尋尋覓覓，還冷冷清清，戚戚慘慘悽悽。算啦，陰間不理陽間事！」

「我什麼時候落井下石、雪上加霜過？我什麼時候欺負過女人？可這事怎麼能算呢？做官一張紙，做人一輩子，做文千百輩子，我不能撒手不管！」

「你不是說瓶中寄物出則離嗎？父母如此，文章更如此吧？」

我一怔，覺得這倒是真的，出則離矣！從此，不再理會人間如何評價。

好在聽了我凌波仙子的，不再管人間如何議論。要不然，元明清時期那麼多戲曲小說寫我，什麼荒誕不經都有；你們現在網路更是誰都可以亂說一通，豈不是要把我的靈魂氣死多少回？正是出於這個原因，對於專家學者們爭論我的生平之類，我充耳不聞。他們要算我早幾年死也罷遲死幾年也罷，某職有任過也罷沒任過也罷，某詞正解也罷歪解也罷，都無所謂。

最後宣告一點：前些年，我的遺骨從那亂墳崗遷到武夷仙山大王峰下——距我那祖宗大塋不遠，且專闢「柳永紀念館」，跟我千年前出生一樣，並沒有徵得我同意。他們或許僅僅是為了發展當地旅遊業。但不管怎麼說，這表明家鄉對我開始尊重，我不能不識抬舉。所以，我沒反對……對了，真不好意思！如果方便，我想請你幫點忙——

第一，對「柳永紀念館」，我很感激，遺憾只是沒將我的凌波仙子一併遷來。麻煩你幫忙向相關單位轉達我的請求：要麼將我的凌波仙子一併遷來武夷仙山，要麼將我遷回那亂墳崗她身邊去！

第二，你們現在印的《樂章集》中，「多情到了多病」那詞怎麼只剩一句？雖說它跟我出則離矣，但我總覺得對不起讀者——不知什麼時候給書商弄丟了。我剛才好像全都告訴你了吧？麻煩幫我補上。

第三，你到別地方旅遊時，麻煩幫我找找那裡的博物館或者文物販子，看能不能找到我那隻小巧、渾圓而挺堅的乳杯。當時，我的葬禮太顯眼，人們以為那些妓女為我陪葬很多金銀財寶，沒多久就有人盜墓，將那隻乳杯連同那個如花似玉的女俑一起盜走，真氣人！那女俑無所謂，我現在反正有我的凌波仙子。那乳杯如果能找到，請放回我手上，別的朋友來給我添酒就方便了。

把最後這瓶啤酒乾了吧，謝謝！

大宋渣男才子，青樓常客柳永的風流詞情：

婉約詞代表 × 鍾煉長篇慢詞 × 開拓詞格題材 × 抒寫羈旅志意……人稱「柳七」，凡有井水處，皆能歌柳詞！

作　　者：馮敏飛
發 行 人：黃振庭
出 版 者：清文華泉事業有限公司
發 行 者：清文華泉事業有限公司
E-mail：sonbookservice@gmail.com
粉 絲 頁：https://www.facebook.com/sonbookss/
網　　址：https://sonbook.net/
地　　址：台北市中正區重慶南路一段 61 號 8 樓
8F., No.61, Sec. 1, Chongqing S. Rd., Zhongzheng Dist., Taipei City 100, Taiwan

電　　話：(02)2370-3310
傳　　真：(02)2388-1990
印　　刷：京峯數位服務有限公司
律師顧問：廣華律師事務所 張珮琦律師

定　　價：499 元
發行日期：2024 年 08 月第一版
◎本書以 POD 印製

國家圖書館出版品預行編目資料

大宋渣男才子，青樓常客柳永的風流詞情：婉約詞代表 × 鍾煉長篇慢詞 × 開拓詞格題材 × 抒寫羈旅志意……人稱「柳七」，凡有井水處，皆能歌柳詞！/ 馮敏飛 著 . -- 第一版 . -- 臺北市：清文華泉事業有限公司, 2024.08
面；　公分
POD 版
ISBN 978-626-7165-30-0(平裝)
857.7　113011568

電子書購買

爽讀 APP

臉書